D1346069

KRONIEKEN VAN DE ONDERWERELD

≈ 4 ≈

Stad van Gevallen Engelen

CASSANDRA CLARE

AFGESCHREVEN

the house of books

Eerste druk, november 2012
Vijfde druk, april 2014

Oorspronkelijke titel: The Mortal Instruments – *City of Fallen Angels*
Oorspronkelijke uitgave: Margaret K. McElderry Books, New York
Copyright © 2011 Cassandra Clare, LLC
Copyright voor het Nederlandse taalgebied © 2012 The House of Books,
Amsterdam

Vertaling: Elsbeth Witt
Vormgeving omslag: Studio Jan de Boer bno
Omslagillustratie: Cliff Nielsen
Binnenwerk: ZetSpiegel, Best

ISBN 978 90 443 4254 3
NUR 285
D/2012/8899/89

www.cassandraclare.com
www.thehouseofbooks.com

Alle rechten voorbehouden. Niets uit deze uitgave mag worden verveelvoudigd
en/of openbaar gemaakt door middel van druk, fotokopie, microfilm of op welke
andere wijze ook, zonder voorafgaande schriftelijke toestemming van de uitgever.

The House of Books is een imprint van Dutch Media Books bv

Voor Josh
*Sommes-nous les deux livres
d'un même ouvrage?*

DEEL I

Vernietigende engelen

Er zijn ziekten die in de duisternis lopen;
en er zijn vernietigende engelen, die gewikkeld in de
gordijnen van onstoffelijkheid en een zwijgzame aard
vliegen;
we kunnen ze niet zien, maar we voelen hun kracht,
en zinken onder hun zwaard.

Jeremy Taylor, *A Funeral Sermon*

I

De meester

'Alleen koffie, alsjeblieft.'

De serveerster trok haar getekende wenkbrauwen op. 'Wil je niets eten?' vroeg ze met een zwaar accent en een teleurgestelde blik op haar gezicht.

Simon Lewis kon het haar niet kwalijk nemen. Ze hoopte waarschijnlijk op een hoge fooi en bij een kop koffie zou ze die niet krijgen. Maar het was niet zijn schuld dat vampiers niet aten. Soms bestelde hij in restaurants toch iets te eten, om zo normaal mogelijk over te komen. Maar het was dinsdagavond laat en hij was praktisch de enige gast in Veselka, dus hij vond het de moeite niet waard. 'Alleen koffie.'

De serveerster haalde haar schouders op, pakte zijn geplastificeerde menukaart en liep naar de bar om zijn bestelling door te geven. Simon leunde achterover tegen de harde plastic stoel en keek om zich heen. Veselka was een restaurantje op de hoek van Ninth Street en Second Avenue. Het was een van zijn favoriete tentjes in de Lower East Side. Het was een oud eethuisje vol zwart-witte muurschilderingen. Zolang je elk halfuur een kop koffie bestelde, lieten ze je er de hele dag zitten. Het was ook het restaurant waar ze ooit zijn favoriete vegetarische *pierogi* en borsjtsj serveerden, maar die tijd was voorbij.

Het was half oktober en ze hadden hun halloweenversieringen al uitgestald. Er hing een wankel bord met BORSJTSJ OF IK SCHIET! en er stond een kartonnen vampier, die Graaf Blintzula heette. Ooit hadden Simon en Clary de kitscherige versieringen hilarisch gevonden, maar Simon vond de graaf met zijn lange hoektanden en zwarte cape nu niet zo grappig meer.

Hij keek uit het raam. Het was een frisse avond en de wind blies de blaadjes als confetti over Second Avenue. Er liep een meisje op straat. Een meisje in een strakke trenchcoat met lang zwart haar dat wapperde in de wind. De mensen draaiden zich om toen ze langsliep. Simon had vroeger ook naar dat soort meisjes omgekeken. Hij had zich altijd afgevraagd waar ze naartoe gingen en met wie ze een afspraak hadden. Niet met jongens zoals hij, dat was een ding dat zeker was.

Alleen had dit meisje wel een afspraak met hem. De bel rinkelde toen de deur van het restaurant openging en Isabelle Lightwood naar binnen stapte. Ze glimlachte toen ze Simon zag. Ze liep naar hem toe, deed haar jas uit en hing hem over de achterkant van de stoel voordat ze ging zitten. Onder de jas had ze iets aan wat Clary een 'typische Isabelle-outfit' zou noemen: een kort, strak fluwelen jurkje, netkousen en laarzen. In haar linkerlaars zat een mes. Simon wist dat hij de enige was die dit kon zien, maar toch keek iedereen in het restaurant naar haar toen ze ging zitten en haar haar naar achteren wierp. Wat ze ook aanhad, Isabelle trok altijd alle aandacht naar zich toe.

Mooie Isabelle Lightwood. Toen Simon haar voor het eerst ontmoette, was hij ervan uitgegaan dat ze geen tijd zou hebben voor een jongen als hij. Daar had hij min of meer gelijk in gehad. Isabelle viel op jongens die haar ouders niet goedkeurden en in haar wereld betekende dat benedenlingen: elfen, weerwolven en vampiers. Dat ze elkaar nu al twee maanden regelmatig zagen, verbaasde hem, zelfs al waren hun afspraakjes meestal kort en op late tijdstippen, zoals nu. En hij vroeg zich ook af of ze elkaar zouden zien als hij geen vampier was geworden en als zijn hele leven niet was veranderd.

Ze stopte een haarlok achter haar oor en schonk hem een stralende glimlach. 'Je ziet er goed uit.'

10

Simon keek naar zichzelf in de weerspiegeling van het raam. Isabelle had een grote invloed gehad op de veranderingen in zijn uiterlijk de laatste tijd. Ze had hem gedwongen zijn capuchontruien weg te gooien en een leren jas te dragen. Zijn sportschoenen had hij ingeruild voor designerlaarzen die driehonderd dollar kostten. Hij droeg nog steeds T-shirts met grappige teksten – EXISTENTIALISTS DO IT POINTLESSLY stond er op het shirt dat hij nu aanhad – maar er zaten geen gaten meer in zijn spijkerbroeken. Ook had hij zijn haar laten groeien. Het viel nu bijna over zijn ogen en bedekte zijn voorhoofd. Maar dat was meer uit noodzaak dan dat het Isabelles invloed was geweest.

Clary pestte hem met zijn nieuwe uiterlijk. Maar Clary vond eigenlijk alles aan zijn liefdesleven hilarisch. Ze vond het ongelofelijk dat hij iets had met Isabelle. Ze vond het ook ongelofelijk dat hij tegelijkertijd iets met Maia Roberts had, een vriendin van hen die toevallig een weerwolf was. En ze kon het al helemaal niet geloven dat hij hun nog niets over elkaar had verteld.

Simon wist niet meer precies hoe het zo was gekomen. Maia kwam vaak bij hem langs om op zijn Xbox te spelen. In het verlaten politiebureau waar de weerwolfroedel woonde, hadden ze er geen. En toen ze voor de derde of de vierde keer langskwam, had ze voordat ze wegging voorovergebogen en hem gezoend. Hij had het fijn gevonden. Daarna had hij Clary gebeld om te vragen of hij dit aan Isabelle moest vertellen. 'Zorg eerst dat je erachter komt wat jij en Isabelle nou precies hebben,' zei ze. 'Daarna vertel je het.'

Dit was niet echt een goed advies geweest. Het was nu al meer dan een maand geleden en hij wist nog steeds niet wat hij nou precies had met Isabelle, dus hij had haar ook niets verteld over Maia. En hoe meer tijd er voorbijging, hoe moeilijker hij het vond om er iets over te zeggen. Tot nu toe was het geen probleem geweest. Isabelle en Maia waren niet echt bevriend en ze zagen elkaar nooit. Helaas ging dat binnenkort wel gebeuren. Clary's moeder en haar oude vriend Luke gingen over een paar weken trouwen en Isabelle en Maia waren allebei uitgenodigd voor de bruiloft, een vooruitzicht dat Simon angstaanjagender vond dan achternagezeten worden door een boze menigte vampierjagers.

'Zo,' zei Isabelle, die hem uit zijn dagdroom haalde. 'Waarom hier en niet Taki's? Daar serveren ze je bloed.'

Simon schrok van haar luide stem. Isabelle was allesbehalve subtiel. Gelukkig leek niemand te luisteren, zelfs de serveerster niet, die een kop koffie voor Simons neus zette en wegliep zonder Isabelles bestelling op te nemen.

'Ik vind het leuk hier,' zei hij. 'Clary en ik kwamen hier altijd toen ze tekencursussen deed bij Tisch. Ze hebben geweldige borsjtsj en blini's – dat is bietensoep en een soort zoete pannenkoekjes – en ze zijn de hele nacht open.'

Isabelle lette niet op wat hij zei. Ze staarde langs hem heen. 'Wat is dát?'

Simon volgde haar blik. 'Dat is Graaf Blintzula.'

'Graaf Blintzula?'

Simon haalde zijn schouders op. 'Het is een halloweenversiering. Graaf Blintzula is voor kinderen. Net als Graaf Tel van Sesamstraat.' Hij grijnsde toen hij zag dat ze hem niet snapte. 'Je weet wel. Hij leert kinderen tellen.'

Isabelle schudde haar hoofd. 'Is er een tv-programma waarin een vampier kinderen leert tellen?'

'Als je het zou zien, zou je het snappen,' mompelde Simon.

'Mythologisch gezien is het wel logisch,' zei Isabelle, die overschakelde op haar prekerige schaduwjagerstoontje. 'Er zijn legenden dat vampiers geobsedeerd zijn door tellen. Als je een handje rijst op de grond gooit, moeten ze tellen hoeveel korrels het zijn. Het is niet waar, natuurlijk, net zomin als dat verhaal over knoflook. En vampiers zouden gewoon niets met kinderen te maken moeten hebben. Vampiers zijn angstaanjagend.'

'Dank je,' zei Simon. 'Het is een grap, Isabelle. Hij heet Graaf Tel. Hij houdt van tellen. Snap je? "Wat heeft Graaf Tel vandaag gegeten, kinderen? Eén koekje, twee koekjes, drie koekjes…"'

Er trok een koude luchtstroom door het restaurant toen er een nieuwe klant binnenkwam. Isabelle rilde en pakte haar zwarte zijden sjaal. 'Dat is toch niet realistisch?'

'Wat zou je dan willen? "Wat heeft Graaf Tel vandaag gegeten, kinderen? Eén weerloze dorpeling, twee weerloze dorpelingen, drie weerloze dorpelingen…"'

'Ssst.' Isabelle sloeg de sjaal om haar nek en leunde voorover. Ze legde haar hand op Simons pols. Haar grote, donkere ogen kwamen ineens tot leven, zoals dat gebeurde als ze demonen achternazat of als ze dacht aan demonen. 'Kijk. Daar.'

Simon volgde haar blik. Er stonden twee mannen bij de glazen kast met gebak: taarten met dikke lagen glazuur, borden met allerlei koekjes en koffiebroodjes met room. De mannen zagen er niet uit alsof ze interesse hadden in het eten. Ze waren allebei klein en zo uitgemergeld dat hun jukbeenderen als messen uit hun kleurloze gezichten staken. Ze hadden allebei grijs haar en lichtgrijze ogen en ze droegen leikleurige jassen die helemaal tot aan de grond kwamen.

'Kun je zien wat dat zijn?' vroeg Isabelle.

Simon kneep zijn ogen samen. Ze staarden allebei terug. Hun wimperloze ogen leken lege gaten. 'Ze zien eruit als boosaardige tuinkabouters.'

'Het zijn menselijke onderdanen,' siste Isabelle. 'Ze zijn eigendom van een vampier.'

'Eigendom… wat bedoel je?'

Ze maakte een ongeduldig geluid. 'Bij de Engel, jij weet echt niets over je eigen soort, of wel? Weet je überhaupt wel hoe vampiers worden gemaakt?'

'Nou, als een mamavampier en een papavampier heel erg van elkaar houden…'

Isabelle trok een gezicht. 'Prima, je weet dat vampiers niet met elkaar naar bed hoeven om zich voort te planten, maar ik durf te wedden dat je niet echt weet hoe het werkt.'

'Dat weet ik wel,' zei Simon. 'Ik ben een vampier omdat ik Raphaels bloed heb gedronken voordat ik doodging. Bloed drinken plus dood is vampier.'

'Niet helemaal,' zei Isabelle. 'Je bent een vampier omdat je Raphaels bloed hebt gedronken én omdat je daarna bent gebeten door andere vampiers en je daarna dood bent gegaan. Je moet ergens in het proces gebeten worden.'

'Waarom?'

'Vampierspeeksel heeft… bepaalde eigenschappen. Veranderende eigenschappen.'

'Bah,' zei Simon.

'Je hoeft geen bah tegen mij te zeggen. Jij bent degene met het magische spuug. Vampiers houden mensen om zich heen om zich mee te voeden als ze zin hebben in bloed. Een soort wandelende snoepmachines.' Izzy sprak vol walging. 'Je zou denken dat ze zwak zouden zijn van al het bloedverlies, maar vampierspeeksel heeft genezende eigenschappen. Het maakt rode bloedcellen aan en zorgt ervoor dat ze sterker en gezonder zijn en langer leven. Daarom is het voor een vampier niet tegen de Wet om zich met mensenbloed te voeden. Het doet een mens niet echt kwaad. Natuurlijk gebeurt het zo nu en dan wel dat een vampier besluit dat hij meer wil dan een snack… hij wil een onderdaan. En dan begint hij zijn gebeten mens kleine beetjes vampierbloed te voeden, net genoeg om hem tam te houden en hem aan zijn meester te binden. Onderdanen aanbidden hun meesters. Ze doen niets liever dan hen dienen. Alles wat ze willen is bij hen in de buurt zijn. Net zoals jij toen je terugging naar het Dumont. Je werd teruggetrokken naar de vampier wiens bloed je had binnengekregen.'

'Raphael,' zei Simon zwaarmoedig. 'Ik voel niet echt een dringende behoefte om bij hem in de buurt te zijn, dat kan ik je wel vertellen.'

'Nee, het verdwijnt als je een echte vampier wordt. Het zijn alleen de onderdanen die hun vampiervaders aanbidden. Ze kunnen hun niet ongehoorzaam zijn. Snap je het dan niet? Toen je terugging naar het Dumont, heeft Raphaels vampierkring jou leeggedronken en vervolgens werd je een vampier. Maar als ze je niet hadden leeggedronken en je in plaats daarvan meer vampierbloed hadden gegeven, was je uiteindelijk een onderdaan geworden.'

'Dit is allemaal erg interessant,' zei Simon. 'Maar het verklaart niet waarom ze naar ons staren.'

Isabelle keek nog een keer naar de mannen. 'Ze staren naar jou. Misschien is hun meester dood en zoeken ze een nieuwe vampier. Dan heb je straks twee huisdieren!' Ze grijnsde.

'Of misschien zijn ze hier voor de gebakken aardappels,' zei Simon.

'Menselijke onderdanen eten geen voedsel. Ze leven op vampierbloed en dierenbloed. Het houdt ze in een soort schijndood, een staat van bewusteloosheid. Ze zijn niet onsterfelijk, maar ze worden heel langzaam ouder.'

'Helaas gaat hun uiterlijk er niet op vooruit, zo te zien,' zei Simon, die de twee mannen eens goed bestudeerde.

Isabelle ging rechtop zitten. 'Ze komen hiernaartoe. We zullen er snel genoeg achter komen wat ze willen.'

De onderdanen bewogen alsof ze wielen hadden. Ze leken geen stappen te nemen, maar geluidloos vooruit te glijden. Het duurde slechts enkele seconden voordat ze bij Simons tafel waren. Isabelle had haar messcherpe dolk uit haar laars gehaald en op de tafel gelegd, waar die glom in de tl-verlichting van het restaurant. De meeste anti-vampierwapens hadden kruizen, dacht Simon, ervan uitgaand dat de meeste vampiers christen waren. Wie had kunnen weten dat het ooit nog eens in zijn voordeel uit zou pakken om een minderheidsreligie te volgen?

'Dat is dichtbij genoeg,' zei Isabelle toen de twee mannen

naast de tafel kwamen staan. Ze hield haar handen dicht bij het handvat van de dolk. 'Wat komen jullie doen?'

'Schaduwjager.' Het wezen aan de linkerkant sprak met een sissend gefluister. 'We wisten niet dat je je in deze situatie bevond.'

Isabelle trok een van haar sierlijke wenkbrauwen op. 'En wat voor situatie mag dat zijn?'

De tweede onderdaan wees met een lange, grijze vinger naar Simon. De nagel aan zijn vinger was vergeeld en scherp. 'Wij hebben zaken te bespreken met de daglichteling.'

'Nee hoor,' zei Simon. 'Ik heb geen idee wie jullie zijn. Ik heb jullie nog nooit gezien.'

'Ik ben meneer Walker,' zei het eerste wezen. 'Naast mij staat meneer Archer. Wij dienen de machtigste vampier in New York City. De leider van de grootste vampierkring in Manhattan.'

'Raphael Santiago,' zei Isabelle. 'In dat geval moeten jullie weten dat Simon geen lid is van een kring. Hij is eigen baas.'

Meneer Walker glimlachte lichtjes. 'Mijn meester hoopt dat daar verandering in kan komen.'

Simon keek naar Isabelle, die haar schouders ophaalde. 'Heeft Raphael je niet verteld dat hij wilde dat je uit de buurt bleef van andere vampiers?'

'Misschien is hij van gedachten veranderd,' stelde Simon voor. 'Je weet hoe hij is. Humeurig. Wispelturig.'

'Ik zou het niet weten. Ik heb hem niet meer gezien sinds ik hem dreigde te vermoorden met een kandelaar. Hij nam het goed op, trouwens. Hij vertrok geen spier.'

'Geweldig,' zei Simon. De twee onderdanen staarden naar hem. Hun ogen hadden een lichtgrijze kleur, als vieze sneeuw. 'Als Raphael mij in de kring wil, is het omdat hij iets van me wil. Dan kunnen jullie me maar beter gelijk vertellen wat dat is.'

'Wij zijn niet op de hoogte van de plannen van onze meester,' zei meneer Archer op een hooghartig toontje.

'Dan niet,' zei Simon. 'Dan ga ik niet mee.'

'We hebben toestemming om geweld te gebruiken als je niet met ons mee wilt.'

De dolk leek in Isabelles hand te springen. Ze bewoog in elk geval amper en hield het mes ineens vast en draaide het rond in haar hand. 'Dat zou ik maar niet doen als ik jullie was.'

Meneer Archer liet zijn tanden zien. 'Sinds wanneer zijn de kinderen van de engelen de lijfwachten van solitaire benedenlingen? Ik dacht dat jij je niet met dit soort zaakjes in zou laten, Isabelle Lightwood.'

'Ik ben zijn lijfwacht niet,' zei Isabelle. 'Ik ben zijn vriendin. En dat geeft mij het recht om jou verrot te schoppen als je hem iets aandoet. Zo werkt dat nou eenmaal.'

Vriendin? Simon was zo verrast dat hij haar met open mond aanstaarde. Maar zij staarde met een duistere blik naar de twee onderdanen. Aan de ene kant geloofde hij niet dat Isabelle zichzelf ooit zijn vriendin had genoemd. Aan de andere kant was het typisch hoe vreemd zijn leven was geworden, dat hij zich hier het meest over verbaasde, in plaats van over het feit dat hij zojuist was opgeroepen door de machtigste vampier in New York.

'Mijn meester,' zei meneer Walker op een toon die hij zelf waarschijnlijk geruststellend vond, 'heeft een voorstel voor de daglichteling.'

'Zijn naam is Simon. Simon Lewis.'

'Voor meneer Lewis. Ik kan je verzekeren dat het in het voordeel van meneer Lewis zal zijn als hij bereid is om met ons mee te gaan en onze meester aan te horen. Ik zweer op mijn meesters reputatie dat er niets met je zal gebeuren, daglichteling. En het staat je vrij om het aanbod van mijn meester te weigeren.'

Mijn meester, mijn meester. Meneer Walker sprak de woorden vol bewondering en ontzag uit. Simon rilde vanbinnen. Hoe verschrikkelijk was het om zo aan iemand vast te zitten en om geen eigen wil te hebben.

Isabelle schudde haar hoofd en mimede 'nee' naar Simon. Ze had waarschijnlijk gelijk, dacht hij. Isabelle was een uitstekende schaduwjager. Al sinds haar twaalfde zat ze foute benedenlingen achterna: losgeslagen vampiers, heksenmeesters die zwarte magie gebruikten, weerwolven die wild waren geworden en iemand hadden opgegeten. Ze was waarschijnlijk beter dan iedere andere schaduwjager van haar leeftijd, met uitzondering van haar broer Jace. En Sebastian, dacht Simon, die beter was geweest dan hen allebei. Maar die was dood.

'Oké,' zei hij. 'Ik ga mee.'

Isabelles ogen werden groter. 'Simon!'

De onderdanen wreven in hun handen, als de slechteriken in een stripboek. Het gebaar zelf was niet zo griezelig, maar wel het feit dat ze het allebei precies tegelijk en op precies dezelfde manier deden. Ze leken wel handpoppen die aan dezelfde touwtjes vastzaten.

'Fantastisch,' zei meneer Archer.

Isabelle liet haar mes met een kletterend geluid op de tafel vallen en leunde voorover. Haar glanzende haar raakte het tafelblad. 'Simon,' fluisterde ze dwingend. 'Doe niet zo dom. Er is geen enkele reden om met ze mee te gaan. En Raphael is een eikel.'

'Raphael is de hoofdvampier,' zei Simon. 'Zijn bloed heeft van mij een vampier gemaakt. Hij is mijn... hoe noem je dat?'

'Vampiervader, schepper, verwekker... er zijn een miljoen namen voor wat hij heeft gedaan,' zei Isabelle afgeleid. 'En misschien heeft zijn bloed van jou wel een vampier gemaakt. Maar het heeft van jou geen daglichteling gemaakt.' Ze keek hem doordringend aan. *Jace heeft van jou een daglichteling gemaakt.* Maar dat zou ze nooit hardop zeggen. Er waren maar een paar mensen die de waarheid kenden, het hele verhaal over wat Jace was en wat Simon daarom was. 'Je hoeft niet te doen wat hij zegt.'

'Natuurlijk niet,' zei Simon zachtjes. 'Ik kan ook weigeren, maar denk je dat Raphael het er dan bij zal laten? Ik dacht het niet. Ze zullen me blijven achtervolgen.' Hij wierp een blik op de onderdanen. Ze keken alsof ze het met hem eens waren, al verbeeldde hij zich dat misschien. 'Ze zullen me overal lastigvallen. Als ik ergens heen ga, op school, bij Clary...'

'En dus? Denk je dat Clary ze niet aankan?' Isabelle gooide haar handen in de lucht. 'Prima. Maar laat mij tenminste met je meegaan.'

'Geen sprake van,' kwam meneer Archer tussenbeide. 'Dit is geen zaak voor schaduwjagers. Dit is een aangelegenheid van de nachtkinderen.'

'Ik zal niet...'

'De Wet geeft ons het recht om onze zaken achter gesloten deuren af te handelen.' Meneer Walker klonk streng. 'Met ons eigen soort.'

Simon keek naar ze. 'Geef ons een momentje, alsjeblieft,' zei hij. 'Ik wil met Isabelle praten.'

Het bleef even stil. In het restaurant ging alles gewoon door. Het werd drukker, zoals elke avond gebeurde nadat de laatste film in de bioscoop om de hoek was afgelopen. Serveersters liepen gehaast heen en weer met dampende borden eten. Stelletjes lachten en kletsten aan de tafels om hen heen en de koks schreeuwden naar elkaar achter de toonbank. Niemand keek naar ze en niemand leek te merken dat er iets vreemds gaande was. Simon was inmiddels gewend aan betoveringen, maar soms kreeg hij als hij met Isabelle was toch het gevoel dat hij vastzat achter een onzichtbare glazen muur, afgesloten van de rest van de mensen en de dagelijkse gang van zaken.

'Prima,' zei meneer Walker, die een stap achteruit zette. 'Maar mijn meester houdt er niet van om lang te wachten.'

Ze liepen naar de deur en hadden blijkbaar geen last van de koude windvlagen. Ze stonden er als twee standbeelden. Simon wendde zich tot Isabelle. 'Het is al goed,' zei hij. 'Ze zullen me niets doen. Ze kúnnen me niets doen. Raphael weet hiervan.' Hij gebaarde ongemakkelijk naar zijn voorhoofd.

Isabelle stak haar hand naar hem uit en veegde zijn haar weg. Het was meer een zakelijke dan een liefdevolle aanraking. Ze fronste. Simon had het teken zelf vaak genoeg gezien in de spiegel. Hij wist hoe het eruitzag. Het leek alsof iemand met een kwast een eenvoudig patroon op zijn voorhoofd had geschilderd, net boven zijn ogen. De vorm leek af en toe te veranderen, als wolken die steeds vervormden, maar het was altijd duidelijk en zwart en het zag er op de een of andere manier gevaarlijk uit, als een waarschuwingsteken in een andere taal.

'Werkt het echt?' fluisterde ze.

'Raphael denkt dat het werkt,' zei Simon. 'En ik heb geen reden om te denken dat dat niet zo is.' Hij pakte haar pols en trok haar hand weg van zijn gezicht. 'Het komt wel goed, Isabelle.'

Ze zuchtte. 'Elk onderdeel van mijn training zegt dat dit geen goed idee is.'

Simon kneep in haar hand. 'Kom op. Jij bent toch ook nieuwsgierig naar wat Raphael wil?'

Isabelle gaf een klopje op zijn hand en leunde achterover. 'Vertel me alles als je terug bent. Bel mij als eerste.'

'Doe ik.' Simon stond op en ritste zijn jas dicht. 'En wil je iets voor me doen? Twee dingen, eigenlijk.'

Ze keek hem aarzelend maar geamuseerd aan. 'Wat?'

'Clary zei dat ze vanavond ging trainen op het Instituut. Als je haar ziet, vertel haar dan niet waar ik heen ben. Ze zal zich alleen maar onnodig zorgen maken.'

Isabelle rolde met haar ogen. 'Oké, prima. Tweede ding?'

Simon leunde voorover en zoende haar op haar wang. 'Bestel de borsjtsj. Die is geweldig.'

Meneer Walker en meneer Archer waren niet echt spraakzaam gezelschap. Ze leidden Simon in stilte door de straten van de Lower East Side en liepen met hun vreemde, zwevende tred een paar passen voor hem uit. Het was al laat, maar het was druk op straat: mensen die een late dienst hadden gedraaid en mensen die uit eten waren geweest en die met hun hoofd gebogen en kraag omhoog tegen de gure wind naar huis snelden. Op St. Mark's Place stonden tafels waar van alles werd verkocht: van goedkope sokken tot potloodtekeningen van New York en rokerige sandelhoutwierook. Daaronder zat de geur van mensen: huid en bloed.

Simons maag trok samen. Hij probeerde genoeg flessen dierenbloed op zijn kamer te houden. Hij had nu een klein koelkastje achter in zijn kast, waar zijn moeder het nooit zou zien. Hiermee probeerde hij te voorkomen dat hij honger kreeg. Het bloed smaakte walgelijk. Hij had gedacht dat hij eraan zou wennen en dat hij er zelfs zin in zou krijgen, maar behalve dat het zijn honger stilde, deed het helemaal niets. Hij kon er niet van genieten zoals hij ooit van chocola, vegetarische burrito's of koffie-ijs had genoten. Het bleef bloed.

Maar de honger was erger. Als hij honger had, rook hij dingen die hij niet wilde ruiken. Zout op iemands huid, de overrijpe, zoete geur van bloed die uit de poriën van voorbijgangers sijpelde. Hij kreeg er een hongerig, draaierig en naar gevoel van. Hij trok zijn schouders op, boog zijn hoofd, duwde zijn vuisten in zijn jaszakken en probeerde door zijn mond te ademen.

Ze sloegen rechts af naar Third Avenue en bleven staan voor een restaurant. Op het bord op de stoep stond: CLOISTER CAFÉ. TUIN HET HELE JAAR GEOPEND. Simon knipperde met zijn ogen. 'Wat doen we hier?'

'Dit is de plek die onze meester heeft gekozen,' zei meneer Walker op een wezenloze toon.

'Euh.' Simon was verbijsterd. 'Je zou denken dat Raphael ergens anders zou willen afspreken. Boven op een oningewijde kathedraal of in een grafkelder vol botten of zo. Hij lijkt mij niet echt een type voor hippe restaurantjes.'

De twee onderdanen staarden hem aan. 'Is er een probleem, daglichteling?' vroeg meneer Archer uiteindelijk.

Simon voelde zich op een vreemde manier beledigd. 'Nee. Nee, er is geen probleem.'

De inrichting van het restaurant was donker, met een marmeren bar tegen een van de muren. Ze liepen naar de andere kant van de ruimte en gingen een deur door naar de tuin. Ze werden niet benaderd door serveersters.

Veel restaurants in New York hadden een terras in een binnentuin, maar rond deze tijd van het jaar waren de tuinen meestal al gesloten. Ze stonden op een binnenplein tussen de gebouwen. Er waren muurschilderingen van Italiaanse tuinen vol bloemen. Het leek echt, maar het was gezichtsbedrog. In de bomen, met hun roodbruine en gouden blaadjes, hingen kabels met witte lichtjes, en van de terrasverwarmers die tussen de tafels stonden kwam een rode gloed. Het geluid van de klaterende fontein in het midden van het plein klonk als muziek.

Er was maar één tafel bezet, en niet door Raphael. Aan een tafel dicht bij de muur zat een slanke vrouw met een grote hoed. Terwijl Simon haar verbijsterd aanstaarde, zwaaide ze naar hem. Hij draaide zich om, maar daar stond natuurlijk niemand meer. Walker en Archer waren doorgelopen en Simon keek geamuseerd toe hoe ze het plein overstaken en een meter vanwaar de vrouw zat, bleven staan.

Walker maakte een diepe buiging. 'Meester,' zei hij.

De vrouw glimlachte. 'Walker,' zei ze. 'En Archer. Heel goed. Dank jullie wel dat jullie Simon naar me toe hebben gebracht.'

'Wacht eens even.' Simon keek van de vrouw naar de twee onderdanen en weer terug. 'Jij bent Raphael niet.'

'Mijn hemel, nee.' De vrouw zette haar hoed af. Een enorme hoeveelheid zilverblond haar viel over haar schouders. Het schitterde in de kerstverlichting. Haar gezicht was glad, bleek en ovaal en ze had enorme, vaalgroene ogen. Ze was erg mooi. Ze droeg lange, zwarte handschoenen, een zwarte zijden blouse

en een kokerrok. Om haar hals had ze een zwart sjaaltje geknoopt. Het was onmogelijk om haar leeftijd te schatten, of de
leeftijd waarop ze een vampier was geworden. 'Ik ben Camille
Belcourt. Aangenaam kennis te maken.'

Ze stak haar zwarte handschoen naar hem uit.

'Er werd mij verteld dat ik Raphael Santiago hier zou ontmoeten,' zei Simon, die haar hand niet aanpakte. 'Werk jij voor
hem?'

Camille Belcourt lachte als een klaterende fontein. 'Zeer zeker
niet! Al werkte hij ooit wel voor mij.'

En toen herinnerde Simon het zich. 'Ik dacht dat iemand anders de hoofdvampier was,' had hij ooit tegen Raphael gezegd,
in Idris. Het leek eeuwen geleden.

'Camille is nog niet bij ons terug,' had Raphael geantwoord.
Ik heb nu de leiding.

'Jij bent de hoofdvampier,' zei Simon. 'Van de kring in Manhattan.' Hij draaide zich om naar de onderdanen. 'Jullie hebben me erin geluisd. Jullie zeiden dat ik Raphael hier zou zien.'

'Ik zei dat je onze meester hier zou zien,' zei meneer Walker.
Zijn ogen waren groot en leken leeg. Zo leeg, dat Simon zich
afvroeg of hij überhaupt van plan was geweest om hem om de
tuin te leiden. Het waren waarschijnlijk een soort robots, die
zeiden wat hun meester hun had opgedragen en zich niet
bewust waren van afwijkingen in het script. 'En dit is onze
meester.'

'Inderdaad.' Camille keek haar onderdanen met een stralende
glimlach aan. 'Willen jullie ons excuseren, Walker en Archer. Ik
moet Simon even alleen spreken.' De manier waarop ze zijn
naam en het woordje 'alleen' zei, klonk als een geheime lief-
kozing.

De onderdanen bogen en liepen weg. Toen meneer Archer
zich omdraaide, zag Simon een litteken op de zijkant van zijn
keel. Het was zo'n donkere plek dat het wel verf leek. Er zaten
stipjes in die nog donkerder waren. De donkere stipjes waren

gaatjes, omringd door droge, gerafelde huid. Simon voelde een rilling over zijn rug trekken.

'Kom zitten, alsjeblieft,' zei Camille, die naar de stoel naast haar gebaarde. 'Wil je wijn?'

Simon nam plaats op de oncomfortabele, harde, metalen stoel. 'Ik drink niet echt.'

'Natuurlijk,' zei ze vol medeleven. 'Je bent amper een jongeling, of niet? Maak je niet te veel zorgen. Na verloop van tijd zul je leren om wijn en andere dranken te drinken. Er zijn oude vampiers die menselijk voedsel kunnen nuttigen zonder al te veel schadelijke bijwerkingen.'

Zonder al te veel schadelijke bijwerkingen? Dit klinkt niet echt bemoedigend, dacht Simon. 'Gaat dit lang duren?' vroeg hij, terwijl hij geïrriteerd naar zijn mobieltje wees, waarop te zien was dat het al halfelf geweest was. 'Ik moet naar huis.'

Camille nam een slok van haar wijn. 'Echt? Waarom?'

Omdat mijn moeder op me wacht. Dat hoefde deze vrouw natuurlijk niet te weten. 'Je hebt mijn afspraakje onderbroken,' zei hij. 'Ik vraag me gewoon af wat er zo belangrijk is.'

'Je woont nog bij je moeder, of niet soms?' zei ze terwijl ze haar glas neerzette. 'Nogal vreemd, vind je niet? Dat een machtige vampier als jij weigert om uit huis te gaan en zich aan te sluiten bij een kring?'

'Dus je hebt mijn afspraak onderbroken om me uit te lachen omdat ik nog steeds bij mijn moeder woon? Had je dat niet kunnen doen op een avond dat ik geen afspraak had? Dat is op de meeste avonden, mocht je je dat afvragen.'

'Ik drijf niet de spot met je, Simon.' Ze ging met haar tong over haar onderlip, alsof ze de wijn die ze zojuist gedronken had proefde. 'Ik wil weten waarom jij niet bij Raphaels kring zit.'

Dat is toch ook jouw kring? 'Ik kreeg het gevoel dat hij mij er niet bij wilde,' zei Simon. 'Hij heeft min of meer gezegd dat hij mij met rust zou laten als ik hem met rust zou laten. Dus laat ik hem met rust.'

'Is dat zo?' Haar groene ogen glommen.

'Ik heb nooit een vampier willen worden,' zei Simon, die zich afvroeg waarom hij dit vertelde aan een vrouw die hij niet kende. 'Ik heb altijd een normaal leven gewild. Toen ik erachter kwam dat ik een daglichteling was, dacht ik dat dat kon. Of in elk geval een beetje. Ik kan naar school, ik kan thuis wonen, ik kan mijn moeder en zus zien...'

'Zolang je nooit eet waar zij bij zijn,' zei Camille. 'Zolang je je behoefte aan bloed kunt verbergen. Je hebt nog nooit mensenbloed gehad, of wel? Alleen bloed in zakken. Oud dierenbloed.' Ze trok haar neus op.

Simon dacht aan Jace en duwde de gedachte snel weer weg. Jace was niet echt een mens. 'Nee, nog nooit.'

'Dat gaat nog wel een keer gebeuren. En als het gebeurt, dan zul je het nooit meer vergeten.' Ze leunde voorover. Haar lichte haar raakte zijn hand. 'Je kunt niet voor altijd verbergen wie je bent.'

'Welke tiener liegt er nou niet tegen zijn ouders?' zei Simon. 'Hoe dan ook, ik snap niet helemaal wat dit jou aangaat. Ik snap eigenlijk nog steeds niet waarom ik hier ben.'

Camille leunde voorover. Haar zwarte zijden blouse viel open. Als Simon nog een mens was geweest, had hij nu gebloosd. 'Mag ik het zien?'

Simon voelde hoe zijn ogen zowat uit hun kassen sprongen. 'Wat?'

Ze glimlachte. 'Het teken, gekke jongen. Het teken van de dwaler.'

Simon opende zijn mond en sloot hem weer. *Hoe weet ze dit?* Er wisten maar weinig mensen van het teken dat Clary hem in Idris had gegeven. Raphael had hem verteld dat het een dodelijk geheim was en zo ging Simon er ook mee om.

Maar Camilles ogen waren erg groen en standvastig en om de een of andere reden wilde hij doen wat zij van hem wilde. Er was iets in de manier waarop ze naar hem keek en iets in de muziek van haar stem. Hij schoof zijn haar opzij en liet zijn voorhoofd zien.

Haar ogen werden groter en haar mond viel open. Ze legde haar vingers op haar keel, alsof ze haar niet-bestaande hartslag zocht. 'O,' zei ze. 'Wat ben jij een geluksvogel, Simon. Wat zul je hier blij mee zijn.'

'Het is een vloek,' zei hij. 'Geen zegen. Dat weet je toch?'

Haar ogen sprankelden. '"Kaïn zei tegen de Heer: die straf is te zwaar om te dragen." Is het te zwaar om te dragen, Simon?'

Simon leunde achterover en liet zijn haar weer op zijn plek vallen. 'Ik kan het dragen.'

'Maar je wilt het niet.' Ze liet haar vinger over de rand van het wijnglas glijden en hield haar blik op hem gericht. 'Wat als ik je een manier kon bieden om deze vloek in jouw voordeel te gebruiken?'

Dan zou ik zeggen dat we eindelijk bij de reden komen waarom je me hier hebt gebracht. Dat is een begin. 'Ik luister.'

'Je herkende mijn naam toen ik me net voorstelde,' zei Camille. 'Raphael heeft mij wel eens genoemd, of niet?' Ze had een heel licht accent, dat Simon niet helemaal kon plaatsen.

'Hij zei dat jij het hoofd van de kring was en dat hij de leiding had terwijl jij weg was. Hij had jouw plaats tijdelijk ingenomen, als een... als een vicepresident of zo.'

'Aha.' Ze beet op haar lip. 'Dat is niet helemaal waar. Ik wil jou graag de waarheid vertellen, Simon. Ik wil je graag een aanbod doen. Maar je moet mij eerst iets beloven.'

'Wat?'

'Dat alles wat wij hier vanavond bespreken, geheim blijft. Niemand mag het weten. Jouw kleine roodharige vriendinnetje Clary niet. Jouw andere vriendinnetjes niet. De Lightwoods niet. Niemand.'

Simon leunde achterover. 'En wat als ik dat niet wil beloven?'

'Dan mag je gaan,' zei ze. 'Maar dan zul je nooit weten wat ik je wilde vertellen. En daar zul je spijt van krijgen.'

'Ik ben nieuwsgierig,' zei Simon. 'Maar ik weet niet zeker of ik zó nieuwsgierig ben.'

Haar ogen sprankelden van verbazing, pret en misschien, dacht Simon, wel een klein beetje respect. 'Wat ik te zeggen heb, heeft geen betrekking op hen. Het heeft niets met hun veiligheid of hun welzijn te maken. De geheimhouding dient enkel voor mijn eigen bescherming.'

Simon keek haar bedenkelijk aan. Meende ze het? Vampiers waren niet als elfen, die niet konden liegen. Maar hij moest toegeven dat hij nieuwsgierig was. 'Oké. Ik zal het geheimhouden, tenzij ik vind dat het iets is wat mijn vrienden in gevaar brengt. Dan geldt mijn belofte niet meer.'

Haar glimlach was ijzig. Hij kon merken dat ze het niet leuk vond dat hij haar niet vertrouwde. 'Prima,' zei ze. 'Ik heb niet echt een keuze, aangezien ik jouw hulp nodig heb.' Ze leunde voorover. Haar slanke hand speelde met de steel van het wijnglas. 'Het is nog niet zo lang geleden dat ik de leider was van de vampierkring in Manhattan. Alles ging goed. We hadden een prachtig vertrek in een oud vooroorlogs gebouw in de Upper West Side, niet dat rattenhol van een hotel waar Santiago mijn volk nu huist. Santiago – Raphael, zoals jij hem noemt – was mijn onderbevelhebber. Mijn meest loyale partner. Dat dacht ik tenminste... Op een nacht kwam ik erachter dat hij mensen vermoordde. Hij dreef ze naar dat oude hotel in Spanish Harlem en dronk hun bloed. Gewoon voor de lol. Hij liet hun botten achter in de afvalcontainers. Hij nam stomme risico's en overtrad de Wet van het Verbond.' Ze nipte aan haar wijn. 'Toen ik hem ermee confronteerde, kwam ik erachter dat hij de rest van de kring had verteld dat ik de moordenaar en de overtreder was. Hij wilde me erin luizen. Hij was van plan om mij te vermoorden en zelf de macht te grijpen. Ik ben gevlucht. Walker en Archer gingen met mij mee om me te beschermen.'

'Dus hij heeft iedereen wijsgemaakt dat hij de leiding heeft totdat jij terugkomt?'

Ze trok een gezicht. 'Santiago kan heel goed liegen. Hij wil dat ik terugkom, maar alleen zodat hij mij kan vermoorden en de echte leider van de kring kan worden.'

Simon wist niet wat ze wilde horen. Hij was er niet aan gewend dat volwassen vrouwen hem met grote, betraande ogen aanstaarden, of hun levensverhaal vertelden.

'Het spijt me,' zei hij uiteindelijk.

Ze haalde haar schouders op. Ze deed het op zo'n theatrale manier, dat hij zich afvroeg of haar accent misschien Frans was. 'Niets aan te doen,' zei ze. 'Ik heb me al die tijd verstopt in Londen. Ik ben op zoek gegaan naar bondgenoten en heb mijn tijd afgewacht. Toen hoorde ik over jou.' Ze stak haar hand omhoog. 'Ik kan je niet vertellen hoe. Ik heb gezworen dat ik het geheim zou houden. Maar zodra ik over jou hoorde, realiseerde ik me dat dit precies was waar ik op wachtte.'

'Wat? Ik?'

Ze leunde voorover en raakte zijn hand aan. 'Raphael is bang voor jou, Simon. En terecht. Jij bent van zijn soort. Je bent een vampier, maar jij kunt niet gewond of gedood worden. Hij hoeft maar een vinger naar jou uit te steken en God zal wraak nemen.'

Het was even stil. Simon hoorde het zachte elektrische gezoem van de kerstverlichting, het water in de fontein en het gegons en gedruis van de stad. Toen hij sprak, klonk zijn stem zacht. 'Je zei het.'

'Wat zei ik, Simon?'

'Het woord. Degene die wraak zal nemen...' Het woord brandde zijn mond, net als altijd.

'Ja. God.' Ze trok haar hand terug, maar haar ogen stonden warm. 'Ons soort kent veel geheimen die ik jou kan vertellen en laten zien. Je zult leren dat je niet vervloekt bent.'

'Mevrouw...'

'Camille. Je moet me Camille noemen.'

'Ik begrijp nog steeds niet wat je van mij wilt.'

'Echt niet?' Ze schudde haar hoofd en haar glanzende haar vloog langs haar gezicht. 'Ik wil dat je je bij mij aansluit, Simon. Ga met mij de strijd aan tegen Santiago. We zullen dat rattenhol van hem samen betreden. Zodra zijn volgers zien dat jij bij mij hoort, zullen ze hem verlaten en naar mij komen. Ik geloof dat ze onder hun angst voor hem trouw aan mij zijn. Als ze ons samen zien, zal die angst verdwijnen en zullen ze zich bij ons aansluiten. Een mens kan niet wedijveren met het goddelijke.'

'Ik weet het niet, hoor,' zei Simon. 'In de Bijbel vecht Jakob met een engel. En hij wint.'

Camille trok haar wenkbrauwen op.

Simon haalde zijn schouders op. 'Joodse les.'

'"Jakob noemde die plaats Peniël, 'want,' zei hij, 'ik heb oog in oog gestaan met God.'" Je bent niet de enige die de Bijbel kent.' Haar ernstige blik verdween en ze glimlachte. 'Je hebt het misschien niet door, daglichteling, maar zolang jij dat teken draagt, ben jij het wrekende wapen van de hemel. Niemand kan het van jou winnen. Zeker een vampier niet.'

'Ben jij bang voor mij?' vroeg Simon.

Hij had er vrijwel gelijk spijt van dat hij het had gevraagd. Haar groene ogen werden zo donker als onweerswolken. 'Ik? Bang voor jou?' Toen herpakte ze zich. Haar gezichtsuitdrukking verzachtte en haar ogen werden lichter. 'Natuurlijk niet,' zei ze. 'Je bent een intelligente jongeman. Ik ga ervan uit dat jij de wijsheid van mijn voorstel inziet en je bij me aansluit.'

'En wat is jouw voorstel precies? Ik bedoel, ik snap dat je Raphael wilt overbluffen, maar daarna? Ik haat Raphael niet echt. Ik wil niet van hem af of zo. Hij laat mij met rust. Dat is alles wat ik wil.'

Ze vouwde haar handen. Ze droeg een zilveren ring met een blauwe steen om haar linkermiddelvinger. De ring zat over haar handschoen heen. 'Je denkt dat je dat wilt, Simon. Je denkt dat Raphael jou een gunst bewijst door jou met rust te laten, zoals jij het noemt. Wat hij eigenlijk doet, is je buitensluiten. Jij denkt nu dat jij jouw soort niet nodig hebt. Je bent blij met de vrienden die je hebt. Mensen en schaduwjagers. Het lukt je nog om flessen bloed in je kamer te verstoppen en voor je moeder te verzwijgen wat je bent.'

'Hoe weet jij...'

Ze ging door en negeerde hem. 'Maar hoe zit het over tien jaar? Als je eigenlijk zesentwintig hoort te zijn? En over twintig jaar? Dertig jaar? Denk je soms dat het niet op zal vallen dat iedereen verandert, maar jij niet?'

Simon zei niets. Hij wilde eigenlijk niet toegeven dat hij nog nooit zo ver vooruit had gedacht. Hij wilde niet zo ver vooruit denken.

'Raphael heeft jou geleerd dat andere vampiers als vergif voor je zijn. Maar zo hoeft het niet te zijn. Een eeuwigheid is een lange tijd om alleen door te brengen, zonder anderen van jouw soort. Anderen die het begrijpen. Je bent bevriend met schaduwjagers, maar jij kunt nooit een van hen zijn. Jij zult altijd anders zijn. Bij ons kun je ergens bij horen.' Toen ze vooroverleunde, sprong er wit licht van haar ring af. Het prikte in Simons ogen. 'Wij hebben duizenden jaren kennis die we met jou kunnen delen, Simon. Je kunt leren hoe je jouw geheim kunt bewaren, hoe je kunt eten en drinken en hoe je Gods naam kunt uitspreken. Raphael heeft deze informatie voor jou achtergehouden en je laten geloven dat het niet mogelijk is. Maar het is wel mogelijk. Ik kan je helpen.'

'Als ik jou eerst help,' zei Simon.

Ze glimlachte en liet haar scherpe witte tanden zien. 'We zullen elkaar helpen.'

Simon leunde achterover. De ijzeren stoel was hard en zat niet lekker en hij werd ineens heel moe. Hij keek naar zijn handen en kon zien dat zijn aderen donkerder waren geworden en vertakten over zijn knokkels. Hij wilde bloed. Hij wilde met Clary praten. Hij wilde tijd om na te denken.

'Ik heb je laten schrikken,' zei ze. 'Ik weet dat het veel is om in één keer te verwerken. Ik zou je het liefst alle tijd van de wereld geven om hierover na te denken. Maar we hebben niet veel tijd, Simon. Zolang ik in de stad ben, loop ik het gevaar dat Raphael en zijn kornuiten me vinden.'

'Kornuiten?' Ondanks alles grinnikte Simon.

Camille leek het niet te snappen. 'Ja?'

'Nou ja, het is gewoon... "kornuiten" klinkt een beetje als "kameraden" of "makkers".' Ze bleef hem wezenloos aanstaren. Simon zuchtte. 'Sorry. Je hebt waarschijnlijk niet zoveel slechte films gezien als ik.'

Camille fronste lichtjes en er verscheen een dunne rimpel tussen haar wenkbrauwen. 'Ik was al gewaarschuwd dat je soms vreemde trekjes hebt. Misschien komt het doordat ik niet zoveel vampiers van jouw generatie ken. Maar het zal goed voor me zijn, denk ik, om in de buurt van iemand te zijn die zo... jong is.'

'Vers bloed,' zei Simon.

Hier moest ze wel om glimlachen. 'Ben je er klaar voor? Om mijn aanbod te accepteren? Om samen te werken?'

Simon keek naar de lucht. De witte lichtjes in de bomen leken de sterren uit te wissen. 'Hoor eens,' zei hij. 'Ik waardeer het aanbod. Echt.' Shit, dacht hij. Er moest toch een manier zijn om dit te zeggen zonder te klinken alsof hij een uitnodiging voor het schoolfeest afsloeg. *Ik ben gevleid dat je me vraagt, maar...* Camille sprak net als Raphael heel formeel en stijf, alsof ze in een sprookje zat. Misschien kon hij dat proberen. 'Ik behoef enige tijd om deze beslissing te maken. Dat begrijp je hopelijk wel.'

Ze glimlachte verfijnd en liet de puntjes van haar hoektanden zien. 'Vijf dagen,' zei ze. 'Niet langer.' Ze stak een hand naar hem uit. Er glom iets in haar zwarte zijden handschoen. Het was een klein, glazen buisje. Het leek wel zo'n proefmonster van parfum, alleen was het buisje gevuld met bruin poeder. 'Zand van de begraafplaats,' legde ze uit. 'Als je dit kapotgooit,

weet ik dat je me oproept. Als je me niet binnen vijf dagen oproept, stuur ik Walker op je af voor een antwoord.'

Simon pakte het buisje en liet het in zijn zak glijden. 'En als
mijn antwoord nee is?'

'Dan zal ik teleurgesteld zijn. Maar dan zullen we als vrienden
uit elkaar gaan.' Ze schoof haar wijnglas opzij. 'Dag, Simon.'

Simon stond op. De stoel maakte een metaalachtig piepge-
luid toen hij hem naar achteren schoof. Te hard. Hij wilde eigenlijk nog wat terugzeggen, maar hij wist niet wat. Het leek erop
dat ze klaar met hem was. Hij besloot dat hij liever een rare
moderne vampier zonder manieren leek dan dat hij het risico
liep om weer terug in het gesprek getrokken te worden. Hij
ging weg zonder verder nog iets te zeggen.

Op zijn weg terug door het restaurant liep hij langs Walker
en Archer, die naast de grote, houten bar stonden, met hun
schouders gebogen onder hun lange, grijze mantels. Hij voelde
hun dreigende blikken toen hij langsliep en hij wiebelde met
zijn vingers naar hen. Een gebaar dat het midden hield tussen
een vriendelijke zwaai en het wegvegen van iets. Archer liet
zijn tanden zien – het waren platte mensentanden – en hij liep
met grote passen langs hem naar de tuin. Op de voet gevolgd
door Walker. Simon zag hoe ze plaatsnamen in de stoelen tegenover Camille. Ze keek niet op, maar de witte lichtjes die de tuin
hadden verlicht, gingen ineens uit. Niet een voor een maar allemaal tegelijk. Simon staarde verward naar het donkere plein.
Het leek wel alsof iemand de sterren had uitgedaan. Tegen de
tijd dat de obers het doorkregen en naar buiten snelden om
het probleem te verhelpen en de tuin weer te verlichten, waren
Camille en haar menselijke onderdanen verdwenen.

Simon deed de voordeur van zijn huis open. Hij woonde in een
straat met identieke bakstenen rijtjeshuizen, aan de rand van
zijn wijk in Brooklyn. Hij duwde de deur een stukje open en
luisterde.

Hij had zijn moeder verteld dat hij met Eric en de andere bandleden ging repeteren voor een optreden. Er was ooit een tijd dat ze hem zonder twijfel had geloofd. Elaine Lewis was altijd een relaxte moeder geweest. Ze had Simon en zijn zus nooit een tijd gegeven waarop ze thuis moesten zijn en ze had nooit moeilijk gedaan over uitgaan op doordeweekse avonden. Simon was eraan gewend om tot in de late uurtjes weg te blijven met Clary en om twee uur 's nachts zijn bed in te duiken. Zijn moeder had er nooit iets van gezegd.

Nu was alles anders. Hij was bijna twee weken in Idris geweest, het thuisland van de schaduwjagers. Hij was zomaar, zonder enige uitleg, twee weken van huis geweest. De heksenmeester Magnus Bane had een geheugenspreuk op Simons moeder gebruikt, zodat ze zich nu niet meer herinnerde dat hij ooit weg was geweest. Het zat in elk geval niet in haar bewuste herinnering. Maar haar gedrag was wel veranderd. Ze was wantrouwend en hield hem goed in de gaten. Ze stond er ineens op dat hij om een bepaalde tijd thuis was. De laatste keer dat hij thuis was gekomen van een afspraakje met Maia, had ze op een stoel in de gang gezeten, met haar armen over elkaar en een woedende blik op haar gezicht.

Hij had haar die avond al horen ademen voordat hij haar had gezien. Nu hoorde hij alleen het geluid van de televisie in de woonkamer. Ze had waarschijnlijk op hem gewacht terwijl ze naar een marathon van haar favoriete ziekenhuisserie keek. Simon deed de deur dicht en leunde ertegenaan. Hij verzamelde moed om te liegen.

Het was al zo moeilijk om niets te eten waar zijn familie bij was. Gelukkig ging zijn moeder vroeg naar haar werk en kwam ze laat weer terug. Rebecca studeerde in New Jersey en kwam slechts af en toe naar huis om haar was te doen. Ze was niet vaak genoeg in de buurt om door te krijgen dat er iets vreemds aan de hand was. Zijn moeder was meestal al weg als hij opstond en ze zette haar met liefde bereide ontbijt en lunch dan voor hem op het aanrecht. Hij gooide het onderweg ergens in een vuilnisbak. Met het avondeten was het een stuk lastiger. Als zijn moeder thuis was, moest hij zijn eten over zijn bord heen en weer schuiven en doen alsof hij geen honger had. Ook zei hij soms dat hij zijn eten wilde meenemen naar zijn kamer omdat hij veel huiswerk had. Een paar keer had hij om haar blij te maken wel enkele happen genomen. Hij had daarna uren zwetend en spugend op de badkamer doorgebracht, net zolang tot hij het allemaal kwijt was.

Hij haatte het dat hij tegen haar moest liegen. Hij had altijd een beetje medelijden gehad met Clary vanwege Jocelyn, de meest overbezorgde moeder die hij kende. Nu was het omgekeerd. Sinds Valentijn dood was, had Jocelyn Clary wat meer losgelaten. Ze leek bijna wel een normale ouder. Ondertussen bezweek Simon thuis bijna onder zijn moeders beschuldigende blik.

Hij rechtte zijn rug, zette zijn schoudertas bij de deur en liep naar de woonkamer voor de confrontatie met zijn moeder. De televisie stond aan en het journaal schalde door de kamer. De nieuwslezer vertelde over een baby die in een steegje achter het ziekenhuis in het centrum was gevonden. Simon was verrast. Zijn moeder haatte het journaal. Ze werd er depressief van. Hij keek naar de bank en snapte het. Zijn moeder sliep. Haar bril lag op de tafel en haar halflege glas stond op de grond. Simon kon het vanaf hier ruiken. Het was waarschijnlijk whisky. Hij voelde een steek in zijn maag. Zijn moeder dronk bijna nooit.

Simon ging naar zijn moeders slaapkamer en kwam terug met een gehaakte deken. Zijn moeder sliep nog steeds. Haar ademhaling was langzaam en gelijkmatig. Elaine Lewis was een kleine, vogelachtige vrouw, met een aureool van zwart krulhaar met grijze plukken, die ze weigerde te verven. Ze werkte voor een milieustichting en de meeste van haar kleren hadden een dierenmotief. Ze droeg nu een jurk met dolfijnenprint en een broche die ooit een echte vis was geweest, met een laagje hars erover. Toen hij de deken over haar schouders trok, staarde het gelakte oog van de vis Simon beschuldigend aan. Ze bewoog en draaide haar hoofd rusteloos van hem weg. 'Simon,' fluisterde ze. 'Simon, waar ben je?'

Geschrokken liet Simon de deken los. Hij stond op. Misschien moest hij haar wakker maken en haar laten weten dat het goed met hem ging. Maar dan zouden er vragen volgen die hij niet wilde beantwoorden en dan zou ze zo'n gekwetste blik op haar gezicht krijgen. Daar kon hij niet tegen. Hij draaide zich om en ging naar zijn slaapkamer.

Hij was op bed gaan liggen en had de telefoon van zijn nachtkastje gepakt om Clary te bellen, zonder daarover na te denken. Hij wachtte even en luisterde naar de kiestoon. Hij kon haar niet vertellen over Camille. Hij had beloofd om het aanbod van de vampier geheim te houden, en hoewel Simon niet het gevoel had dat hij Camille iets verschuldigd was, had hij de afgelopen maanden één ding geleerd, en dat was dat je je beloftes aan bovennatuurlijke wezens maar beter na kon komen. Toch wilde hij Clary's stem horen, zoals hij dat altijd wilde na een lange dag. Nou ja, hij kon altijd nog klagen over zijn liefdesleven. Daarmee kon hij haar eindeloos vermaken. Hij draaide zich op zijn zij, trok een kussen onder zijn hoofd en belde Clary.

2

Vallen

'En... was het leuk met Isabelle vanavond?' Clary had haar telefoon tussen haar oor en schouder geklemd en stapte voorzichtig van de ene lange balk naar de andere. De balken hingen zeven meter hoog in de daksparren van de zolder van het Instituut, waar de trainingsruimte was. Het was de bedoeling dat je van het lopen over balken leerde om je evenwicht te bewaren. Clary haatte deze oefening. Door haar hoogtevrees werd ze misselijk en duizelig, ook al zat ze vast aan een koord dat moest voorkomen dat ze te pletter stortte als ze viel. 'Heb je haar al over Maia verteld?'

Simon maakte een zacht, nietszeggend geluid, waarvan Clary wist dat het 'nee' betekende. Ze hoorde muziek op de achtergrond. Ze kon helemaal voor zich zien hoe hij op zijn bed lag met de stereo zachtjes aan. Hij klonk moe. Hij klonk eigenlijk zo volledig uitgeput, dat ze wist dat zijn luchtige toon niet overeenkwam met zijn stemming. Ze had hem aan het begin van hun gesprek meerdere malen gevraagd of het wel goed met hem ging, maar hij had haar bezorgdheid van de hand gewezen.

Ze snoof. 'Je speelt met vuur, Simon. Ik hoop dat je dat weet.'

'Dat weet ik wel. Denk je echt dat ze het zo erg zouden vinden?' zei Simon bedenkelijk. 'Ik heb met Isabelle, of met Maia, nog helemaal niet besproken of we echt verkering hebben.'

'Laat me jou eens iets vertellen over meisjes.' Clary ging op een van de balken zitten en liet haar benen in de lucht bungelen. De halfronde ramen van de zolder stonden open en de frisse nachtlucht stroomde naar binnen en verkoelde haar zweterige huid. Ze had altijd gedacht dat de schaduwjagers trainden in hun stevige, leerachtige tenues, maar dat bleek voor latere trainingen te zijn, als er wapens aan te pas kwamen. Voor de training die ze nu deed en waarmee ze haar lenigheid, snelheid en evenwicht verbeterde, droeg ze een hemdje en een broek met een trekkoord, die haar deden denken aan operatiekleding. 'Zelfs als je dat gesprek had gehad, dan zouden ze nog steeds woest worden als ze erachter kwamen dat je aan het daten was met iemand die zij kenden en dat je het niet hebt gezegd. Het is gewoon een regel dat je zoiets vertelt.'

'Hoe moet ik die regel nou weer kennen?'

'Iedereen kent die regel.'

'Ik dacht dat jij aan mijn kant stond.'

'Ik sta ook aan jouw kant!'

'Waarom kun je dan niet iets meer met me meeleven?'

Clary pakte de telefoon in haar andere hand en tuurde naar de schaduwen onder haar. Waar was Jace? Hij had gezegd dat hij even een nieuw touw ging halen en over vijf minuten terug zou zijn. Hij zou haar natuurlijk vermoorden als hij haar betrapte op bellen zo hoog in de lucht. Hij was bijna nooit verantwoordelijk voor haar training. Dat was Maryse meestal, of Kadir, of iemand anders van het Verbond in New York die waarnam als mentor van het Instituut, nu Hodge er niet meer was. Maar als Jace haar wel begeleidde, nam hij zijn taak heel serieus. 'Omdat jouw problemen geen echte problemen zijn,' zei ze. 'Je hebt twee mooie meisjes tegelijk. Denk daar eens over na. Dat zijn... rocksterproblemen.'

'Het hebben van rocksterproblemen maakt me helaas nog geen rockster.'

'Niemand dwingt je om je band Salacious Mold te noemen, vriend.'

'We heten tegenwoordig Millennium Lint,' protesteerde Simon.

'Hoor eens, probeer dit gewoon op te lossen voor de bruiloft. Als ze allebei denken dat ze verkering met je hebben en er op de bruiloft achter komen, vermoorden ze je.' Ze stond op. 'En dan is mijn moeders bruiloft verpest en dan vermoordt zij jou. Dus dan ben je twee keer dood. Nou ja, drie keer, om precies te zijn...'

'Ik heb ze helemaal niet meegevraagd naar de bruiloft!' De paniek was hoorbaar in Simons stem.

'Nee, maar dat verwachten ze wel. Daarom hebben meisjes vriendjes. Zodat je iemand hebt om mee te praten tijdens saaie feesten en partijen.' Clary liep naar de rand van de balk en keek naar beneden, naar de met heksenlicht verlichte schaduwen. Op de grond stond met krijt een cirkel getekend. Het zag eruit als een schietschijf. 'Hoe dan ook. Ik moet nu van een balk springen en mogelijk een vreselijke dood sterven. Ik spreek je morgen.'

'Ik ga om twee uur repeteren met de band, weet je nog? Ik zie je daar.'

'Zie je daar.' Ze hing op en stopte de telefoon in haar beha. De luchtige trainingskleren hadden geen zakken, dus wat moest ze anders?

'Ben je van plan om daar de hele avond te blijven staan?' Jace stapte naar het midden van de schietschijf en keek omhoog. Hij droeg zijn gevechtstenue, niet de trainingskleren die Clary aanhad. Zijn blonde haar stak duidelijk af tegen de zwarte kleren. Het was na de zomer iets donkerder geworden en was nu eigenlijk meer donkergoud dan lichtblond. Het stond hem nog beter, dacht Clary. Dat zulke kleine veranderingen in zijn uiterlijk haar opvielen, maakte haar absurd gelukkig.

'Ik dacht dat jij naar boven zou komen,' riep ze naar beneden. 'Waarom bleef je zo lang weg?'

'Lang verhaal.' Hij grijnsde naar haar. 'Wil je salto's oefenen?'

Clary zuchtte. Dit betekende dat ze zich van de balk naar beneden moest storten, dat ze het elastieken koord om haar middel moest gebruiken en dat ze zich moest afzetten tegen de muur, een salto moest maken en in de lucht moest schoppen, zonder zich zorgen te maken over harde vloeren en blauwe plekken. Ze had Jace het zien doen en hij zag eruit als een vallende engel die sierlijk door de lucht vloog en draaide als een balletdanser. Als zij het deed, dook ze als een schildpad in elkaar zodra de vloer in zicht kwam, ook al wist ze dat ze de grond niet echt zou raken.

Ze begon zich af te vragen of het uitmaakte dat ze als schaduwjager geboren was. Misschien was het wel te laat om een goede schaduwjager te worden. Het zou ook kunnen dat de gave waarmee Jace en zij geboren waren, oneerlijk verdeeld was en dat hij alle lichamelijke sierlijkheid had gekregen en zij... nou ja, niets.

'Kom op, Clary,' zei Jace. 'Spring.' Ze sloot haar ogen en sprong. Heel even hing ze stil in de lucht, los van alles. Toen nam de zwaartekracht het over en viel ze naar beneden. Ze trok automatisch haar armen en benen in en hield haar ogen gesloten. Het koord trok strak en ze bleef hangen, vloog weer even de lucht in en viel weer. Toen haar snelheid iets afnam, opende ze haar ogen en zag ze dat ze een meter of twee boven Jace hing. Hij grijnsde.

'Mooi,' zei hij. 'Net een vallend sneeuwvlokje.'

'Gilde ik?' zei ze. Ze was oprecht nieuwsgierig. 'Toen ik viel?'

Hij knikte. 'Gelukkig is er niemand thuis, anders zouden ze denken dat ik je aan het vermoorden was.'

'Ha. Je kunt me niet eens aanraken vanaf daar.' Ze schopte in de lucht en draaide een langzaam rondje in de lucht.

Jace' ogen glommen. 'Wedden van wel?'

Clary kende die uitdrukking. 'Nee,' zei ze snel. 'Wat je ook van plan bent...'

Maar hij had het al gedaan. Als Jace snel bewoog, dan was hij bijna onzichtbaar. Ze zag zijn hand naar zijn riem gaan en zag iets glimmen in de lucht. Ze hoorde het geluid van scheurende stof en voelde hoe het koord boven haar werd doorgesneden. Ze viel in Jace' armen en was te verrast om te gillen. Door de kracht van de val viel hij achterover en hij landde op een van de zachte vloermatten, met Clary boven op zich. Hij glimlachte naar haar.

'Zo,' zei hij. 'Dat ging een stuk beter. Je gilde helemaal niet.'

'Ik kreeg de kans niet.' Ze was ademloos, en niet alleen door de impact van de val. Nu ze zo boven op Jace lag en zijn lichaam tegen het hare voelde, trilden haar handen en ging haar hart als een razende tekeer. Ze had gedacht dat haar lichamelijke reactie op hem – hun reacties op elkaar – misschien minder zou worden naarmate ze elkaar langer zouden kennen, maar dat was niet gebeurd. Hoe vaker ze samen waren, hoe erger het werd. Of beter, dacht ze. Het lag er maar aan hoe je het bekeek.

Hij keek naar haar met zijn donkere gouden ogen. Ze vroeg zich af of de kleur van zijn ogen intenser was geworden sinds hun ontmoeting met de engel Raziël, aan de oever van het Lynmeer in Idris. Ze zou het aan niemand kunnen vragen. Iedereen wist dat Valentijn de engel had opgeroepen en dat de engel Jace had genezen van zijn verwondingen, maar alleen Clary en Jace wisten dat Valentijn meer had gedaan dan zijn geadopteerde zoon verwonden. Hij had Jace door zijn hart gestoken, als onderdeel van het ritueel. Hij had hem vastgehouden terwijl hij stierf. Op verzoek van Clary had Raziël Jace weer tot leven gebracht. Clary was nog steeds geschokt door de gruweldaad van Valentijn en ze vermoedde dat Jace het ook nog niet helemaal had verwerkt. Ze hadden afgesproken om nooit aan iemand te vertellen dat Jace echt dood was gegaan, al was het maar kort. Het was hun geheim.

Hij veegde haar haar uit haar gezicht. 'Ik maak maar een grapje,' zei hij. 'Je bent helemaal niet zo slecht. Je komt er wel.'

Je had Alec moeten zien toen hij voor het eerst salto's probeerde te maken. Ik geloof dat hij zichzelf een keer tegen zijn hoofd heeft getrapt.'

'Natuurlijk,' zei Clary. 'Maar toen was hij zeker elf of zo.' Ze rolde met haar ogen. 'En jij bent hier zeker altijd al geweldig in geweest?'

'Ik ben geweldig geboren.' Hij streelde haar wang met zijn vingertopjes. Heel zachtjes, maar genoeg om haar rillingen te geven. Ze zei niets. Hij maakte een grapje, maar ergens was het wel waar. Jace was geboren om te zijn wie hij was. 'Hoelang kun je vanavond blijven?'

Ze glimlachte een beetje. 'Zijn we klaar met trainen?'

'We zijn klaar met de verplichte onderdelen van de avond. Al zijn er nog wel wat dingen die ik wil oefenen...' Hij trok haar nog verder naar zich toe, maar op dat moment ging de deur open. Isabelle kwam met grote passen naar binnen gelopen. Haar hoge hakken klikten op de gelakte houten vloer.

Ze trok haar wenkbrauwen op toen ze Jace en Clary op de grond zag liggen. 'Wat liggen jullie daar schattig te knuffelen. Ik dacht dat jullie moesten trainen?'

'Kun je niet even kloppen voordat je binnenkomt, Iz?' Jace bewoog niet, maar draaide zijn hoofd alleen opzij om Isabelle aan te kijken. Zijn blik was geïrriteerd maar zat tegelijkertijd vol genegenheid. Clary krabbelde snel overeind en trok haar gekreukte kleren recht.

'Dit is de trainingsruimte. Iedereen mag hier komen.' Isabelle trok een van haar felrode fluwelen handschoenen uit. 'Deze heb ik net gekocht bij Trash and Vaudeville. In de uitverkoop. Vind je ze niet mooi? Zou je niet willen dat je ze ook had?' Ze wiebelde met haar vingers in hun richting.

'Ik weet het niet, hoor,' zei Jace. 'Ik vind ze nogal vloeken met mijn kleding.'

Isabelle trok een gezicht. 'Heb je gehoord over de dode schaduwjager die in Brooklyn is gevonden? Het lichaam was helemaal verminkt, dus ze weten nog niet wie het is. Mama is daar nu heen, volgens mij.'

'Ja,' zei Jace, die ging zitten. 'Ze hebben een vergadering met de Kloof. Ik kwam haar net tegen op de gang.'

'Dat heb je me helemaal niet verteld,' zei Clary. 'Deed je er daarom zo lang over om dat touw te halen?'

Hij knikte. 'Sorry. Ik wilde je niet bang maken.'

'Hij bedoelt dat hij de romantische sfeer niet wilde verpesten,' zei Isabelle. Ze beet op haar lip. 'Ik hoop maar dat het niemand was die wij kennen.'

'Ik denk het niet. Het lichaam is gevonden in een verlaten fabriek en lag daar al een paar dagen. Als het iemand was die we kenden, dan hadden we wel gemerkt dat diegene vermist werd.' Jace stopte zijn haar achter zijn oren. Hij keek ongeduldig naar Isabelle, dacht Clary, alsof hij het vervelend vond dat ze hierover begonnen was. Ze wilde dat hij het haar eerder had verteld, zelfs al had dat de sfeer verpest. Wat hij deed – wat ze allemaal deden – had vaak te maken met de dood, wist Clary. Alle Lightwoods waren nog bezig met het verwerken van het verlies van de jongste zoon Max, die was gestorven omdat hij op het verkeerde moment op de verkeerde plek was geweest. Het was raar. Jace had haar besluit om met school te stoppen en aan haar training te beginnen, zonder ook maar iets te zeggen geaccepteerd, maar toch wilde hij de gevaren van het schaduwjagersleven niet met haar bespreken.

'Ik ga me omkleden,' zei ze, en ze liep naar de deur die naar de kleine kleedkamer naast de trainingsruimte leidde. Het was er erg kaal: houten muren, een spiegel, een douche en haakjes voor kleren. Op een houten bankje bij de deur lagen netjes opgestapelde handdoeken. Clary nam een snelle douche en trok haar straatkleren aan: een panty, laarzen, een spijkerrokje en een nieuwe roze trui. Toen ze zichzelf in de spiegel bekeek, zag ze dat er een gat in haar panty zat en dat haar natte, krullende rode haar helemaal in de klit zat. Ze zou er nooit zo perfect uitzien als Isabelle, maar Jace leek dat niet erg te vinden.

Toen ze weer in de trainingsruimte kwam, hadden Isabelle en Jace het niet meer over dode schaduwjagers maar over iets wat Jace blijkbaar nog afschuwelijker vond: Isabelles afspraakje met Simon. 'Ik kan gewoon niet geloven dat hij je naar een echt restaurant heeft meegenomen.' Jace was de matten en de trainingsspullen aan het opruimen en Isabelle leunde tegen de muur en speelde met haar nieuwe handschoenen. 'Ik had gedacht dat hij je zou meenemen naar zijn nerdvriendjes en dat jij dan mocht toekijken hoe ze World of Warcraft speelden.'

'Ik ben een van die nerdvriendjes, dus pas op met wat je zegt,' zei Clary.

Jace grijnsde naar haar.

'Het was niet echt een restaurant. Meer een eetcafé. Met roze soep die ik van hem moest proberen,' zei Isabelle bedenkelijk. 'Hij was heel lief.'

Clary voelde zich meteen schuldig dat ze haar – of Jace – niets over Maia had verteld. 'Hij zei dat het erg gezellig was.'

Isabelles blik schoot naar haar. Ze keek ineens alsof ze iets achterhield, maar haar uitdrukking veranderde zo snel weer dat Clary niet zeker wist of ze het wel goed had gezien. 'Heb je hem gesproken?'

'Ja, hij heeft me een paar minuten geleden gebeld. Gewoon om even te kletsen.' Clary haalde haar schouders op.

'Aha,' zei Isabelle, met een stem die ineens kil en kortaf klonk. 'Nou ja, zoals ik al zei, hij is heel lief. Maar misschien een beetje te lief. Dat kan nogal saai zijn.' Ze stopte haar handschoenen in haar zakken. 'Hoe dan ook, het is niet alsof we verkering hebben of zo. Het is gewoon leuk zolang het leuk is.'

Clary's schuldgevoel verdween. 'Hebben jullie het daar ooit wel eens over gehad?'

Isabelle keek geschokt. 'Natuurlijk niet.' Toen gaapte ze en strekte haar armen boven haar hoofd als een kat. 'Oké, ik ga naar bed. Ik zie jullie tortelduifjes later wel weer.'

Ze liep de deur uit en liet een wolk jasmijnparfum achter.

Jace keek naar Clary. Hij was bezig om zijn tenue los te maken. Het zat met gespen vast bij zijn polsen en rug en vormde een beschermend schild over zijn kleding. 'Jij moet zeker naar huis?'

Ze knikte met tegenzin. Het was al moeilijk genoeg geweest om haar moeder over te halen dat ze aan de schaduwjagerstraining mocht beginnen. Het was een moeizame, langdurige discussie geweest en Jocelyn had gezegd dat ze al die jaren had geprobeerd om Clary weg te houden van de schaduwjagers. Ze vond het een gevaarlijke, agressieve, maar ook een geïsoleerde en vreemde wereld. Het was nog maar een jaar geleden, zei ze, dat Clary's beslissing om te trainen als schaduwjager betekend zou hebben dat ze nooit meer met haar moeder zou kunnen praten. Clary's weerwoord was dat de Kloof veranderd was. Ze hadden dat soort regels afgeschaft, terwijl de Raad zich boog over de nieuwe Wet. Het was niet meer hetzelfde als toen Jocelyn een klein meisje was en bovendien moest Clary toch weten hoe ze zich moest verdedigen.

'Ik hoop dat dit niet alleen vanwege Jace is,' had Jocelyn uiteindelijk gezegd. 'Ik weet hoe het is als je verliefd bent op iemand. Je wilt zijn waar zij zijn en doen wat zij doen, maar Clary...'

'Ik ben jou niet,' had ze gezegd terwijl ze haar woede probeerde in te houden, 'de schaduwjagers zijn de Cirkel niet en Jace is Valentijn niet.'

'Ik zei niets over Valentijn.'

'Maar dat dacht je wel,' had Clary gezegd. 'Valentijn heeft Jace dan wel opgevoed, maar Jace lijkt totaal niet op hem.'

'Ik mag het hopen,' had Jocelyn zachtjes gezegd. 'Voor ons allemaal.'

Uiteindelijk was ze ermee ingestemd, maar er waren wel een paar regels: Clary ging niet op het Instituut wonen, maar samen met haar moeder bij Luke. Jocelyn kreeg wekelijkse updates van Maryse om er zeker van te zijn dat Clary iets leerde en dat ze niet de hele dag bezig was met naar Jace staren, of waar ze ook bang voor was. En Clary mocht niet blijven slapen op het Instituut. Nooit. 'Geen logeerpartijtjes in het huis waar je vriendje woont,' had Jocelyn streng gezegd. 'Het kan me niet schelen dat het het Instituut is. Nee.'

Vriendje. Het was nog steeds even wennen om het te horen. Het had zo lang onmogelijk geleken dat Jace ooit haar vriendje zou worden en dat ze ooit iets anders konden zijn dan broer en zus. Dat was verschrikkelijk moeilijk geweest. Ze hadden besloten dat het beter was om elkaar nooit meer te zien, omdat het anders zou voelen als doodgaan. En toen was het alsof er een wonder gebeurde en waren ze ineens bevrijd. Het was nu zes weken geleden, maar Clary kon niet genoeg krijgen van het woord.

'Ik moet naar huis,' zei ze. 'Het is al bijna elf uur en mijn moeder flipt als ik na tienen thuiskom.'

'Oké.' Jace liet zijn tenue op de bank vallen, de bovenste helft in elk geval. Hij droeg een dun T-shirt. Clary kon zijn tekens erdoorheen zien als inkt op nat papier. 'Ik laat je even uit.'

Het was stil in het Instituut toen ze naar de uitgang liepen. Er waren geen schaduwjagers uit andere steden op bezoek. Robert – de vader van Isabelle en Alec – was in Idris om te helpen om de nieuwe Raad op te zetten. Hodge en Max waren voor altijd weg en Alec was op vakantie met Magnus. Clary had het gevoel alsof ze gasten in een leeg hotel waren. Ze zou willen dat de andere leden van het Verbond vaker langs zouden komen, maar iedereen gunde de Lightwoods waarschijnlijk een beetje tijd. Tijd om Max te gedenken en tijd om te vergeten.

'Heb je nog iets van Alec en Magnus gehoord?' vroeg ze. 'Hebben ze het naar hun zin?'

'Volgens mij wel.' Jace pakte zijn telefoon uit zijn zak en gaf hem aan haar. 'Alec blijft me maar irritante foto's sturen met onderschriften als "Wilde dat je hier was. Maar niet heus".'

'Nou ja, je kunt het hem niet kwalijk nemen. Hij is op een romantische vakantie.' Ze bekeek de foto's op Jace' telefoon en giechelde. Alec en Magnus voor de Eiffeltoren. Alec had zoals gewoonlijk een spijkerbroek aan en Magnus droeg een gestreepte visserstrui, een leren broek en een absurde baret. In de Boboli-tuinen droeg Alec weer een spijkerbroek en Magnus een enorme Venetiaanse mantel en een gondeliershoed. Hij leek op het Spook van de Opera. Voor het Prado droeg hij een glimmende matadorjas en laarzen met plateauzolen, terwijl Alec op de achtergrond rustig een duif voerde.

'Geef maar weer terug,' zei Jace, die zijn telefoon terugpakte. 'De foto's van India wil je niet zien. Magnus in een sari. Sommige dingen vergeet je nooit meer.'

Clary lachte. Ze waren al bij de lift, die rammelend openging toen Jace op het knopje drukte. Ze stapte naar binnen en Jace volgde haar. De lift kwam in beweging. Clary geloofde niet dat ze ooit zou kunnen wennen aan het angstaanjagende geratel van het ding. Jace trok haar in de schemering dichter naar zich toe. Ze legde haar handen tegen zijn borstkas en voelde de harde spieren onder zijn T-shirt en het kloppen van zijn hart. Zijn ogen glommen in het schemerige licht. 'Het spijt me dat ik niet kan blijven,' fluisterde ze.

'Dat hoef je niet te zeggen.' Het verraste haar dat zijn stem ineens schor klonk. 'Jocelyn wil niet dat jij wordt zoals ik. Dat kan ik haar niet kwalijk nemen.'

'Jace,' zei ze, een beetje geschrokken van de verbittering in zijn stem. 'Gaat het wel?'

In plaats van haar vraag te beantwoorden kuste hij haar en trok hij haar hard tegen zich aan. Zijn lichaam drukte het hare tegen de muur. De koude spiegel drukte tegen haar rug en zijn handen gleden onder haar trui. Ze vond het fijn hoe hij haar vasthield. Voorzichtig, maar niet te zacht. Niet zo zacht dat ze ooit het gevoel kreeg dat hij zichzelf meer onder controle had dan zij. Ze hadden allebei geen controle over hun gevoelens voor elkaar en dat beviel haar wel. Ze hield van de manier waarop zijn hart tegen het hare bonsde en hoe hij zachtjes kreunde als zij hem terugkuste.

De lift kwam met een schok tot stilstand en de deur ging open. Ze zag het lege schip van de kathedraal. Het flakkerende licht van de kandelaren verlichtte het middenpad. Ze hield zich vast aan Jace en was blij dat het hier niet zo licht was, zodat ze haar eigen gloeiende gezicht niet kon zien in de spiegel.

'Misschien kan ik wel blijven,' fluisterde ze. 'Ietsje langer.' Hij zei niets. Ze voelde zijn spanning. Het was meer dan de spanning van verlangen. Hij trilde. Zijn hele lichaam rilde terwijl hij zijn gezicht in haar nek begroef.

'Jace,' zei ze.

Hij liet haar plotseling los en zette een stap achteruit. Zijn wangen waren rood en zijn ogen glommen koortsachtig. 'Nee,' zei hij. 'Ik wil je moeder niet nog een reden geven om mij niet te mogen. Ze denkt al dat ik een soort tweede versie van mijn vader ben...'

Hij onderbrak zichzelf voordat Clary kon zeggen dat Valentijn zijn vader helemaal niet was. Jace was normaal gesproken zo voorzichtig als hij het over Valentijn had. Hij zei 'Valentijn Morgenstern' en nooit 'mijn vader'. Ze hadden het hier nooit over en Clary had nooit aan Jace toegegeven dat haar moeder bezorgd was dat hij stiekem net als Valentijn was. Ze wist dat het hem zou kwetsen en Clary zorgde ervoor dat ze elkaar zo min mogelijk zagen.

Voordat ze iets kon zeggen reikte hij langs haar heen en deed het hekje van de lift open. 'Ik hou van je, Clary,' zei hij zonder naar haar te kijken. Hij staarde naar de kerk en naar de rijen brandende kaarsen, waarvan het gouden licht in zijn ogen reflecteerde. 'Meer dan ik ooit...' Hij stopte. 'God. Meer dan ik waarschijnlijk zou moeten. Dat weet je wel, toch?'

Ze stapte uit de lift en draaide zich naar hem om. Er waren wel duizend dingen die ze wilde zeggen, maar hij had zich alweer omgedraaid en drukte op de knop die de lift weer omhoog naar het Instituut zou brengen. Ze begon iets te zeggen om hem tegen te houden, maar het was te laat. De deur schoof met een klik dicht en de lift ging omhoog. Ze staarde de deur na. Er stond een afbeelding van de Engel op. Zijn vleugels waren opengespreid en zijn ogen keken omhoog. Op alles hier stonden afbeeldingen van de Engel.

Toen ze sprak, weergalmde haar stem kil in de lege ruimte. 'Ik hou ook van jou,' zei ze.

3

Zevenmaal

'Weet je wat cool is?' zei Eric, die zijn drumstokjes neerlegde. 'Dat we een vampier in de band hebben. Dit is gewoon het ding waarmee we gaan doorbreken.'

Kirk trok de microfoon omlaag en rolde met zijn ogen. Eric had het altijd maar over doorbreken, maar tot nu toe hadden ze nog niets bereikt. Het beste wat ze voor elkaar hadden gekregen, was een optreden in The Knitting Factory, en daar waren maar vier mensen op afgekomen. Een van die mensen was Simons moeder. 'Ik zie niet hoe we daarmee door gaan breken als we aan niemand mogen vertellen dat hij een vampier is.'

'Helaas,' zei Simon. Hij zat op een van de luidsprekers naast Clary, die druk aan het sms'en was, waarschijnlijk met Jace. 'En niemand zal je geloven, want kijk, hier zit ik. In het daglicht.' Hij stak zijn armen in de lucht om te wijzen naar het zonlicht dat door de gaten in het dak van Erics garage scheen, waar ze tegenwoordig repeteerden.

'Dat is inderdaad niet zo goed voor onze geloofwaardigheid,' zei Matt, die zijn felrode haar uit zijn ogen veegde en door zijn wimpers naar Simon tuurde. 'Misschien kun je nepsnijtanden dragen.'

'Hij heeft geen nepsnijtanden nodig,' zei Clary geërgerd. Ze liet haar telefoon zakken. 'Hij heeft echte snijtanden. Jullie hebben ze zelf gezien.'

Dat was waar. Toen Simon het nieuws aan de band vertelde,

had hij zijn snijtanden tevoorschijn laten komen. Ze hadden eerst gedacht dat hij hoofdletsel had opgelopen of een zenuwinzinking had. Nadat hij zijn tanden had laten zien, geloofden ze hem. Eric had zelfs toegegeven dat hij niet zo heel erg verrast was. 'Ik heb altijd geweten dat er vampiers waren, man,' had hij gezegd. 'Hoe kan het anders dat er mensen zijn die er altijd hetzelfde uitzien, terwijl ze al honderd jaar zijn of zo? Zoals David Bowie? Dat is omdat ze vampiers zijn, natuurlijk.'

Simon had hun niet verteld dat Clary en Isabelle schaduwjagers waren. Dat was niet aan hem. Ook wisten ze niet dat Maia een weerwolf was. Ze dachten gewoon dat Maia en Isabelle twee lekkere meiden waren die om onverklaarbare redenen op Simon vielen. Ze hielden het er maar op dat het zijn 'sexy vampieruitstraling' was, zoals Kirk het noemde. Het maakte Simon niet zoveel uit hoe ze het noemden, zolang ze zich maar niet verspraken en Maia en Isabelle over elkaar vertelden. Tot nu toe was het hem gelukt om ze uit te nodigen voor verschillende optredens, dus ze waren nog nooit per ongeluk ergens tegelijk geweest.

'Misschien kun je je snijtanden laten zien op het podium?' stelde Eric voor. 'Gewoon één keertje, man. Dat vindt het publiek leuk.'

'Als hij dat deed, zou het hoofd van de vampierkring in New York jullie allemaal vermoorden,' zei Clary. 'Dat weten jullie, toch?' Ze schudde haar hoofd in Simons richting. 'Ik kan echt niet geloven dat je hebt verteld dat je een vampier bent,' voegde ze er op fluisterende toon aan toe, zodat alleen Simon haar kon horen. 'Het zijn een stel idioten, voor het geval je dat nog niet doorhad.'

'Het zijn mijn vrienden,' mompelde Simon.

'Ze zijn je vrienden én ze zijn idioten.'

'Ik wil dat de mensen om wie ik geef de waarheid weten.'

'O?' zei Clary, niet echt vriendelijk. 'Wanneer ga je het dan aan je moeder vertellen?'

Voordat Simon kon antwoorden, klopte er iemand op de garagedeur, en een moment later schoof de deur omhoog. De herfstzon scheen naar binnen en Simon knipperde met zijn ogen. Het was een reflex, een overblijfsel van zijn menselijkheid. Het duurde tegenwoordig slechts een fractie van een seconde voordat zijn ogen zich aan het donker of licht aanpasten.

Er stond een jongen voor de ingang van de garage, verlicht door het heldere zonlicht. Hij had een stuk papier in zijn hand. Hij keek onzeker van het stuk papier naar de band. 'Hé,' zei hij. 'Is dit de oefenruimte van de band Dangerous Stain?'

'We heten tegenwoordig Dichotomous Lemur,' zei Eric, die naar voren stapte. 'Wie ben jij?'

'Ik ben Kyle,' zei de jongen, die bukte om de garage in te stappen. Toen hij weer rechtop ging staan, gooide hij zijn halflange bruine haar naar achteren en stak het papiertje uit naar Eric. 'Ik zag dat jullie op zoek waren naar een zanger.'

'Whoo,' zei Matt. 'Die flyer hebben we een jaar geleden of zo opgehangen. Ik was het alweer vergeten.'

'Ja,' zei Eric. 'We hadden toen een heel andere stijl. We slaan de zang nu meestal over. Heb je ervaring?'

Kyle haalde zijn schouders op. Simon zag dat hij erg lang was, maar totaal niet slungelig. 'Niet echt,' zei Kyle. 'Maar ik hoor altijd dat ik goed kan zingen.' Hij had een langzame, lijzige manier van praten. Een beetje surferachtig.

De bandleden keken elkaar onzeker aan. Eric krabde achter zijn oor. 'Heb je even een minuutje, gast?'

'Tuurlijk.' Kyle dook onder de garagedeur door en schoof hem achter zich dicht. Simon kon hem buiten horen fluiten. Het klonk als 'Mijn tante uit Marokko'. Het was best vals.

'Ik weet het niet, hoor,' zei Eric. 'Ik weet niet zeker of we er iemand bij kunnen gebruiken. Want we kunnen hem natuurlijk niet vertellen over het vampiergedoe, of wel?'

'Nee,' zei Simon. 'Dat kan inderdaad niet.'

'Ja, en?' Matt haalde zijn schouders op. 'Jammer, dan. We hebben een zanger nodig. Kirk kan niet zingen. Sorry, Kirk.'

'Flikker op,' zei Kirk. 'Ik kan wel zingen.'

'Nee,' zei Matt. 'Je bent vet slecht, je kunt niet eens...'

'Ik vind,' onderbrak Clary hem met luide stem, 'dat jullie hem een kans moeten geven.'

Simon staarde naar haar. 'Waarom?'

'Omdat het een enorm lekker ding is,' zei Clary tot Simons verrassing. Hij was niet bepaald onder de indruk geweest van het uiterlijk van Kyle, maar hij was natuurlijk ook geen expert op het gebied van mannelijke schoonheid. 'En jullie band kan wel wat sexappeal gebruiken.'

'Nou, bedankt,' zei Simon. 'Namens ons allemaal.'

Clary slaakte een ongeduldige zucht. 'Ja, ja, jullie zijn allemaal enorm knappe jongens. Vooral jij, Simon.' Ze gaf hem een klopje op zijn hand. 'Maar Kyle is echt "wow"-knap. Mijn objectieve mening als vrouw is dat jullie twee keer zoveel vrouwelijke fans zullen krijgen als Kyle in de band komt.'

'Dan hebben we dus twee vrouwelijke fans in plaats van één,' zei Kirk.

'Wie is onze vrouwelijke fan, dan?' Matt keek oprecht nieuwsgierig.

'Die vriendin van Erics nichtje. Hoe heet ze ook alweer? Dat meisje dat verliefd is op Simon. Ze komt naar al onze optredens en vertelt iedereen dat ze zijn vriendin is.'

Simon kromp ineen. 'Zij is dertien.'

'Dat is die sexy vampieruitstraling weer, man,' zei Matt. 'De vrouwtjes kunnen jou niet weerstaan.'

'O, kom op, zeg,' zei Clary. 'Simon heeft geen sexy vampieruitstraling.' Ze wees met haar vinger naar Eric. 'En haal het niet in je hoofd om de band Sexy Vampiers te noemen.'

De garagedeur ging weer omhoog. 'Eh... gasten?' Het was Kyle weer. 'Hoor eens, als jullie niet willen dat ik auditie doe,

dan is dat prima. Als jullie nu een andere sound hebben of zo…
prima. Zeg het maar gewoon en dan ben ik weg.'

Eric kantelde zijn hoofd. 'Kom maar binnen en laat ons je
eens bekijken.'

Kyle kwam de garage in. Simon staarde naar hem en probeerde erachter te komen waarom Clary hem knap vond. Hij
was lang en slank, met brede schouders. Hij had hoge jukbeenderen, lang donker haar dat over zijn voorhoofd viel en
dat krulde in zijn nek. Zijn huid had een zomerse gloed. Door
zijn lange, dikke wimpers over zijn opvallende bruingroene
ogen zag hij eruit als een knappe zanger van een rockband. Hij
droeg een strak groen T-shirt en een spijkerbroek. Zijn blote
armen zaten vol tatoeages. Het waren geen tekens, gewoon
normale tatoeages. Ze zagen eruit als krullende letters, die verdwenen onder de mouwen van zijn shirt.

Oké. Simon moest het toegeven. Hij was niet wanstaltig.

'Weet je,' zei Kirk uiteindelijk om de stilte te doorbreken. 'Ik
zie het nu ook. Hij is inderdaad heel knap.'

Kyle knipperde met zijn ogen en richtte zich tot Eric. 'Willen
jullie nog dat ik ga zingen of niet?'

Eric haalde de microfoon van de standaard en gaf hem aan
Kyle. 'Ga je gang,' zei hij. 'Probeer het maar.'

'Hij was best wel goed,' zei Clary. 'Het was eigenlijk een grapje
toen ik zei dat jullie Kyle in de band moesten nemen, maar hij
kan echt zingen.'

Ze liepen over Kent Avenue naar Lukes huis. De blauwe
lucht werd langzaam grijs, als voorbereiding op de schemer, en
de wolken hingen laag boven de East River. Clary had handschoenen aan en ze haalde haar hand langs een van de ijzeren
hekken die tussen de stoep en de gebarsten, betonnen kade
stonden. Het maakte een ratelend geluid.

'Dat zeg je alleen maar omdat je hem knap vindt,' zei Simon.

Ze trok haar neus op. 'Niet zó knap. Niet de knapste jongen

die ik ooit heb gezien.' Dat was Jace waarschijnlijk, dacht Simon, al was ze aardig genoeg om het niet te zeggen. 'Maar ik vond het gewoon echt een goed idee om hem als zanger aan te nemen. Als Eric en de rest hém niet mogen vertellen dat jij een vampier bent, dan vertellen ze het ook niet aan iemand anders. Dan halen ze dat stomme idee hopelijk uit hun hoofd.' Ze waren bijna bij Lukes huis. Simon zag het huis al aan de overkant van de straat. De ramen waren geel verlicht. Clary bleef staan bij een gat in het hek. 'Weet je nog dat we hier een paar raumdemonen hebben vermoord?'

'Jij en Jace hebben raumdemonen vermoord. Ik stond te kokhalzen.' Simon herinnerde het zich nog wel, maar zijn gedachten waren er niet bij. Hij dacht aan Camille, die tegenover hem op de binnenplaats zat en die zei: 'Je bent bevriend met schaduwjagers, maar jij kunt nooit een van hen zijn. Jij zult altijd anders zijn.' Hij keek zijdelings naar Clary en vroeg zich af wat zij zou zeggen als hij haar zou vertellen over zijn ontmoeting met de vampier en haar aanbod. Hij stelde zich voor dat ze waarschijnlijk doodsbang zou zijn. Het feit dat hij niet echt gewond kon raken had haar er niet van weerhouden om zich zorgen te maken om zijn veiligheid.

'Je hoeft niet meer bang te zijn,' zei ze zachtjes, alsof ze zijn gedachten kon lezen. 'Je hebt nu het teken.' Ze draaide zich om en keek hem aan, nog steeds tegen het hek leunend. 'Valt het nooit iemand op? Krijg je er nooit vragen over?'

Hij schudde zijn hoofd. 'Mijn haar valt er grotendeels overheen en het is al best wel vervaagd. Kijk maar.' Hij schoof zijn haar opzij.

Clary stak haar hand uit en raakte het krullende teken op zijn voorhoofd aan. Haar ogen stonden somber, net als op die dag in de Zaal van de Akkoorden in Alicante, toen ze de oudste vloek ter wereld op zijn huid had aangebracht. 'Doet het pijn?'

'Nee. Nee, het doet geen pijn.' *Kaïn zei tegen de Heer: die straf is te zwaar om te dragen.* 'Je weet toch dat ik je het niet kwalijk neem? Je hebt mijn leven gered.'

'Dat weet ik.' Haar ogen glommen. Ze liet haar hand vallen en veegde de rug van haar handschoen over haar gezicht. 'Verdomme. Ik haat huilen.'

'Nou, je kunt er maar beter aan wennen,' zei hij. Toen ze haar ogen wijd opensperde, voegde hij er snel aan toe: 'De bruiloft, bedoel ik. Dat is volgende week zaterdag al, toch? Iedereen huilt op bruiloften.'

Ze snoof.

'Hoe gaat het eigenlijk tussen je moeder en Luke?'

'Ze zijn walgelijk verliefd. Het is verschrikkelijk. Hoe dan ook...' Ze gaf hem een klopje op zijn schouder. 'Ik moet naar binnen. Zie je morgen?'

Hij knikte. 'Tuurlijk. Morgen.'

Hij keek toe hoe ze de straat overstak en de trap naar Lukes voordeur op holde. Morgen. Hij vroeg zich of hoelang het geleden was dat hij Clary langer dan een paar dagen niet had gezien. Hij vroeg zich af hoe het zou zijn om als een voortvluchtige de wereld over te zwerven, zoals Camille had voorspeld. Zoals Raphael had voorspeld. *Hoor toch hoe het bloed van je broer uit de aarde naar mij schreeuwt.* Hij was Kaïn niet. Hij had zijn broer niet vermoord. Maar dat maakte voor de vloek niet uit. Het was raar, dacht hij, om te wachten tot hij alles zou verliezen en dat hij niet wist of het wel of niet zou gebeuren.

De deur viel dicht achter Clary. Simon draaide zich om en liep naar de metrohalte op Lorimer Street. Het was nu bijna helemaal donker. De lucht was een kolkende massa grijs en zwart. Simon hoorde banden piepen op de weg achter hem, maar hij draaide zich niet om. De auto's reden hier altijd te hard, ondanks de scheuren en gaten in de weg. Pas toen het blauwe busje langzaam naast hem ging rijden en met piepende banden tot stilstand kwam, keek hij om.

De bestuurder van het busje rukte de sleutels uit het contact, zette de motor af en gooide de deur open. Het was een lange man met een grijze capuchontrui, een joggingbroek en sportschoenen. De capuchon zat zo ver over zijn hoofd dat zijn gezicht niet te zien was. Hij sprong van zijn autostoel en Simon zag dat hij een lang, glimmend mes in zijn hand had.

Later bedacht Simon dat hij had moeten rennen. Hij was een vampier en hij was sneller dan ieder mens. Niemand kon hem inhalen. Hij had moeten rennen, maar hij was te geschrokken. De man kwam met het mes in zijn hand op hem af en hij stond stil. De man zei iets met een lage, schraperige stem. Iets in een taal die Simon niet kende.

Simon deed een stap naar achteren. 'Luister,' zei hij terwijl hij zijn handen in zijn zak stak. 'Je mag mijn portemonnee hebben…'

De man haalde uit naar Simon en stak het mes in de richting van zijn borstkas. Simon staarde vol ongeloof omlaag. Het leek alsof alles ineens heel langzaam ging, alsof de tijd zich uitstrekte. Hij zag het puntje van het mes bij zijn borstkas. Het raakte het leer van zijn jas. En toen schoof het opzij, alsof iemand de arm van zijn aanvaller had vastgepakt en hard had getrokken. De man schreeuwde en werd door de lucht geslingerd als een pop die omhoog werd getrokken aan zijn touwtjes. Simon keek wild om zich heen. Iemand moest alle commotie toch gehoord hebben, maar er kwam niemand. De man bleef maar schreeuwen en wild schokken. Zijn shirt werd aan de voorkant opengescheurd door een onzichtbare hand.

Simon keek vol afschuw toe hoe er enorme wonden verschenen op de torso van de man. Zijn hoofd vloog naar achteren en het bloed sproeide uit zijn mond. Hij hield abrupt op met schreeuwen en viel, alsof de onzichtbare hand hem had losgelaten. Hij raakte de grond en viel uit elkaar in duizend glanzende stukjes, die zich over de stoep verspreidden.

Simon viel op zijn knieën. Het mes dat hem had moeten vermoorden, lag een stukje verderop, op een armlengte afstand. Behalve een hoopje glinsterende kristallen, die al weg begonnen te waaien in de kille wind, was het alles wat er nog over was van zijn aanvaller. Hij raakte een van de kristallen voorzichtig aan.

Het was zout. Hij keek naar zijn handen. Ze trilden. Hij wist wat er was gebeurd en waarom. *Maar de Heer beloofde hem: 'Als iemand jou doodt, zal dat zevenmaal aan hem worden gewroken.'*

Dus dit was hoe zevenmaal eruitzag.

Het lukte hem amper om bij de goot te komen voordat hij dubbel klapte en bloed op straat braakte.

Zodra Simon de deur opendeed, wist hij dat hij het verkeerd had ingeschat. Hij had gedacht dat zijn moeder nu wel zou slapen, maar dat was niet zo. Ze was wakker en zat in een leunstoel met uitzicht op de voordeur, met haar telefoon op de tafel naast haar. Ze zag het bloed op zijn jas meteen.

Tot zijn verrassing gilde ze niet, maar haar hand vloog naar haar mond. 'Símon.'

'Het is mijn bloed niet,' zei hij snel. 'Ik was bij Eric, en Matt kreeg een bloedneus…'

'Ik wil het niet horen.' Ze sprak op een scherpe toon die ze bijna nooit gebruikte. Het deed hem denken aan de manier waarop ze had gepraat tijdens die laatste maanden toen zijn vader ziek was. De angst zat als een mes in haar stem. 'Ik wil geen leugens meer horen.'

Simon legde zijn sleutels op de tafel naast de deur. 'Mam…'

'Je doet niets anders dan liegen tegen mij. Ik ben het zat.'

'Dat is niet waar,' zei hij, maar hij werd misselijk van de gedachte dat het wel zo was. 'Er is gewoon een hoop aan de hand in mijn leven.'

'Dat weet ik.' Zijn moeder stond op. Ze was altijd een slanke vrouw geweest. Ze zag er nu erg mager uit. Haar donkere haar had dezelfde kleur als dat van hem, met meer grijze plukken rond haar gezicht dan hij zich herinnerde. 'Kom maar eens even met me mee, jongeman. Nú.'

Verbijsterd volgde Simon haar naar de kleine felgele keuken.

Zijn moeder stond stil en wees naar het aanrecht. 'Kun je dit uitleggen?'

Simons mond werd kurkdroog. De flessen bloed die in de koelkast in zijn kledingkast hadden gestaan, stonden als speelgoedsoldaatjes opgesteld op het aanrecht. Eentje was halfvol en de andere waren helemaal vol. De rode vloeistof glom hem beschuldigend tegemoet. Ze had ook de lege bloedzakken gevonden die hij netjes had omgespoeld, in een plastic tas had gepropt en in zijn prullenbak had gedaan. De zakken lagen ook op het aanrecht, als een groteske keukendecoratie.

'Ik dacht eerst dat er wijn in de flessen zat,' zei Elaine Lewis met trillende stem. 'Toen vond ik de zakken en heb ik een van de flessen geopend. Het is bloed, of niet?'

Simon zei niets. Het leek alsof zijn stem gevlucht was.

'Je doet zo raar, de laatste tijd,' ging zijn moeder verder. 'Je bent altijd weg, je eet nooit, je slaapt amper, je hebt vrienden die ik nog nooit heb ontmoet, van wie ik nog nooit heb gehoord. Denk je dat ik het niet doorheb als je tegen me liegt? Natuurlijk heb ik dat door, Simon. Ik dacht dat je aan de drugs was.'

Simon vond zijn stem weer terug. 'Dus toen heb je mijn kamer doorzocht?'

Zijn moeder kreeg een rood hoofd. 'Ik moest wel! Ik dacht... ik dacht dat als ik drugs zou vinden, ik je zou kunnen helpen. Dat ik een afkickkliniek voor je zou kunnen zoeken. Maar dit?' Ze gebaarde wild naar de flessen. 'Ik weet niet eens wat ik hiervan moet denken. Wat is er aan de hand, Simon? Zit je bij een of andere sekte?'

Simon schudde zijn hoofd.

'Vertel het me dan!' zei zijn moeder. Haar lippen trilden. 'Want de enige verklaringen die ik kan bedenken, zijn verschrikkelijk. Simon, alsjeblieft...'

'Ik ben een vampier,' zei Simon. Hij had geen idee hoe hij het had gezegd, of waarom. Maar het was eruit. De woorden hingen als giftig gas in de lucht tussen hem en zijn moeder.

Zijn moeders knieën leken het te begeven; ze liet zich op de keukenstoel zakken. 'Wát zei je?' fluisterde ze.

'Ik ben een vampier,' zei Simon. 'Al zo'n twee maanden, nu. Het spijt me dat ik het niet eerder heb verteld. Ik wist niet hoe.' Het gezicht van Elaine Lewis was lijkbleek. 'Vampiers bestaan niet, Simon.'

'Jawel,' zei hij. 'Ze bestaan wel. Hoor eens, ik heb er niet om gevraagd om een vampier te worden. Ik ben aangevallen. Ik had geen keuze. Als het kon, zou ik het allemaal terugdraaien.' Hij probeerde zich uit alle macht te herinneren wat er in de brochure had gestaan die Clary hem ooit had gegeven. Het ging over hoe je je ouders moest vertellen dat je homo was. Het was toen een grappige vergelijking geweest. Nu kon hij er niet om lachen.

'Je denkt dat je een vampier bent,' zei Simons moeder verbijsterd. 'Je denkt dat je bloed drinkt.'

'Ik drink ook bloed,' zei Simon. 'Ik drink dierenbloed.'

'Maar je bent vegetariër.' Zijn moeder zag eruit alsof ze elk moment in tranen kon uitbarsten.

'Dat was ik ook. Nu niet meer. Dat kan niet. Ik heb bloed nodig om te overleven.' Simon voelde een brok in zijn keel. 'Ik heb nog nooit iemand kwaad gedaan. Ik zou nooit iemands bloed drinken. Ik ben nog steeds dezelfde persoon. Ik ben nog steeds gewoon Simon.'

Zijn moeder deed haar best om kalm te blijven. Het kostte haar duidelijk moeite. 'Je nieuwe vrienden. Zijn dat ook vampiers?'

Simon dacht aan Isabelle, Maia en Jace. Hij kon haar niet vertellen over schaduwjagers en weerwolven. Dat was te veel. 'Nee. Maar... zij weten wel dat ik een vampier ben.'

'Hebben zij... hebben zij je drugs gegeven? Hebben ze je gedwongen om iets te nemen? Iets waarvan je ging hallucineren?' Ze leek zijn antwoord amper gehoord te hebben.

'Nee. Mam, dit is echt.'

'Het is niet echt,' fluisterde ze. 'Je dénkt dat het echt is. O, god. Simon. Het spijt me zo. Ik had het moeten merken. We vinden wel hulp voor je. We vinden wel iemand. Een dokter. Wat het ook kost...'

'Ik kan niet naar een dokter, mam.'

'Ja, dat kun je wel. Je moet ergens heen. Een ziekenhuis, misschien...'

Hij stak zijn arm naar haar uit. 'Voel mijn pols,' zei hij.

Ze keek hem verbaasd aan. 'Wat?'

'Mijn pols,' zei hij. 'Als je een hartslag voelt, prima. Dan ga ik met je mee naar het ziekenhuis. Zo niet, dan moet je me geloven.'

Ze veegde de tranen van haar ogen en pakte zijn pols. Ze had zo lang voor Simons vader gezorgd toen hij ziek was dat ze precies wist hoe ze iemands hartslag moest opnemen. Ze duwde het topje van haar wijsvinger tegen de binnenkant van zijn pols en wachtte.

Hij zag hoe haar gezichtsuitdrukking veranderde van ellende en ontsteltenis naar verwarring en afschuw. Ze stond op, liet zijn hand vallen en deinsde achteruit. Haar ogen stonden groot en donker in haar bleke gezicht. 'Wat ben jij?'

Simon werd misselijk. 'Dat heb ik je verteld. Ik ben een vampier.'

'Jij bent niet mijn zoon. Jij bent Simon niet.' Ze trilde. 'Wat voor levend wezen heeft er geen hartslag? Wat voor monster ben jij? Wat heb je met mijn kind gedaan?'

'Ik ben Simon...' Hij deed een stap in zijn moeders richting.

Ze gilde. Hij had haar nog nooit zo horen gillen en hij wilde het ook nooit meer horen. Het was een afgrijselijk geluid.

'Blijf uit mijn buurt.' Haar stem sloeg over. 'Kom niet dichterbij.' Ze begon te fluisteren. *'Baroech Atah Adonai shomea t'filah...'*

Ze was aan het bidden, realiseerde Simon zich met een schok. Ze was zo bang voor hem dat ze bad dat hij weg zou gaan en verbannen zou worden. En het ergste was nog wel dat hij het kon voelen. Door de naam van God kromp zijn maag ineen en deed zijn keel pijn.

Ze had alle recht om te bidden, dacht hij terwijl hij zich doodziek voelde. Hij was vervloekt. Hij hoorde niet in deze wereld. Wat voor levend wezen heeft er geen hartslag?

'Mam,' fluisterde hij. 'Mam, hou op.'

Ze keek hem met grote ogen aan. Haar lippen bewogen nog steeds.

'Mam, je hoeft niet zo overstuur te zijn.' Hij hoorde zijn eigen stem van een afstand, zacht en geruststellend. De stem van een vreemde. Hij hield zijn ogen op zijn moeder gericht terwijl hij sprak en probeerde haar blik vast te houden zoals een kat dat doet bij een muis. 'Er is niets gebeurd. Je bent in slaap gevallen in de leunstoel in de woonkamer. Je hebt een nachtmerrie dat ik thuiskwam en je vertelde dat ik een vampier was. Maar dat is idioot. Dat zou nooit gebeuren.'

Ze stopte met bidden. Ze knipperde met haar ogen. 'Ik droom,' herhaalde ze.

'Het is een nachtmerrie,' zei Simon. Hij liep naar haar toe en legde zijn hand op haar schouders. Ze deinsde niet terug. Haar hoofd hing naar beneden, alsof ze een vermoeide peuter was. 'Het is gewoon een droom. Je hebt nooit iets gevonden in mijn kamer. Er is niets gebeurd. Je sliep. Dat is alles.'

Hij pakte haar hand. Ze liet het toe dat hij haar naar de woonkamer leidde. Hij zette haar in de leunstoel. Ze glimlachte toen hij een deken over haar heen trok en ze sloot haar ogen.

Hij ging terug naar de keuken en stopte de flessen en zakken bloed snel en systematisch in een vuilniszak. Hij knoopte de zak dicht en bracht hem naar zijn kamer, waar hij zijn bloederige jas verwisselde voor een schone. Hij gooide snel wat spullen in een plunjezak. Hij knipte het licht uit en deed de deur achter zich dicht.

Zijn moeder sliep al toen hij weer in de woonkamer was. Hij legde zijn hand zachtjes op de hare.

'Ik ben een paar dagen weg,' fluisterde hij. 'Maar je zult je geen zorgen maken. Je zult me niet terugverwachten, maar denken dat ik op een schoolreisje ben. Er is geen reden om te bellen. Alles is goed.'

Hij trok zijn hand terug. In het halfduister zag zijn moeder er tegelijkertijd ouder en jonger uit dan hij gewend was. Ze was zo klein als een kind onder haar deken, maar ze had rimpels op haar gezicht die hij nog niet eerder had gezien.

'Mam,' fluisterde hij.

Hij raakte haar hand nog een keer aan en ze bewoog. Hij wilde haar niet wakker maken, dus trok hij zijn vingers terug en sloop geluidloos naar de gang. Hij pakte zijn sleutels van de tafel en vertrok.

Het was stil op het Instituut. Het was altijd stil tegenwoordig. Jace liet zijn raam 's avonds openstaan, zodat hij de geluiden van het verkeer kon horen. De loeiende sirenes van ambulances en het geluid van de claxons op York Avenue. Hij kon dingen horen die normalo's niet hoorden en deze geluiden slopen 's nachts zijn dromen in: de vliegende vampiermotors, het gefladder van de vleugels van een elfje, het gehuil van de wolven als het vollemaan was.

De maan was nu halfvol. Het gaf hem net genoeg licht om te lezen. Hij lag languit op zijn bed. Het zilveren kistje van zijn vader stond naast hem en hij bekeek wat erin zat. Er was een cilinder, een dolk met een zilveren handvat en de initialen SWH en – dit was het interessantst voor Jace – een stapel brieven.

In de afgelopen zes weken had hij bijna elke avond een brief gelezen, in een poging de man die zijn biologische vader was te leren kennen. Langzaam was er een beeld ontstaan van een attente jongeman met strenge ouders, die zich tot Valentijn en zijn Cirkel aangetrokken voelde omdat ze hem een kans leken te geven om iets te betekenen in de wereld. Hij was na de scheiding naar Amatis blijven schrijven, iets wat zij niet eerder had verteld. In die brieven werd duidelijk dat hij zich steeds verder verwijderd voelde van Valentijn en dat hij walgde van de activiteiten van de Cirkel. Hij had het bijna nooit over Jace' moeder Céline. Dat was logisch. Amatis had natuurlijk niet willen lezen over haar vervangster. Maar toch kon Jace het niet helpen dat dit hem boos maakte. Als zijn vader niet om Jace' moeder had gegeven, waarom was hij dan met haar getrouwd? Als hij de Cirkel zo had gehaat, waarom was hij dan niet weggegaan? Valentijn was een idioot geweest, maar hij stond tenminste wel achter zijn principes.

En daarna voelde Jace zich nog slechter, omdat hij Valentijn verkoos boven zijn echte vader. Wat zei dat wel niet over hem als persoon?

Geklop op de deur haalde hem uit zijn zelfbeklag. Hij stond op en deed de deur open. Hij verwachtte dat het Isabelle was, die iets wilde lenen of over iets kwam klagen.

Maar het was Isabelle niet. Het was Clary.

Ze had andere kleren aan dan ze normaal gesproken droeg. Ze droeg een laag uitgesneden hemdje met een witte blouse die er losjes overheen geknoopt zat, een kort rokje, zo kort dat de ronding van haar benen tot halverwege haar dijen zichtbaar was. Ze droeg haar felrode haar in vlechtjes en er zaten losse krullen tegen haar slapen geplakt, alsof het buiten zachtjes regende. Ze glimlachte toen ze hem zag en trok haar wenkbrauwen op. Ze waren koperkleurig, net als de dunne wimpers die haar groene ogen omlijstten. 'Laat je me niet binnen?'

Hij speurde de gang af. Er was godzijdank niemand. Hij pakte Clary's arm, trok haar naar binnen en sloot de deur. Hij ging met zijn rug tegen de gesloten deur staan en zei: 'Wat doe je hier? Gaat alles goed?'

'Alles is prima.' Ze schopte haar schoenen uit en ging op de rand van het bed zitten. Toen ze op haar handen leunde, kroop haar rokje nog verder omhoog. Het was niet echt bevorderlijk voor Jace' concentratie. 'Ik miste je. En mama en Luke slapen. Ze zullen niet merken dat ik weg ben.'

'Je zou hier niet moeten zijn.' De woorden kwamen als een soort grom uit zijn mond. Hij wilde het niet zeggen, maar hij moest het zeggen, om redenen die zij niet eens kende. En hij hoopte dat dat nooit zou gebeuren.

'Nou, als je wilt dat ik ga, dan ga ik.' Ze stond op. Haar ogen waren glimmend groen. Ze nam een stap in zijn richting. 'Maar ik ben helemaal hiernaartoe gekomen. Je kunt me in elk geval gedag zoenen.'

Hij pakte haar vast, trok haar naar zich toe en kuste haar. Sommige dingen moest je gewoon doen, zelfs als het een slecht idee was. Ze voelde als zachte zijde in zijn armen. Hij ging met zijn handen door haar haar en haalde haar vlechtjes los, totdat haar haar over haar schouders viel. Zo vond hij het het mooist. Hij herinnerde zich hoe hij dit had willen doen toen hij haar voor de eerste keer zag en hoe hij het toen een absurd idee had gevonden. Ze was een normalo, een vreemde, en het had geen zin gehad om naar haar te verlangen. En toen had hij haar voor het eerst gekust, in de broeikas, en was hij er zowat krankzinnig van geworden. Ze waren naar beneden gegaan en waren gestoord door Simon, en hij had nog nooit zo graag iemand willen vermoorden als Simon op dat moment, al wist hij logischerwijs dat Simon niets verkeerds had gedaan. Maar wat hij voelde had niets te maken met logica en toen hij zich had voorgesteld dat ze hem zou verlaten voor Simon, was hij ziek geworden van de gedachte en banger dan hij ooit voor welke demon dan ook was geweest.

En vervolgens had Valentijn hun verteld dat ze broer en zus waren en had Jace beseft dat er ergere dingen, véél ergere dingen waren dan dat Clary hem zou verlaten voor iemand anders. En dat was dat de manier waarop hij van haar hield verkeerd was. Dat wat het meest pure en onberispelijke in zijn leven had geleken, was nu reddeloos besmet. Hij herinnerde zich dat zijn vader had gezegd dat als engelen vielen, ze vol smart waren, omdat ze het gezicht van God hadden gezien en wisten dat dat nooit meer zou gebeuren. Hij had gedacht dat hij wist hoe ze zich voelden.

Het had er niet voor gezorgd dat hij minder naar haar verlangde. Het verlangen was alleen veranderd in een marteling. Soms viel de schaduw van die marteling nog over hem heen als hij haar kuste. Nu gebeurde dat ook. Hij trok haar nog dichter naar zich toe. Ze maakte een verrast geluid, maar stribbelde niet tegen, zelfs niet toen hij haar optilde en naar het bed bracht.

Ze vielen samen op de lakens en kreukelden een paar brieven. Jace duwde het kistje opzij om meer ruimte te maken. Zijn hart bonsde tegen de binnenkant van zijn ribben. Ze hadden nog nooit op deze manier in bed gelegen. Niet echt. Er was die ene nacht in haar kamer in Idris geweest, maar toen hadden ze elkaar amper aangeraakt. Jocelyn zorgde ervoor dat ze de nacht nooit samen konden doorbrengen. Ze gaf niet zoveel om hem, vermoedde Jace, en hij kon het haar amper kwalijk nemen. Hij betwijfelde of hij zichzelf zou mogen als hij in haar positie had verkeerd.

'Ik hou van je,' fluisterde Clary. Ze had zijn shirt uitgetrokken en haar vingertopjes streelden de littekens op zijn rug en het stervormige litteken op zijn schouder. Het litteken dat zij ook had, een aandenken aan het engelenbloed dat ze deelden. 'Ik wil je nooit meer kwijt.'

Hij liet zijn hand onder haar geknoopte blouse glijden. Zijn andere hand, die hij schrap had gezet tegen het matras, raakte het koude metaal van de jachtdolk. Die moest uit het kistje zijn gevallen. 'Dat gaat nooit gebeuren.'

Ze keek hem met heldere ogen aan. 'Hoe weet je dat zo zeker?'

Zijn hand sloot zich om het handvat van de dolk. Het maanlicht dat door het raam naar binnen scheen, weerkaatste van het snijvlak toen hij de dolk omhoogbracht. 'Ik weet het zeker,' zei hij terwijl hij de dolk omlaagbracht. Hij sneed door haar huid alsof het papier was en terwijl haar mond openviel in een verbijsterde o en het bloed haar witte blouse doordrenkte, dacht hij: o god, niet weer.

Wakker worden uit een nachtmerrie was als vallen door een glazen plafond. Wanneer Jace happend naar adem overeind schoot, bleef hij het gevoel houden dat de messcherpe stukken glas hem sneden. Hij rolde van het bed omdat zijn instinct hem vertelde dat hij moest vluchten. Hij landde op zijn handen en knieën. De koude lucht stroomde door het open raam. Hij rilde, maar het haalde hem los van de laatste tentakels van zijn droom.

Hij staarde naar zijn handen. Er zat geen bloed op. Het bed was een warboel. De lakens zaten in elkaar gedraaid van al het gewoel, maar het kistje met zijn vaders spullen stond nog steeds op het nachtkastje, waar hij het voordat hij ging slapen had neergezet.

De eerste keren dat hij de nachtmerrie had gehad, had hij meteen nadat hij wakker was geworden overgegeven. Nu lette hij op dat hij een paar uur voordat hij ging slapen niets at, waardoor zijn lichaam hem strafte met krampen van misselijkheid en koorts. Hij kreeg nu weer zo'n pijnaanval en hij trok zijn knieën op, happend naar adem en kokhalzend totdat het overging.

Toen het voorbij was, drukte hij zijn voorhoofd tegen de koude stenen vloer. Het zweet op zijn lichaam was koud en zijn shirt plakte aan zijn huid. Hij vroeg zich oprecht af of zijn dromen hem konden vermoorden. Hij had alles geprobeerd om ze tegen te houden: slaappillen en drankjes, slaaprunen, rustgevende runen en genezende runen. Niets werkte. De dromen zaten als vergif in zijn hoofd en er was niets wat hij kon doen om ze te stoppen.

Zelfs als hij wakker was, vond hij het moeilijk om naar Clary te kijken. Ze kon hem altijd doorzien zoals niemand anders dat kon en hij wilde er niet aan denken wat ze van zijn dromen zou vinden. Hij rolde op zijn zij en staarde naar het kistje op zijn nachtkastje, waar het maanlicht op weerkaatste. En hij dacht aan Valentijn. Valentijn, die de enige vrouw van wie hij ooit had gehouden, gevangen had genomen en had gemarteld. Die zijn zoon – zijn beide zonen – had geleerd dat je niet van iets of iemand moest houden, omdat je het dan voor altijd kapotmaakte.

Zijn gedachten gingen razendsnel en hij zei de zinnen steeds weer achter elkaar. Het was een soort monotoon gezang voor hem geworden, waarvan de woorden hun betekenis hadden verloren.

Ik ben niet zoals Valentijn. Ik wil niet zijn zoals hij. Ik zal niet zijn zoals hij. Nooit.

Hij zag Sebastian – Jonathan, eigenlijk – zijn soort van broer, naar hem grijnzen door zijn zilverwitte haar. Zijn zwarte ogen vol meedogenloze vrolijkheid. En hij zag hoe zijn eigen mes in Jonathan verdween en hoe hij het mes weer terugtrok, hoe Jonathan achterover in de rivier viel en zijn bloed zich vermengde met het onkruid en gras op de rand van de oever.

Ik ben niet zoals Valentijn.

Hij had er geen spijt van dat hij Jonathan had vermoord. Hij zou het zo weer doen als hij de kans had.

Ik wil niet zijn zoals hij.

Maar zijn vader had hem geleerd dat meedogenloos moorden een deugd was en misschien kon je nooit vergeten wat je ouders je hadden geleerd. Hoe graag je dat ook wilde.

Ik wil niet zijn zoals hij.

Misschien konden mensen nooit echt veranderen.

Nooit.

4

De kunst van acht ledematen

HIER LIGGEN BEWAARD HET VERLANGEN VAN GROOTSE HARTEN EN
NOBELE ZAKEN DIE DE TIJD OVERSTIJGEN, HET MAGISCHE WOORD DAT
HET NADERENDE WONDER IN GANG ZET, DE VERZAMELING WIJSHEID
DIE NIMMER IS TELOORGEGAAN.

De woorden stonden gegraveerd boven de deuren van de
openbare bibliotheek op Grand Army Plaza in Brooklyn. Simon
zat op de trappen en keek omhoog naar de gevel. De letters
glommen met een doffe glans tegen het steen. De woorden
flitsten tijdelijk tot leven als de koplampen van voorbijrijdende
auto's erop schenen.

De bibliotheek was als kind altijd een van zijn favoriete plekken geweest. Er was een speciale kideringang aan de zijkant
en hij had daar jarenlang elke zaterdag met Clary afgesproken.
Dan leenden ze een stapel boeken en gingen ze naar de bota-
nische tuinen, waar ze uren achter elkaar lazen. Ze lagen dan
languit in het gras met het geluid van het verkeer als een voort-
durend dof geraas op de achtergrond.

Hij wist niet helemaal zeker hoe hij hier vanavond was beland. Hij was zo snel als hij kon van zijn huis weggelopen,
maar had zich toen gerealiseerd dat hij nergens heen kon. Hij
kon het niet aan om Clary onder ogen te komen. Ze zou het afschuwelijk vinden wat hij had gedaan, en ze zou hem dwingen
om terug te gaan en het weer goed te maken. Eric en de andere
jongens zouden het niet begrijpen. Jace mocht hem niet en hij

kon trouwens toch niet naar het Instituut. Het was een kerk en de reden dat de Nephilim daar woonden was om wezens zoals hij weg te houden. Uiteindelijk had hij zich gerealiseerd wie hij wel kon bellen, maar de gedachte was zo onplezierig dat het hem tijd had gekost om de moed te verzamelen om het ook echt te doen.

Hij hoorde de motor al voordat hij hem zag. Het luide geronk sneed door de zachte geluiden van het verkeer op Grand Army Plaza. De motor denderde over het kruispunt, over de stoep en vervolgens achteruit de trap op. Simon schoof opzij en de motor landde zachtjes naast hem. Raphael liet het stuur los.

De motor was meteen stil. Vampiermotoren kregen hun energie van demonische krachten en reageerden als huisdieren op de wensen van hun eigenaren. Simon vond het maar griezelig.

'Jij wilde mij zien, daglichteling?' Raphael zag er als altijd elegant uit in een zwart jasje en een duur uitziende spijkerbroek. Hij zette zijn motor tegen de omheining van de bibliotheek aan. 'Ik hoop dat je een goede reden hebt om me uit te nodigen,' voegde hij eraan toe. 'Ik ben niet voor niets helemaal naar Brooklyn gekomen. Raphael Santiago hoort niet thuis in de buitenwijken van New York.'

'O, mooi. Je praat over jezelf in de derde persoon. Dat is gelukkig geen teken van grootheidswaan of zo.'

Raphael haalde zijn schouders op. 'Je kunt me vertellen wat je me wilt vertellen, of ik ga weer weg. Het is aan jou.' Hij keek op zijn horloge. 'Je hebt dertig seconden.'

'Ik heb mijn moeder verteld dat ik een vampier ben.'

Raphael trok zijn wenkbrauwen op. Ze waren heel dun en heel donker. Soms vroeg Simon zich wel eens af of hij ze tekende. 'Wat gebeurde er?'

'Ze noemde me een monster en begon te bidden.' De herinnering bracht de bittere smaak van bloed naar boven.

'En toen?'

'Ik weet niet zeker wat er toen gebeurde. Ik begon tegen haar te praten op een heel vreemde, geruststellende toon en ik vertelde haar dat er niets was gebeurd en dat het allemaal een droom was.'

'En zij geloofde je.'

'Zij geloofde me,' zei Simon met tegenzin.

'Natuurlijk geloofde ze je,' zei Raphael. 'Je bent een vampier. Dat is iets wat wij kunnen. Het heet *encanto*. De fascinatie. De macht van overreding, zou jij het waarschijnlijk noemen. Je kunt aardse mensen van bijna alles overtuigen als je leert hoe je dit moet gebruiken.'

'Maar ik wilde het niet gebruiken. Ze is mijn moeder. Is er een manier waarop ik het weg kan nemen en goed kan maken?'

'Wil je het goedmaken, zodat ze je weer kan haten? Zodat ze weer denkt dat je een monster bent? Dat is een vreemde definitie van iets goedmaken.'

'Het kan me niet schelen,' zei Simon. 'Kan het?'

'Nee,' zei Raphael vrolijk. 'Dat kan niet. Als jij je eigen soort niet zou afzweren, zou je dit soort dingen uiteraard weten.'

'Ja, hoor. Doe maar alsof ík júllie heb afgewezen. Vergeet niet dat jij hebt geprobeerd me te vermoorden.'

Raphael haalde zijn schouders op. 'Dat was een politieke beslissing. Geen persoonlijke.' Hij leunde tegen de omheining en sloeg zijn armen over elkaar. Hij droeg zwarte motorhandschoenen. Simon moest toegeven dat het er erg cool uitzag. 'Heb je me helemaal hiernaartoe laten komen om me een saai verhaal over je zus te vertellen?'

'Mijn moeder,' verbeterde Simon hem.

Raphael maakte een laatdunkend gebaar met zijn hand. 'Wat maakt mij dat nou uit? Een of andere vrouw in je leven heeft je afgewezen. Dat zal niet de laatste keer zijn, dat kan ik je wel vertellen. Waarom val je me hiermee lastig?'

'Ik vroeg me af of ik in het Dumont kon logeren,' zei Simon, die de woorden zo snel uitsprak dat hij niet halverwege terug kon krabbelen. Hij kon bijna niet geloven wat hij vroeg. Zijn herinneringen aan het vampierhotel zaten vol bloed, doodsangst en pijn. Maar het was een plek waar niemand hem zou zoeken en het zou betekenen dat hij niet naar huis hoefde. Hij was een vampier. Het was stom om bang te zijn in een hotel met andere vampiers. 'Ik weet geen andere plek waar ik heen kan.'

Raphaels ogen schitterden. 'Aha,' zei hij triomfantelijk. Zijn toontje beviel Simon niet. 'Nu wil je iets van me.'

'Als je het zo stelt. Al vind ik het raar dat je daar zo opgewonden van wordt, Raphael.'

Raphael snoof. 'Als jij in het Dumont wilt wonen, moet je mij niet aanspreken met Raphael, maar met "meester", "leider" of "grote leider".'

Simon zette zich schrap. 'En Camille dan?'

Raphael schrok duidelijk. 'Wat bedoel je?'

'Je hebt mij verteld dat jij niet echt het hoofd van de vampiers bent,' zei Simon zo normaal mogelijk. 'In Idris vertelde je me dat het iemand was die Camille heette. Je zei dat ze nog niet terug was in New York. Ik neem aan dat zíj de meester is als ze terugkomt?'

Raphaels blik werd duisterder. 'Ik geloof dat jouw vragen mij niet zo bevallen, daglichteling.'

'Ik heb het recht om zulke dingen te weten.'

'Nee,' zei Raphael. 'Dat heb je niet. Jij vraagt mij of je in mijn hotel kunt wonen, omdat je nergens anders heen kunt. Niet omdat je tijd wilt doorbrengen met je eigen soort. Je vermijdt ons.'

'Ik heb je al uitgelegd dat dat te maken heeft met die keer dat je me probeerde te vermoorden.'

'Het Dumont is geen opvangtehuis voor vampiers die eigenlijk geen vampier willen zijn,' ging Raphael verder. 'Je leeft onder de mensen, je loopt in daglicht, je speelt in die stomme band van je... Ja, denk maar niet dat ik dat soort dingen niet weet. Jij accepteert op geen enkele manier wie je echt bent. En zolang dat zo blijft, ben je niet welkom in het Dumont.'

Simon dacht aan Camilles woorden: *Zodra zijn volgers zien dat jij bij mij hoort, zullen ze hem verlaten en naar mij komen. Ik geloof dat ze onder hun angst voor hem trouw aan mij zijn. Als ze ons samen zien, zal die angst verdwijnen en zullen ze zich bij ons aansluiten.* 'Ik heb andere aanbiedingen gehad,' zei hij. 'Dat je het even weet...'

Raphael keek hem aan alsof hij krankzinnig was geworden. 'Wat voor aanbiedingen?'

'Gewoon... aanbiedingen,' zei Simon zachtjes.

'Jij bent echt heel slecht in onderhandelen, Simon Lewis. Ik stel voor dat je dat niet meer doet.'

'Prima,' zei Simon. 'Ik wilde je iets vertellen, maar dat ga ik nu niet meer doen.'

'En ga je ook het cadeautje weggooien dat je voor mijn verjaardag had gekocht? Arme ik,' zei Raphael. 'Wat dramatisch allemaal.' Hij pakte zijn motor, zwaaide zijn been erover en schopte hem tot leven. Rode vonken vlogen uit de uitlaatpijp. 'Als je me weer lastigvalt, daglichteling, kun je maar beter een goede reden hebben. Anders zal ik niet meer zo vergevingsgezind zijn.'

En daarmee schoot de motor vooruit en omhoog. Simon legde zijn hoofd in zijn nek en zag Raphael met een spoor van vuur wegvliegen, net als de engel naar wie hij vernoemd was.

Clary zat met haar schetsboek op haar knieën en kauwde bedachtzaam op haar potlood. Ze had Jace al tientallen keren getekend. De meeste meisjes zouden in hun dagboek schrijven over hun vriendjes, maar dit was haar manier. Het leek haar alleen nooit helemaal te lukken. Het was bijna onmogelijk om hem stil te laten zitten. Hij sliep nu, dus ze dacht dat het nu wel zou lukken, maar de tekening werd nog steeds niet zo goed als ze zou willen. Het leek gewoon niet op hem.

Ze gooide het schetsboek met een zucht van vermoeidheid op het kleed en trok haar knieën op. Ze keek naar hem. Ze had niet verwacht dat hij in slaap zou vallen. Ze waren naar Central Park gegaan om te lunchen en buiten te trainen, nu het nog lekker weer was. Ze waren alleen aan het eerste gedeelte toegekomen. De afhaaldoosjes van Taki's lagen op het gras naast het kleed. Jace had niet zoveel gegeten. Hij had door zijn doosje sesamnoedels geroerd en het vervolgens aan de kant gezet. Hij was gaan liggen en had naar de lucht gestaard. Clary was gaan zitten en had gekeken naar zijn heldere ogen, waarin de wolken weerspiegeld werden, naar de omtrek van de spieren in zijn armen, die hij achter zijn hoofd gevouwen had, en naar het perfecte stukje huid tussen de rand van zijn T-shirt en de riem van zijn spijkerbroek. Ze had hem willen aanraken en met haar hand over zijn harde, platte buik willen strelen. In plaats daarvan had ze haar ogen afgewend en in haar tas gerommeld, op zoek naar haar schetsboek. Toen ze weer opkeek, zaten zijn ogen dicht en was zijn ademhaling langzaam en gelijkmatig.

Ze had al drie schetsen gemaakt, maar ze was nog steeds niet tevreden. Ze keek naar hem en vroeg zich af waarom het haar toch niet lukte om hem te tekenen. Aan het licht lag het niet. Het zachte, bronzen oktoberlicht wierp een gouden gloed over zijn gouden haar en huid. Zijn wimpers waren een tint donkerder goud dan zijn haar. Een van zijn handen lag losjes over zijn borst en de andere lag met de handpalm naar boven naast hem op het kleed. Zijn gezicht was ontspannen en kwetsbaar, zachter en minder hoekig dan wanneer hij wakker was. Misschien was dat het probleem. Hij was bijna nooit zo ontspannen en kwetsbaar. Het was moeilijk om zijn omtrek te tekenen. Hij voelde... vreemd.

En precies op dat moment bewoog hij. Hij maakte snikkende geluidjes in zijn slaap en zijn ogen schoten heen en weer achter zijn oogleden. Zijn hand trok samen tegen zijn borstkas en hij kwam zo snel overeind dat hij Clary bijna omverstootte. Zijn ogen vlogen open. Heel even keek hij alleen maar versuft. Clary schrok ervan hoe bleek hij zag.

'Jace?' Ze kon haar verbazing niet verbergen.

Zijn blik vestigde zich op haar en een moment later had hij haar naar zich toegetrokken, zonder zijn gebruikelijke tederheid. Hij trok haar op zijn schoot en kuste haar hevig. Zijn handen woelden door haar haar. Ze kon zijn hart tegen het hare aan horen kloppen en ze voelde hoe haar wangen warm werden. Ze waren in een openbaar park, dacht ze. Iedereen kon dit zien.

'Ho,' zei hij terwijl hij zich van haar losmaakte en zijn lippen langzaam een glimlach vormden. 'Sorry. Dat verwachtte je waarschijnlijk niet.'

'Ik vond het wel een leuke verrassing.' Haar stem klonk zacht en hees. 'Wat was dat voor droom?'

'Ik droomde over jou.' Hij pakte een lok van haar haar en wond die om zijn vinger. 'Ik droom altijd over jou.'

Ze zat nog steeds op zijn schoot. 'O ja?' zei ze. 'Want het leek meer op een nachtmerrie.'

Hij draaide zijn hoofd en keek naar haar. 'Soms droom ik dat je weg bent,' zei hij. 'Ik blijf me maar afvragen wanneer je erachter komt dat je beter kunt krijgen en bij me weggaat.'

Ze legde haar vingertopjes op zijn gezicht en ging zachtjes van zijn jukbeenderen naar zijn lippen. Jace zei dit soort dingen alleen tegen haar. Omdat ze bij hem woonden en van hem hielden, wisten Alec en Isabelle dat er onder dat beschermende schild van humor en geveinsde arrogantie een jongen zat die het nog steeds moeilijk had met zijn jeugd. Maar zij was de enige tegen wie hij dit hardop durfde uit te spreken. Ze schudde haar hoofd. Haar haar viel over haar voorhoofd en ze schoof het ongeduldig opzij. 'Ik zou willen dat ik dingen zou kunnen zeggen zoals jij dat doet,' zei ze. 'Alles wat jij zegt, de woorden die je kiest... het is altijd zo perfect. Je weet altijd hoe je mij moet laten geloven dat je van me houdt. Als ik je er niet van kan overtuigen dat ik nooit bij je wegga...'

Hij pakte haar hand. 'Zeg het gewoon nog een keer.'

'Ik ga nooit bij je weg,' zei ze.

'Wat er ook gebeurt? Wat ik ook doe?'

'Ik zou je nooit in de steek laten,' zei ze. 'Nooit. Wat ik voor jou voel…' Ze struikelde over haar woorden. 'Is het belangrijkste wat ik ooit heb gevoeld.'

Verdomme, dacht ze. Dat klonk idioot.

Maar Jace leek het niet stom te vinden. Hij glimlachte weemoedig en zei: *'L'amor che move il sole e l'altre stelle.'*

'Is dat Latijn?'

'Italiaans,' zei hij. 'Dante.'

Ze streelde zijn lippen met haar vingertopjes en hij rilde. 'Ik spreek geen Italiaans,' zei ze zachtjes.

'Het betekent dat er niets krachtigers is dan liefde. Dat liefde alles kan doen met je.'

Ze trok haar hand los van de zijne en zag hoe hij haar door zijn wimpers aankeek. Ze legde haar handen achter zijn nek, leunde voorover en raakte zijn lippen aan met de hare. Geen kus, dit keer, maar gewoon een zachte aanraking van lippen. Het was genoeg. Ze voelde zijn hartslag versnellen. Hij leunde voorover en probeerde haar te kussen, maar ze schudde haar hoofd en schudde haar haar, zodat het als een gordijn om hen heen viel en niemand in het park hen kon zien. 'Als je moe bent, kunnen we wel teruggaan naar het Instituut,' fluisterde ze. 'Even een dutje doen. We hebben niet meer in hetzelfde bed geslapen sinds… sinds Idris.'

Hij keek haar met een intense blik aan en ze wist dat hij aan hetzelfde dacht als zij. Het zwakke licht door het raam van Amatis' kleine logeerkamer, de wanhoop in zijn stem. *Ik wil gewoon naast je liggen en samen wakker worden, al is het maar één keer in mijn leven.* Ze hadden de hele nacht naast elkaar gelegen en alleen elkaars hand vastgehouden. Ze hadden daarna nooit meer samen de nacht doorgebracht. Ze wist ook dat ze hem nu meer aanbood dan een dutje in een van de ongebruikte slaapkamers van het Instituut. Ze wist zeker dat hij het kon zien in haar ogen, hoewel ze zelf niet eens wist hoever ze wilde gaan. Maar dat maakte niet uit. Jace zou haar nooit om iets vragen wat zij niet wilde geven.

'Ik wil het wel.' Het vuur in zijn ogen en de heesheid in zijn stem vertelden haar dat hij het meende. 'Maar... het kan niet.' Hij pakte haar polsen stevig vast en trok ze naar beneden. Hij hield hun handen als een blokkade tussen ze in.

Clary's ogen werden groter. 'Waarom niet?'

Hij haalde diep adem. 'We zijn hier gekomen om te trainen en dat moeten we ook doen. Als we de hele tijd zoenen in plaats van trainen, mag ik jou nooit meer helpen.'

'Was het sowieso niet de bedoeling dat ik een andere trainer zou krijgen?'

'Ja,' zei hij. Hij stond op en trok haar ook omhoog. 'En ik maak me nu al zorgen dat je er zo aan went om je trainer te zoenen, dat je dat met de nieuwe ook zult doen.'

'Doe niet zo seksistisch. Misschien is het wel een vrouw.'

'In dat geval mag je haar zoenen. Zolang ik mag kijken.'

'Prima.' Clary grijnsde en boog voorover om het kleed waar ze op hadden gezeten op te vouwen. 'Je maakt je gewoon zorgen dat ze een mannelijke trainer vinden die knapper is dan jij.'

Jace trok zijn wenkbrauwen op. 'Knapper dan ík?'

'Dat kan,' zei Clary. 'Theoretisch gezien.'

'Theoretisch gezien kan de aarde plotseling doormidden splijten, waardoor jij aan de ene belandt en ik aan de andere kant, maar daar maak ik me ook geen zorgen over. Sommige dingen zijn gewoon te onwaarschijnlijk,' zei Jace met zijn gebruikelijke scheve glimlach.

Hij stak zijn hand uit en zij nam hem aan. Ze liepen over het veld van de East Meadow naar het kreupelhoutbosje dat alleen schaduwjagers leken te kennen. Clary vermoedde dat het betoverd was, aangezien ze daar vaak trainde met Jace en ze nooit door iemand gestoord werden, behalve door Isabelle of Maryse.

Central Park in de herfst was een explosie van kleur. De

bomen rond het veld waren vlammend goud, rood, koper en roestig oranje. Het was een prachtige dag om door het park te wandelen en elkaar te kussen op een van de stenen bruggen. Maar dat ging niet gebeuren. Jace zag het park als een grote trainingsruimte en ze waren hier om Clary verschillende oefeningen te laten doen, waaronder navigatie, ontsnappings- en ontwijktechnieken en dingen doden met haar blote handen.

Normaal gesproken zou ze heel veel zin hebben om te leren om dingen met haar blote handen te doden. Maar er zat haar nog steeds iets dwars over Jace. Ze kon het zeurende gevoel dat er iets serieus mis was niet van zich afschudden. Was er maar een rune waardoor hij gedwongen werd om te vertellen wat hij echt voelde, dacht ze. Maar zo'n rune zou ze nooit maken, dacht ze er snel achteraan. Het zou onethisch zijn om haar kracht te gebruiken om iemand anders onder controle te krijgen. En bovendien had ze niets meer met haar kracht gedaan sinds ze de verbindingsrune in Idris had gecreëerd. Ze had geen behoefte meer gehad om oude runen te tekenen en ze had geen visioenen meer gehad over nieuwe runen. Maryse had haar beloofd dat ze een runenspecialist zou zoeken om haar te begeleiden, maar dat was nog niet gebeurd. Niet dat ze dat erg vond. Ze moest toegeven dat ze niet zeker wist of ze het erg zou vinden als haar kracht voor altijd zou verdwijnen.

'Er zullen momenten komen dat je een demon tegenkomt en je geen wapen bij je hebt,' zei Jace terwijl ze onder een rij bomen met laaghangende groengouden bladeren liepen. 'Je mag dan niet in paniek raken. Onthou dat alles een wapen kan zijn. Een tak van een boom, een handvol munten – dat is een geweldige boksbeugel – een schoen, wat dan ook. En onthou ook dat jíj een wapen bent. Theoretisch gezien zou je na de training een gat in een muur kunnen schoppen of een eland met één klap knock-out kunnen slaan.'

'Ik zou nooit een eland slaan,' zei Clary. 'Die worden met uitsterven bedreigd.'

Jace glimlachte lichtjes en draaide zich naar haar om. Ze waren nu bij een klein veldje, omringd door bomen. In de boomstronken stonden runen gegraveerd. Het was duidelijk een plek van schaduwjagers.

'Er is een eeuwenoude vechtsport die muay thai heet,' zei hij. 'Heb je daar wel eens van gehoord?'

Ze schudde haar hoofd. De zon was helder en fel en ze had het bijna te warm in haar joggingbroek en jasje. Jace deed zijn jas uit en strekte zijn slanke pianohanden. Zijn ogen waren intens goud in het herfstlicht. Tekens voor snelheid, behendigheid en kracht liepen als een patroon van klimplanten langs zijn pols naar zijn biceps en verdwenen onder zijn T-shirt. Ze vroeg zich af waarom hij zichzelf zo had getekend. Verwachtte hij vijanden?

'Ik heb een gerucht gehoord dat de nieuwe instructeur die volgende week komt een leermeester in muay thai is,' zei hij. 'En ook in sambo, lethwei, tomoi, krav maga, jiujitsu en iets anders waarvan ik de naam niet meer weet, maar wat te maken heeft met mensen doden met kleine stokjes of zo. Wat ik wil zeggen: hij of zij zal niet gewend zijn om te werken met iemand van jouw leeftijd die zo onervaren is. Dus als we je een paar basisoefeningen leren, heb je alvast een heel kleine voorsprong.' Hij legde zijn handen op haar heupen. 'Draai je naar mij om.'

Clary deed wat hij vroeg. Nu ze zo tegenover elkaar stonden, kwam haar hoofd tot de onderkant van zijn kin. Ze legde haar handen voorzichtig op zijn biceps.

'Muay thai heet ook wel "de kunst van acht ledematen". Dat is omdat je niet alleen je vuisten en voeten gebruikt, maar ook je knieën en ellebogen. Je trekt je tegenstander eerst naar je toe en vervolgens ransel je hem af met alle acht raakpunten totdat hij of zij neervalt.'

'En dat werkt bij demonen?' Clary trok haar wenkbrauwen op.

'De kleinere demonen.' Jace kwam nog dichterbij staan. 'Oké. Leg je hand nu in mijn nek.'

Het was maar net mogelijk zonder op haar tenen te gaan staan. Het was niet de eerste keer dat Clary haar lengte vervloekte. 'Nu doe je hetzelfde met je andere hand, zodat je handen een lus vormen om mijn nek heen.'

Dat deed ze. De achterkant van zijn nek was warm van de zon en zijn zachte haar kietelde haar vingers. Hun lichamen waren tegen elkaar aan gedrukt. Ze voelde hoe de ring die zij om een ketting om haar nek droeg tussen hen in zat, als een steentje tussen twee handpalmen.

'In een echt gevecht gaat het natuurlijk veel sneller,' zei hij. Misschien was het haar verbeelding, maar het leek alsof zijn stem een beetje trilde. 'De grip die jij nu op mij hebt, werkt als hefboom. Je gaat die hefboom gebruiken om jezelf naar mij toe te trekken en jezelf vaart te geven bij het stoten met je knieën...'

'Wel, wel,' zei een koele, geamuseerde stem. 'Slechts zes weken samen en nu al ruzie? Sterfelijke liefde gaat zo snel voorbij.'

Clary liet Jace los en draaide zich met een ruk om, al wist ze al wie het was. De koningin van het hof van Seelie stond in de schaduw tussen twee bomen. Als Clary niet had geweten dat ze er stond, had ze haar misschien niet eens gezien. De koningin droeg een mantel die groen was als gras en haar haar, dat langs haar schouders viel, had de kleur van bladeren in de herfst. Ze was even mooi en lelijk als een wegstervend jaargetijde. Clary had haar nooit vertrouwd.

'Wat doet u hier?' Jace kneep zijn ogen halfdicht. 'Dit is een plek voor schaduwjagers.'

'En ik heb nieuws dat de schaduwjagers volgens mij wel willen horen.' Terwijl de koningin sierlijk tussen de bomen vandaan stapte, weerkaatste de zon van de diadeem van gouden bessen die ze om haar hoofd droeg. Clary vroeg zich soms af of de koningin deze dramatische entrees plande en zo ja, hoe ze dat deed. 'Er is weer een dode gevallen.'

'Wat voor dode?'

'Een van jullie. Een dode Nephilim.' Het leek bijna alsof ze het leuk vond om dit te zeggen. 'Het lichaam is met zonsopgang gevonden onder de Oak Bridge. Zoals jullie weten, is het park mijn domein. Menselijke moorden hebben mijn interesse niet, maar deze dood was niet aards van oorsprong. Het lichaam is naar het hof gebracht om door mijn artsen onderzocht te worden. Zij verklaarden dat de dode sterveling er een van jullie is.'

Clary keek snel naar Jace en herinnerde zich het nieuws van een dode schaduwjager twee dagen geleden. Ze kon zien dat Jace hetzelfde dacht. Hij was helemaal bleek geworden. 'Waar is het lichaam?' vroeg hij.

'Maak je je zorgen over mijn gastvrijheid? Hij verblijft in mijn hof en ik kan je verzekeren dat zijn lichaam hetzelfde respect krijgt als een levende schaduwjager. Nu mijn soort samen met jullie soort in de Raad zit, kun je toch niet meer twijfelen aan onze goede bedoelingen?'

'Natuurlijk niet. Goede bedoelingen en de koningin van het hof gaan hand in hand.' Het was duidelijk dat Jace dit sarcastisch bedoelde, maar de koningin glimlachte alleen maar. Ze mocht Jace, had Clary altijd gemerkt. Elfen hielden van mooie dingen, en Jace was mooi. Ze dacht dat de koningin haar niet zo mocht en dat was wederzijds. 'En waarom geeft u deze boodschap aan ons? Waarom niet aan Maryse? Het is toch de gewoonte dat...'

'Gewoonte, gewoonte.' De koningin wuifde Jace' opmerking weg met haar hand. 'Jullie waren toevallig hier. Het leek handig.'

Jace kneep zijn ogen weer samen en pakte zijn mobiel. Hij gebaarde naar Clary dat ze moest blijven staan waar ze stond en liep een eindje weg. Ze kon hem 'Maryse?' horen zeggen en daarna werd zijn stem opgeslokt door het geschreeuw van de naastgelegen sportvelden.

Clary voelde een rilling over haar rug trekken en keek naar de koningin. Ze had haar niet meer gezien sinds die laatste avond in Idris en Clary was toen niet bepaald beleefd tegen haar geweest. Ze vroeg zich af of de koningin haar had vergeven. *Wil je echt een gunst van de koningin van het hof van Seelie weigeren?*

'Ik hoorde dat Meliorn nu in de Raad zit,' zei Clary. 'Daar bent u vast blij mee.'

'Inderdaad.' De koningin keek haar geamuseerd aan. 'Ik ben enorm in mijn nopjes.'

'Zand erover, dus?' zei Clary.

De glimlach van de koningin werd ijskoud, als vorst aan de rand van een vijver. 'Ik neem aan dat je het hebt over het aanbod dat jij zo brutaal afwees?' zei ze. 'Zoals je weet is mijn doel alsnog bereikt. Het verlies was aan jouw kant.'

'Ik wilde uw aanbod niet.' Clary probeerde haar toon mild te houden, maar het lukte haar niet. 'Mensen kunnen niet de hele tijd doen wat u wilt.'

'Je hoeft mij de les niet te lezen, kind.' De ogen van de koningin volgden Jace, die bij de bomen aan het ijsberen was met zijn telefoon in zijn hand. 'Hij is prachtig,' zei ze. 'Ik kan zien waarom je van hem houdt. Maar heb je je ooit wel eens afgevraagd wat hem naar jou trekt?'

Clary zei niets, omdat er niets te zeggen leek.

'Het bloed van de hemel verbindt jullie,' zei de koningin. 'Bloed roept bloed, onderhuids. Maar liefde en bloed zijn niet hetzelfde.'

'Raadsels,' zei Clary boos. 'Betekenen die dingen die u zegt überhaupt wel iets?'

'Hij is aan jou gebonden,' zei de koningin. 'Maar houdt hij ook van je?'

Clary voelde hoe haar handen trilden. Ze stond te popelen om haar nieuwe vechttechnieken uit te proberen op de koningin, maar ze wist dat dat een slecht plan was. 'Ja, hij houdt van me.'

'En wil hij jou ook? Want liefde en verlangen zijn niet altijd hetzelfde.'

'Dat gaat u niets aan,' zei Clary kortaf, maar ze zag hoe haar ogen groter werden.

'Jij wilt hem zoals je nog nooit iets hebt gewild. Maar voelt hij hetzelfde?' De zachte stem van de koningin was meedogenloos. 'Hij kan alles en iedereen krijgen. Vraag je je wel eens af waarom hij jou koos? Vraag je je wel eens af of hij spijt heeft? Is hij veranderd?'

Clary voelde de tranen branden achter haar ogen. 'Nee.' Maar ze dacht aan zijn gezicht in de lift, die avond, en hoe hij had gezegd dat ze naar huis moest toen ze had aangeboden om te blijven.

'Jij wilde geen deal met mij sluiten, omdat ik je niets kon geven. Jij zei dat er niets op de wereld was wat jij wilde.' De ogen van de koningin sprankelden. 'Als je je een leven zonder hem voorstelt, is je antwoord dan nog hetzelfde?'

Waarom doe je mij dit aan? wilde Clary schreeuwen, maar ze zei niets, want de elfenkoningin wierp een vluchtige blik langs haar heen en glimlachte. 'Droog je tranen, want hij is weer terug. Hij heeft er niets aan als hij jou ziet huilen.'

Clary veegde haar ogen haastig droog met de achterkant van haar hand en draaide zich om.

Jace liep fronsend op hen af. 'Maryse is onderweg naar het hof,' zei hij. 'Waar is de koningin ineens heen?'

Clary keek hem verrast aan. 'Ze staat gewoon hier,' zei ze. Ze draaide zich om. Jace had gelijk. De koningin was weg. Op de plek waar ze had gestaan, was nu alleen een draaikolk van blaadjes.

Simon had zijn jas onder zijn hoofd gelegd. Hij lag op zijn rug en staarde naar het plafond van Erics garage, dat vol dichtgemaakte gaten zat. Hij had het nare gevoel dat hij niets aan zijn situatie kon veranderen. Zijn tas lag aan zijn voeten en zijn telefoon zat tegen zijn oor gedrukt. De vertrouwdheid van Clary's stem was het enige wat hem ervan weerhield om nu helemaal in te storten.

'Simon, het spijt me zo.' Hij hoorde dat ze ergens in de stad was. Het luide geraas van auto's overstemde haar bijna. 'Ben je echt in Erics garage? Weet hij dat jij daar bent?'

'Nee,' zei Simon. 'Er is hier niemand thuis en ik heb de sleutel van de garage. Het leek me een logische plek. Waar ben jij eigenlijk?'

'In de stad.' Mensen uit Brooklyn noemden Manhattan altijd 'de stad'. 'Ik was aan het trainen met Jace, maar toen moest hij terug naar het Instituut vanwege gedoe met de Kloof. Ik ben nu onderweg naar Luke.' Op de achtergrond klonk het luide getoeter van een auto. 'Hoor eens, wil je misschien bij ons logeren? Je kunt op Lukes bank slapen.'

Simon aarzelde. Hij vond het prettig bij Luke. In al die jaren dat hij Clary kende, had Luke in hetzelfde vervallen, maar aangename oude rijtjeshuis achter de boekwinkel gewoond. Clary had een sleutel en zij en Simon hadden daar vele plezierige uurtjes doorgebracht. Ze lazen boeken die ze 'leenden' van de winkel of keken oude films op tv.

Maar nu was alles anders.

'Misschien kan mijn moeder met jouw moeder praten,' zei Clary, die zich duidelijk zorgen maakte over het feit dat hij niets zei. 'Dan kan ze ervoor zorgen dat ze het begrijpt.'

'Dat ze begrijpt dat ik een vampier ben? Clary, ik denk dat ze dat wel begrijpt. Op haar eigen rare manier. Maar dat betekent nog niet dat ze het zal accepteren of dat ze het ooit zal goedkeuren.'

'Nou ja, je kunt er ook niet telkens voor zorgen dat ze het vergeet, Simon,' zei Clary. 'Dat werkt niet voor eeuwig.'

'Waarom niet?' Hij wist dat hij onredelijk was, maar hij lag op een koude, harde vloer, in de benzinegeur, omringd door spinnenwebben, eenzamer dan hij zich ooit gevoeld had, dus redelijkheid leek erg ver weg.

'Omdat je hele relatie met haar dan een leugen zou zijn. Je kunt niet eeuwig van huis wegblijven...'

'Nou en?' onderbrak Simon haar geïrriteerd. 'Dat is onderdeel van de vloek, of niet soms? "Dolend en dwalend zul je over de aarde gaan."'

Ondanks de verkeersgeluiden en het gekwebbel op de achtergrond kon hij horen hoe Clary naar adem hapte.

'Moet ik haar dat ook vertellen?' zei hij. 'Hoe jij mij het teken van Kaïn hebt gegeven? Dat ik eigenlijk een wandelende vloek ben? Denk je dat ze dát in haar huis wil?'

De achtergrondgeluiden verstomden. Clary was vast een portiek in gedoken. Hij hoorde dat het haar moeite kostte om haar tranen te bedwingen. 'Simon, het spijt me zo,' zei ze. 'Je weet dat het me spijt...'

'Het is niet jouw schuld.' Hij was ineens doodmoe. *Je maakt je moeder bang en daarna maak je je beste vriendin aan het huilen. Topdag, Simon.* 'Hoor eens, ik moet nu even niet in de buurt van mensen zijn. Ik blijf hier en ik slaap bij Eric als hij thuiskomt.'

Ze lachte door haar tranen heen. 'Telt Eric niet als mens?'

'Daar kom ik nog op terug,' zei hij. Hij aarzelde even. 'Ik bel je morgen, oké?'

'Ik zie je morgen. Je hebt beloofd om mee te gaan jurken passen, weet je nog?'

'Wow,' zei hij. 'Ik moet wel heel veel van je houden.'

'Inderdaad,' zei ze. 'Ik hou ook van jou.'

Simon deed zijn telefoon uit, ging achteroverliggen en hield hem tegen zijn borst geklemd. Het was raar, dacht hij. Hij had er nu geen moeite mee om te zeggen dat hij van haar hield, terwijl hij die woorden jarenlang niet uit zijn mond kon krijgen. Nu hij het niet meer op dezelfde manier bedoelde, was het makkelijk.

Soms vroeg hij zich af wat er gebeurd zou zijn als Jace Wayland er niet was geweest. Als Clary er nooit achter was gekomen dat ze een schaduwjager was. Hij duwde de gedachte uit zijn hoofd. Het had geen zin om zo te denken. Je kon het verleden niet veranderen. Je kon alleen vooruitgaan. Niet dat hij enig idee had wat dat inhield. Hij kon niet voor altijd in Erics garage wonen. Zelfs in zijn huidige gemoedstoestand moest hij toegeven dat het een ellendige plek was. Hij had het niet koud. Hij voelde geen kou of warmte meer op die manier. Maar de vloer was hard en het lukte hem niet om te slapen. Hij wilde dat hij zijn zintuigen uit kon zetten. Met het geluid van het verkeer buiten lukte het hem niet om uit te rusten. De benzinegeur die er hing hielp ook niet echt. Maar de knagende bezorgdheid over hoe hij verder moest, was nog wel het ergst.

Hij had zijn bloedvoorraad grotendeels weggegooid en een paar flessen in zijn rugzak gedaan. Hij had nog genoeg voor een paar dagen. Daarna had hij een probleem. Eric zou Simon echt wel in het huis laten logeren als hij dat zou willen, maar dan liep hij het risico dat Erics ouders zijn moeder gingen bellen. En aangezien zij dacht dat hij op schoolreis was, was dat niet zo'n goed idee.

Een paar dagen, dacht hij. Dat was hoelang hij hier kon blijven. Totdat het bloed op was. Totdat zijn moeder zich zou gaan afvragen waar hij was en de school zou bellen. Totdat ze het zich herinnerde. Hij was nu een vampier. Hij zou het eeuwige leven moeten hebben. Maar een paar dagen was alles wat hij op dit moment had.

Hij was zo voorzichtig geweest. Hij had zo hard geprobeerd om een normaal leven te hebben. School, vrienden, zijn eigen huis, zijn eigen slaapkamer. Het was moeilijk geweest, maar het was zijn leven. De andere opties leken zo kil en eenzaam dat hij er niet eens aan wilde denken. En toch hoorde hij Camilles woorden steeds voorbijkomen in zijn gedachten. *Maar hoe zit het over tien jaar? Als je eigenlijk zesentwintig hoort te zijn? En over twintig jaar? Dertig jaar? Denk je soms dat het niet op zal vallen dat iedereen verandert, maar jij niet?*

De situatie die hij voor zichzelf had gecreëerd, die hij zo zorgvuldig in de vorm van zijn oude leven had geslepen, was nooit voor altijd geweest, besefte hij nu met een steek in zijn borst. Het had nooit gekund. Hij had zich vastgeklampt aan schaduwen en herinneringen. Hij dacht weer aan Camille en aan haar aanbod. Het klonk nu aantrekkelijker dan eerst. Een plek om te wonen. Een gemeenschap. Al was het niet wat hij wilde. Hij had nog ongeveer drie dagen voordat ze hem zou opzoeken en om zijn antwoord zou vragen. Wat zou hij haar vertellen? Hij had gedacht dat hij het wist, maar hij wist het nu niet meer zo zeker.

Een schrapend geluid onderbrak zijn dagdroom. De garagedeur schoof omhoog en het felle daglicht verspreidde zich over het donkere interieur van de garage. Simon ging rechtop zitten. Zijn hele lichaam schoot in een alerte houding.

'Eric?'

'Nee, ik ben het. Kyle.'

'Kyle?' zei Simon verward, voordat hij zich herinnerde dat het de jongen was die ze als zanger hadden aangenomen. Simon was bijna in staat om weer te gaan liggen. 'O. Oké. De andere jongens zijn er nu niet, dus als je wilde repeteren…'

'Het is al goed. Daarvoor kwam ik niet.' Kyle liep de garage in en knipperde met zijn ogen tegen de duisternis. Hij had zijn handen in de achterzakken van zijn spijkerbroek. 'Jij bent dinges, de bassist, toch?'

Simon ging staan en veegde het stof van zijn kleren. 'Ik ben Simon.'

Kyle keek om zich heen en fronste verbaasd. 'Ik heb gisteren mijn sleutels hier laten liggen, volgens mij. Ik heb alles al afgezocht. Hé, daar liggen ze.' Hij dook achter het drumstel en verscheen een seconde later met een bos rammelende sleutels aan zijn hand. Hij zag er min of meer hetzelfde uit als de dag ervoor. Hij droeg een blauw T-shirt en een religieus gouden kettinkje onder een leren jas. Zijn haar zat door de war. 'Zo,' zei Kyle, die tegen een van de luidsprekers leunde. 'Was je aan het slapen? Op de grond?'

Simon knikte. 'M'n huis uit geschopt.' Dat was niet helemaal waar, maar hij had geen zin om het verder uit te leggen.

Kyle knikte begripvol. 'Heeft je moeder je wietvoorraad gevonden? Klote.'

'Nee. Geen... wietvoorraad.' Simon haalde zijn schouders op. 'We hadden een meningsverschil over mijn levensstijl.'

'Is ze erachter gekomen dat je twee vriendinnetjes hebt?' Kyle grijnsde. Hij zag er goed uit, dat moest Simon toegeven, maar in tegenstelling tot Jace, die precies leek te weten hoe knap hij was, zag Kyle eruit als iemand die zijn haar al een week niet gekamd had. Hij had een open, vriendelijke, puppyachtige uitstraling. Het beviel Simon wel. 'Ja, dat heeft Kirk me verteld. Goed bezig, man.'

Simon schudde zijn hoofd. 'Dat was het niet.'

Er viel een korte stilte. 'Ik... ik woon ook niet thuis,' zei Kyle uiteindelijk. 'Ik ben een paar jaar geleden vertrokken.' Hij sloeg zijn armen om zichzelf heen en liet zijn hoofd hangen. Zijn stem klonk zachtjes. 'Ik heb mijn ouders sindsdien niet meer gezien. Ik bedoel, het gaat wel in mijn eentje, maar... ik snap je.'

'Je tatoeages,' zei Simon, die zijn eigen armen voorzichtig aanraakte. 'Wat betekenen ze?'

Kyle strekte zijn armen voor zich uit. *'Shaantih shaantih shaantih,'* zei hij. 'Het zijn mantra's uit de Upanishads. Sanskriet. Gebeden voor vrede.'

Normaal gesproken zou Simon het nogal pretentieus gevonden hebben om tatoeages in Sanskriet te nemen. Maar nu niet. 'Sjalom,' zei hij.

Kyle knipperde met zijn ogen. 'Wat?'

'Vrede,' zei Simon. 'In het Hebreeuws. Ik bedacht net dat de woorden nogal op elkaar lijken.'

Kyle staarde hem een paar seconden aan. Het was alsof hij een afweging maakte. Uiteindelijk zei hij: 'Dit klinkt misschien nogal gek...'

'O, vast niet. Mijn definitie van gek is de afgelopen maanden nogal opgerekt.'

'Ik heb een appartement. In Alphabet City. En mijn huisgenoot is net verhuisd. Er zijn twee slaapkamers. Er staat een bed en alles.'

Simon aarzelde. Aan de ene kant kende hij Kyle helemaal niet, en intrekken bij iemand die hij totaal niet kende, leek enorm stom. Kyle kon wel eens een seriemoordenaar zijn, ondanks zijn vredestatoeages. Aan de andere kant kende hij Kyle helemaal niet, wat betekende dat niemand hem daar zou komen zoeken. En wat maakte het uit als Kyle een seriemoordenaar was? dacht hij verbitterd. Het zou slechter voor Kyle aflopen dan voor hem, net als bij die overvaller gisteravond.

'Weet je,' zei hij. 'Ik denk dat ik je aanbod aanneem, als je dat goedvindt.'

Kyle knikte. 'Mijn jeep staat buiten, als je een lift wilt.'

Simon boog voorover om zijn tas te pakken. Hij ging weer staan en slingerde de tas over zijn schouder. Hij liet zijn telefoon in zijn zak glijden en spreidde zijn handen om te laten zien dat hij klaar was. 'Laten we gaan.'

5

Hel roept hel

Kyles appartement bleek een aangename verrassing. Simon had een ranzig klein hok verwacht met kakkerlakken en een bed gemaakt van schuimrubber en bierkratten. Maar het was een schoon driekamerappartement met een kleine woonkamer, een heleboel boekenplanken en foto's aan de muur van beroemde surfplekken. Kyle had dan wel weer een kleine wietplantage op de brandtrap, maar je kon niet alles hebben.

Simons kamer was een leeg hok. De oude bewoner had alleen een bed achtergelaten. De kamer had kale muren, een kale vloer en één raam, waardoor Simon de neonverlichting van het Chinese restaurant aan de overkant kon zien. 'Vind je het wat?' vroeg Kyle, die in de deuropening was blijven staan. Hij keek Simon met zijn grote, bruine ogen vriendelijk aan.

'Het is prima,' antwoordde Simon eerlijk. 'Precies wat ik nodig had.'

Het duurste in het hele appartement was de flatscreentelevisie in de woonkamer. Ze lieten zich op de bank vallen en keken naar slechte tv-programma's terwijl het buiten donker werd. Kyle was cool, besloot Simon. Hij bemoeide zich nergens mee en stelde geen vragen. Hij wilde alleen geld voor boodschappen en hoefde niets voor de kamer te hebben. Hij was een vriendelijke jongen. Simon vroeg zich af of hij was vergeten hoe normale mensen waren.

Nadat Kyle weg was gegaan om een avonddienst te draaien

op zijn werk, ging Simon naar zijn slaapkamer. Hij liet zich op het matras vallen en luisterde hoe het verkeer op Avenue B langsraasde.

Het gezicht van zijn moeder had rondgespookt in zijn gedachten. Hoe ze naar hem had gekeken, vol afschuw en angst, alsof hij een indringer in haar huis was. De gedachte had hem benauwd, zelfs al hoefde hij niet te ademen. Maar nu...

Als kind was hij al gek geweest op reizen. Een nieuwe plek betekende dat hij weg was van al zijn problemen. Zelfs hier, slechts een rivier verwijderd van Brooklyn, leken zijn herinneringen aan zijn moeder en de dood van de overvaller vaag en ver.

Misschien was dat het geheim, dacht hij. Blijven bewegen. Als een haai. Waar niemand je kan vinden. *Dolend en dwalend zul je over de aarde gaan.*

Maar dat werkte alleen als je niet gaf om de mensen die je achterliet.

Hij sliep rusteloos. Hij was dan wel een daglichteling, maar hij had nog steeds de behoefte om overdag te slapen. Hij probeerde zijn rusteloosheid en zijn dromen van zich af te vechten en werd laat wakker. Het zonlicht stroomde door het raam naar binnen. Nadat hij schone kleren uit zijn rugzak had gehaald en had aangetrokken, liep hij naar de keuken, waar Kyle eieren met bacon stond te bakken.

'Hé, huisgenoot,' begroette Kyle hem opgewekt. 'Ontbijtje?'

De aanblik van eten maakte Simon misselijk. 'Nee, dank je. Alleen koffie voor mij.' Hij nam plaats op een ietwat scheve barkruk.

Kyle schoof een gebarsten koffiemok zijn richting op. 'Het ontbijt is de belangrijkste maaltijd van de dag, man. Zelfs als het bijna middag is.'

Simon legde zijn handen om de mok en voelde de warmte over zijn koude huid trekken. Hij probeerde een gespreksonderwerp te bedenken. Zolang het maar niet ging over hoe weinig hij at. 'Ik heb het je gisteren helemaal niet gevraagd, maar wat doe je eigenlijk voor werk?'

Kyle pakte een stuk bacon uit de pan en nam een hap. Het viel Simon op dat er op de gouden hanger om zijn nek een patroon van bladeren stond en de woorden BEATI BELLICOSI. Simon wist dat het woord *beati* iets met heiligen te maken had. Kyle zou dus wel katholiek zijn. 'Fietskoerier,' zei hij kauwend. 'Heel tof. Lekker door de stad rijden. Je ziet van alles, je praat met iedereen. Veel beter dan school.'

'Zit je niet meer op school?'

'Ik ben gestopt en heb mijn certificaten gehaald. Ik ga liever naar de school van het leven.' Normaal gesproken had Simon iemand die 'de school van het leven' zei heel hard uitgelachen, maar alles wat hij zei klonk zo... oprecht. 'En jij? Wat zijn jouw plannen?'

O, niets bijzonders. Over de aarde zwerven, een spoor van dood en vernieling achter me aan trekkend. Beetje bloed drinken. Eeuwig leven zonder lol te hebben. Je weet wel hoe dat gaat. 'Ik zit in een soort tussenperiode.'

'Wil je de muziek in?' vroeg Kyle.

Tot Simons opluchting ging zijn telefoon voordat hij kon antwoorden. Hij viste zijn mobiel uit zijn zak en keek op het schermpje. Het was Maia. 'Hé,' begroette hij haar. 'Alles goed?'

'Ga jij vanmiddag met Clary mee om jurken te passen?' vroeg ze. De lijn stoorde. Ze was waarschijnlijk op het politiebureau in Chinatown, waar het bereik niet geweldig was. 'Ze zei dat ze jou had gedwongen om mee te gaan om haar gezelschap te houden.'

'Wat? O ja. Ja. Daar ga ik heen.' Clary had geëist dat Simon meeging om jurken te passen, zodat ze daarna naar de stripboekenwinkel konden en ze zich niet zo'n 'opgedoft meisjemeisje' zou voelen, zoals ze het zelf had genoemd.

'Dan ga ik mee. Ik heb een boodschap voor Luke en ik heb je bovendien al in geen eeuwen gezien.'

'Dat weet ik. Het spijt me...'

'Maakt niet uit,' zei ze luchtig. 'Maar je moet me wel even laten weten wat je aandoet naar de bruiloft, anders vloeken we straks bij elkaar.'

Ze hing op en Simon staarde naar de telefoon. Clary had gelijk gehad. De bruiloft was D-day en hij was niet voorbereid op de strijd.

'Een van je vriendinnetjes?' vroeg Kyle nieuwsgierig. 'Was die roodharige chick die in de garage was er ook een? Zij was wel schattig.'

'Nee. Dat is Clary, mijn beste vriendin.' Simon deed de telefoon weer in zijn zak. 'En zij heeft al een vriend. Een echte, échte vriend. De definitie van vriend. Geloof me.'

Kyle grijnsde. 'Ik vroeg het alleen maar.' Hij zette de pan, die nu leeg was, in de gootsteen. 'Dus die twee meisjes van jou. Wat zijn dat voor types?'

'Ze zijn heel, heel... verschillend.' Ze waren op sommige gebieden echt het tegenovergestelde van elkaar, dacht Simon. Maia was kalm en beheerst. Isabelle leefde in een constante staat van opwinding. Maia was een standvastig licht in de duisternis. Isabelle was een brandende ster die door de ruimte suisde. 'Ik bedoel, ze zijn allebei geweldig. Mooi en slim...'

'En ze weten niet van elkaars bestaan?' Kyle leunde tegen de bar. 'Helemaal niet?'

Simon begon uit te leggen dat ze hem allebei begonnen te bellen nadat hij terug was gekomen uit Idris (al noemde hij die plek niet bij naam). Ze wilden allebei met hem afspreken. En omdat hij ze allebei aardig vond, maakte hij met allebei afspraakjes. En op de een of andere manier was het bij allebei de meisjes op een gegeven moment meer dan vriendschap geworden, maar er leek nooit een goed moment te zijn om hun uit te leggen dat er ook nog iemand anders was. En vervolgens was het allemaal steeds verdergegaan en nu wilde hij ze niet kwetsen, maar wist hij ook niet meer hoe hij verder moest.

'Nou, als je het mij vraagt,' zei Kyle, die zich omdraaide en een restje koffie in de gootsteen goot, 'moet je er één kiezen en geen spelletjes meer spelen. Ik zeg het maar even.'

Hij stond met zijn rug naar Simon toe, dus Simon kon niet zien of Kyle echt boos was. Zijn stem klonk wel ongewoon koel. Maar toen Kyle zich omdraaide, was zijn uitdrukking open en vriendelijk. Simon had het zich vast ingebeeld.

'Ik weet het,' zei hij. 'Je hebt gelijk.' Hij keek over zijn schouder naar de slaapkamer. 'Hoor eens, weet je zeker dat je het goedvindt? Dat ik hier slaap? Ik ben weg wanneer je...'

'Het is prima. Blijf zo lang als je wilt.' Kyle opende een keukenla en rommelde totdat hij vond wat hij zocht: een paar sleutels aan een elastiekje. 'Hier. Je bent helemaal welkom hier, oké? Ik moet werken, maar je kunt hier gewoon blijven als je wilt. Halo spelen of zo. Ben je hier als ik terugkom?'

Simon haalde zijn schouders op. 'Waarschijnlijk niet. Ik moet om drie uur jurken passen.'

'Cool,' zei Kyle, die zijn koerierstas over zijn schouder slingerde en naar de deur liep. 'Doe maar iets roods. Helemaal jouw kleur.'

'Nou,' zei Clary, die het pashokje uit kwam. 'Wat vinden jullie?'

Ze draaide een rondje. Simon, die op een van de ongemakkelijke witte stoelen van Karyn's Bruidswinkel zat, ging verzitten, kneep zijn ogen samen en zei: 'Je ziet er leuk uit.'

Ze zag er beter dan leuk uit. Clary was het enige bruidsmeisje van haar moeder, dus ze mocht haar jurk zelf uitkiezen. Ze had een heel eenvoudige koperkleurige zijden jurk met dunne bandjes gekozen, waar haar slanke figuur goed in uitkwam. Haar enige sieraad was de Morgenstern-ring, die aan een ketting om haar nek hing. Het simpele zilveren kettinkje benadrukte de vorm van haar sleutelbeenderen en de ronding van haar hals.

Een paar maanden geleden had Simon waarschijnlijk gemengde gevoelens gehad als hij Clary in een jurk voor een bruiloft had gezien: diepe wanhoop (ze zou nooit van hem houden) en enorme opwinding (maar misschien wel, als hij het haar zou durven vertellen). Nu voelde hij zich alleen een beetje weemoedig.

'Leuk?' zei Clary. 'Is dat alles? Nou ja, zeg.' Ze draaide zich om naar Maia. 'Wat vind jij ervan?'

Maia had de ongemakkelijke stoelen links laten liggen en zat op de grond met haar rug tegen een muur die versierd was met tiara's en lange, gaasachtige sluiers. Simons Nintendo DS balanceerde op haar knieën en ze leek helemaal op te gaan in een potje Grand Theft Auto. 'Dat moet je niet aan mij vragen,' zei ze. 'Ik haat jurken. Ik zou in een spijkerbroek naar de bruiloft gaan, als dat mocht.'

Dat was waar. Simon zag Maia bijna nooit in iets anders dan een spijkerbroek en T-shirt. Wat dat betreft was ze het tegenovergestelde van Isabelle, die zelfs op de meest ongepaste momenten een jurk en hoge hakken aanhad. (Al had hij haar een keer een vermisdemon zien doden met een stilettohak, dus hij maakte zich daar niet zo'n zorgen over.)

De bel van de winkeldeur rinkelde en Jocelyn kwam binnen, gevolgd door Luke. Ze droegen allebei bekers met dampende koffie en Jocelyn keek met rode wangen en stralende ogen naar Luke. Simon herinnerde zich wat Clary had gezegd over dat ze zo walgelijk verliefd waren. Hij vond het zelf niet walgelijk, maar dat was waarschijnlijk omdat het zijn ouders niet waren. Ze leken zo gelukkig, en dat vond hij eigenlijk wel leuk.

Jocelyns ogen werden groter toen ze Clary zag. 'Lieverd, je bent prachtig!'

'Ja, dat moet jij zeggen. Je bent mijn moeder,' zei Clary, maar toch grijnsde ze. 'Hé, is dat zwarte koffie?'

'Zeker weten. Beschouw het maar als een sorry-dat-we-te-laat-zijn-cadeautje,' zei Luke, die haar een beker gaf. 'Er kwam iets tussen. Gedoe met de catering.' Hij knikte naar Simon en Maia. 'Hé, jongens.'

Maia knikte. Luke was het hoofd van haar roedel. Hij had haar afgeleerd om hem 'meester' of 'meneer' te noemen, maar ze bleef eerbiedig als hij in de buurt was. 'Ik heb een boodschap van de roedel,' zei ze terwijl ze haar spelcomputer weglegde. 'Ze hebben een paar vragen over het feest in de ijzerfabriek.'

Terwijl Maia en Luke praatten over het feest dat de roedel hield ter ere van de bruiloft van hun alfawolf, kwam de eigenares van de winkel aangerend om ze te begroeten. Ze had achter de toonbank tijdschriften zitten lezen en niet veel aandacht besteed aan de drie tieners. Maar nu ze zich realiseerde dat de mensen die de jurk gingen betalen er waren, was ze er als de kippen bij. 'Ik heb uw jurk net weer binnengekregen. Hij is werkelijk geweldig,' zei ze overdreven, terwijl ze Clary's moeder bij de arm pakte en naar de achterkant van de winkel leidde. 'U moet hem echt even passen.' Luke staarde ze na en de vrouw stak een dreigende vinger naar hem uit. 'Ú blijft hier.'

Luke keek hoe zijn verloofde door een paar klapdeuren met geschilderde bruidsklokken verdween. Hij leek nogal in de war.

'Normalo's vinden dat de bruidegom de jurk van de bruid niet van tevoren mag zien,' zei Clary. 'Dat brengt ongeluk. Die vrouw vindt het waarschijnlijk al raar dat je mee bent gekomen.'

'Maar Jocelyn wilde weten wat ik ervan vond.' Luke schudde zijn hoofd. 'Nou ja. Aardse gewoonten zijn af en toe zo raar.' Hij liet zich in een van de stoelen zakken en kromp ineen toen een van de gietijzeren rozen in zijn rug prikte. 'Au.'

'En schaduwjagers?' vroeg Maia. 'Hebben die ook bepaalde tradities bij bruiloften?'

'Die hebben ze,' zei Luke langzaam. 'Maar dit wordt geen traditionele schaduwjagersceremonie. Het is eigenlijk niet de bedoeling dat een van de twee partijen geen schaduwjager is.'

'Echt?' Maia keek verbijsterd. 'Dat wist ik niet.'

'Een onderdeel van de ceremonie is dat je permanente runen op elkaars lichaam tekent,' zei Luke. Zijn stem was kalm, maar zijn ogen stonden droevig. 'Runen van liefde en verbintenis.

Maar ik kan natuurlijk geen runen van de Engel krijgen, dus Jocelyn en ik zullen in plaats daarvan ringen uitwisselen.'

'Balen,' zei Maia.

Luke glimlachte. 'Nee, hoor. Trouwen met Jocelyn is alles wat ik ooit heb gewild en ik geef niet zoveel om rituelen. Bovendien zijn de dingen aan het veranderen. De nieuwe leden van de Raad hopen de Kloof ervan te overtuigen dat dit soort dingen...'

'Clary!' Het was Jocelyn, van achter in de winkel. 'Kun je even komen?'

'Ik kom!' zei Clary, die het laatste slokje koffie naar binnen werkte. 'O, o. Klinkt als een noodgeval met een jurk.'

'Succes ermee.' Maia stond op en gaf de DS terug aan Simon. Ze boog naar hem toe en gaf hem een zoen op zijn wang. 'Ik moet gaan. Ik heb met vrienden afgesproken in De Vollemaan.'

Ze rook naar vanille. Maar daaronder rook Simon altijd de zoutige geur van bloed vermengd met een scherpe citroenlucht, waar alle weerwolven naar roken. Van elke benedenlingensoort rook het bloed weer anders. Elfen roken naar verlepte bloemen, heksenmeesters naar verbrande lucifers en andere vampiers naar metaal.

Clary had hem wel eens gevraagd waar schaduwjagers naar roken.

'Zonlicht,' had hij gezegd.

'Zie je later, schatje.' Maia haalde haar handen door Simons haar en ging weg. Toen de deur achter haar dichtsloeg, keek Clary hem met een doordringende blik aan.

'Je móét je liefdesleven op orde krijgen voor volgende week zaterdag,' zei ze. 'Ik meen het, Simon. Als jij het hun niet vertelt, doe ik het.'

Luke keek verbijsterd. 'Wat aan wie vertellen?'

Clary schudde haar hoofd naar Simon. 'Je begeeft je op glad ijs, Lewis.' Ze beende weg, haar zijden jurk omhooghoudend. Simon glimlachte toen hij zag dat ze er groene gympen onder aanhad.

'Er gebeurt duidelijk iets waar ik niets van weet.'

Simon keek naar hem. 'Dat lijkt het motto van mijn leven te zijn.'

Luke trok zijn wenkbrauwen op. 'Is er iets gebeurd?'

Simon aarzelde. Hij kon Luke niet vertellen over zijn liefdesleven. Luke en Maia zaten in dezelfde roedel en weerwolvenroedels waren loyaler dan straatbendes. Hij zou Luke in een ongemakkelijke positie brengen als hij het zou vertellen. Luke was ook een handige bron. Als leider van de Manhattan-roedel had hij toegang tot allerlei informatie en was hij goed op de hoogte van benedenlingenzaken. 'Heb jij wel eens gehoord van een vampier die Camille heet?'

Luke floot zachtjes. 'Ik weet wie ze is. Het verbaast mij dat jij dat ook weet.'

'Ze is het hoofd van de vampierkring in New York. Ik weet heus wel íéts van mijn eigen soort,' zei Simon een beetje geïrriteerd.

'Dat wist ik niet. Ik dacht dat je zoveel mogelijk als mens wilde leven.' Er zat geen veroordeling in Lukes stem, slechts nieuwsgierigheid. 'Toen ik de roedel overnam van de vorige leider, had zij de leiding overgedragen aan Raphael. Volgens mij weet niemand waar ze precies heen is. Maar ze is wel een soort legende. Een buitengewoon oude vampier, als ik het goed heb begrepen. Enorm wreed en sluw. Ze is gewiekster dan het elfenvolk.'

'Heb je haar wel eens gezien?'

Luke schudde zijn hoofd. 'Volgens mij niet, nee. Waarom de interesse?'

'Raphael zei iets over haar,' mompelde Simon.

Luke fronste. 'Zie jij Raphael nog wel eens, dan?'

Voordat Simon kon antwoorden, rinkelde de deurbel weer, en tot Simons verrassing kwam Jace binnen. Clary had niet gezegd dat hij zou komen.

Eigenlijk had Clary de laatste tijd helemaal niet meer zoveel over hem gezegd, realiseerde hij zich ineens.

Jace keek van Luke naar Simon. Hij leek nogal verrast dat ze daar waren, al was dat bij hem altijd moeilijk te zien. Bij Clary had hij vast een hele reeks aan gezichtsuitdrukkingen, maar bij andere mensen keek hij altijd maar op één manier. 'Hij ziet eruit alsof hij over iets heel moeilijks aan het nadenken is en je op je bek slaat als je vraagt wat het is,' had Simon een keer tegen Isabelle gezegd.

'Vraag het hem dus maar niet,' had Isabelle geantwoord, alsof ze vond dat Simon raar deed. 'Niemand dwingt jullie om vrienden te zijn.'

'Is Clary hier?' vroeg Jace, die de deur achter zich dichtdeed. Hij zag er moe uit. Hij had donkere kringen onder zijn ogen en hij had niet de moeite genomen om een jas aan te doen, hoewel er een gure herfstwind stond. Simon had niet meer zo'n last van kou, maar nu hij Jace zo zag staan in een spijkerbroek en T-shirt met lange mouwen, kreeg hij het zelfs koud.

'Ze is Jocelyn aan het helpen,' legde Luke uit. 'Maar als je wilt, kun je hier met ons wachten.'

Jace keek ongemakkelijk om zich heen naar de muren met sluiers, waaiers, tiara's en met parels bezette slepen. 'Alles is zo... wit.'

'Natuurlijk is alles wit,' zei Simon. 'Het is een bruiloft.'

'Wit is een rouwkleur voor schaduwjagers,' legde Luke uit. 'Maar voor aardse mensen is het de kleur van bruiloften, Jace. Wit staat voor de maagdelijkheid en reinheid van de bruid.'

'Ik dacht dat Jocelyn zei dat haar jurk niet wit was,' zei Simon.

'Nou, dan weten we dat ook weer,' zei Jace.

Luke stikte bijna in zijn koffie. Voordat hij iets kon doen of zeggen kwam Clary de ruimte in gelopen. Haar haar was opgestoken met glinsterende speldjes en een paar krullen hingen los langs haar nek. 'Ik weet het niet, hoor,' zei ze. 'Karyn heeft mijn haar onder handen genomen, maar ik vind het allemaal iets te veel glinsteren...'

Ze brak haar zin af toen ze Jace zag. Aan haar uitdrukking te zien was het duidelijk dat zij hem ook niet verwachtte. Haar mond viel open van verbazing, maar ze zei niets. Jace staarde haar alleen maar aan en Simon kon voor de verandering een keer precies zien wat hij dacht. Het was alsof alles en iedereen in de wereld was weggevallen en alleen Jace en Clary er nog waren. Hij keek haar zo openlijk smachtend en verlangend aan dat Simon zich er ongemakkelijk bij voelde, alsof hij ze had betrapt tijdens een intiem moment.

Jace schraapte zijn keel. 'Je ziet er prachtig uit.'

'Jace.' Clary leek alleen maar verbijsterd. 'Gaat alles goed? Ik dacht dat je niet kon komen vanwege de vergadering met het Verbond.'

'O ja,' zei Luke. 'Ik hoorde van het lichaam in het park. Is er nog nieuws?'

Jace schudde zijn hoofd en bleef ondertussen naar Clary kijken. 'Nee. Het is niet een van de Verbondsleden uit New York, maar hij is verder nog niet geïdentificeerd. De andere lichamen ook nog niet. De Stille Broeders kijken er nu naar.'

'Mooi zo. De Broeders komen er wel achter wie het zijn,' zei Luke.

Jace zei niets. Hij keek nog steeds naar Clary. Hij had een vreemde blik in zijn ogen, dacht Simon. Alsof hij heel veel van haar hield, maar nooit met haar samen zou kunnen zijn. Hij kon zich voorstellen dat dat precies was hoe Jace zich ooit had gevoeld, maar dat was nu toch niet meer zo?

'Jace,' zei Clary, die een stap in zijn richting zette.

Hij wendde zijn blik eindelijk van haar af. 'Die jas die je gisteren van me had geleend in het park,' zei hij. 'Heb je die nog?'

Clary keek alleen maar verbaasder. Ze wees naar het kledingstuk in kwestie. Een doodnormale bruine suède jas hing over een van de stoelen. 'Hij hangt daar. Ik wilde hem langsbrengen nadat...'

'Nou,' zei Jace, die de jas pakte en zijn armen snel in de mouwen stak, alsof hij ineens haast had, 'dat hoeft nu niet meer.'

'Jace,' zei Luke, op dat kalme toontje dat hij altijd gebruikte, 'we gaan zo uit eten in Park Slope. Heb je zin om mee te gaan?'

'Nee, ik kan niet,' zei Jace, die de jas dichtritste. 'Ik moet trainen. Ik kan maar beter gaan.'

'Trainen?' zei Clary. 'Maar we hebben gisteren al getraind.'

'Sommigen van ons moeten elke dag trainen, Clary.' Jace klonk niet boos, maar er zat een wrede klank in zijn stem en Clary werd rood. 'Ik zie je later,' voegde hij eraan toe zonder naar haar te kijken. Hij rende zowat naar buiten.

Toen de deur achter hem dichtsloeg, trok Clary boos aan de speldjes in haar haar. Het viel in plukken over haar schouders.

'Clary,' zei Luke zachtjes. 'Wat doe je?'

'Mijn haar.' Ze trok het laatste speldje er hard uit. Haar ogen glommen en Simon zag dat ze haar best deed om niet te huilen. 'Ik wil het niet zo dragen. Het ziet er stom uit.'

'Dat is niet waar.' Luke pakte de speldjes uit haar hand en legde ze op een van de kleine witte bijzettafels. 'Hoor eens, Clary. Mannen worden nerveus van bruiloften, oké? Het betekent helemaal niets.'

'Oké.' Clary probeerde te glimlachen. Het lukte bijna, maar Simon zag dat ze Luke niet geloofde. Hij kon het haar moeilijk kwalijk nemen. Na die blik op Jace' gezicht, geloofde Simon hem ook niet.

In de verte glom het eettentje op Fifth Avenue als een ster in de donkerblauwe schemer. Simon liep naast Clary op de stoep en Jocelyn en Luke liepen een stukje voor hen uit. Clary had zich omgekleed en had nu haar spijkerbroek weer aan. Om haar nek had ze een dikke, witte sjaal. Af en toe pakte ze de ring aan de ketting om haar nek en draaide ze hem rond in haar handen. Hij vroeg zich af of ze zich bewust was van dit nerveuze trekje.

Toen ze de bruidswinkel uit waren gelopen, had hij haar gevraagd of ze wist wat er mis was met Jace, maar ze had hem niet echt antwoord gegeven. Ze had haar schouders opgehaald en ze had hem gevraagd hoe het ging, of hij al met zijn moeder had gepraat en of het leuk was om bij Eric te logeren. Toen hij haar vertelde dat hij bij Kyle sliep, was ze verbaasd.

'Maar je kent hem amper,' zei ze. 'Straks is het een serie-moordenaar.'

'Die gedachte is bij me opgekomen. Ik heb zijn appartement doorzocht, maar ik heb geen vriezers met ledematen gevonden. Hij lijkt me eigenlijk best oprecht en aardig.'

'Wat is het voor appartement?'

'Best aardig voor Alphabet City. Je moet snel een keer langskomen.'

'Vanavond niet,' had Clary een beetje afwezig gezegd. Ze speelde weer met de ring. 'Morgen misschien?'

Ga je naar Jace? dacht Simon, maar hij zei het niet. Als ze er niet over wilde praten, ging hij haar niet dwingen. 'We zijn er.' Hij deed de deur van het eetcafé open en werd overspoeld door een golf warme, naar souvlaki ruikende lucht.

Ze vonden een zitje bij een van de flatscreentelevisies die aan de muur hingen. Simon en Clary gingen zitten, terwijl Luke en Jocelyn een levendig gesprek voerden over hun trouwplannen. Het leek erop dat Lukes roedel beledigd was dat ze niet uitgenodigd waren, al was de gastenlijst heel klein. Ze stonden erop om een feest te organiseren in een verbouwde fabriek in Queens. Clary luisterde, maar zei niets. De serveerster kwam naar hun tafeltje en deelde menukaarten uit die zo sterk geplastificeerd waren dat je er iemands hoofd mee zou kunnen inslaan. Simon legde zijn menukaart op tafel en staarde uit het raam. Er was een sportschool aan de overkant en door de ramen zag hij mensen met koptelefoons op rennen op loopbanden. Rennen, rennen, rennen zonder ergens te komen, dacht hij. Dat komt me bekend voor.

Hij probeerde zich te dwingen om aan leuke dingen te denken en het lukte hem bijna. Dit was een van de meest vertrouwde dingen in zijn leven, dacht hij. Een tafeltje in een eetcafé met Clary en haar familie. Luke was altijd familie geweest, zelfs toen hij niet op het punt stond om met Clary's moeder te trouwen. Simon zou zich thuis moeten voelen. Hij probeerde te glimlachen, maar kwam erachter dat Clary's moeder net iets had gevraagd en hij het niet had gehoord. Iedereen aan tafel staarde hem verwachtingsvol aan.

'Sorry,' zei hij. 'Ik hoorde... Wat zei je?'

Jocelyn glimlachte geduldig. 'Clary vertelde me dat jullie een nieuw bandlid hebben.'

Simon wist dat ze dit vroeg uit beleefdheid. Ouders deden altijd alsof ze je hobby's heel serieus namen. Toch was ze best vaak naar zijn optredens geweest, al was het maar om te helpen om de zaal te vullen. Ze gaf echt om hem. Dat was altijd zo geweest. In de duistere hoekjes van zijn gedachten vermoedde Simon dat ze altijd had geweten wat hij voor Clary voelde en hij vroeg zich af of ze niet had gewild dat haar dochter een andere keuze had gemaakt. Hij wist dat ze Jace niet echt mocht. Dat hoorde hij aan de manier waarop ze zijn naam uitsprak.

'Ja,' zei hij. 'Kyle. Beetje een aparte jongen, maar wel heel aardig.' Luke spoorde hem aan om uit te leggen wat er apart was aan Kyle en Simon vertelde over Kyles appartement – zonder te vermelden dat dat nu ook zíjn appartement was – zijn baan als fietskoerier en zijn antieke, verroeste jeep. 'En hij heeft vreemde planten op het balkon staan,' voegde hij eraan toe. 'Geen wiet. Ze hebben een beetje zilverachtige blaadjes...'

Luke fronste zijn voorhoofd, maar voordat hij iets kon zeggen, kwam de serveerster hun bestelling opnemen. Ze droeg een grote, zilverkleurige koffiekan. Ze was jong en had gebleekt blond haar in twee vlechtjes. Toen ze vooroverboog om Simons mok te vullen, raakte een van de vlechtjes Simons arm. Hij kon haar zweet ruiken en daaronder de geur van bloed. Mensenbloed, de zoetste geur die er was. Hij voelde het vertrouwde samentrekken van zijn maag. Koude rillingen liepen over zijn rug. Hij had honger en alles wat hij bij Kyle had staan, was bloed op kamertemperatuur dat al aan het ontbinden was – een misselijkmakend vooruitzicht, zelfs voor een vampier. *Je hebt nog nooit mensenbloed gehad, of wel? Dat gaat nog wel een keer gebeuren. En als het gebeurt, dan zul je het nooit meer vergeten.*

Hij sloot zijn ogen. Toen hij ze weer opendeed, was de serveerster weg en keek Clary hem vanaf de andere kant van de tafel peinzend aan. 'Gaat het?'

'Ja.' Hij sloot zijn hand om zijn koffiemok. Hij trilde. De tv die aan de muur hing, maakte een hoop lawaai. Het journaal stond op.

'Jakkes,' zei Clary, die opkeek naar het scherm. 'Heb je dit gehoord?'

Simon volgde haar blik. De nieuwslezer had zo'n uitdrukking op zijn gezicht die mensen hebben als ze iets uitgesproken akeligs te vertellen hebben. 'De identiteit van het babyjongetje dat enkele dagen geleden in een steeg achter het Beth Israel-ziekenhuis is gevonden, is nog altijd onbekend,' zei hij. 'De baby is blank, weegt zes pond en acht ons en is verder helemaal gezond. Hij werd gevonden in een autozitje achter een container in het steegje,' ging de nieuwslezer verder. 'Onder het dekentje van de zuigeling zat een verontrustend briefje verstopt met een verzoek aan de autoriteiten om het kind om te brengen want "ik heb de kracht niet om het zelf te doen". De politie acht het waarschijnlijk dat de moeder van het kind psychische problemen heeft. Er zouden "veelbelovende aanwijzingen" zijn om de moeder op te sporen. Hebt u meer informatie over de vondeling, belt u dan met...'

'Afschuwelijk,' zei Clary, die huiverend wegkeek van het scherm. 'Ik snap niet hoe iemand zijn kind zomaar kan dumpen, alsof het oud vuil is...'

'Jocelyn,' zei Luke bezorgd. Simon keek naar Clary's moeder. Ze was lijkbleek en zag eruit alsof ze elk moment kon overgeven. Ze duwde haar bord abrupt aan de kant, stond op van tafel en rende naar de toiletten. Luke liet zijn servet vallen en ging haar achterna.

'O, shit.' Clary sloeg haar hand voor haar mond. 'Ik kan niet geloven dat ik dat heb gezegd. Ik ben zo dom.'

Simon was verbijsterd. 'Wat is er aan de hand?'

Clary zakte onderuit op haar stoel. 'Ze dacht aan Sebastian,' zei ze. 'Jonathan, bedoel ik. Mijn broer. Of ben je vergeten wie dat is?'

Dat laatste was sarcastisch bedoeld. Iedereen wist nog wie Sebastian was. Zijn echte naam was Jonathan en hij had Hodge en Max vermoord en hij was er bijna in geslaagd om Valentijn te helpen met een oorlog die het einde van alle schaduwjagers had kunnen betekenen. Jonathan, met zijn brandende zwarte ogen en zijn messcherpe glimlach. Jonathan, wiens bloed naar vergif smaakte, toen Simon hem een keer had gebeten. Niet dat hij daar spijt van had.

'Maar je moeder heeft hem toch niet in de steek gelaten,' zei Simon. 'Ze is hem blijven opvoeden, terwijl ze wist dat er iets vreselijk mis met hem was.'

'Maar ze haatte hem,' zei Clary. 'Ik denk dat ze daar nooit helemaal overheen is gekomen. Stel je eens voor dat je je eigen baby haat. Elk jaar op zijn verjaardag pakt ze de doos met babyspullen en huilt ze. Ik denk dat ze huilt om de zoon die ze had kunnen hebben als... als Valentijn niet had gedaan wat hij heeft gedaan.'

'En dan had jij een broer gehad,' zei Simon. 'Een echte broer. Geen moordende psychopaat.'

Clary zag eruit alsof ze elk moment kon gaan huilen. Ze schoof haar bord weg. 'Ik ben misselijk,' zei ze. 'Ken je dat gevoel dat je honger hebt, maar dat het je niet lukt om te eten?'

Simon keek naar de blonde serveerster, die tegen de bar leunde. 'Ja,' zei hij. 'Dat ken ik.'

Luke kwam uiteindelijk terug naar de tafel, maar alleen om Clary en Simon te vertellen dat hij Jocelyn naar huis ging brengen. Hij liet wat geld achter. Clary en Simon betaalden de rekening en liepen naar buiten, naar de Galaxy Comics op Seventh Avenue. Het lukte hun allebei niet om zich daar te vermaken. Ze gingen ieder hun eigen weg en beloofden elkaar de volgende dag te zien.

Simon liep de stad in met zijn capuchon over zijn hoofd getrokken en zijn iPod op het hoogste volume. Muziek was altijd een manier geweest om alles buiten te sluiten. Tegen de tijd dat hij op Second Avenue was en in de richting van Houston liep, was het begonnen te regenen en had hij steken in zijn maag.

Hij stak over naar First Street, een donker stuk tussen First Avenue en Avenue A, waar het vrijwel uitgestorven was. Omdat hij zijn iPod aanhad, hoorde hij ze pas toen ze al bijna op hem waren gesprongen. De eerste aanwijzing dat er iets mis was, was een lange schaduw die over de stoep viel en die zijn eigen schaduw overlapte. Er kwam nog een schaduw bij, deze aan de andere kant. Hij draaide zich om...

En zag twee mannen achter zich staan. Ze waren allebei precies zo gekleed als de man die hem een paar dagen eerder had aangevallen: grijze trainingspakken, grijze capuchons over hun hoofd om hun gezicht te verbergen. Ze waren dichtbij genoeg om hem aan te raken.

Simon sprong met zo'n grote kracht naar achteren dat het hem zelf verbaasde. Omdat zijn vampierkracht nog zo nieuw was, werd hij er nog steeds door verrast. Toen hij een seconde later een paar meter verderop op het trapje van een huis terechtkwam, was hij zo verbijsterd dat hij stil bleef staan.

De overvallers kwamen op hem af. Ze spraken met dezelfde keelklanken als de vorige overvaller, die – realiseerde Simon zich nu – waarschijnlijk helemaal geen overvaller was. Overvallers werkten niet in bendes en het was hoogstonwaarschijnlijk dat de eerste overvaller criminele vriendjes had die nu wraak kwamen nemen. Er was duidelijk iets anders aan de hand.

Ze waren al bij het trapje en sloten hem in. Simon rukte de koptelefoon van zijn iPod uit zijn oren en gooide zijn handen haastig in de lucht. 'Hoor eens,' zei hij. 'Ik weet niet waar dit over gaat, maar je kunt me maar beter met rust laten.'

De overvallers staarden hem aan. Of dat dacht hij tenminste, want door de schaduwen van hun capuchons was het onmogelijk om hun gezichten te zien.

'Ik krijg het idee dat iemand jullie achter me aan heeft gestuurd,' zei hij. 'Maar het is een zelfmoordmissie. Serieus. Ik weet niet wat ze je betalen, maar het is niet genoeg.'

Een van de figuren in trainingspak lachte. De andere stak zijn hand in zijn zak en haalde er iets uit. Iets wat zwart glom in de straatverlichting.

Een pistool.

'O, man,' zei Simon. 'Dat wil je echt, echt niet doen. Ik meen het.' Hij deed een stap achteruit, een tree omhoog. Misschien kon hij over ze heen springen als hij hoog genoeg kwam, of langs ze heen. Zolang hij maar niet aangevallen werd. Hij wist niet of hij aankon wat er zou gebeuren. Niet weer.

De man met het pistool bracht zijn hand omhoog. Er klonk een klik en hij haalde de trekker over.

Simon beet op zijn lip. Hij was zo in paniek dat zijn snijtanden eruit waren gekomen. De pijn schoot door zijn tandvlees. 'Niet...'

Een donker object viel uit de lucht. Eerst dacht Simon dat er iets uit een van de bovenste ramen van het huis was gevallen. Een airconditioner die los was geraakt of een vuilniszak die iemand omlaaggooide, omdat hij geen zin had om hem naar beneden te slepen. Maar het vallende ding was een persoon, die op sierlijke wijze en met een duidelijk doel naar beneden vloog. De persoon landde op de overvaller en sloeg hem achterover. Het pistool schoot uit zijn hand en hij gilde. Het was een zacht, hoog geluid.

De tweede overvaller boog voorover en greep het pistool. Voordat Simon kon reageren, had de man het pistool omhooggebracht en de trekker overgehaald. Bij de loop van het pistool verscheen een vonk.

En het pistool knalde uit elkaar. Het pistool knalde uit elkaar en de overvaller ook. Zo snel dat hij niet eens kon schreeuwen. Hij had een snelle dood voor Simon gewild en hij had er een nog snellere dood voor teruggekregen. Hij spatte uiteen als glas, als de uitwaaierende kleuren van een caleidoscoop. Er klonk een zachte ontploffing, het geluid van lucht die zich verplaatst, en daarna niets anders dan een stofregen van zout, dat als hard geworden regen op de stoep viel.

Simons blikveld vertroebelde en hij liet zich op de stoep zakken. Hij werd zich bewust van een luid gezoem in zijn oren. Iemand pakte hem bij zijn polsen en schudde hem hard door elkaar. 'Simon. Simon!'

Hij keek op. De persoon die hem had vastgepakt en door elkaar schudde was Jace. Hij had zijn strijdtenue niet aan. Hij droeg nog steeds zijn spijkerbroek en de jas die Clary hem vanmiddag terug had gegeven. Hij zag er slonzig uit. Zijn kleren en gezicht zaten onder de modder en zijn haren waren nat van de regen.

'Wat was dat, verdomme?' vroeg Jace.

Simon keek de straat af. Het was er nog steeds uitgestorven. Het asfalt glom in de regen. De tweede overvaller was weg.

'Jij,' zei hij een beetje versuft. 'Jij sprong op de overvallers...'

'Dat waren geen overvallers. Die gasten hebben je vanaf de metrohalte achtervolgd. Iemand heeft ze op je afgestuurd.' Jace zei het alsof hij er honderd procent zeker van was.

'Die andere,' zei Simon. 'Wat is er met hem gebeurd?'

'Die verdween zomaar.' Jace knipte met zijn vingers. 'Hij zag wat er met zijn vriend gebeurde en toen was hij ineens weg. Zomaar. Ik weet niet precies wat het waren. Geen demonen, maar ook niet helemaal menselijk.'

'Ja, daar was ik zelf ook al achter.'

Jace staarde hem intens aan. 'Dat... wat er met de overvaller gebeurde. Dat deed jij, of niet? Jouw teken, hier.' Hij wees naar zijn voorhoofd. 'Ik zag het wit opbranden net voordat die gast... oploste.'

Simon zei niets.

'Ik heb veel gezien,' zei Jace. Er zat voor de verandering geen sarcasme of spot in zijn stem. 'Maar zoiets heb ik nog nooit meegemaakt.'

'Ik heb het niet gedaan,' zei Simon zachtjes. 'Ik heb helemaal niets gedaan.'

'Dat hoefde ook niet,' zei Jace. Zijn gouden ogen brandden in zijn met vuil besmeurde gezicht. 'Want er staat geschreven dat de Heer zegt: "Het is aan mij om wraak te nemen, ik zal vergelden."'

6

Wek de doden

Jace' kamer was even netjes als altijd. Zijn bed was keurig opgemaakt, de boeken stonden in alfabetische volgorde op de planken en zijn studieboeken en aantekeningen lagen zorgvuldig opgestapeld op zijn bureau. Zelfs zijn wapens hingen in volgorde van grootte aan de muur: van een enorm zwaard tot een klein setje dolken.

Clary stond in de deuropening en hield haar adem in. Ze was eraan gewend dat het zo opgeruimd was. Dat was, zo had ze altijd gedacht, Jace' manier om orde in zijn chaotische bestaan te creëren. Hij had zo lang niet geweten wie of wat hij was, dat ze het hem amper kwalijk kon nemen dat hij zijn poëzieverzameling op alfabetische volgorde zette.

Ze betreurde het echter wel dat hij er zelf niet was. Als hij niet naar huis was gegaan nadat hij de bruidswinkel uit was gelopen, waar was hij dan? Terwijl ze naar zijn kamer keek, kreeg ze een raar gevoel. Het was toch niet mogelijk dat dit gebeurde, of wel? Ze wist hoe het ging als een relatie uitging. Daar hoorde ze andere meisjes wel eens over klagen. Eerst werd hij afstandelijk en nam hij zijn telefoon niet altijd meer op. Hij gaf vage antwoorden dat er niets aan de hand was, dat hij gewoon een beetje ruimte wilde. En dan het hele 'het ligt niet aan jou, het ligt aan mij'-verhaal. En vervolgens het huilen.

Ze had nooit gedacht dat zoiets kon gebeuren met haar en Jace. Wat zij hadden was niet gewoon en de gewone regels van relaties golden niet voor hen. Ze hoorden gewoon bij elkaar en dat zou altijd zo blijven.

Maar misschien had iedereen dat wel. Totdat je je op een gegeven moment realiseerde dat je net als al die anderen was en dat alles ineens uit elkaar kon spatten.

Vanuit haar ooghoek zag ze iets glinsteren. Het was het kistje met het sierlijke vogelpatroon dat Amatis aan Jace had gegeven. Ze wist dat hij daarmee bezig was en dat hij de brieven aan het lezen was en de foto's bestudeerde. Hij had er niet veel over losgelaten en zij wilde zich er niet mee bemoeien. Wat hij voelde voor zijn biologische vader was iets wat hij zelf moest uitzoeken.

Ze voelde zich toch aangetrokken tot het kistje. Ze zag voor zich hoe hij op de trappen van de Zaal van de Akkoorden in Idris had gezeten met het kistje op schoot. 'Alsof ik zou kunnen ophouden met van jou te houden,' had hij gezegd. Ze raakte de deksel van het kistje aan en haar vingers vonden de sluiting, die gemakkelijk opensprong. In het kistje lagen papieren en oude foto's. Ze pakte er eentje uit en staarde er gefascineerd naar. Er stonden twee mensen op de foto. Een jonge vrouw en een jonge man. Ze herkende de vrouw gelijk. Het was Lukes zus Amatis. Ze keek stralend op naar de jonge man, die duidelijk haar geliefde was. Hij was knap, lang en blond, al waren zijn ogen blauw, niet goud, en zijn gelaatstrekken waren minder hoekig dan die van Jace. Toch kreeg ze een knoop in haar maag als ze eraan dacht wie dit was. Jace' vader.

Ze legde de foto van Stephen Herondale snel weer neer en sneed haar vinger bijna aan een scherpe jachtdolk die in het kistje lag. Er stonden vogels gegraveerd op het handvat. Er zat roest op het snijgedeelte, of iets wat eruitzag als roest. Het was vast niet goed schoongemaakt. Ze deed het kistje snel weer dicht en draaide zich om. Het schuldgevoel drukte zwaar op haar schouders.

Ze dacht eraan om een briefje achter te laten, maar besloot

dat het beter was om te wachten tot ze Jace onder vier ogen zou kunnen spreken. Ze verliet zijn kamer en liep de gang door naar de lift. Ze had eerder al op Isabelles deur geklopt, maar die leek niet thuis te zijn. Zelfs de heksenlichten in de gang leken minder fel te branden dan ze normaal deden. Met een zwaarmoedig gevoel stak Clary haar hand uit om op de knop van de lift te drukken, maar toen zag ze dat het lichtje al brandde. Iemand kwam met de lift naar boven.

Jace, dacht ze gelijk, en ze voelde hoe haar hartslag versnelde. Maar het kon net zo goed iemand anders zijn. Izzy of Maryse of...

'Luke?' zei ze verrast toen de lift openging. 'Wat doe jij hier?'

'Ik zou jou hetzelfde kunnen vragen.' Hij stapte de lift uit en sloot het hek. Hij droeg de fleece jas met rits die Jocelyn weg had willen gooien toen ze net iets met elkaar kregen. Het was leuk, dacht Clary, dat er nooit iets aan Luke veranderde, wat er ook gebeurde in zijn leven. Hij had zijn eigen smaak en daar kon niemand tegen ingaan. Zelfs als het om een versleten, vieze jas ging. 'Al kan ik dat wel raden, natuurlijk. Is hij er?'

'Jace? Nee.' Clary haalde haar schouders op en probeerde onbezorgd te kijken. 'Het maakt niet uit. Ik zie hem morgen.'

Luke aarzelde. 'Clary...'

'Lucian.' De koele stem kwam van Maryse. 'Dank je dat je zo snel kon komen.'

Hij knikte naar haar. 'Maryse.'

Maryse Lightwood stond in de deuropening, met haar handen losjes op de houten omlijsting van de deur. Ze droeg lichtgrijze handschoenen die bij haar grijze maatpak pasten. Clary vroeg zich af of Maryse ooit wel eens een spijkerbroek droeg. Ze had de moeder van Isabelle en Alec nog nooit in iets anders dan een pak of een strijdtenue gezien. 'Clary,' zei ze. 'Ik wist niet dat jij er was.'

Clary voelde dat ze rood werd. Maryse leek het niet erg te vinden dat ze in en uit liep, maar ze had de relatie tussen Clary en Jace nooit echt erkend. Je kon het haar moeilijk kwalijk nemen. Ze had het nog steeds moeilijk met de dood van Max. Dat was pas zes weken geleden en ze stond er helemaal alleen voor, omdat Robert nog in Idris was. Ze had belangrijker dingen aan haar hoofd dan Jace' liefdesleven.

'Ik ging net weg,' zei Clary.

'Ik geef je een lift naar huis als ik hier klaar ben,' zei Luke, die een hand op haar schouder legde. 'Maryse, vind je het erg als Clary hier nog even blijft? Want ik heb liever dat ze niet alleen naar buiten gaat.'

Maryse knikte. 'Geen probleem.' Ze zuchtte en haalde haar handen door haar haar. 'Geloof me, ik zou willen dat ik je niet lastig hoefde te vallen. Ik weet dat je volgende week gaat trouwen. Gefeliciteerd, trouwens. Ik weet niet of ik dat al had gezegd.'

'Nee,' zei Luke. 'Maar bedankt.'

'Zes weken.' Maryse glimlachte lichtjes. 'Dat is nogal een korte verkeringstijd.'

Luke verstevigde zijn grip op Clary's schouder, het enige teken dat hij gaf van zijn irritatie. 'Je hebt me hier vast niet naartoe geroepen om me te feliciteren met mijn verloving.'

Maryse schudde haar hoofd. Ze zag er erg moe uit, dacht Clary, en er zaten grijze plukken in haar opgestoken donkere haar. 'Nee. Ik neem aan dat je gehoord hebt van de lichamen die de afgelopen week zijn gevonden?'

'De dode schaduwjagers, ja.'

'We hebben er vanavond weer een gevonden. In een container bij Columbus Park. Het territorium van jouw roedel.'

Luke trok zijn wenkbrauwen op. 'Ja, maar de andere…'

'Het eerste lichaam werd gevonden in Greenpoint. Heksenmeesterterritorium. Het tweede dreef in een vijver in Central Park. Het domein van de elfen. En nu dus eentje in de buurt van de weerwolven.' Ze keek Luke strak aan. 'Wat denk jij?'

'Dat iemand die niet zo blij is met de nieuwe Akkoorden

benedenlingen tegen elkaar op wil zetten,' zei Luke. 'Ik kan je verzekeren dat mijn roedel hier niets mee te maken heeft. Ik weet niet wie hierachter zit, maar het is nogal slordig uitgevoerd, als je het mij vraagt. Ik hoop dat de Kloof dat kan doorzien.'

'Dat is niet alles,' zei Maryse. 'We hebben de eerste twee lichamen geïdentificeerd. Het heeft even geduurd, omdat het eerste lichaam zo erg was verbrand dat er bijna niets meer van over was en het tweede lichaam al in verre staat van ontbinding was. Kun je raden wie het geweest zijn?'

'Maryse...'

'Anson Pangborn,' zei ze. 'En Charles Freeman. Van beiden was niets meer vernomen na Valentijns dood.'

'Maar dat kan niet,' onderbrak Clary haar. 'Luke heeft Pangborn in augustus vermoord, bij Renwick.'

'Hij heeft Emil Pangborn vermoord,' zei Maryse. 'Anson was Emils jongere broer. Ze zaten allebei in de Cirkel.'

'Freeman ook,' zei Luke. 'Dus iemand vermoordt voormalige Cirkelleden? En dumpt de lichamen in het territorium van de benedenlingen?' Hij schudde zijn hoofd. 'Het lijkt erop dat iemand probeert om de... recalcitrante leden van de Kloof een lesje te leren. Om ze te dwingen opnieuw na te denken over de Akkoorden, misschien. Dit hadden we kunnen verwachten.'

'Misschien,' zei Maryse. 'Ik heb al met de koningin van Seelie gesproken en ik heb Magnus een boodschap gestuurd. Ik heb geen idee waar hij is.' Ze rolde met haar ogen. Maryse en Robert leken Alecs relatie met Magnus verrassend goed te hebben geaccepteerd, maar Clary merkte dat Maryse het niet zo serieus nam. 'Ik dacht, misschien...' Ze zuchtte. 'Ik ben zo uitgeput de laatste tijd. Ik kan amper nadenken. Ik hoopte dat jij misschien een idee zou hebben wie dit zou kunnen doen. Iets waar ik nog niet aan gedacht had.'

Luke schudde zijn hoofd. 'Iemand die het niet eens is met het nieuwe systeem. Maar dat kunnen zoveel mensen zijn. Er is zeker geen bewijsmateriaal op de lichamen gevonden?'

Maryse zuchtte. 'Niet echt. Konden de doden maar praten...'

Het was alsof Maryse een gordijn over Clary's gezichtsveld trok. Alles werd donker. Ze zag alleen nog een symbool dat als een gloeiend teken tegen de zwarte nachtlucht hing.

Het leek erop dat ze haar kracht toch nog had.

'Wat als...' zei ze langzaam, terwijl ze haar blik op Maryse richtte. 'Wat als ze dat zouden kunnen?'

Simon staarde naar zichzelf in de badkamerspiegel van Kyles kleine appartement. Hij vroeg zich af waar het verhaal vandaan kwam dat vampiers zichzelf niet zouden kunnen zien in de spiegel. Hij kon zichzelf prima zien. Warrig bruin haar, grote bruine ogen, blanke, gave huid. Hij had het bloed van zijn gespleten bovenlip geveegd, maar zijn huid was alweer bijna hersteld.

Hij wist dat hij, objectief gezien, aantrekkelijker was geworden als vampier. Isabelle had hem uitgelegd dat zijn bewegingen sierlijker waren geworden en dat hij daarvoor slonzig had geleken, maar nu op een aantrekkelijke manier warrig, alsof hij net uit bed kwam. 'En niet je eigen bed,' had ze eraan toegevoegd. Hij had het er warm van gekregen.

Als hij zichzelf in de spiegel bekeek, zag hij dat allemaal niet. Zijn bleke huid stoorde hem zoals altijd en de donkere adertjes bij zijn slapen, het bewijs dat hij de hele dag geen bloed had gedronken, vond hij ook niet mooi. Hij zag er vreemd uit en hij vond dat hij niet meer op zichzelf leek. Misschien kwam het verhaal daar wel vandaan. Vampiers wilden dat ze zichzelf niet meer konden zien. Misschien was het gewoon dat je jezelf niet meer herkende in de spiegel.

Simon liep terug naar de woonkamer, waar Jace op de bank lag en in Kyles versleten exemplaar van *In de ban van de ring* las. Hij legde het boek op de salontafel zodra Simon de kamer binnen kwam. Zijn haar leek nat, alsof hij water over zich heen had gegooid in de keuken.

'Ik snap wel dat je het prettig vindt wonen hier,' zei hij terwijl hij met zijn arm een gebaar maakte naar Kyles verzameling filmposters en sciencefictionboeken. 'Alles is zo nerdachtig.'

'Dank je. Dat waardeer ik echt.' Simon keek Jace boos aan. Van dichtbij, onder het felle licht van het peertje dat aan het plafond hing, zag Jace er ziek uit. De donkere kringen onder zijn ogen waren zwarter dan ooit en zijn huid leek te strak over zijn botten getrokken. Toen hij zijn haar op een theatrale manier van zijn voorhoofd veegde, trilde zijn hand.

Simon schudde zijn hoofd, alsof hij zijn gedachten kwijt wilde. Sinds wanneer kende hij Jace goed genoeg om te zien of hij ziek was? Ze waren nou niet bepaald vrienden. 'Je ziet er niet uit,' zei hij.

Jace knipperde met zijn ogen. 'Wil je een wedstrijdje schelden doen? Dan kan ik ook nog wel wat bedenken.'

'Nee, ik meen het. Je ziet er slecht uit.'

'En dit komt van een gast met het sexappeal van een pinguïn. Hoor eens, ik realiseer me dat je jaloers bent op mijn onweerstaanbare uiterlijk, maar dat is geen reden om...'

'Ik probeer niet om je te beledigen,' snauwde Simon. 'Ik bedoel dat je er ziek uitziet. Wanneer heb je voor het laatst iets gegeten?'

Jace keek bedachtzaam. 'Gisteren?'

'Je hebt gisteren iets gegeten. Weet je het zeker?'

Jace haalde zijn schouders op. 'Nou ja, ik zou het niet met mijn hand op een stapel bijbels durven zweren. Maar ik denk dat het gisteren was, ja.'

Simon had toen hij Kyles appartement eerder die dag had doorzocht, gezien dat er maar weinig in de koelkast lag. Een verschrompelde limoen, een paar blikjes cola, een pak gehakt en – om onverklaarbare redenen – één enkel taartje in de vriezer. Hij griste zijn sleutels van de bar in de keuken. 'Kom,' zei hij. 'Er is een supermarkt om de hoek. We gaan wat te eten kopen voor je.'

Jace keek alsof hij wilde protesteren, maar haalde toen zijn schouders op. 'Prima,' zei hij op een toon alsof het hem niet echt kon schelen waar ze heen gingen of wat ze daar gingen doen. 'Laten we gaan.'

Buiten deed Simon de deur op slot. Jace bestudeerde de namen naast de deurbellen van het appartement. 'Deze is van jullie, toch?' vroeg hij, terwijl hij naar 3A wees. 'Waarom staat er alleen KYLE? Heeft hij geen achternaam?'

'Kyle wil een rockster zijn,' zei Simon, die de trap af liep. 'Ik denk dat hij het liefst één naam wil. Net als Rihanna.'

Jace volgde hem en trok zijn schouders een stukje op tegen de gure wind, al maakte hij geen aanstalten om de jas die hij die middag bij Clary had gehaald dicht te ritsen. 'Ik heb geen idee waar je het over hebt.'

'Dat zal wel niet.'

Toen ze de hoek om gingen naar Avenue B, keek Simon Jace zijdelings aan. 'Zo,' zei hij. 'Volgde je mij? Of is het gewoon ongelofelijk toevallig dat jij op het dak van dat huis zat toen ik werd aangevallen?'

Jace bleef op de stoep staan en wachtte tot het stoplicht op groen zou springen. Zelfs schaduwjagers moesten zich blijkbaar aan de verkeersregels houden. 'Ik volgde je.'

'Ga je me nu vertellen dat je stiekem verliefd op mij bent? Het is mijn sexy vampieruitstraling.'

'Je hebt geen sexy vampieruitstraling,' zei Jace op bijna dezelfde manier als Clary hem dat eerder had verteld. 'En ik was Clary aan het volgen, maar zij stapte in een taxi. Dus toen ben ik jou maar gaan volgen. Eigenlijk gewoon om iets te doen te hebben.'

'Was je Clary aan het volgen?' zei Simon. 'Even een tip: de meeste meisjes vinden het niet leuk om gestalkt te worden.'

'Ze had haar telefoon in de zak van mijn jas gelaten,' zei Jace, die op zijn rechterzij klopte, waar de telefoon waarschijnlijk zat. 'Ik dacht, als ik erachter kom waar ze heen gaat, dan kan ik de telefoon ergens voor haar achterlaten.'

'Of je had haar op haar thuisnummer kunnen bellen en kunnen zeggen dat je haar telefoon had.'

Jace zei niets. Het licht sprong op groen en ze liepen naar de overkant van de straat, naar de C-Town-supermarkt, die nog steeds open was. Supermarkten in Manhattan gingen nooit dicht, dacht Simon. Dat was in Brooklyn wel anders. Manhattan was een prima plek om te wonen voor een vampier. Je kon 's nachts boodschappen doen en niemand die het raar vond.

'Je vermijdt Clary,' merkte Simon op. 'Je wilt mij zeker niet vertellen waarom?'

'Nee, dat wil ik inderdaad niet,' zei Jace. 'Je mag blij zijn dat ik jou heb gevolgd, anders…'

'Anders wat? Dan was er nog een overvaller doodgegaan?' Simon hoorde de verbittering in zijn eigen stem. 'Je hebt toch gezien hoe het is gegaan?'

'Ja. En ik zag de blik op je gezicht toen het gebeurde.' Jace' toon was neutraal. 'Dat was niet de eerste keer dat je dat zag gebeuren, of wel soms?'

Simon vertelde Jace over de man in het joggingpak die hem eerder had aangevallen in Williamsburg en hoe hij ervan uit was gegaan dat het gewoon een overvaller was. 'Toen hij doodging, veranderde hij in zout,' zei hij ten slotte. 'Net als die tweede man. Ik denk dat het iets bijbels is. Zoutpilaren. Net als de vrouw van Lot.'

Ze waren bij de supermarkt. Jace duwde de deur open en Simon volgde hem naar binnen. Hij pakte een boodschappenkarretje en duwde het voor zich uit door de gangpaden. Jace volgde hem en was duidelijk in gedachten verzonken. 'De vraag is dus,' zei Jace, 'wie wil jou vermoorden?'

Simon haalde zijn schouders op. De aanblik van al het eten zorgde voor gerommel in zijn maag en herinnerde hem eraan dat hij honger had, al had hij niets aan de producten die ze hier verkochten. 'Raphael misschien. Hij lijkt me nogal te haten. En hij wilde me eerst ook dood.'

'Het is Raphael niet,' zei Jace.

'Hoe weet je dat zo zeker?'

'Omdat Raphael weet van jouw teken en hij niet zo dom is om jou direct aan te vallen. Hij weet precies wat er dan gebeurt. Degene die achter jou aan zit is iemand die wel weet waar jij bent en waar je heen gaat, maar die niet weet van je teken.'

'Maar dat kan iedereen zijn.'

'Precies,' zei Jace. Hij grijnsde en leek heel even weer zichzelf.

Simon schudde zijn hoofd. 'Heb je al besloten wat je wilt eten of vind je het gewoon leuk om mij een karretje te zien duwen?'

'Dat laatste,' zei Jace. 'En ik weet eigenlijk niet precies wat ze verkopen in aardse supermarkten. Maryse kookt eigenlijk altijd. Of we bestellen iets.' Hij haalde zijn schouders op en pakte een stuk fruit uit een doos. 'Wat is dit?'

'Dat is een mango.' Simon staarde naar Jace. Soms leek het wel of schaduwjagers van een andere planeet kwamen.

'Ik heb nog nooit een hele mango gezien,' mijmerde Jace. 'Ik hou van mango's.'

Simon pakte de mango en gooide hem in het karretje. 'Geweldig. Waar hou je nog meer van?'

Jace dacht even na. 'Tomatensoep,' zei hij uiteindelijk.

'Tomatensoep? Wil je tomatensoep en een mango als avondeten?'

Jace haalde zijn schouders op. 'Ik geef niet zoveel om eten.'

'Prima. Het maakt mij allemaal niet uit. Blijf hier staan. Ik ben zo terug,' zei Simon tegen Jace. 'Schaduwjagers...' mompelde hij terwijl hij naar het gangpad met blikken soep liep. Het waren een soort bizarre mengelingen van miljonairs – mensen die niet wisten hoe je eten moest kopen of hoe de kaartjesmachine bij de metro werkte – en soldaten, met hun strenge zelfdiscipline en training. Misschien was het wel makkelijker voor ze om oogkleppen op te hebben, dacht hij terwijl hij een blik soep van de plank pakte. Misschien hielp het ze om zich te concentreren op het grotere geheel. Hun taak was immers om de wereld tegen het kwaad te beschermen. Best een belangrijke taak.

Hij voelde bijna medelijden met Jace toen hij terugliep naar het gangpad waar hij hem had achtergelaten. Toen stond hij stil. Jace leunde tegen het karretje en draaide iets rond in zijn hand. Van deze afstand kon Simon niet zien wat het was en hij kon ook niet dichterbij komen, omdat twee tienermeisjes zijn weg blokkeerden. Ze stonden in het midden van het gangpad en giechelden en fluisterden zoals meisjes dat deden. Ze waren duidelijk gekleed om ouder dan eenentwintig te lijken. Ze droegen hoge hakken, korte rokjes, push-upbeha's en geen jassen.

Ze roken naar lipgloss. Lipgloss, babypoeder en bloed.

Ze fluisterden, maar hij kon ze natuurlijk horen. Ze hadden het over Jace en hoe knap hij was. Ze daagden elkaar uit om op hem af te stappen en ze hadden een discussie over zijn haar en zijn buikspieren, al vroeg hij zich af hoe ze zijn buikspieren konden zien door zijn T-shirt heen. Gatver, dacht hij. Dit is belachelijk. Hij wilde net vragen of hij erlangs mocht, toen het langste meisje met het donkere haar naar Jace drentelde. Ze wiebelde op haar hoge hakken. Jace keek op toen ze bij hem in de buurt kwam. Hij was duidelijk op zijn hoede en Simon maakte zich ineens zorgen dat Jace zou denken dat ze een vampier of zo was en dat hij zijn dolk zou pakken. Als dat zou gebeuren, zouden ze allebei gearresteerd worden.

Zijn zorgen waren voor niets. Jace trok één wenkbrauw op en verder deed hij niets. Het meisje fluisterde iets naar hem, Jace haalde zijn schouders op, zij stopte iets in zijn hand en ze haastte zich terug naar haar vriendin. De meisjes liepen giechelend de winkel uit.

Simon liep naar Jace en legde het blik soep in het karretje. 'Wat was dat?'

'Ik geloof dat ze vroeg of ze mijn mango mocht aanraken,' zei Jace.

'Zei ze dat echt?'

Jace haalde zijn schouders op. 'Ja, en toen gaf ze me haar telefoonnummer.' Hij liet Simon met een onverschillige uitdrukking op zijn gezicht het stukje papier zien. Hij gooide het in het karretje. 'Kunnen we gaan?'

'Je gaat haar zeker niet bellen?'

Jace keek hem aan alsof hij gek was geworden.

'Vergeet maar dat ik dat zei,' zei Simon. 'Dit soort dingen gebeurt jou natuurlijk de hele tijd. Meisjes die zomaar naar je toekomen.'

'Alleen als ik geen betovering gebruik.'

'Ja, want als je dat doet, kunnen meisjes je niet zien en ben je onzichtbaar.' Simon schudde zijn hoofd. 'Jij bent echt een gevaar voor de samenleving. Ze zouden je niet eens alleen naar buiten moeten laten.'

'Jaloezie is een lelijke emotie, Lewis.' Jace grijnsde op zo'n manier dat Simon hem normaal gesproken had willen slaan. Maar nu niet. Hij zag ineens wat Jace in zijn hand had en wat hij voorzichtig ronddraaide alsof het iets waardevols of gevaarlijks was, of allebei. Het was Clary's telefoon.

'Ik weet nog steeds niet zo zeker of dit wel een goed idee is,' zei Luke.

Clary sloeg haar armen over elkaar tegen de kou die van de Stille Stad afkwam en keek hem zijdelings aan. 'Dat had je misschien moeten zeggen vóór we hiernaartoe gingen.'

'Dat heb ik gezegd. Meerdere keren.' Lukes stem weerkaatste van de stenen pilaren die bezet waren met halfedelstenen: zwarte onyx, groene jade, roze kornalijn en blauwe lazuursteen. In de fakkels die vastzaten aan de pilaren brandde zilverachtig heksenlicht, dat de mausoleums langs de muren zo fel wit verlichtte dat het bijna pijn deed om ernaar te kijken.

Er was weinig veranderd sinds de laatste keer dat Clary in de Stille Stad was geweest. Het voelde nog steeds vreemd en eng, al kon ze de runen die op de vloer stonden nu wel iets beter begrijpen. Maryse had haar en Luke hier in de ontvangsthal achtergelaten. Ze wilde de Stille Broeders eerst zelf spreken. Ze hadden geen garantie dat ze naar binnen mochten om de lijken te zien, had ze Clary gewaarschuwd. De doden van de Nephilim waren het terrein van de bewakers van de Stad van Beenderen en niemand anders had daar iets over te zeggen.

Niet dat er nog veel bewakers over waren. Valentijn had ze bijna allemaal vermoord toen hij het levenszwaard zocht. Alleen de Broeders die op dat moment niet in de Stille Stad waren geweest, hadden het overleefd. Er waren nieuwe leden, maar Clary geloofde dat er wereldwijd niet meer dan tien of vijftien Stille Broeders waren.

Het harde geklik van Maryses hakken op de stenen vloer waarschuwde hen dat ze er aankwam. Een Stille Broeder, gekleed in een mantel, liep achter haar aan. 'Daar zijn jullie,' zei ze, alsof Clary en Luke zich hadden verstopt. 'Dit is broeder Zacharias. Broeder Zacharias, dit is het meisje over wie ik u vertelde.'

De Stille Broeder trok de kap van zijn mantel een heel klein stukje naar achteren. Clary was verrast, maar probeerde het niet te laten merken. Hij zag er helemaal niet uit als broeder Jeremiah, met zijn uitgeholde ogen en aan elkaar gehechte mond. De ogen van broeder Zacharias waren gesloten en op zijn hoge jukbeenderen zat het litteken van een enkele zwarte rune. Maar zijn mond was niet dichtgenaaid en ze dacht te zien dat zijn haar er ook niet helemaal af was. Het was moeilijk om te zien met zijn kap nog op, maar ze dacht dat ze de schaduw van donker haar zag.

Zijn stem raakte haar gedachten. *Denk jij echt dat je dit kunt, Valentijns dochter?*

Ze voelde hoe haar wangen rood werden. Ze haatte het om eraan herinnerd te worden wiens dochter ze was.

121

'U hebt vast wel gehoord wat voor dingen ze allemaal heeft gedaan,' zei Luke. 'Haar verbindingsrune heeft ervoor gezorgd dat wij de Levensoorlog hebben gewonnen.'

Broeder Zacharias trok zijn kap weer over zijn hoofd, zodat zijn gezicht helemaal niet meer te zien was. *Kom met me mee naar het ossuarium.*

Clary keek naar Luke en hoopte op een bevestigend knikje, maar hij staarde recht vooruit en friemelde aan zijn bril, zoals hij altijd deed als hij nerveus was. Met een zucht liep ze achter Maryse en broeder Zacharias aan. Hij bewoog zo stil als mist, terwijl de hakken van Maryse klonken als geweerschoten op de marmeren vloer. Clary vroeg zich af of Isabelle haar neiging om ongepast schoeisel te dragen van haar moeder had geërfd.

Ze volgden een kronkelend pad tussen de pilaren en kwamen langs het plein van de Sprekende Sterren, waar de Stille Broeders Clary voor het eerst over Magnus Bane hadden verteld. Aan de andere kant van het plein stond een boog met een paar enorme ijzeren deuren. Er stonden runen in gegraveerd, die Clary nu herkende als runen van dood en vrede. Boven de deur stond een Latijnse inscriptie. Ze wilde dat ze haar schrift met aantekeningen bij zich had. Voor een schaduwjager liep ze behoorlijk achter met Latijn. De meesten spraken het alsof het hun tweede taal was.

TACEANT COLLOQUIA. EFFUGIAT RISUS. HIS LOCUS EST UBI MORS GAUDET SUCCURRERE VITAE.

'Laat het gesprek ophouden. Laat het gelach ophouden,' las Luke hardop. 'Dit is de plek waar de doden er behagen in scheppen om de levenden te onderrichten.'

Broeder Zacharias had zijn hand op de deurknop. *De laatst vermoorde is voor je klaargelegd. Ben je erop voorbereid?*

Clary slikte en vroeg zich af waar ze aan begonnen was. 'Ik ben er klaar voor.'

De deuren vlogen wijd open en ze liepen achter elkaar naar binnen. Ze kwamen uit in een grote ruimte zonder ramen, met gladde muren van wit marmer. Aan de muren hingen een paar haken met zilveren ontledingsinstrumenten: glanzende scalpels, dingen die eruitzagen als hamers, bottenzagen en ribspreiders. En daarnaast hingen planken met nog veel vreemdere instrumenten: apparaten die op enorme schroevendraaiers leken, een soort schuurpapier en potten met gekleurde vloeistof, waaronder een groene waarop ZUUR stond en waar stoom van af leek te komen.

In het midden van de ruimte stond een rij hoge, marmeren tafels. De meeste tafels waren leeg, maar op drie tafels lag wel iets. Clary zag dat op twee van de drie tafels menselijke vormen lagen, bedekt met een laken. Op de derde tafel lag een lichaam, met het laken tot net onder de ribbenkast teruggetrokken. Het lichaam was naakt en duidelijk mannelijk. Het was ook duidelijk dat het een schaduwjager was, omdat het lichaam bedekt was met tekens. De ogen van de dode man waren verbonden met wit zijde, zoals de gewoonte was bij schaduwjagers.

Clary voelde haar eten omhoogkomen en moest hard slikken om haar misselijkheid onder controle te krijgen. Ze ging naast het lichaam staan. Luke liep met haar mee en legde zijn hand beschermend op haar schouder. Maryse stond aan de andere kant van de tafel en bekeek alles met haar nieuwsgierige ogen, dezelfde kleur blauw als die van Alec.

Clary pakte haar cilinder uit haar zak. Ze voelde het koude marmer door haar shirt heen toen ze over de dode man heen boog. Ze was nu zo dichtbij dat ze details kon zien. Zijn haar was roodbruin geweest en zijn keel was aan flarden gescheurd, alsof iets met een gigantische klauw zich op hem had uitgeleefd.

Broeder Zacharias haalde het witte zijden lint van de ogen van de man. Zijn ogen waren dicht. *Je kunt beginnen.*

Clary haalde diep adem en zette het topje van haar cilinder op de huid van de arm van de dode schaduwjager. De rune die ze had gezien op de gang van het Instituut verscheen in haar gedachten. Het was zo duidelijk als de letters van haar eigen naam. Ze begon te tekenen.

De zwarte lijnen kronkelden uit het puntje van haar cilinder. Het ging precies zoals het altijd ging, alleen voelde haar hand zwaarder. Het was alsof de cilinder zichzelf voortsleepte en alsof ze in modder schreef in plaats van op huid. Het leek alsof het instrument in de war was. Het stuiterde over het oppervlak van de dode huid en zocht de levende geest van de schaduwjager die er niet langer was. Clary's maag draaide tijdens het tekenen en tegen de tijd dat ze klaar was en haar cilinder terugtrok, zweette ze en was ze misselijk.

Er gebeurde eerst helemaal niets. Maar plotseling knipperde de schaduwjager met zijn ogen. Hij had blauwe ogen en zijn oogwit had rode vlekjes.

Maryse hapte naar adem. Blijkbaar had ze niet echt geloofd dat de rune zou werken. 'Bij de Engel.'

De dode man haalde rochelend adem, het geluid van iemand die probeert te ademen door een opengesneden keel. De losse huidflapjes van zijn nek klapperden als de kieuwen van een vis. Zijn borstkas kwam omhoog en er kwamen woorden uit zijn mond.

'Het doet pijn.'

Luke vloekte en keek naar Zacharias, maar de Stille Broeder deed niets.

Maryse liep dichter naar de tafel toe. Haar ogen stonden ineens helder, bijna roofzuchtig. 'Schaduwjager,' zei ze. 'Wie ben je? Zeg ons je naam.'

Het hoofd van de man schoot van de ene naar de andere kant. Zijn handen maakten stuiptrekkingen. 'De pijn... laat de pijn ophouden.'

Clary liet haar cilinder bijna uit haar hand vallen. Dit was veel verschrikkelijker dan ze zich had voorgesteld. Ze keek naar Luke, die met een blik vol afschuw een stap achteruitzette.

'Schaduwjager.' Maryse sprak op dwingende toon. 'Wie heeft dit gedaan?'

'Alsjeblieft...'

Luke draaide zich met een ruk om en stond nu met zijn rug naar Clary. Hij leek de instrumenten van de Stille Broeders te doorzoeken. Clary stond als aan de grond genageld toen Maryses hand vooruitschoot en ze met haar grijze hand de schouder van het lichaam greep. Haar vingers begroeven zich in de huid van de man. 'In de naam van de Engel, ik gebied je om mij te antwoorden!'

De schaduwjager maakte een stikkend geluid. 'Benedenling... vampier...'

'Welke vampier?' wilde Maryse weten.

'Camille. Die heel oude...' Zijn zin werd afgebroken toen er een prop zwart opgedroogd bloed uit zijn dode mond kwam.

Maryse slaakte een gilletje en trok haar hand terug. Luke was er nu ook weer. Hij droeg de pot met groene vloeistof die Clary had gezien. Met één beweging rukte hij de deksel van de pot en goot hij het zuur over het teken dat Clary op de arm van het lichaam had gemaakt. De huid van het lichaam siste en de man schreeuwde kort voordat zijn hoofd achteroverviel en zijn ogen weer wezenloos omhoogstaarden. Het leven dat weer heel even in hem had gezeten, was nu duidelijk weer weg.

Luke zette de lege pot zuur op de tafel. 'Maryse,' zei hij verwijtend. 'Dit is niet hoe wij omgaan met onze doden.'

'Ik bepaal zelf wel hoe wij omgaan met ónze doden, benedenling.' Maryse had rode vlekken op haar wangen en was verder lijkbleek. 'We hebben nu een naam. Camille. Misschien kunnen we voorkomen dat er meer doden vallen.'

'Er zijn ergere dingen dan de dood.' Luke greep Clary's hand zonder haar aan te kijken. 'Kom, Clary. Ik geloof dat het tijd is dat we gaan.'

'Dus je kunt echt niemand meer bedenken die jou zou willen vermoorden?' vroeg Jace voor de zoveelste keer. Ze hadden de lijst al meerdere malen doorlopen en Simon werd er een beetje moe van dat Jace steeds weer dezelfde vragen stelde. Bovendien vermoedde hij dat Jace er niet helemaal bij was met zijn hoofd. Hij had de soep die Simon voor hem had gekocht koud uit het blik gegeten, wat Simon walgelijk leek, en leunde nu tegen het raam. Hij had het gordijn een stukje opengetrokken zodat hij het verkeer op Avenue B kon zien en naar de felverlichte ramen van de appartementen aan de overkant van de straat kon kijken. Simon zag mensen eten, televisiekijken en aan tafel zitten praten. Normale dingen die normale mensen deden. Hij kreeg er een vreemd, hol gevoel van.

'Ik heb niet zoveel mensen die mij niet aardig vinden,' zei Simon. 'In tegenstelling tot jou.'

Jace negeerde dit. 'Er is iets wat je me niet vertelt.'

Simon zuchtte. Hij had niets willen zeggen over Camilles aanbod, maar iemand probeerde hem te vermoorden. Geheimhouding was nu dus misschien niet het allerbelangrijkste. Hij legde uit wat er was gebeurd tijdens zijn ontmoeting met de vampiervrouw. Jace luisterde geconcentreerd.

'Interessant,' zei hij toen Simon klaar was met zijn verhaal. 'Maar zij is waarschijnlijk niet degene die jou probeert te vermoorden. Ze weet van jouw teken. En ik denk niet dat zij de Akkoorden zou willen verbreken. Als benedenlingen zo oud zijn, weten ze meestal wel hoe ze uit de problemen moeten blijven.' Hij zette zijn soepblik neer. 'We zouden gewoon naar buiten kunnen gaan,' stelde hij voor. 'Kijken of ze je een derde keer aanvallen. Als we er dan eentje vangen, kunnen we...'

'Nee,' zei Simon. 'Waarom probeer jij jezelf toch altijd dood te krijgen?'

'Dat is mijn baan.'

'Dat is een van de gevaren van jouw baan. Voor de meeste schaduwjagers, in elk geval. Voor jou lijkt het een doel op zich.'

Jace haalde zijn schouders op. 'Mijn vader zei altijd...' Hij onderbrak zichzelf en zijn uitdrukking verhardde. 'Sorry. Valentijn, bedoel ik. Bij de Engel. Elke keer dat ik hem zo noem, voelt het alsof ik mijn echte vader verraad.'

Simon had medelijden met Jace. 'Hoor eens, hoelang dacht je dat hij je vader was? Zestien jaar? Dat gaat niet zomaar weg. En je hebt je echte vader nooit ontmoet. En hij is dood. Dus je kunt hem niet echt verraden. Beschouw jezelf gewoon als iemand die twee vaders heeft.'

'Je kunt geen twee vaders hebben.'

'Ja hoor,' zei Simon. 'Wie zegt dat dat niet kan? We moeten zo'n boek voor je kopen, eentje die kleine kinderen leert om te gaan met twee vaders. *Timmy heeft twee vaders*, heet dat, geloof ik. Al denk ik niet dat ze er eentje hebben dat *Timmy heeft twee vaders en eentje was heel slecht* heet. Dat moet je zelf maar verder uitzoeken.'

Jace rolde met zijn ogen. 'Fascinerend,' zei hij. 'Je kent al die woorden en ik versta ze wel, maar ik snap totaal niet wat je zegt.' Hij trok zachtjes aan het gordijn. 'Ik verwacht niet van je dat je het begrijpt.'

'Mijn vader is dood,' zei Simon.

Jace draaide zich om en keek hem aan. 'Wat?'

'Ik dacht al dat je dat niet zou weten,' zei Simon. 'Ik bedoel, je hebt het nooit gevraagd en je bent verder niet echt in mij geïnteresseerd. Dus, ja. Mijn vader is dood. Dat is in elk geval iets wat we gemeen hebben.' Hij voelde zich ineens uitgeput en leunde tegen de bank. Hij was misselijk, duizelig en moe. Een zware vermoeidheid die hij tot in zijn botten voelde. Jace had daarentegen een onvermoeibare energie. Simon kon daar niet zo goed tegen. Het was ook al moeilijk geweest om hem die tomatensoep te zien eten. Die had hem te veel aan bloed doen denken.

Jace keek hem nieuwsgierig aan. 'Hoelang is het eigenlijk geleden dat jíj iets hebt... gegeten? Je ziet er belabberd uit.'

Simon zuchtte. Nadat hij Jace praktisch had gedwongen om iets te eten, kon hij er niets van zeggen. 'Wacht even,' zei hij. 'Ik ben zo terug.'

Hij trok zich met moeite los van de bank, ging zijn slaapkamer in en pakte zijn laatste fles bloed van onder het bed. Hij probeerde er niet naar te kijken. Bloed dat aan het ontbinden was, was een walgelijk gezicht. Hij schudde de fles zo hard als hij kon en liep terug naar de woonkamer, waar Jace nog steeds uit het raam staarde.

Simon leunde tegen het aanrecht, draaide de dop van de fles en nam een grote slok. Normaal gesproken dronk hij liever geen bloed waar anderen bij waren, maar dit was Jace en het kon hem niet schelen wat Jace van hem vond. Bovendien had Jace hem al vaker bloed zien drinken. Gelukkig was Kyle niet thuis. Dat zou moeilijk uit te leggen zijn. Wie wilde er nou een huisgenoot die bloed in zijn koelkast bewaarde?

Hij werd twee keer aangestaard door Jace. Eén keer door de echte Jace en één keer door zijn spiegelbeeld in het raam. 'Je kunt je voedingen niet zomaar overslaan, hoor.'

Simon haalde zijn schouders op. 'Ik eet nu toch.'

'Ja,' zei Jace, 'maar je bent een vampier. Bloed is geen eten voor jou. Bloed is... bloed.'

'Verhelderend.' Simon ging op een leunstoel bij de televisie zitten. De stoel was waarschijnlijk ooit van goudkleurig fluweel geweest, maar het was nu versleten grijs. 'Heb je nog meer van die diepzinnige opmerkingen? Bloed is bloed? Een broodrooster is een broodrooster? Een ijsblokje is een ijsblokje?'

Jace haalde zijn schouders op. 'Prima. Negeer mijn advies maar. Je zult er later spijt van krijgen.'

Voordat Simon kon antwoorden, hoorde hij het geluid van de voordeur. Hij keek verschrikt naar Jace. 'Dat is mijn huisgenoot Kyle. Aardig doen, alsjeblieft.'

Jace zette een charmante glimlach op. 'Ik ben altijd aardig.'

Simon had geen kans meer om te antwoorden, want een seconde later stond Kyle in de woonkamer. Zijn ogen stonden helder en hij leek over te lopen van de energie. 'Man, ik ben echt de hele stad door gefietst vandaag,' zei hij. 'Ik was bijna verdwaald, maar je weet wat ze zeggen: alle wegen leiden naar Brooklyn.' Hij keek naar Jace en leek nu pas te registreren dat er iemand anders in de kamer was. 'O. Hé. Ik wist niet dat je bezoek had.' Hij stak zijn hand uit. 'Ik ben Kyle.'

Jace zei niets. Tot Simons verrassing verstijfde Jace helemaal. Hij kneep zijn bleke, goudkleurige ogen samen en zijn hele lichaam was alert. In plaats van een normale tienerjongen leek hij ineens een strijdvaardige schaduwjager.

'Interessant,' zei hij. 'Simon had me niet verteld dat zijn nieuwe huisgenoot een weerwolf was.'

Clary en Luke reden in stilte terug naar Brooklyn. Clary staarde uit het raam en keek hoe Chinatown aan ze voorbijtrok en daarna de Williamsburg Bridge, die was verlicht als een diamanten ketting tegen de nachtlucht. In de verte, aan de andere kant van het water, zag ze Renwick, zoals altijd fel verlicht. Het zag er weer uit als een ruïne: lege, zwarte ramen, als de oogkassen in een doodshoofd. De stem van de dode schaduwjager fluisterde in haar gedachten: *De pijn... laat de pijn ophouden.*

Ze rilde en trok haar jas strakker om haar schouders. Luke keek even naar haar, maar hij zei niets. Pas toen hij de auto voor zijn huis parkeerde en de motor van de jeep uitzette, draaide hij zich naar haar om.

'Clary,' zei hij. 'Wat jij daarnet hebt gedaan...'

'Dat was verkeerd,' zei ze. 'Ik weet dat het verkeerd was. Ik was erbij.' Ze veegde haar gezicht af met de rand van haar mouw. 'Toe maar. Schreeuw maar tegen me.'

Luke staarde door de voorruit. 'Ik ga niet tegen je schreeuwen. Je wist niet wat er ging gebeuren. Man, ik dacht ook dat het zou werken. Ik was niet met je meegegaan als ik dat niet had gedacht.'

Clary wist dat het de bedoeling was dat ze zich hierdoor beter moest voelen, maar het lukte niet. 'Als jij geen zuur op die rune had gegooid...'

'Maar dat heb ik wel gedaan.'

'Ik wist niet eens dat je dat kon doen. Een rune op die manier vernietigen.'

'Als je een rune vervormt, kun je de kracht vernietigen of minder laten worden. In een gevecht probeert een vijand wel eens een stuk huid van een schaduwjager te snijden, om de kracht van zijn rune weg te nemen.' Luke klonk afgeleid.

Clary voelde haar lippen trillen en ze drukte ze hard op elkaar om ze stil te houden. Soms vergat ze de gruwelijke kanten van de schaduwjagers. *Dit leven vol littekens en moord*, had Hodge ooit tegen haar gezegd. 'Nou,' zei ze. 'Ik doe het niet nog een keer.'

'Wat doe je niet nog een keer? Deze rune tekenen? Daar twijfel ik niet aan, maar dat is het probleem niet.' Luke trommelde met zijn vingers op het stuur. 'Je hebt een gave, Clary. Een geweldige gave. Maar je hebt werkelijk geen idee wat dat betekent. Je bent volkomen ongetraind. Je weet bijna niets van de geschiedenis van runen of wat ze door de eeuwen heen voor de Nephilim hebben betekend. Je kunt geen onderscheid maken tussen goede en slechte runen.'

'Toen ik de verbindingsrune maakte, waren jullie maar wat blij met mij,' zei ze boos. 'Je hebt me toen niet tegengehouden.'

'Ik hou je ook niet tegen. Ik zeg helemaal niet dat je je kracht niet moet gebruiken. Ik denk zelfs dat het probleem is dat je die zo weinig gebruikt. Je gebruikt die niet zomaar even om de kleur van je nagellak te veranderen of om de metro sneller te laten komen. Je gebruikt hem alleen in zaken van leven of dood.'

'Alleen op die momenten zie ik de runen.'

'Dat is, denk ik, omdat je er nog niet in bent getraind en je nog niet weet hoe jouw kracht werkt. Kijk eens naar Magnus.

Zijn kracht maakt deel uit van hem. Jij lijkt te denken dat jouw kracht losstaat van jou. Iets wat je overkomt. Maar dat is het niet. Het is een instrument dat je moet leren gebruiken.'

'Jace zei dat Maryse een runenexpert wil inhuren om met mij te werken, maar dat is nog niet gebeurd.'

'Tja,' zei Luke, 'ik denk dat Maryse nu wel andere dingen aan haar hoofd heeft.' Hij haalde de sleutel uit het contact en was even stil. 'Een kind verliezen zoals zij Max heeft verloren,' zei hij. 'Ik kan het me helemaal niet voorstellen. Ik zou wat meer begrip voor haar gedrag moeten opbrengen. Als er iets met jou zou gebeuren, dan...'

Zijn stem stierf weg.

'Ik wilde dat Robert terugkwam uit Idris,' zei Clary. 'Ik snap niet waarom zij dit alleen zou moeten verwerken. Dat moet afschuwelijk zijn.'

'Veel mensen gaan uit elkaar als hun kind sterft. Ze geven zichzelf of elkaar de schuld. Ik denk dat Robert precies om die reden weg is. Hij heeft even de ruimte nodig. Maryse misschien ook wel.'

'Maar ze houden van elkaar,' zei Clary verbijsterd. 'Is dat niet wat liefde is? Dat je er voor elkaar bent, wat er ook gebeurt?'

Luke keek naar de rivier, naar het donkere water dat langzaam bewoog onder het licht van de herfstmaan. 'Soms, Clary,' zei hij, 'is liefde gewoon niet genoeg.'

7

Praetor Lupus

De fles gleed uit Simons handen en viel op de grond. De scherven vlogen alle kanten op. 'Is Kyle een weerwolf?'

'Natuurlijk is hij een weerwolf, imbeciel,' zei Jace. Hij keek naar Kyle. 'Toch?'

Kyle zei niets. Zijn ontspannen houding was verdwenen. Zijn hazelnootbruine ogen stonden hard en strak als glas. 'Wie wil dat weten?'

Jace stapte weg van het raam. Hij deed niet uitgesproken vijandig, maar toch kwam hij dreigend over. Hij had zijn handen losjes langs zijn lichaam hangen, maar Simon wist dat Jace vanuit het niets kon exploderen. 'Jace Lightwood,' zei hij. 'Van het Instituut van de Lightwoods. Bij welke roedel hoor je?'

'Jezus,' zei Kyle. 'Ben je een schaduwjager?' Hij keek naar Simon. 'Dat schattige meisje met het rode haar dat laatst in de garage was... zij is ook een schaduwjager, of niet?'

Simon knikte verbijsterd.

'Sommige mensen denken dat schaduwjagers niet echt bestaan. Net als mummies en geesten. Wist je dat?' Kyle grijnsde naar Jace. 'Kun jij wensen laten uitkomen? Net als een geest in een fles?'

Dat Kyle Clary zojuist schattig had genoemd, was blijkbaar niet helemaal in goede aarde gevallen bij Jace. Zijn gezicht was op een verontrustende manier gespannen. 'Dat ligt eraan,' zei hij. 'Wens je om in je gezicht geslagen te worden?'

'Nou, nou,' zei Kyle. 'En ik dacht dat jullie zo trots waren op de Akkoorden.'

'De Akkoorden gelden voor vampiers en weerwolven die zich hebben aangesloten bij een verbond,' zei Jace. 'Als jij me niet vertelt bij welke roedel je hoort, ga ik ervan uit dat je solitair bent.'

'Oké, zo is het genoeg,' zei Simon. 'Hou allebei maar op met doen alsof jullie elkaar gaan slaan.' Hij keek naar Kyle. 'Je had me moeten vertellen dat je een weerwolf was.'

'Jij hebt mij anders ook niet verteld dat je een vampier was. Misschien vond ik wel dat het je niets aanging.'

Simons hele lichaam schokte van verbazing. 'Wat?' Hij keek naar de glasscherven en het bloed op de vloer. 'Ik heb niet... ik wist niet...'

'Hou maar op,' zei Jace zachtjes. 'Hij kan voelen dat jij een vampier bent. Zodra jij wat meer geoefend bent, kun je ook zien of iemand een benedenling is. Hij wist het al vanaf het moment dat hij je ontmoette. Of niet soms?' Hij richtte zijn koele blik op Kyle, die niets zei. 'En dat spul op je balkon, dat is wolfswortel. Dan weet je dat ook weer.'

Simon vouwde zijn armen over elkaar en staarde naar Kyle. 'Wat is dit in hemelsnaam? Heb je me in de val gelokt? Weerwolven haten vampiers.'

'Ik niet,' zei Kyle. 'Maar ik ben niet zo dol op zijn soort.' Hij wees naar Jace. 'Zij denken dat ze beter zijn dan iedereen.'

'Nee,' zei Jace. 'Ik denk dat ík beter ben dan iedereen. En dat is al meerdere malen bewezen.'

Kyle keek naar Simon. 'Praat hij altijd zo?'

'Ja.'

'Wat moet je doen om hem zijn kop te laten houden? Behalve hem verrot slaan?'

Jace nam nog een stap in de richting van Kyle. 'Probeer het maar.'

Simon ging tussen ze in staan. 'Jullie gaan niet met elkaar vechten.'

'En wat ga jij doen als ik... O.' Jace' blik gleed naar Simons voorhoofd en hij grijnsde. 'Dus jij dreigt nu om mij te veranderen in iets wat je op je popcorn kunt strooien als ik niet doe wat jij zegt?'

Kyle leek van zijn stuk gebracht. 'Waar heb je het...'

'Ik vind gewoon dat jullie moeten praten,' onderbrak Simon hem. 'Dus Kyle is een weerwolf. Ik ben een vampier. En jij bent ook niet bepaald de ideale schoonzoon,' zei hij tegen Jace. 'Ik stel voor dat we het er even rustig over hebben.'

'Jouw idiote vertrouwen kent echt geen grenzen,' zei Jace, maar hij ging op de vensterbank van het raam zitten en sloeg zijn armen over elkaar. Kyle ging op de bank zitten. Ze staarden elkaar nog steeds aan. Vooruitgang, al is het maar een beetje, dacht Simon.

'Prima,' zei Kyle. 'Ik ben een weerwolf. Ik hoor niet bij een roedel, maar ik zit wel bij een verbond. Ken je Praetor Lupus?'

'Ik heb wel eens van lupus gehoord,' zei Simon. 'Dat is toch een of andere ziekte?'

Jace wierp hem een vernietigende blik toe. '*Lupus* betekent "wolf",' legde hij uit. 'En de Praetoriaanse garde was een speciale Romeinse militaire eenheid. Dus ik denk dat "wolvenwacht" een goede vertaling is.' Hij haalde zijn schouders op. 'Ik heb wel eens van ze gehoord, maar het is nogal een gesloten organisatie.'

'En de schaduwjagers niet?' zei Kyle.

'Daar hebben we onze redenen voor.'

'Wij ook.' Kyle leunde voorover. De spieren in zijn armen spanden samen toen hij zijn ellebogen op zijn knieën zette. 'Er zijn twee soorten weerwolven,' legde hij uit. 'Het soort dat als weerwolf geboren wordt, met weerwolven als ouders, en het soort dat gebeten wordt en op die manier geïnfecteerd wordt met het lykantroopvirus.' Simon keek hem verrast aan. Hij had niet gedacht dat de fietskoerier die met school was gestopt zou weten wat 'lykantroop' betekende, laat staan dat hij het kon uitspreken. Maar Kyle leek ineens heel anders... geconcentreerd, vastberaden en openhartig. 'Voor degenen van ons die gebeten worden, zijn de eerste jaren cruciaal. Het demonenvirus dat ervoor zorgt dat wij weerwolven worden, veroorzaakt ook een heleboel andere veranderingen. Aanvallen van agressie, oncontroleerbare woede, zelfmoordneigingen en wanhoop. De roedel kan daarbij helpen, maar veel pasgeïnfecteerden hebben niet het geluk om een roedel te vinden. Ze staan er alleen voor en moeten leren omgaan met alle overweldigende dingen die met ze gebeuren. Veel weerwolven worden gewelddadig. Tegen anderen en tegen zichzelf. Het zelfmoordcijfer is schrikbarend hoog en er komt ook veel huiselijk geweld voor.' Hij keek naar Simon. 'Hetzelfde geldt eigenlijk voor vampiers, alleen kan dat nog erger worden. Een jongeling die er alleen voor staat, heeft werkelijk geen idee wat er met hem gebeurt. Zonder begeleiding weet hij niet hoe hij zich op een veilige manier kan voeden en hoe hij uit het zonlicht kan blijven. En daar begint het verhaal voor ons.'

'Wat doen jullie dan?' vroeg Simon.

'We speuren "alleenstaande" benedenlingen op. Vampiers en weerwolven die net veranderd zijn en die nog niet weten wat ze zijn. Soms zelfs heksenmeesters. Sommigen realiseren zich jarenlang niet wat ze zijn. We grijpen in en proberen ze bij een roedel of kring te krijgen. We proberen ze te helpen om hun nieuwe krachten onder controle te krijgen.'

'Barmhartige samaritanen.' Jace' ogen glinsterden.

'Eigenlijk wel, ja.' Kyle klonk alsof hij zijn stem zo neutraal mogelijk probeerde te houden. 'We grijpen in voordat de nieuwe benedenling gewelddadig wordt en zichzelf of andere mensen iets aandoet. Als de wacht er niet was geweest, weet ik wel hoe het met mij was afgelopen. Ik heb slechte dingen gedaan. Heel slechte dingen.'

'Hoe slecht?' vroeg Jace. 'Illegaal slecht?'

'Hou je kop, Jace,' zei Simon. 'Je bent niet aan het werk, oké?

Hou even op met dat schaduwjagersgedoe.' Hij richtte zich tot Kyle. 'Hoe ben jij bij die slechte band van mij terechtgekomen, dan?'

'Ik wist niet dat jij wist dat het een slechte band was.'

'Dat is geen antwoord op mijn vraag.'

'We kregen het bericht dat er een nieuwe vampier was, een daglichteling, en dat hij alleen woonde en niet bij een kring. Jouw geheim is niet zo geheim als je zelf denkt. Jongelingen zonder een kring kunnen erg gevaarlijk zijn. Ik ben erop uitgestuurd om jou in de gaten te houden.'

'Dus wat je eigenlijk zegt,' zei Simon, 'is dat je me niet zou laten verhuizen, ook al zou ik dat zelf willen?'

'Precies,' zei Kyle. 'Ik bedoel, je mag wel verhuizen, maar dan ga ik met je mee.'

'Dat is niet nodig,' zei Jace. 'Ik kan Simon prima in mijn eentje in de gaten houden. Hij is míjn benedenling en ík ben degene die hem mag uitschelden en die hem vertelt wat hij wel en niet mag doen.'

'Hou op!' schreeuwde Simon. 'Jullie waren er vanmiddag allebei niet toen iemand me probeerde te vermoorden.'

'Ik wel,' zei Jace. 'Uiteindelijk.'

Kyles ogen glommen als wolvenogen in de nacht. 'Heeft iemand geprobeerd je te vermoorden? Wat is er gebeurd?'

Simon keek even snel naar Jace. In stilte maakten ze een afspraak om niets over het teken van Kaïn te zeggen. 'Twee dagen geleden, en vandaag weer, werd ik gevolgd en aangevallen door een paar mannen in grijze trainingspakken.'

'Mensen?'

'Dat weten we niet zeker.'

'En je hebt geen idee wat ze van je willen?'

'Ze willen me dood. Dat staat vast,' zei Simon. 'Voor de rest weet ik het niet.'

'We hebben wel een paar aanwijzingen,' zei Jace. 'We gaan dit nog verder onderzoeken.'

Kyle schudde zijn hoofd. 'Prima. Ik kom er uiteindelijk wel achter wat jullie mij niet vertellen.' Hij stond op. 'En nu ga ik naar bed. Ik ga slapen. Tot morgen,' zei hij tegen Simon. 'En jij,' zei hij tegen Jace. 'Nou ja, ik zal jou nog wel tegenkomen. Je bent de eerste schaduwjager die ik ooit heb ontmoet.'

'Jammer voor je,' zei Jace. 'Alle schaduwjagers die je vanaf nu gaat ontmoeten, zullen je teleurstellen. Ze vallen in het niet vergeleken met mij.'

Kyle rolde met zijn ogen en liep naar zijn slaapkamer. Hij sloeg de deur achter zich dicht.

Simon keek naar Jace. 'Jij gaat niet terug naar het Instituut, of wel?' zei hij.

Jace schudde zijn hoofd. 'Jij hebt bescherming nodig. Wat als iemand weer probeert je te vermoorden?'

'Het is echt niet normaal, hoe jij Clary vermijdt,' zei Simon, die opstond. 'Ga je ooit nog naar huis?'

Jace keek naar hem. 'Ga jíj ooit nog naar huis?'

Simon liep naar de keuken, pakte een bezem en veegde het glas van de gebroken fles op. Het was zijn laatste geweest. Hij gooide de scherven in de prullenbak en liep langs Jace naar zijn eigen kleine slaapkamer, waar hij zijn jas en schoenen uitdeed en zich op het matras liet vallen.

Een paar seconden later kwam Jace naar binnen gelopen. Hij keek om zich heen en trok zijn wenkbrauwen op: Hij leek het erg grappig te vinden. 'Mooie kamer. Minimalistisch. Ik hou er wel van.'

Simon rolde op zijn zij en staarde Jace vol ongeloof aan. 'Je gaat me niet vertellen dat je in mijn kamer gaat slapen.'

Jace ging op de vensterbank zitten en keek naar Simon. 'Je snapt het concept "lijfwacht" niet helemaal, volgens mij.'

'Ik dacht dat je me niet mocht,' zei Simon. 'Heeft dit te maken met dat mensen altijd zeggen dat je je vijanden in de buurt moet houden?'

'Ik dacht dat je je vrienden in de buurt moest houden, zodat zij je een lift naar je vijanden kunnen geven en jij daar in de brievenbus kunt kotsen.'

'Ik geloof niet dat mensen dat zeggen. En ik vind het griezelig dat je me zo in de gaten houdt. Het gaat prima met me. Je hebt gezien wat er gebeurt als iemand iets probeert.'

'Ja, dat heb ik inderdaad gezien,' zei Jace. 'Maar uiteindelijk zal degene die jou dood wil erachter komen dat jij het teken van Kaïn hebt. En dan laten ze je óf met rust, óf ze bedenken een andere manier om je iets aan te doen.' Hij leunde tegen het kozijn. 'En daarom ben ik hier.'

Ondanks zijn ergernis kon Simon geen tegenargument bedenken. In elk geval niet eentje dat belangrijk genoeg was om erover te beginnen. Hij rolde op zijn buik en begroef zijn gezicht in zijn armen. Vijf minuten later sliep hij.

Hij liep door de woestijn, over brandend zand, langs botten die verbleekten in de zon. Hij had nog nooit zo'n dorst gehad. Toen hij slikte, voelde het alsof zijn mond vol zand en zijn keel vol messen zat.

Simon werd wakker van het schelle gepiep van zijn mobiel. Hij rolde om en klauwde vermoeid aan zijn jas. Tegen de tijd dat hij de telefoon uit zijn zak had gehaald, ging hij niet meer over.

Hij keek wie er had gebeld. Het was Luke.

Shit. Mijn moeder heeft natuurlijk naar Clary's huis gebeld om te vragen of ik daar was, dacht hij terwijl hij ging zitten. Hij was zo slaperig dat hij nog niet helemaal helder na kon denken en het duurde even voordat hij zich herinnerde dat hij niet alleen op zijn kamer was geweest toen hij in slaap viel.

Zijn blik schoot naar het raam. Jace zat er nog steeds, maar hij sliep. Zijn hoofd leunde tegen het glas van het raam. Het zachtblauwe licht van de zonsopgang stroomde langs hem heen. Hij zag er heel jong uit, zo, dacht Simon. Geen spot in zijn uitdrukking, geen sarcasme. Het was bijna mogelijk om te begrijpen wat Clary in hem zag.

Het was nogal duidelijk dat hij zijn taken als lijfwacht niet echt serieus nam. Het was niet voor het eerst dat Simon zich afvroeg wat er in hemelsnaam aan de hand was tussen Clary en Jace.

Zijn telefoon ging weer. Hij schoot overeind, liep op zijn tenen naar de woonkamer en nam de telefoon net op tijd op. 'Luke?'

'Sorry dat ik je wakker maak, Simon.' Luke was zoals altijd ontzettend beleefd.

'Ik was al wakker,' loog Simon.

'Kun je over een halfuur in Washington Square Park zijn?' vroeg Luke. 'Bij de fontein.'

Simon was ineens klaarwakker. 'Is alles goed? Is er iets met Clary?'

'Alles is goed met Clary. Dit gaat niet over haar.' Er klonk een ronkend geluid op de achtergrond. Simon vermoedde dat Luke zijn jeep startte. 'Kom gewoon naar het park. En kom alleen.'

Hij hing op.

Het geluid Lukes jeep die van de oprit reed, wekte Clary uit haar onrustige dromen. Ze ging rechtovereind zitten en kromp ineen. De ketting om haar nek was tijdens haar slaap vast komen te zitten in haar haar. Ze trok hem over haar hoofd en haalde de klitten in haar haar voorzichtig los van het sieraad.

Ze liet de ketting met de ring eraan in haar hand vallen. De kleine zilveren cirkel met het sterrenpatroon leek spottend naar haar te knipogen. Ze herinnerde zich hoe Jace hem aan haar had gegeven, gevouwen in de brief die hij had achtergelaten toen hij weg was gegaan om Jonathan op te sporen. *Ondanks alles kan ik de gedachte niet verdragen dat deze ring voor altijd verloren zal gaan. Net zomin als de gedachte dat ik jou voor altijd zal moeten verlaten.*

Dat was bijna twee maanden geleden. Ze had zo zeker geweten dat hij van haar hield, zo zeker dat zelfs de koningin van Seelie haar niet had kunnen verleiden. Ze kon toch niets willen als ze Jace had?

Maar misschien had je iemand wel nooit helemaal, dacht ze nu. Misschien kon iemand als water door je vingers glippen, hoeveel je ook van hem hield, en kon je daar niets aan doen. Ze begreep nu waarom mensen zeiden dat hun hart 'gebroken' was. Het voelde alsof dat van haar gemaakt was van gebarsten glas en de scherven voelden als kleine messteken als ze ademde. Stel je een leven zonder hem voor, had de koningin gezegd...

De telefoon ging en heel even was Clary opgelucht dat er iets, wat dan ook, door haar verdriet was gedrongen. Haar tweede gedachte was Jace. Misschien kon hij haar niet op haar mobiel bereiken en belde hij naar haar huis. Ze legde de ring op haar nachtkastje en pakte de hoorn van de telefoon. Ze wilde net iets zeggen, toen ze zich realiseerde dat er al opgenomen was. Ze hoorde haar moeder.

'Hallo?' Jocelyn klonk nerveus en verrassend wakker, zo vroeg in de ochtend.

De stem die antwoordde was onbekend en had een licht accent. 'U spreekt met Catarina van het Beth Israel-ziekenhuis. Ik ben op zoek naar Jocelyn.'

Clary hield haar adem in. Het ziekenhuis? Was er iets gebeurd? Met Luke? Ze had hem net behoorlijk snel horen wegrijden...

'Je spreekt met Jocelyn.' Haar moeder klonk niet angstig, meer alsof ze het telefoontje had verwacht. 'Bedankt dat je me zo snel terugbelt.'

'Natuurlijk. Ik was blij om iets van je te horen. Je ziet niet vaak mensen die herstellen van zo'n erge vloek.' Natuurlijk, dacht Clary. Haar moeder had in het Beth Israel-ziekenhuis in coma gelegen, omdat ze een drankje had genomen om zichzelf tegen Valentijn te beschermen. 'En vrienden van Magnus Bane zijn mijn vrienden.'

Jocelyn klonk gespannen. 'Snapte je mijn boodschap? Weet je waarom ik belde?'

'Je wilde iets weten over het kind,' zei de vrouw aan de andere kant van de lijn. Clary wist dat ze op moest hangen, maar het lukte haar niet. Welk kind? Wat was er aan de hand? 'Het kind dat in het steegje gevonden was.'

'J-ja.' Jocelyns stem sloeg over. 'Ik dacht…'

'Het spijt me, maar hij is dood. Hij is vannacht overleden.'

Heel even zei Jocelyn helemaal niets. Clary kon door de telefoon heen voelen dat haar moeder geschokt was. 'Overleden? Hoe?'

'Ik snap het zelf ook niet helemaal. De priester kwam gisteravond om het kind te dopen en toen…'

'O, mijn god.' Jocelyns stem trilde. 'Kan ik… mag ik alsjeblieft langskomen om naar het lichaam te kijken?'

Er viel een lange stilte. 'Ik weet het niet,' zei de verpleegkundige uiteindelijk. 'Hij ligt nu in het mortuarium en wordt later vandaag overgebracht naar de patholoog-anatoom.'

'Catarina, ik denk dat ik weet wat er is gebeurd met de jongen.' Jocelyn klonk buiten adem. 'En als ik het zeker weet, kan ik misschien voorkomen dat het nog een keer gebeurt.'

'Jocelyn…'

'Ik kom langs,' zei Clary's moeder. Ze hing de telefoon op. Clary staarde wezenloos naar de hoorn en hing een moment later ook op. Ze krabbelde overeind, haalde een borstel door haar haren, trok een spijkerbroek en trui aan en rende haar slaapkamer uit, net op tijd om te zien hoe haar moeder in de woonkamer snel iets op het kladblok naast de telefoon schreef. Ze keek op toen Clary binnenkwam en schrok.

'Ik ging net even weg,' zei ze. 'Er zijn wat dingen die ik nog moet regelen voor de bruiloft en…'

'Je hoeft niet te liegen tegen mij,' zei Clary direct. 'Ik heb je gesprek aan de telefoon afgeluisterd en ik weet precies waar je heen gaat.'

Jocelyn werd bleek. Ze legde haar pen langzaam neer. 'Clary...'

'Je moet ermee ophouden om mij altijd maar te willen beschermen,' zei Clary. 'Je hebt vast ook niet aan Luke verteld dat je het ziekenhuis hebt gebeld.'

Jocelyn haalde nerveus een hand door haar haar. 'Ik vind het niet eerlijk om hem daarmee lastig te vallen. Het is al zo druk met de bruiloft en zo...'

'Inderdaad. De bruiloft. Jullie gaan trouwen. Denk je niet dat het tijd wordt dat je Luke gaat vertrouwen? En mij ook?'

'Ik vertrouw je wel,' zei Jocelyn zachtjes.

'In dat geval vind je het vast niet erg als ik met je meega naar het ziekenhuis.'

'Clary, ik denk niet...'

'Ik weet wat je denkt. Jij denkt dat er hetzelfde is gebeurd als met Sebastian. Jonathan, bedoel ik. Jij denkt dat er iemand is die hetzelfde doet met baby's als Valentijn heeft gedaan met mijn broer.'

Jocelyns stem trilde lichtjes. 'Valentijn is dood. Maar er zijn meer schaduwjagers die ooit in de Cirkel zaten en die nooit meer zijn gevonden.'

En Jonathans lichaam is ook nooit gevonden. Dat was iets waar Clary liever niet aan dacht. Bovendien was Isabelle erbij geweest en zij was er altijd van overtuigd geweest dat Jace Jonathans ruggenmerg had doorgesneden met zijn dolk en dat Jonathan echt dood was gegaan. Ze was zelf het water in gegaan om het te controleren, had ze gezegd. Hij had geen hartslag of polsslag gehad.

'Mam,' zei Clary. 'Hij was míjn broer. Ik heb het recht om met je mee te gaan.'

Heel langzaam knikte Jocelyn. 'Je hebt gelijk. Dat heb je ook.' Ze pakte haar tas van een haakje naast de deur. 'Kom op. En trek een jas aan. Er is regen voorspeld.'

Washington Square Park was praktisch verlaten, zo vroeg in de ochtend. De lucht was kraakhelder en schoon en de bladeren vormden een dikke deken in rood, goud en donkergroen op de stoep. Simon schopte ze opzij en liep onder de stenen boog aan de zuidkant van het park door.

Er waren een paar andere mensen in het park. Een paar dakloze mannen die op de banken sliepen en slaapzakken of versleten lakens om zich heen hadden gewikkeld. Een paar mannen in groene schoonmaakuniformen die de prullenbakken leegden. Er was ook een man met een karretje met donuts, koffie en bagels. En in het midden van het park, naast de grote, ronde fontein, stond Luke. Hij droeg een groen windjack met een rits en zwaaide toen hij Simon zag.

Simon zwaaide voorzichtig terug. Hij wist nog steeds niet of hij in de problemen zat. Toen Simon dichterbij kwam en Lukes uitdrukking zag, werd hij alleen maar nerveuzer. Luke leek vermoeid en meer dan een beetje gestrest. Hij keek Simon bezorgd aan.

'Simon,' zei hij. 'Bedankt dat je bent gekomen.'

'Natuurlijk.' Simon had het niet koud, maar hij deed zijn handen toch in zijn jaszakken, om zich maar een houding te geven. 'Wat is er mis?'

'Ik zei niet dat er iets mis was.'

'Je zou me hier niet zo vroeg naartoe laten komen als er niets mis was,' merkte Simon op. 'Als dit niet over Clary gaat, dan...'

'Gisteren in de bruidswinkel,' zei Luke. 'Jij vroeg mij naar iemand. Camille.'

Een vogel steeg krassend op uit een boom. Simon herinnerde zich wat zijn moeder altijd zei over eksters. Eén ekster bracht ongeluk en twee was juist geluk.

'Oké,' zei Simon. Hij zag slechts één ekster. Wat dat ook mocht betekenen.

'Je hebt toch gehoord van de dode schaduwjagers die de afgelopen week zijn gevonden?' zei Luke.

Simon knikte langzaam. Hij had hier geen goed gevoel bij. 'Het lijkt erop dat Camille hier verantwoordelijk voor is,' zei Luke. 'Ik herinnerde me dat jij naar haar had gevraagd. Na jaren niets over haar te hebben gehoord, hoorde ik haar naam nu twee keer op één dag. Dat lijkt mij geen toeval.'

'Toeval bestaat.'

'Niet altijd,' zei Luke. 'Maryse roept Raphael vanavond op om hem te vragen naar Camilles rol bij deze moorden. Als bekend wordt dat jij iets wist over Camille en dat jij contact met haar hebt gehad... Ik heb geen zin in onaangename verrassingen, Simon.'

'Ik ook niet.' Simons hoofd begon weer te bonzen. Hadden vampiers überhaupt wel eens hoofdpijn? Hij kon zich niet herinneren dat hij dit eerder had gehad. 'Ik heb Camille ongeveer vier dagen geleden gezien,' zei hij. 'Ik dacht dat ik werd opgeroepen door Raphael, maar het bleek Camille te zijn. Ze bood me een deal aan. Als ik voor haar ging werken, zou ze mij de op een na belangrijkste vampier in de stad maken.'

'Waarom wilde ze dat jij voor haar ging werken?' vroeg Luke op neutrale toon.

'Ze weet van mijn teken,' zei Simon. 'Ze zei dat Raphael haar had verraden en ze wilde mij gebruiken om de leiding over de kring terug te krijgen. Ik kreeg het gevoel dat ze niet zo dol was op Raphael.'

'Dat is vreemd,' zei Luke. 'Het verhaal dat ik heb gehoord, is dat Camille ongeveer een jaar geleden voor onbepaalde tijd was vertrokken en dat ze Raphael als tijdelijke vervanger had aangewezen. Als zij hem heeft gekozen om de kring te leiden, dan zou ze toch geen probleem met hem hebben?'

Simon haalde zijn schouders op. 'Ik weet het ook niet. Ik vertel jou alleen wat zij mij heeft verteld.'

'Waarom heb je ons niet over haar verteld, Simon?' zei Luke heel zachtjes.

'Omdat zij me dat had verboden.' Simon besefte ineens hoe

stom dat klonk. 'Ik heb nog nooit een vampier als Camille ontmoet,' voegde hij eraan toe. 'Ik kende alleen Raphael en de anderen van het Dumont. Het is moeilijk om uit te leggen hoe ze was. Ik wilde alles wat ze zei geloven. Ik wilde alles wat ze me vroeg doen. Ik wilde haar tevredenstellen, ook al wist ik dat ze een spelletje met me speelde.'

De man met het koffiekarretje kwam weer langs. Luke kocht koffie en een bagel en ging op de rand van de fontein zitten. Simon ging naast hem zitten.

'De man die mij Camilles naam heeft gegeven noemde haar "die heel oude",' zei Luke. 'Ze is denk ik een van de oudste vampiers ter wereld. Ik kan me goed voorstellen dat je je heel nietig voelt in haar aanwezigheid.'

'Ik voelde me een insect,' zei Simon. 'Ze heeft me beloofd om me voor altijd met rust te laten als ik niet voor haar zou willen werken. Ik moest het binnen vijf dagen laten weten. Dus toen heb ik haar verteld dat ik erover na zou denken.'

'En heb je dat gedaan?'

'Als zij schaduwjagers vermoordt, wil ik niets met haar te maken hebben,' zei Simon. 'Dat kan ik je wel vertellen.'

'Dat zal een opluchting zijn voor Maryse.'

'Wat een sarcasme.'

'Ik ben niet sarcastisch,' zei Luke, die heel serieus keek. Het was op momenten als dit dat Simon zijn herinneringen aan Luke als een soort stiefvader van Clary opzij kon zetten. De man die er altijd was en die altijd bereid was om je een lift naar huis te geven of om je tien dollar te lenen voor een boek of een bioscoopkaartje, was nu ineens de leider van de grootste wolvenroedel van de stad. Iemand naar wie de hele Kloof op cruciale momenten had geluisterd. 'Je vergeet wat je bent, Simon. Je vergeet de kracht die je hebt.'

'Ik zou willen dat ik die kon vergeten,' zei Simon verbitterd. 'Ik zou willen dat die gewoon weg zou gaan als ik hem niet gebruik.'

Luke schudde zijn hoofd. 'Jouw kracht werkt als een magneet. Die trekt mensen aan die er iets mee willen. Camille is zo iemand, maar er zullen er meer volgen. We hebben nog geluk gehad dat het zo lang heeft geduurd.' Hij keek naar Simon. 'Denk je dat je mij of het Verbond kunt laten weten waar we haar kunnen vinden, als ze je weer oproept?'

'Ja,' zei Simon langzaam. 'Ze heeft me een manier gegeven om contact met haar te zoeken. Maar ze verschijnt niet zomaar als ik op een toverfluitje blaas of zo. De laatste keer dat ze met me wilde praten, had ze een paar van die hielenlikkers van haar op me afgestuurd om me naar haar toe te brengen. Dus het gaat niet werken als iemand van jullie toekijkt hoe ik contact met haar zoek. Je zult haar onderdanen misschien te zien krijgen, maar haar niet.'

'Mmm.' Luke keek bedenkelijk. 'Dan moeten we een list bedenken.'

'Dat kun je dan maar beter snel doen. Ze zei dat ze me vijf dagen zou geven en dat betekent denk ik dat ze morgen een of ander signaal van mij verwacht.'

'Dat weet ik wel zeker,' zei Luke. 'Ik reken erop.'

Simon deed de deur van Kyles appartement voorzichtig open. 'Hoi,' riep hij terwijl hij de hal in liep en zijn jas ophing. 'Is er iemand thuis?'

Niemand antwoordde, maar Simon hoorde vertrouwde *boem-knal-zoef*-geluiden van een computerspelletje uit de woonkamer komen. Hij liep de woonkamer in en stak de witte zak bagels die hij bij Bagel Zone op Avenue A had gekocht als zoenoffer voor zich uit. 'Ik heb ontbijt gehaald...'

Zijn stem stierf weg. Hij wist niet precies wat hij had verwacht nadat hij stiekem aan zijn twee zelfverklaarde lijfwachten was ontsnapt, maar hij had gedacht dat ze tenminste iets zouden zeggen als 'Als je dat nog een keer probeert, vermoord ik je'. Het laatste wat hij had verwacht, was dat Kyle en Jace naast elkaar op de bank zouden zitten als twee nieuwe beste vrienden. Kyle had een controller van de spelcomputer in zijn handen en Jace zat voorovergeleund met zijn ellebogen op zijn knieën en zijn blik gericht op het televisiescherm. Ze leken amper te merken dat Simon binnenkwam.

'Die gast daar in de hoek kijkt de andere kant op,' merkte Jace op terwijl hij naar het scherm wees. 'Met een achterwaartse cirkeltrap kun je hem makkelijk uitschakelen.'

'Ik kan niet trappen in dit spel. Ik kan alleen schieten. Zie je?' Kyle drukte op een paar knoppen.

'Dat is ook stom.' Jace keek op en leek Simon eindelijk op te merken. 'Terug van je ontbijtafspraak?' zei hij. Hij klonk niet bepaald enthousiast. 'Je vindt het zeker heel knap van jezelf, hoe je er stiekem vandoor bent gegaan.'

'Redelijk knap,' gaf Simon toe. 'Een soort combinatie van George Clooney in *Ocean's Eleven* en die gasten van *MythBusters*.'

'Ik snap niet wat je zegt, zoals gewoonlijk. Ik vind het eigenlijk wel fijn,' zei Jace. 'Het geeft me een lekker rustig gevoel.'

Kyle legde zijn controller neer. Hij had het spel op pauze gezet en op het scherm was een close-up van een enorm geweer te zien. 'Ik wil wel een bagel.'

Simon gooide er een naar hem toe en Kyle liep naar de keuken, die van de woonkamer gescheiden werd door een lange bar. Jace keek naar de witte zak en maakte een afwijzend gebaar met zijn hand. 'Nee, dank je.'

Simon ging op de salontafel zitten. 'Je moet echt iets eten.'

'Moet je horen wie het zegt.'

'Ik heb geen bloed meer,' zei Simon. 'Of bied je het aan?'

'Nee, dank je. Dat hebben we al een keer geprobeerd en ik geloof dat we beter vrienden kunnen blijven.' Jace klonk sarcastisch als altijd, maar Simon zat zo dicht bij hem dat hij kon zien hoe bleek hij was en dat hij grijze kringen onder zijn ogen had. De botten in zijn gezicht leken meer uit te steken dan ze normaal deden.

'Echt,' zei Simon, die de zak over de tafel naar Jace schoof. 'Je moet iets eten. Ik meen het.'

Jace staarde naar de zak met eten en trok een vies gezicht. Zijn oogleden waren grijsblauw van vermoeidheid. 'Ik word eerlijk gezegd nogal misselijk van de gedachte aan eten.'

'Je bent gisteravond in slaap gevallen,' zei Simon. 'Terwijl je eigenlijk mij wilde bewaken. Ik weet dat dit lijfwachtgedoe voornamelijk één grote grap voor je is, maar toch. Hoelang is het geleden dat je hebt geslapen?'

'De hele nacht, bedoel je?' Jace dacht even na. 'Twee weken. Drie, misschien.'

Simons mond viel open. 'Waarom? Ik bedoel, wat is er aan de hand?'

Er verscheen een heel kleine glimlach om Jace' lippen. '"In een notendop gesloten zou ik mij nog een koning van onbegrensd gebied rekenen, ware het niet dat ik akelige dromen had."'

'Dat herken ik zowaar. *Hamlet*. Dus je zegt dat je niet kunt slapen omdat je nachtmerries hebt?'

'Vampier,' zei Jace met een vermoeide zekerheid, 'je hebt geen idee.'

'Hé.' Kyle kwam de woonkamer weer in en plofte neer op de versleten leunstoel. Hij nam een hap van zijn bagel. 'Wat is er aan de hand?'

'Ik heb Luke gezien vanochtend,' zei Simon. Hij legde uit wat er was gebeurd. Hij zag geen reden om het voor Jace en Kyle te verbergen. Hij vertelde dat Camille hem wilde omdat hij een daglichteling was, maar hij zei niets over het teken van Kaïn. Kyle knikte toen hij klaar was met zijn verhaal. 'Luke Garroway. De leider van de roedel in Manhattan. Ik heb wel eens van hem gehoord. Vooraanstaande man.'

'Garroway is niet zijn echte naam,' zei Jace. 'Hij was ooit schaduwjager.'

'Ja, dat heb ik ook wel eens gehoord. En hij speelt een grote rol bij de nieuwe Akkoorden.' Kyle keek naar Simon. 'Jij kent belangrijke mensen.'

'Belangrijke mensen brengen je alleen maar in de problemen,' zei Simon. 'Camille, bijvoorbeeld.'

'Zodra Luke aan Maryse vertelt hoe het zit, zal de Kloof met haar afrekenen,' zei Jace. 'Er zijn bepaalde protocollen voor solitaire benedenlingen.' Kyle keek hem zijdelings aan, maar Jace leek het niet te merken. 'Ik heb je al verteld dat ik niet denk dat zij degene is die jou probeert te vermoorden. Ze weet...' Jace brak zijn zin af. 'Ze weet wel beter.'

'En bovendien heeft zij jou nodig,' zei Kyle.

'Goed punt,' zei Jace. 'Je gaat een waardevolle bron niet vermoorden.'

Simon keek van de een naar de ander en schudde zijn hoofd. 'Sinds wanneer zijn jullie beste vrienden? Gisteravond was het nog "Ik ben de beste strijder!" "Nee, ik ben de beste strijder!" En vandaag spelen jullie samen Halo en maken jullie elkaars zinnen af.'

'We realiseerden ons gewoon dat we iets gemeen hebben,' zei Jace. 'We vinden jou allebei irritant.'

'In dat geval heb ik jullie nog iets te vertellen,' zei Simon. 'Ik heb iets bedacht, maar ik denk dat jullie het allebei niet leuk zullen vinden.'

Kyle trok zijn wenkbrauwen op. 'Kom maar op.'

'Als jullie mij de hele tijd in de gaten houden,' zei Simon, 'zullen de mannen die me willen vermoorden het niet nog een keer proberen en dan zullen we nooit weten wie het zijn. Bovendien hebben jullie wel betere dingen te doen, toch? Nou ja,' voegde hij eraan toe terwijl hij naar Jace keek, 'jij misschien niet.'

'Dus?' zei Kyle. 'Wat stel je voor?'

'We lokken ze uit hun schuilplaats. We zorgen ervoor dat ze weer aanvallen. Dan vangen we er eentje en proberen we erachter te komen voor wie hij werkt.'

'Mag ik even zeggen dat ik dit gisteren heb voorgesteld?' zei Jace. 'Alleen vond je het toen een slecht idee.'

'Ik was moe,' zei Simon. 'Maar nu heb ik nagedacht. En tot nu toe is mijn ervaring met zulke types dat ze niet weggaan als je ze gewoon negeert. Ze zullen het alleen maar op andere manieren proberen. Of ik moet ze naar mij toe laten komen, of ik zal voor altijd wachten op de volgende aanval.'

'Ik doe mee,' zei Jace. Kyle keek nog bedenkelijk. 'Dus wil je nu gewoon buiten rond gaan lopen totdat ze je aanvallen?'

'Ik wil het makkelijk voor ze maken. Ik wil ergens naartoe waar iedereen me verwacht.'

'Hoe bedoel je?' vroeg Kyle.

Simon wees naar de flyer die op de koelkast geplakt zat. MILLENNIUM LINT, 16 OKTOBER, ALTO BAR, BROOKLYN, 21.00 UUR. 'Ik bedoel het optreden. Waarom niet?' Hij had nog steeds hoofdpijn. Het was nu heel erg. Hij probeerde het te negeren en hij probeerde er niet aan te denken hoe moe hij was of hoe hij zichzelf zou moeten forceren om het optreden door te komen. Hij moest aan bloed komen. Het moest.

Jace' ogen glommen. 'Weet je, dat is niet eens zo'n slecht idee, vampier.'

'Wil je óp het podium aangevallen worden?' vroeg Kyle.

'Dan wordt het tenminste een keer een spetterende show,' zei Simon. Hij deed zich moediger voor dan hij zich eigenlijk voelde. Het idee dat hij nog een keer aangevallen zou worden, was hem bijna te veel, zelfs al kwam zijn eigen veiligheid niet in gevaar. Hij wist gewoon niet zeker of hij het aankon om weer te zien hoe het teken van Kaïn werkte.

Jace schudde zijn hoofd. 'Ze vallen niet aan in het openbaar. Ze zullen wachten tot na het optreden. En dan staan wij ze op te wachten.'

Kyle schudde zijn hoofd. 'Ik weet het niet...'

Zo ging het nog even door. Jace en Simon aan de ene kant en Kyle aan de andere. Simon voelde zich een beetje schuldig. Als

Kyle wist van het teken, zou het een stuk gemakkelijker zijn om hem over te halen. Uiteindelijk ging hij om en stemde hij in met het 'stomme plan', zoals hij het bleef noemen.

'Maar,' zei hij uiteindelijk, terwijl hij opstond en de bagelkruimels van zijn shirt veegde, 'ik doe dit alleen omdat jullie het anders toch wel doen. Dus dan kan ik er net zo goed bij zijn.' Hij keek naar Simon. 'Wie had er ooit gedacht dat het zo moeilijk zou zijn om je tegen jezelf te beschermen?'

'Dat had ik je wel kunnen vertellen,' zei Jace, terwijl Kyle zijn jas aantrok en naar de deur liep. Hij moest werken, legde hij uit. Hij was blijkbaar echt een fietskoerier. Praetor Lupus had dan wel een toffe naam, ze betaalden niet echt goed. De deur viel achter hem dicht en Jace richtte zich tot Simon. 'Het optreden is om negen uur, toch? Wat doen we de rest van de dag?'

'We?' Simon keek hem vol ongeloof aan. 'Ga jij ooit nog naar huis?'

'Wat? Verveel ik je nu al?'

'Vind jij het soms leuk om de hele tijd bij mij in de buurt te zijn?' vroeg Simon.

'Sorry, wat zei je?' zei Jace. 'Ik was geloof ik even in slaap gevallen. Ga vooral verder met je boeiende verhaal.'

'Hou op,' zei Simon. 'Hou alsjeblieft even op met je sarcasme. Je eet niet en je slaapt niet. Weet je wie dat ook allemaal niet doet? Clary. Ik weet niet wat er aan de hand is met jullie, want zij heeft er niets over gezegd. Ze wil er blijkbaar niet over praten. Maar jullie hebben duidelijk ruzie. En als jij het gaat uitmaken…'

'Uitmaken?' riep Jace, die hem aanstaarde. 'Ben je gek geworden?'

'Als jij haar blijft vermijden,' zei Simon, 'dan maakt zíj het uiteindelijk wel uit.'

Jace stond op. Zijn ontspannen houding was helemaal weg. Hij leek ineens wel een kat op rooftocht. Hij liep naar het raam en trok het gordijn rusteloos aan de kant. Het late ochtendlicht stroomde naar binnen en verbleekte de kleur van zijn ogen. 'Ik doe dit niet zomaar,' zei hij uiteindelijk. 'Ik heb hier mijn redenen voor.'

'Geweldig,' zei Simon. 'Kent Clary die redenen ook?'

Jace zei niets.

'Ze doet niets anders dan van jou houden en jou vertrouwen,' zei Simon. 'Je bent het haar verschuldigd...'

'Er zijn belangrijker dingen dan eerlijkheid,' zei Jace. 'Denk je dat ik het leuk vind om haar te kwetsen? Denk je dat ik het leuk vind dat ik haar boos maak, dat ze me misschien haat? Waarom denk je dat ik hier ben?' Hij keek Simon aan met een sombere woede in zijn ogen. 'Ik kan niet met haar samen zijn,' zei hij. 'En als ik niet met haar kan zijn, maakt het me niet uit waar ik ben. Dan kan ik net zo goed bij jou zijn, want als ze wist dat ik jou probeerde te beschermen, zou haar dat denk ik gelukkig maken.'

'Dus je probeert haar gelukkig te maken, hoewel jij er de reden van bent dat ze ongelukkig is,' zei Simon op geërgerde toon. 'Dat lijkt me nogal een tegenstelling.'

'Liefde is één grote tegenstelling,' zei Jace. Hij draaide zich weer om naar het raam.

8

Lopen in de duisternis

Clary was vergeten hoe erg ze de geur van ziekenhuizen haatte. Toen ze de deuren van het Beth Israel-ziekenhuis door liepen, werd ze er weer aan herinnerd. Een steriele metaallucht, vermengd met de geur van oude koffie en net niet genoeg bleek om de stank van ziekte en ellende te verbergen. De herinnering aan de ziekte van haar moeder, aan Jocelyn die bewusteloos in haar nest van slangen en draadjes lag, voelde als een klap in haar gezicht. Ze probeerde haar adem in te houden, zodat ze de lucht niet hoefde te ruiken.

'Gaat het wel?' Jocelyn trok de capuchon van haar jas omlaag en keek Clary met haar groene, bezorgde ogen aan.

Clary knikte, trok haar schouders op in haar jas en keek om zich heen. De hal was een en al koud marmer, metaal en plastic. Er was een grote informatiebalie, waar meerdere vrouwen, waarschijnlijk verpleegkundigen, omheen liepen. Er stonden bordjes die de weg wezen naar de intensive care, de röntgenafdeling, oncologie, de kinderafdeling enzovoort. Ze kon de kantine waarschijnlijk met haar ogen dicht vinden. Ze had daar zoveel lauwe kopjes koffie voor Luke gehaald, dat ze het waterreservoir in Central Park zou kunnen vullen.

'Pardon.' Een slanke verpleegkundige die een oude man in een rolstoel vooruitduwde, liep langs en rolde de wielen bijna over Clary's tenen. Clary keek haar na. Er was iets... een glinstering...

'Niet zo staren, Clary,' fluisterde Jocelyn. Ze legde haar arm om Clary's schouders en draaide haar de kant op van de deuren naar de wachtkamer voor het laboratorium waar mensen bloed lieten prikken. Clary zag de weerspiegeling van zichzelf en haar moeder in het donkere glas van de deuren. Ze was bijna een kop kleiner dan haar moeder, maar ze leken wel op elkaar. In het verleden had ze het altijd raar gevonden als mensen dat zeiden. Jocelyn was mooi en zij niet. Maar de vorm van hun ogen en mond was hetzelfde, net als hun rode haar, groene ogen en slanke handen. Hoe kon het dat ze zo weinig van Valentijns uiterlijk had, vroeg Clary zich af, terwijl haar broer zoveel op hem leek? Hij had zijn vaders blonde haar en schrikwekkende donkere ogen gehad. Maar misschien... als je goed keek, dacht ze, zag je een beetje van Valentijn in haar hoekige kin.

'Jocelyn.' Ze draaiden zich allebei om. De verpleegkundige die de rolstoel vooruit had geduwd, stond voor ze. Ze was slank en zag er jong uit. Ze had een donkere huid en donkere ogen, maar ineens zag Clary hoe de betovering wegviel. Ze was nu nog steeds een jonge vrouw, maar haar huid was donkerblauw en haar haar, dat ze in een knot droeg, was sneeuwwit. Haar blauwe huid stak fel af tegen haar roze uniform.

'Clary,' zei Jocelyn. 'Dit is Catarina Loss. Zij heeft voor mij gezorgd toen ik hier lag. Ze is bevriend met Magnus.'

'Je bent een heksenmeesteres.' De woorden rolden uit Clary's mond voordat ze er erg in had.

'Ssst.' De vrouw keek geschokt. Ze richtte zich tot Jocelyn. 'Ik kan me niet herinneren dat je zei dat je je dochter zou meebrengen. Ze is nog maar een kind.'

'Clarissa kan zich prima gedragen.' Jocelyn keek Clary streng aan. 'Of niet soms?'

Clary knikte. Tijdens de veldslag in Idris had ze andere heksenmeesters gezien. Ze hadden allemaal een of meer uiterlijke kenmerken die duidelijk maakten dat ze geen normale mensen waren. Magnus had zijn kattenogen. Sommigen hadden vleugels of vliezen tussen hun tenen of klauwen als handen. Maar een huid die helemaal blauw was, kon je niet zo makkelijk bedekken met een grote jas. Catarina Loss moest zichzelf elke dag betoveren, helemaal als ze in een aards ziekenhuis werkte.

De heksenmeesteres wees met haar duim naar de liften. 'Kom, kom. Laten we dit zo snel mogelijk afhandelen.'

Clary en Jocelyn liepen achter haar aan naar de liften en ze stapten in de eerste deuren die opengingen. Toen de deuren met een gesis sloten, drukte Catarina op een knop waar simpelweg M op stond. Naast de M stond een teken dat aangaf dat je alleen op die verdieping kon komen met een sleutel, maar toen ze de M aanraakte, kwamen er blauwe vonken van haar vinger en de knop lichtte op. De lift ging naar beneden.

Catarina schudde haar hoofd. 'Als jij geen vriendin was van Magnus Bane, Jocelyn Fairchild…'

'Fray,' zei Jocelyn. 'Ik heet nu Jocelyn Fray.'

'Geen schaduwjagersnamen meer voor jou?' Catarina grijnsde zelfgenoegzaam. Haar lippen leken extra rood bij haar blauwe huid. 'En jij, kleine meid? Word jij wel een schaduwjager? Net als je vader?'

Clary probeerde haar irritatie te verbergen. 'Nee,' zei ze. 'Ik word wel een schaduwjager, maar ik word niet zoals mijn vader. En mijn naam is Clarissa. Je mag me Clary noemen.'

De lift kwam tot stilstand en de deuren schoven open. De blauwe ogen van de heksenmeesteres bleven even op Clary hangen. 'O, ik weet wel hoe jij heet,' zei ze. 'Clarissa Morgenstern. Het kleine meisje dat een grote oorlog heeft voorkomen.'

'Dat zal wel.' Clary liep achter Catarina aan de lift uit en haar moeder volgde op de voet. 'Was jij daar ook? Ik kan me niet herinneren dat ik je heb gezien.'

'Catarina was er,' zei Jocelyn, die een beetje buiten adem was omdat ze moest rennen om haar bij te houden. Ze liepen door een gang die bijna helemaal kaal was. Er waren geen ramen en er waren nergens deuren. De muren waren geverfd in een treurige vaalgroene kleur. 'Ze heeft Magnus geholpen om het Witte Boek te gebruiken en mij wakker te maken. Daarna heeft zij het boek beschermd, terwijl hij terugging naar Idris.'

'Het boek beschermd?'

'Het is een heel belangrijk boek,' zei Catarina. Haar rubberen zolen klepperden op de vloer.

'Ik dacht dat het een heel belangrijke oorlog was,' mompelde Clary zachtjes.

Ze waren eindelijk bij een deur. Er zat matglas in de deur en er hing een bordje, waarop met grote zwarte letters MORTUARIUM stond. Catarina legde haar hand op de deurknop. Ze had een geamuseerde blik op haar gezicht en keek Clary recht aan. 'Ik ben er al vroeg in mijn leven achter gekomen dat ik een genezende gave heb,' zei ze. 'Dat is het soort magie dat ik doe. Ik werk voor een hongerloontje in dit ziekenhuis en ik doe wat ik kan om aardse mensen te genezen, terwijl ze zouden gillen als ze wisten hoe ik er echt uitzag. Ik zou schatrijk kunnen worden als ik mijn kennis aan schaduwjagers zou verkopen, of aan domme normalo's die denken dat ze weten wat magie is, maar dat doe ik niet. Ik werk hier. Dus je hoeft niet zo uit de hoogte te doen, klein roodharig meisje. Jij bent niet beter dan ik omdat je toevallig beroemd bent.'

Clary's wangen gloeiden. Ze had zichzelf nog nooit als beroemd gezien. 'Je hebt gelijk,' zei ze. 'Het spijt me.'

De blauwe ogen van de heksenmeesteres schoten naar Jocelyn, die er bleek en gespannen uitzag. 'Ben je er klaar voor?'

Jocelyn knikte en keek naar Clary, die ook knikte. Catarina deed de deur open en ze volgden haar naar binnen.

Het eerste wat Clary opviel was hoe koud het was. Ze ritste haar jas snel dicht. Het tweede was de geur. Het rook er naar schoonmaakmiddelen, met daaronder de zoete geur van bederf. Geel licht kwam uit de lampen aan het plafond. Twee grote, lege onderzoekstafels stonden in het midden van de ruimte. Er was ook een wasbak en een metalen stelling waar een weegschaal op stond om organen te wegen. Tegen een van de muren stond een kast met metalen laden, net als de kluisjes in een bank, maar dan veel groter. Catarina liep naar een van de deuren, pakte de hendel en trok aan de la, die er op rolletjes uit gleed. Op een metalen plaat lag het lichaam van een baby.

Jocelyn maakte een geluid in haar keel. Een moment later stond ze naast Catarina. Clary liep er iets langzamer naartoe. Ze had wel eens een dood lichaam gezien. Ze had het lichaam van Max Lightwood gezien, en die had ze gekend. Hij was pas negen jaar oud geweest. Maar een baby...

Jocelyn sloeg haar hand voor haar mond. Haar ogen waren groot en donker en ze staarde naar het lichaam van het kind. Clary keek omlaag. Op het eerste gezicht leek het babyjongetje normaal. Hij had tien vingers en tien tenen. Maar toen ze beter keek, alsof ze er een betovering af wilde halen, zag ze dat de vingers van het kind klauwen waren. Ze zaten naar binnen gekruld en hadden scherpe uiteinden. De huid van het kind was grijs en zijn ogen stonden wijd open en waren pikzwart. Niet alleen de irissen waren zwart, maar ook het oogwit.

'Zo waren Jonathans ogen ook toen hij net geboren was,' fluisterde Jocelyn. 'Als zwarte tunnels. Later werden ze menselijker, maar ik herinner het me nog goed...'

Ze rilde, draaide zich om en rende naar de gang. De deur van het mortuarium zwaaide achter haar dicht.

Clary keek naar Catarina, die uitdrukkingsloos voor zich uit staarde. 'Konden de dokters het niet zien?' vroeg ze. 'Ik bedoel, zijn ogen... en die handen...'

Catarina schudde haar hoofd. 'Ze zien niet wat ze niet willen zien,' zei ze terwijl ze haar schouders ophaalde. 'Er is hier een soort magie aan het werk die ik niet vaak heb gezien. Demonenmagie. Slechte magie.' Ze haalde iets uit haar zak. Het was een stukje stof in een afgesloten plastic zakje. 'Dit is een stukje van de stof waarin hij was gewikkeld toen ze hem vonden. Het stinkt naar demonenmagie. Geef het maar aan je moeder. Misschien kan ze het aan de Stille Broeders laten zien. Die kunnen er misschien wel wat mee. Ik wil weten wie dit heeft gedaan.'

Clary stak haar hand automatisch uit en nam het plastic zakje aan. Zodra haar handen het zakje raakten, verscheen er een rune achter haar ogen. Een raster van lijnen en kronkelingen, een gefluisterd beeld dat weer verdween zodra ze het zakje in haar jas liet glijden.

Haar hart bonsde. Dit gaat niet naar de Stille Broeders, dacht ze. Niet totdat ik weet wat die rune ermee doet.

'Neem jij contact op met Magnus?' zei Catarina. 'Vertel hem maar dat ik jouw moeder heb laten zien wat ze wilde.'

Clary knikte zonder na te denken, als een pop. Ineens wilde ze alleen nog maar weg. Weg van de geel verlichte kamer, weg van de geur van de dood en het kleine verminkte lichaam dat onbeweeglijk op de metalen plaat lag. Ze dacht aan haar moeder en hoe ze elk jaar op Jonathans verjaardag zijn haarlok uit die kist had gepakt en had gehuild om de zoon die ze had kunnen hebben, in plaats van een ding zoals hier lag. Ik geloof niet dat dit was wat ze wilde zien, dacht Clary. Ik geloof dat ze hoopte dat dit onmogelijk was. 'Tuurlijk,' zei ze. 'Ik vertel het hem wel.'

De Alto Bar was een typische hippe kroeg in Brooklyn. Hij zat gedeeltelijk onder het viaduct van de snelweg die Brooklyn met Queens verbond. Op zaterdagavonden was de kroeg open voor alle leeftijden. Eric was bevriend met de eigenaar en Simons band mocht er altijd spelen op zaterdagen, ondanks het feit dat ze hun naam steeds veranderden en ze nooit publiek trokken.

Kyle en de andere bandleden stonden al op het podium om hun apparatuur neer te zetten en te soundchecken. Ze gingen een paar oude nummers spelen, met Kyle als zanger. Hij had de teksten snel geleerd en ze voelden zich erg zeker van zichzelf. Simon had er, tot opluchting van Kyle, mee ingestemd om backstage te blijven tot het concert zou beginnen. Nu stond Simon achter een kier van de stoffige gordijnen op het podium en probeerde hij een glimp op te vangen van de mensen in de zaal.

De kroeg had ooit een stijlvolle inrichting gehad, met tinnen panelen tegen de muur en aan het plafond, en melkglas in artdecostijl achter de bar. Het zag er nu allemaal een stuk armoediger uit dan toen de bar net was geopend. Er zaten nicotinevlekken op de muren en de vloer was bedekt met zaagsel, dat zich tot klonten had gevormd door gemorst bier en ergere dingen.

Het goede nieuws was dat de tafels langs de muren bijna vol zaten. Simon zag Isabelle in haar eentje aan een tafel zitten, gekleed in een zilveren jurk die eruitzag als een soort maliënkolder en haar demonen plettende laarzen. Haar haar zat opgestoken in een slordige knot, waar zilveren stokjes doorheen staken. Simon wist dat die stokjes messcherp waren en met gemak door metaal of bot heen konden snijden. Ze droeg felrode lippenstift, als vers bloed.

Doe normaal, zei Simon tegen zichzelf. Denk niet meer aan bloed.

Aan de andere tafels zaten meer vrienden van de band. Blythe en Kate, de vriendinnetjes van Kirk en Matt, zaten samen aan een tafel en deelden een bordje slap uitziende nachochips. Eric had meerdere vriendinnen verspreid over de zaal zitten en de meesten van zijn vrienden van school waren er ook, waardoor het aardig vol zat. Aan een tafel in een hoekje zat Maureen, Simons enige fan, in haar eentje. Een klein, verloren, blond meisje dat eruitzag alsof ze twaalf was, maar dat altijd beweerde dat ze zestien was. Hij schatte dat ze waarschijnlijk een jaar of veertien was. Toen ze zag dat hij de zaal in keek, zwaaide en glimlachte ze naar hem.

Simon trok als een schildpad zijn hoofd terug en sloot de gordijnen.

'Hoi,' zei Jace, die op een van de speakers zat en op zijn mobiel keek. 'Wil je een foto zien van Alec en Magnus in Berlijn?'

'Niet echt,' zei Simon.

'Magnus draagt een *Lederhose*.'

'Nog steeds niet.'

Jace deed de telefoon in zijn broekzak en keek Simon bedenkelijk aan. 'Gaat het wel?'

'Ja,' zei Simon, maar dat was niet waar. Hij voelde zich licht in zijn hoofd, misselijk en gespannen. Dat kwam waarschijnlijk omdat hij zich zorgen maakte over wat er vanavond ging gebeuren. En het hielp ook niet dat hij al zo lang geen bloed had gehad. Daar moest hij een oplossing voor vinden, en het liefst zo snel mogelijk. Hij wilde dat Clary er was, maar hij wist dat ze niet kon komen. Ze moest iets doen voor de bruiloft en ze had hem een hele tijd geleden al verteld dat ze het niet zou redden. Hij had dat aan Jace verteld voordat ze hierheen gingen. Jace had tegelijkertijd enorm opgelucht en verschrikkelijk teleurgesteld geleken, wat op zich best knap was.

'Hé,' zei Kyle, die onder het gordijn door dook. 'We zijn wel zo'n beetje klaar.' Hij keek naar Simon. 'Weet je dit zeker?'

Simon keek van Kyle naar Jace. 'Jullie zien er hetzelfde uit, wisten jullie dat?'

Ze keken naar zichzelf en toen naar elkaar. Ze droegen allebei een spijkerbroek en een zwart T-shirt met lange mouwen. Jace plukte een beetje ongemakkelijk aan zijn shirt. 'Ik heb dit van Kyle geleend. Mijn andere shirt was nogal smerig.'

'Wow, jullie dragen elkaars kleren. Jullie zijn beste vriendjes.'

'Voel je je buitengesloten?' vroeg Kyle. 'Je mag ook wel een zwart T-shirt van me lenen, hoor.'

Simon zei maar niet dat de shirts van Kyle en Jace niet om zijn magere lijf zouden passen. 'Zolang iedereen zijn eigen broek maar draagt.'

'Ik begrijp dat ik een heel boeiend gesprek verstoor,' zei Eric, die zijn hoofd tussen de twee gordijnen door stak. 'Maar we moeten op. Tijd om te beginnen.'

Terwijl Kyle en Simon naar het podium liepen, stond Jace op. Net onder de zoom van zijn geleende shirt zag Simon de glanzende rand van een dolk. 'Succes, jongens,' zei Jace met een grijns. 'Ik hou het backstage wel in de gaten voor jullie.'

Raphael had gezegd dat hij zou komen zodra het zou schemeren, maar hij liet ze bijna drie uur wachten voordat zijn projectie in de bibliotheek van het Instituut verscheen.

Vampierpolitiek, dacht Luke. Het hoofd van de vampierkring in New York kwam wel als de schaduwjagers dat vroegen, maar hij liet zich niet zomaar oproepen en hij kwam nooit op tijd. Luke was de tijd doorgekomen met het lezen van boeken in de bibliotheek. Maryse had geen zin gehad om te praten en had voornamelijk bij het raam gestaan, rode wijn drinkend uit een kristallen glas en starend naar het verkeer op York Avenue.

Toen Raphael als een witte krijttekening in de duisternis verscheen, draaide ze zich om. Eerst kwamen zijn bleke gezicht en handen tevoorschijn, daarna zijn donkere kleren en haar. Uiteindelijk stond hij er. Helemaal ingekleurd, een duidelijke projectie. Hij zag hoe Maryse op hem af kwam gesneld. 'U had mij geroepen, schaduwjager?' zei hij. Hij draaide zich om en keek naar Luke. 'En de wolvenmens is er ook. Is dit een soort Raad?'

'Niet helemaal.' Maryse zette haar glas op het bureau. 'Heb jij gehoord van de recente doden die zijn gevonden, Raphael? De schaduwjagers?'

Raphael trok zijn brede wenkbrauwen op. 'Daar heb ik van gehoord. Ik heb daar verder niet veel aandacht aan besteed. Het heeft niets te maken met mijn kring.'

'Er is één lichaam gevonden in het domein van de heksenmeesters, eentje in het wolvendomein en eentje in het elfendomein,' zei Luke. 'Ik ga ervan uit dat jouw volk nu aan de beurt is. Het lijkt een duidelijke poging om de benedenlingen tegen elkaar op te zetten. Ik kom hier in goed vertrouwen, om je te laten zien dat ik niet geloof dat jij hier verantwoordelijk voor bent, Raphael.'

'Wat een opluchting,' zei Raphael, maar zijn ogen stonden duister en hij was duidelijk op zijn hoede. 'Is er een reden om aan te nemen dat ik hier wel verantwoordelijk voor zou zijn?'

'Een van de doden was in staat om ons te vertellen wie hem had aangevallen,' zei Maryse voorzichtig. 'Voor hij... stierf... heeft hij ons laten weten dat Camille hem dit had aangedaan.'

'Camille.' Raphaels stem klonk neutraal, maar zijn gezicht verraadde dat hij schrok. 'Dat is niet mogelijk.'

'Waarom is dat niet mogelijk, Raphael?' vroeg Luke. 'Ze is het hoofd van jouw kring. Ze is erg machtig en ze staat erom bekend nogal meedogenloos te zijn. En ze lijkt verdwenen te zijn. Ze is nooit naar Idris gekomen om te vechten in de oorlog. Ze heeft nooit ingestemd met de nieuwe Akkoorden. Er is geen schaduwjager die de afgelopen maanden iets van haar heeft gezien of gehoord... tot nu.'

Raphael zei niets.

'Er is iets aan de hand,' zei Maryse. 'Wij wilden jou de kans geven om het uit te leggen, voordat we de Kloof vertelden over Camilles betrokkenheid. Als blijk van goed vertrouwen.'

'Ja, dat zal best wel,' zei Raphael.

'Raphael,' zei Luke, niet op onaardige toon. 'Je hoeft haar niet te beschermen. Als je om haar geeft...'

'Om haar geeft?' Raphael draaide zijn hoofd opzij en spuugde op de grond. Aangezien hij een projectie was, was dit alleen voor de show. 'Ik haat haar. Ik veracht haar. Elke avond als ik opsta, wens ik haar dood.'

'O,' zei Maryse voorzichtig. 'In dat geval...'

'Ze heeft ons jarenlang geleid,' zei Raphael. 'Ze was het hoofd van de kring toen ik vampier werd, en dat is vijftig jaar geleden. Ze is daarvoor vanuit Londen naar New York geko-men. Ze kende niemand in de stad maar het lukte haar toch om in slechts een paar maanden het hoofd van de kring te worden. Vorig jaar werd ik haar onderbevelhebber. Een paar maanden geleden ontdekte ik dat ze mensen had vermoord. Gewoon voor de lol en om hun bloed te drinken. Ze overtrad de Wet. Dat gebeurt wel eens. Vampiers breken los van de kring en er is niets wat je dan kunt doen om ze tegen te houden. Maar ik had dit niet verwacht van het hoofd van de kring. Zij had beter moeten weten.' Hij stond stil en zijn donkere ogen leken verloren in zijn herinneringen. 'Wij zijn niet zo bruut als de wolven. Wij vermoorden onze leiders niet. Als een vampier een andere vampier verraadt, is dat voor ons de allerergste misdaad, zelfs als de Wet overtreden wordt. En Camille heeft veel bondgenoten en veel volgers. Ik kon het niet riskeren om haar om te brengen. In plaats daarvan ben ik naar haar toegegaan en heb ik haar verteld dat ze ons moest verlaten, dat ze weg moest. Anders zou ik naar de Kloof gaan. Ik wilde dat natuurlijk niet, want als het uit zou komen, zou de hele kring in een kwaad daglicht geplaatst worden. We zouden gewantrouwd en onderzocht worden. We zouden bespot worden door andere kringen.'

Maryse maakte een ongeduldig geluid. 'Er zijn belangrijker zaken dan gezichtsverlies.'

'Voor vampiers kan het een kwestie van leven of dood zijn.' Raphael ging zachter praten. 'Ik gokte erop dat ze het zou doen, en ze deed het ook. Ze stemde ermee in om te gaan. Ik heb haar weggestuurd, maar toen ontstond er een machtsvacuüm. Ik kon haar plaats niet innemen, want zij had mij niet benoemd. Ik kon haar vertrek ook niet uitleggen zonder te onthullen wat ze had gedaan. Ik moest het doen voorkomen als een lange afwezigheid. Ik verzon dat ze behoefte had aan reizen. Dat is niet ongehoord voor onze soort. Dat hebben wij allemaal zo nu en dan. Als je het eeuwige leven hebt, kan het heel beklemmend zijn om jarenlang op dezelfde plek te blijven.'

'En hoelang dacht je dat je deze poppenkast vol kon houden?' vroeg Luke.

'Zo lang als ik wilde,' zei Raphael. 'Tot nu, dus.' Hij keek door het raam naar de glinsterende nachtlucht.

Luke leunde tegen een van de boekenplanken. Hij merkte mild geamuseerd op dat hij bij de afdeling Gedaanteverwisseling stond, met boeken over weerwolven, naga, kitsunes en selkies. 'Je vindt het misschien wel interessant om te weten dat zij hetzelfde beweert over jou,' zei hij, zonder erbij te vertellen aan wie Camille dit had verteld.

'Ik dacht dat ze de stad had verlaten.'

'Misschien heeft ze dat ook gedaan, maar ze is terug,' zei Maryse. 'En ze is blijkbaar niet meer tevreden met mensenbloed.'

'Ik weet niet wat ik moet zeggen,' zei Raphael. 'Ik probeerde mijn kring te beschermen. Als de Wet mij wil straffen, dan zal ik de straf aanvaarden.'

'Wij hebben er geen belang bij om jou te straffen, Raphael,' zei Luke. 'Tenzij je weigert met ons mee te werken.'

Raphael draaide zich weer om. Zijn donkere ogen spuwden vuur. 'Meewerken waaraan?'

'Wij willen Camille graag vangen. Levend,' zei Maryse. 'We willen haar ondervragen. We willen weten waarom ze schaduwjagers vermoordt, en in het bijzonder deze schaduwjagers.'

'Als jullie dat echt willen, dan hoop ik dat jullie een heel slim plan hebben.' Er zat een mengeling van plezier en minachting in zijn stem. 'Camille is zelfs voor onze soort erg gewiekst.'

'Ik heb een plan,' zei Luke. 'Ik wil de daglichteling erbij betrekken. Simon Lewis.'

Raphael trok een gezicht. 'Ik mag hem niet,' zei hij. 'Ik zou liever niet meewerken aan een plan waar hij deel van uitmaakt.'

'Nou,' zei Luke, 'dat is dan pech voor jou.'

Dom, dacht Clary. Dom om geen paraplu mee te nemen. De regen die vanmorgen was begonnen als een lichte motregen, was tegen de tijd dat ze bij de Alto Bar op Lorimer Street was, veranderd in een enorme hoosbui. Ze baande zich een weg door de groep rokende mensen op de stoep en dook dankbaar de warmte van de kroeg in.

Millennium Lint stond al op het podium. De jongens ramden op hun instrumenten en Kyle gromde sexy in de microfoon. Clary voelde een moment van trots. Het was grotendeels door haar toedoen dat ze hem hadden aangenomen, en hij deed het duidelijk goed.

Ze keek om zich heen in de hoop Maia of Isabelle te zien. Ze wist dat ze er niet allebei zouden zijn, want Simon zou ze nooit tegelijk voor een optreden uitnodigen. Haar blik viel op een slanke figuur met lang zwart haar. Ze liep naar de tafel toe maar stopte halverwege. Het was Isabelle helemaal niet. Het was een oudere vrouw, met een zwaar opgemaakt gezicht. Ze droeg een chic broekpak en las een krant. Ze hield zich blijkbaar niet bezig met de muziek.

'Clary! Hier!' Clary draaide zich om en nu zag ze Isabelle wel. Ze zat aan een tafel dicht bij het podium. Ze droeg een jurk die glinsterde als een zilveren knipperbol. Clary liep naar haar toe en ging op de stoel tegenover Izzy zitten. 'Natgeregend?' vroeg Isabelle.

Clary veegde haar natte haar uit haar gezicht en glimlachte. 'Van Moeder Natuur win je het nooit.'

Isabelle trok haar donkere wenkbrauwen op. 'Ik dacht dat je niet zou komen, vanavond. Simon zei dat er bruiloftgedoe was waar je heen moest.' Isabelle was niet onder de indruk van bruiloften of andere uitingen van romantische liefde, dacht Clary.

'Mijn moeder voelde zich niet zo lekker,' zei Clary. 'We hebben het dus verzet.'

Dit was tot op zekere hoogte waar. Toen ze thuis waren gekomen van het ziekenhuis, was Jocelyn naar haar kamer gegaan en had ze de deur achter zich dichtgetrokken. Clary had zich behoorlijk hulpeloos en gefrustreerd gevoeld toen ze haar door de deur heen zachtjes had horen huilen, maar haar moeder had haar niet binnengelaten en wilde er niet over praten. Uiteindelijk was Luke thuisgekomen. Clary was blij dat ze haar moeder aan hem over kon laten. Daarna had ze wat rondgelopen in de stad en was ze naar Simons band gegaan. Ze probeerde altijd naar zijn optredens te komen en bovendien zou ze zich waarschijnlijk beter voelen als ze met hem zou praten.

'Oké.' Isabelle vroeg verder niet door. Soms was haar gebrek aan interesse in de problemen van andere mensen best een opluchting. 'Nou ja, ik denk dat Simon blij zal zijn dat je er bent.'

Clary keek naar het podium. 'Hoe is het optreden tot nu toe?'

'Leuk.' Isabelle kauwde bedenkelijk op haar rietje. 'Die nieuwe zanger is een lekker ding. Is hij vrijgezel?'

'Isabelle!'

'Wat?' Isabelle haalde haar schouders op. 'Simon en ik hebben niet echt verkering, hoor. Dat heb ik je wel eens verteld.'

Clary moest toegeven dat Simon natuurlijk geen poot had om op te staan in deze situatie. Maar hij was nog wel haar vriend. Ze wilde net iets zeggen om hem te verdedigen, toen haar blik viel op iets op het podium. Een vertrouwde figuur kwam uit de deur naar het podium gelopen. Ze zou hem altijd en overal herkennen, hoe donker de ruimte en hoe onverwachts zijn aanwezigheid ook was.

Jace. Hij was gekleed als een normalo: een spijkerbroek en een strak zwart T-shirt waarin de spieren van zijn schouders en nek goed uitkwamen. Zijn haar glom onder de podiumlichten. Stiekeme blikken volgden hoe hij naar de muur liep, ertegenaan leunde en geconcentreerd naar het voorste gedeelte van de kroeg keek. Clary voelde haar hart bonzen. Het leek een eeuwigheid geleden dat ze hem voor het laatst had gezien, ook al wist ze dat het pas een dag geleden was. En toch leek hij ver weg, een vreemde. Wat deed hij eigenlijk hier? Hij vond Simon niet eens aardig! Hij was nog nooit naar een optreden van de band geweest.

'Clary!' Isabelle klonk beschuldigend. Clary draaide zich om en zag dat ze Isabelles glas per ongeluk had omgegooid. Het water droop van de mooie zilveren jurk van het andere meisje.

Isabelle greep een servetje en keek haar boos aan. 'Ga gewoon met hem praten,' zei ze. 'Ik weet dat je dat wilt.'

'Het spijt me,' zei Clary.

Isabelle maakte een wegjagend gebaar met haar hand. 'Ga nou maar.'

Clary stond op en trok haar jurk recht. Als ze had geweten dat Jace hier zou zijn, had ze iets anders aangetrokken dan haar rode strakke laarzen en haar vintage donkerroze Betsey Johnson-jurk, die ze in een kast bij Luke had gevonden. Ze had de groene, bloemvormige knopen op de voorkant ooit cool gevonden, maar nu voelde ze zich alleen maar minder zelfverzekerd en stijlvol dan Isabelle.

Ze baande zich een weg door de menigte bij het podium. Het was er behoorlijk druk. Sommige mensen dansten, anderen dronken bier en wiegden een beetje heen en weer op de muziek. Ze dacht ineens aan de eerste keer dat ze Jace ooit had gezien. Dat was in een nachtclub geweest. Hij had een stukje verderop op de dansvloer gestaan en ze had zijn lichtgekleurde haar en arrogante houding opgemerkt. Ze had hem mooi gevonden, maar ze was niet direct op hem gevallen. Ze had gedacht dat hij niet het soort jongen was met wie je zomaar uit kon gaan. Hij stond los van die wereld.

Hij zag haar pas toen ze voor hem stond. Van dichtbij zag ze hoe moe hij eruitzag, alsof hij al dagen niet geslapen had. Zijn gezicht stond strak van de uitputting, zijn botten scherp afgetekend onder zijn huid. Hij leunde tegen de muur en had zijn vingers door de lussen van zijn riem gehaald. Zijn bleke, gouden ogen stonden oplettend.

'Jace,' zei ze.

Hij schrok, draaide zich om en keek naar haar. Heel even lichtten zijn ogen op, zoals altijd gebeurde als hij haar zag. Ze voelde een golf van hoop door zich heen trekken.

Bijna onmiddellijk ging het licht in zijn ogen weer uit. Alle kleur die hij nog op zijn gezicht had, trok weg. 'Ik dacht... Simon zei dat je niet zou komen.'

Ze werd misselijk en ze zette haar hand tegen de muur om zichzelf overeind te houden. 'Dus je bent hier alleen maar omdat je dacht dat ik er niet zou zijn?'

Hij schudde zijn hoofd. 'Ik...'

'Was je ooit van plan om nog met mij te praten?' Clary hoorde hoe haar stem omhoogging en ze deed haar best om kalm te blijven. Ze had haar armen nu weer langs haar lichaam en haar nagels sneden hard in haar handpalmen. 'Als je het uit gaat maken, kun je het me maar beter vertellen, in plaats van niet met me te praten en mij in onzekerheid te laten.'

'Waarom denkt iedereen verdomme toch dat ik het uit ga maken?' zei Jace. 'Eerst Simon en nu...'

'Heb je met Simon over ons gepraat?' Clary schudde haar hoofd. 'Waarom? Waarom praat je niet met mij?'

'Omdat ik niet met jou kan praten,' zei Jace. 'Ik kan niet met je praten. Ik kan niet met je samen zijn. Ik kan niet eens naar je kijken.'

Clary hapte naar adem. Het voelde alsof ze vergif inademde. 'Wat?'

Hij leek zich te realiseren wat hij had gezegd en verzonk in stilzwijgen. Heel even deden ze niets anders dan naar elkaar kijken. Toen draaide Clary zich om en schoot ze door de menigte, langs ellebogen en groepjes kletsende mensen. Ze zag niets meer en wilde alleen maar zo snel mogelijk naar buiten.

'En nu,' schreeuwde Eric in zijn microfoon, 'gaan we een nieuw liedje zingen, dat we net hebben geschreven. Dit is voor mijn vriendin. We hebben nu drie weken wat en onze liefde is echt. We blijven altijd samen, schatje. Dit liedje heet 'Bang you like a drum'.

Er klonk gelach en applaus van het publiek. Simon vroeg zich af of Eric doorhad dat ze dachten dat hij een grapje maakte, wat niet zo was. Eric was altijd ontzettend verliefd op nieuwe vriendinnetjes en hij schreef er altijd een ongepast liedje over. Normaal gesproken had Simon het niet erg gevonden, maar hij had echt gehoopt dat ze na het vorige liedje van het podium af zouden gaan. Hij voelde zich slechter dan ooit: duizelig, plakkerig van het zweet, misselijk. Hij had een metalen smaak in zijn mond, als oud bloed.

De muziek om hem heen klonk als spijkers die in zijn oren werden geslagen. Zijn vingers gleden uit over de snaren van zijn gitaar en hij zag dat Kyle hem vragend aankeek. Hij probeerde om te focussen en zich te concentreren, maar het was alsof hij een auto probeerde te starten met een lege accu. Er was wel een leeg knarsend geluid in zijn hoofd, maar geen vonk.

Hij staarde naar de zaal en zocht Isabelle, zonder precies te weten waarom, maar alles wat hij zag was een zee van witte, starende gezichten. Hij herinnerde zich zijn eerste avond in het Hotel Dumont en de gezichten van de vampiers die als witte papieren bloemen naar hem toe waren gedraaid in de duisternis. Hij werd ineens overspoeld door een golf van pijnlijke misselijkheid. De grond onder zijn voeten leek te bewegen. De andere bandleden waren zo bezig met de muziek dat ze het niet leken te merken. Simon trok de band van zijn gitaar van zijn schouder en duwde Matt opzij om bij het gordijn te komen. Hij dook eronderdoor en was net op tijd om op zijn knieën te vallen en te kokhalzen.

Er kwam niets uit. Zijn maag voelde zo hol als een grot. Hij stond op, leunde tegen de muur en drukte zijn ijskoude handen tegen zijn gezicht. Het was weken geleden dat hij het warm of koud had gehad, maar hij voelde zich nu koortsig. En bang. Wat gebeurde er met hem?

Je bent een vampier, had Jace gezegd. *Bloed is geen eten voor jou. Bloed is... bloed.* Kwam dit allemaal omdat hij zo lang geen bloed had gehad? Maar hij had geen honger. Hij had niet eens dorst. Hij voelde zich zo ziek dat het leek alsof hij doodging. Misschien was hij vergiftigd. Misschien beschermde het teken van Kaïn hem niet tegen vergif.

Hij liep langzaam naar de nooduitgang. Als hij daardoor zou gaan, zou hij uitkomen op de straat achter de kroeg. Misschien zou de frisse lucht hem goeddoen. Misschien waren het gewoon vermoeidheid en zenuwen.

'Simon?' Een zacht stemmetje, als het gekwetter van een vogel. Hij keek met tegenzin omlaag en zag Maureen bij zijn elleboog. Ze leek van dichtbij nog veel kleiner. Ze had kleine, vogelachtige botten en heel veel lichtblond haar, dat van onder haar roze petje over haar schouders viel. Ze droeg armwarmers met regenboogprint en een wit T-shirt met een afbeelding van Strawberry Shortcake erop. Simon gromde vanbinnen.

'Het komt nu echt niet uit, Mo,' zei hij.

'Ik wilde gewoon een foto van je maken met mijn mobiel,' zei ze. Ze stopte nerveus haar haren achter haar oren. 'Die kan ik dan aan mijn vrienden laten zien. Oké?'

'Prima.' Zijn hoofd bonsde. Dit was belachelijk. Hij had verder helemaal geen fans. Maureen was de enige fan van de band en ze was het vriendinnetje van Erics kleine nichtje. Hij kon haar natuurlijk nu niet wegjagen. 'Ga je gang. Neem de foto maar.'

Ze maakte een foto met haar telefoon en fronste. 'Nu eentje van jou en mij?' Ze ging naast hem staan en drukte zichzelf tegen zijn zij. Hij rook haar aardbeienlipgloss en daaronder de geur van zout zweet en het nog zoutere mensenbloed. Ze keek naar hem, hield de telefoon voor zich uit met haar vrije hand en grijnsde. Ze had een spleetje tussen haar voortanden en een blauwe ader in haar nek. De ader klopte als ze ademhaalde.

'Even lachen voor de foto,' zei ze.

Twee pijnscheuten trokken door Simons gezicht toen zijn snijtanden er uitkwamen en in zijn lip boorden. Hij hoorde hoe Maureen naar adem hapte. Haar telefoon vloog door de lucht terwijl hij haar vastgreep, naar zich toedraaide en zijn vampiertanden in haar keel zette.

Het bloed ontplofte in zijn mond en smaakte als niets wat hij ooit had geproefd. Het was alsof hij aan het verdrinken was geweest en nu eindelijk adem kon halen en grote happen koude, frisse zuurstof binnenkreeg. Maureen verzette zich en duwde hem, maar hij merkte het amper. Hij merkte niet eens dat ze helemaal slap werd en dat haar onbeweeglijke gewicht hem naar de grond trok, zodat hij op haar kwam te liggen en hij haar schouders greep en zich aan haar vastklampte en weer ontspande terwijl hij dronk.

Je hebt nog nooit mensenbloed gehad, of wel? had Camille gezegd. *Dat gaat nog wel een keer gebeuren. En als het gebeurt, dan zul je het nooit meer vergeten.*

9

Van vuur tot vuur

Clary duwde de deur open en stormde naar buiten. De regen viel inmiddels met bakken uit de lucht en ze was direct doorweekt. Ze stikte bijna in het regenwater en haar eigen tranen. Ze rende langs Erics gele busje en zag hoe de regen van het dak de goot in stroomde. Ze wilde net de straat oversteken, toen een hand haar arm greep en haar omdraaide.

Het was Jace. Hij was net zo doorweekt als zij. Zijn natte blonde haren plakten aan zijn gezicht en zijn shirt kleefde aan zijn huid als zwarte verf. 'Clary, hoorde je niet dat ik je riep?'

'Laat me los.' Haar stem trilde.

'Nee. Niet totdat je met me praat.' Hij keek naar links en rechts om te zien of er auto's aankwamen. De regen spatte van de zwarte straat als snelbloeiende bloemen. 'Kom.'

Hij had haar arm nog steeds vast en trok haar om de bus heen, naar een smalle steeg naast de Alto Bar. Door de hoge ramen klonk de muziek die binnen nog steeds speelde. De steeg was duidelijk een stortplaats voor muziekapparatuur die niet meer werd gebruikt. Tussen de kapotte bierglazen en sigarettenpeuken stonden defecte versterkers en oude microfoons.

Clary trok haar arm los en draaide zich om naar Jace. 'Als je van plan bent om je excuses aan te bieden, dan hoef je geen moeite te doen.' Ze veegde haar natte, zware haar uit haar gezicht. 'Ik wil het niet horen.'

'Ik wilde je alleen maar zeggen dat ik Simon probeerde te

helpen,' zei hij. Het regenwater stroomde als tranen over zijn wimpers en wangen. 'Ik heb de afgelopen tijd bij hem gelogeerd en...'

'En dat kon je mij niet vertellen? Je kon me niet even sms'en en me laten weten waar je was? O, wacht. Dat kon niet, want jij hebt mijn telefoon verdomme nog. Geef terug.'

Hij haalde haar telefoon uit de zak van zijn spijkerbroek en gaf hem aan haar. Hij zag er onbeschadigd uit. Ze deed de telefoon snel in haar tas, voordat hij nat werd. Jace keek haar aan alsof ze hem in zijn gezicht had geslagen. Ze werd er alleen maar bozer van. Waar haalde hij het lef vandaan om zich gekwetst te voelen?

'Ik denk,' zei hij langzaam, 'dat ik geloofde dat ik door bij Simon te zijn, zo dicht mogelijk bij jou was. Door op hem te letten. Ik had het stomme idee dat jij dat door zou hebben en dat je me dan zou vergeven...'

Alle woede die Clary in zich had, kwam in een onstuitbare golf naar boven. 'Ik weet niet eens wát ik je zou moeten vergeven!' schreeuwde ze. 'Moet ik je vergeven dat je niet meer van me houdt? Want als dat is wat je wilt, Jace Lightwood, dan kun je de...' Ze nam blindelings een stap naar achteren en struikelde bijna over een speaker. Haar tas gleed op de grond terwijl ze haar hand uitstak om zich overeind te houden, maar Jace was al bij haar. Hij ving haar op en duwde haar verder, totdat haar rug de muur van het steegje raakte. Hij sloeg zijn armen om haar heen en kuste haar uitzinnig.

Haar verstand zei dat ze hem weg moest duwen, maar haar verstand was niet sterk genoeg. Ze kon hem niet wegduwen. Niet als hij haar kuste alsof hij ervoor naar de hel zou gaan en hij het dat waard vond.

Ze drukte haar vingers in zijn schouders, in de klamme stof van zijn T-shirt. Ze voelde hoe zijn spieren samentrokken en ze kuste hem terug met alle wanhoop van de afgelopen dagen, toen ze niet wist waar hij was of wat hij dacht en het gevoel had dat haar hart uit haar lichaam was gerukt en ze niet kon ademen. 'Zeg het me,' zei ze tussen de zoenen door. Hun natte gezichten gleden over elkaar. 'Zeg me wat er is... O,' zei ze buiten adem toen hij iets naar achteren stapte, zijn armen om haar middel klemde en haar optilde. Ze stond nu op een kapotte speaker, waardoor ze bijna even groot waren. Hij legde zijn handen om haar gezicht en leunde voorover, zodat hun lichamen elkaar bijna raakten... maar niet helemaal. Het was zenuwslopend. Ze voelde de koortsachtige hitte die van hem afstraalde. Ze had haar handen nog steeds op zijn schouders, maar het was niet genoeg. Ze wilde dat hij haar vastpakte, zodat ze hem helemaal om zich heen kon voelen. 'W-waarom,' fluisterde ze. 'Waarom kun je niet met me praten? Waarom kun je mij niet zien?'

Hij boog zijn hoofd, zodat hij haar recht aankeek. Zijn wimpers waren doordrenkt met regenwater en zijn ogen waren onmogelijk goud.

'Omdat ik van je hou.'

Ze kon het niet meer aan. Ze haalde haar handen van zijn schouders, haakte haar vingers door zijn riemlussen en trok hem naar zich toe. Hij stond het toe. Hij legde zijn handen plat tegen de muur en drukte zijn lichaam tegen het hare, totdat ze elkaar overal raakten... borst, heupen, benen... als puzzelstukjes. Zijn handen gleden naar haar middel en hij zoende haar, lang en treuzelend, waardoor ze ging trillen over haar hele lichaam.

Ze trok zich los. 'Dat slaat nergens op.'

'Dit ook niet,' zei hij, 'maar het kan me niets schelen. Ik kan niet meer doen alsof ik zonder je kan. Snap je dat dan niet? Zie je niet dat het me kapotmaakt?'

Ze staarde hem aan. Ze kon zien dat hij meende wat hij zei. Ze zag het in zijn ogen, die ze zo goed kende, in de donkerblauwe kringen onder die ogen, in de kloppende ader in zijn hals. Haar verlangen naar antwoorden werd overweldigd door het verlangen naar hem. 'Kus me dan,' fluisterde ze, en hij drukte zijn lippen tegen de hare. Hun harten bonsden samen door de dunne laagjes natte stof van hun kleding. En ze verdronk erin, in het gevoel van zijn kussen. De regen was overal en stroomde van haar wimpers. Hij liet zijn handen over de gekreukte stof van haar jurk gaan, die aan haar lichaam plakte en dunner leek geworden door de regen. Het was bijna alsof zijn handen haar blote huid raakten, haar borst, haar heupen… Hij pakte de onderkant van haar jurk, greep haar benen en drukte haar harder tegen de muur, terwijl ze haar benen om zijn middel sloeg.

Hij maakte een laag geluid, alsof hij verrast was, en begroef zijn vingers in de dunne stof van haar panty, die niet geheel onverwachts scheurde. Zijn natte vingers lagen nu op de blote huid van haar benen. Ze wilde niet achterblijven en liet haar handen onder zijn doorweekte shirt glijden. Haar vingers verkenden zijn strakke, hete huid, zijn ribben, zijn buikspieren, de littekens op zijn rug, zijn heupbotten die boven de rand van zijn spijkerbroek uitstaken. Dit was onbekend terrein voor haar, maar het leek hem helemaal gek te maken. Hij kreunde zachtjes tegen haar lippen en kuste haar harder en harder, alsof het nooit genoeg zou zijn, nooit helemaal genoeg…

En een oorverdovend kabaal ontplofte in Clary's oren en verbrijzelde haar droom over kussen en regen. Ze hapte naar adem en duwde Jace zo hard weg dat hij haar losliet en zij van de speaker tuimelde en onhandig op haar voeten terechtkwam. Ze trok snel haar jurk recht. Haar hart bonsde als een stormram in haar ribbenkast en ze was duizelig.

'Godsamme.' Isabelle stond aan het begin van het steegje. Haar zwarte haar glom als een mantel om haar schouders. Ze schopte een vuilnisbak opzij en keek dreigend. 'In hemelsnaam,' zei ze. 'Jullie zijn echt niet te geloven. Waarom? Wat is er mis met een slaapkamer? En privacy?'

Clary keek naar Jace. Hij was volkomen doorweekt. Het water droop van hem af en zijn blonde haar zat aan zijn hoofd geplakt en leek bijna zilver in het zwakke licht van de straatlantaarns. Als ze zo naar hem keek, wilde ze hem zo graag weer aanraken, of Isabelle er nu bij was of niet. Haar verlangen deed bijna pijn. Hij staarde naar Izzy alsof iemand hem wakker had geslagen uit een droom: verbijstering, woede en langzaam het besef waar hij was.

'Ik zocht Simon,' zei Isabelle verdedigend toen ze Jace' uitdrukking zag. 'Hij rende het podium af en ik heb geen idee waar hij nu is.' Clary realiseerde zich nu dat de muziek was opgehouden. Ze had niet gemerkt hoelang dat al zo was. 'Hoe dan ook, hij is hier duidelijk niet. Ga vooral verder met waar jullie mee bezig waren. Die muur staat er niet voor niets.' Ze liep met grote passen weer naar de kroeg.

Clary keek naar Jace. Op elk ander moment zouden ze samen gelachen hebben om Isabelles chagrijnige bui, maar er zat geen humor in zijn uitdrukking en ze wist onmiddellijk dat wat er net ook geweest was tussen hen, wat er ook ontstaan was uit zijn tijdelijke gebrek aan controle, nu weg was. Ze proefde bloed in haar mond en wist niet zeker of ze op haar eigen lip had gebeten of dat hij het had gedaan.

'Jace...' Ze zette een stap in zijn richting.

'Niet doen,' zei hij. Zijn stem klonk rauw. 'Ik kan het niet.'

En toen was hij weg. Hij rende zo snel als hij kon. Voordat ze hem terug kon roepen, was hij al een wazige vlek in de verte.

'Simon!'

De boze stem ontplofte in Simons oren. Hij had Maureen toen echt wel los willen laten – of dat vertelde hij zichzelf in elk geval – maar hij kreeg de kans niet. Sterke handen grepen zijn armen en trokken hem van haar af. Hij werd hardhandig overeind getrokken door een lijkbleke Kyle, die nog steeds bezweet was van het optreden net. 'Wat doe je! Simon! Verdomme...'

'Het was niet de bedoeling.' Simon hapte naar adem. Zijn stem klonk ver weg. Zijn snijtanden waren er nog steeds uit en hij had nog niet geleerd om te praten met die verdomde dingen. Naast Kyle, op de grond, lag Maureen als een verschrompeld hoopje. Doodstil. 'Het gebeurde gewoon...'

'Ik heb het je gezegd. Ik héb het je gezegd.' Kyle verhief zijn stem en hij duwde Simon hard naar achteren. Simon wankelde. Zijn voorhoofd brandde toen een onzichtbare hand Kyle leek op te tillen en hem hard tegen de muur slingerde. Hij raakte de muur, gleed naar beneden en landde als een wolf op zijn handen en knieën. Hij krabbelde overeind. 'Jezus, Simon...'

Maar Simon zat op zijn knieën naast Maureen. Hij legde zijn handen op haar keel en probeerde te voelen of ze nog leefde. Toen hij een zwakke maar regelmatige hartslag voelde, huilde hij bijna van opluchting.

'Ga weg bij haar.' Kyle klonk gespannen en liep naar Simon toe. 'Sta op en ga weg bij haar.'

Simon stond met tegenzin op en keek over Maureens slappe lichaam heen naar Kyle. Door een gat in de gordijnen scheen een fel licht. Hij kon horen hoe de andere bandleden daar nog stonden te kletsen en hoe ze aan het afbreken waren. Ze konden hier elk moment zijn.

'Wat je net deed,' zei Kyle. 'Duwde jij mij? Want ik zag je niet bewegen.'

'Het was niet de bedoeling,' zei Simon weer. Hij voelde zich ellendig. Hij leek tegenwoordig alleen nog maar dingen te doen die hij niet bedoelde.

Kyle schudde zijn hoofd en zijn haren vlogen heen en weer. 'Ga weg. Wacht bij het busje. Ik zorg voor haar.' Hij boog voorover en nam Maureen in zijn armen. Ze zag er zo klein en weerloos uit naast hem, als een pop. Hij keek Simon streng aan. 'Ga. En ik hoop dat je je vreselijk slecht voelt.'

Simon ging. Hij duwde de branddeur open. Er ging geen alarm af. Het alarm was maanden geleden gesloopt. Achter hem vloog de deur dicht. Hij stond nu achter de Alto Bar. Hij leunde tegen de muur en zijn hele lichaam begon te trillen.

Hij stond in een smalle straat met pakhuizen. Aan de overkant was een braakliggend stuk grond dat met een verroest hek was afgesloten. Onkruid groeide tussen de kieren van de stoeptegels. De regen viel met bakken uit de lucht en doordrenkte het afval dat op straat lag. Lege bierblikjes dreven voorbij in de overvolle goten.

Het was het mooiste wat Simon ooit had gezien. De hele nacht leek een explosie van licht en kleur. Het hek bestond uit schitterende zilveren kabels en elke regendruppel was een platina traan.

Ik hoop dat je je vreselijk slecht voelt, had Kyle gezegd. Maar dit was veel erger. Hij voelde zich fantastisch. Hij had zich nog nooit zo levendig gevoeld. Mensenbloed was op de een of andere manier het perfecte, ideale voedsel voor vampiers. Golven van energie stroomden als elektriciteit door hem heen. De pijn in zijn hoofd en zijn maag was weg. Hij had het gevoel dat hij tienduizend kilometer kon rennen.

Het was afschuwelijk.

'Hé, jij daar. Gaat het wel?' De stem die sprak klonk beschaafd en geamuseerd. Simon draaide zich om en zag een vrouw in een lange, zwarte regenjas, met een felgele paraplu boven haar hoofd. Met zijn nieuwe prismatische zicht zag het eruit als een glanzende zonnebloem. De vrouw zelf was mooi, al leek alles nu mooi. Ze had zwart glanzend haar en droeg rode lippenstift. Hij herinnerde zich dat ze aan een van de tafels had gezeten tijdens het optreden.

Hij knikte. Hij durfde het niet aan om te praten. Als vreemden al op hem afkwamen om te vragen of het goed met hem ging, zag hij er vast belabberd uit.

'Je ziet eruit alsof je een klap op je hoofd hebt gehad,' zei ze terwijl ze naar zijn voorhoofd wees. 'Dat is een akelige bult. Weet je zeker dat ik niet iemand voor je kan bellen?'

Hij veegde gehaast zijn haar over zijn voorhoofd, om zijn teken te verbergen. 'Het gaat prima. Het is niets.'

'Oké. Als jij het zegt.' Ze klonk weifelend. Ze stak haar hand in haar zak en haalde er een kaartje uit, dat ze aan hem gaf. Er stond een naam op: SATRINA KENDALL. Onder de naam stond haar functie: BANDVERTEGENWOORDIGER. Daaronder stond een telefoonnummer en een adres. 'Dit is mijn kaartje,' zei ze. 'Ik vond jullie optreden goed. Als jullie interesse hebben om door te breken, moet je me maar een keer bellen.'

Ze draaide zich om en liep met sierlijke passen weg. Simon staarde haar na. Deze avond werd echt bizar.

Hij schudde zijn hoofd, waardoor er waterdruppels van zijn haar vlogen. Hij liep de hoek om naar het busje en zag dat de voordeur van de kroeg openstond. Mensen stroomden naar buiten. Alles leek nog steeds onnatuurlijk fel, dacht Simon, al begon zijn prismatische zicht nu wel een beetje af te nemen. Wat hij nu zag, zag er eigenlijk best normaal uit. De kroeg stroomde leeg, de bus stond open en Matt en Kirk en een paar andere vrienden tilden hun apparatuur naar binnen. Toen Simon dichterbij kwam, zag hij dat Isabelle tegen de bus leunde. Ze had één been gebogen en leunde met de hak van haar laars tegen de kapotte zijkant van de bus. Ze had de jongens net zo goed kunnen helpen, natuurlijk. Isabelle was sterker dan de bandleden, met uitzondering van Kyle, misschien, maar ze had er blijkbaar niet zo'n zin in. Simon had niet anders verwacht.

Ze keek op toen hij bij de bus was. Het regende niet meer zo hard, maar ze was duidelijk al een tijdje buiten. Haar haar lag als een zwaar, nat gordijn op haar rug. 'Hé,' zei ze. Ze liep naar hem toe. 'Waar was jij? Je rende ineens van het podium af.'

'Ja,' zei hij. 'Ik voelde me niet lekker. Sorry.'

'Zolang je je nu maar weer beter voelt.' Ze sloeg haar armen om hem heen en glimlachte naar hem. Hij voelde een golf van opluchting dat hij haar niet wilde bijten. Daarna een golf van schuld toen hij zich herinnerde hoe dat kwam.

'Heb je Jace ergens gezien?' vroeg hij.

Ze rolde met haar ogen. 'Ik zag hem met Clary in een steegje. Ze waren heftig aan het zoenen,' zei ze. 'Maar ze zijn nu weg. Naar huis, mag ik hopen.'

'Ik wist helemaal niet dat Clary zou komen,' zei Simon. Al was het niet zo raar. De afspraak die ze had om taart te proeven zou wel zijn verzet of zo. Hij had niet genoeg energie om zich te ergeren aan wat een slechte lijfwacht Jace was geweest. Jace nam zijn veiligheid blijkbaar niet zo serieus. Hij hoopte gewoon dat Jace en Clary het goed hadden gemaakt.

'Maar wat maakt het uit.' Isabelle grijnsde. 'Aangezien we nu met zijn tweeën zijn... wil je misschien ergens heen en...'

Een stem – een heel vertrouwde stem – klonk uit de schaduwen. Degene die sprak stond net buiten het bereik van de straatlantaarns. 'Simon?'

O nee. Niet nu. Niet nu.

Hij draaide zich langzaam om. Isabelle had haar arm nog steeds losjes om zijn middel, al wist hij dat dat niet lang meer zou duren. Niet als dit was wie hij dacht dat het was.

Het was Maia.

Ze stond nu in het licht van de straatlantaarn en keek hem vol ongeloof aan. Haar haar, dat normaal krulde, zat nu aan haar hoofd geplakt door de regen, haar amberkleurige ogen stonden wijd opengesperd en haar spijkerbroek en spijkerjasje waren doorweekt. Ze hield een opgerold papiertje in haar linkerhand.

Simon was zich er vaag van bewust dat de bandleden ineens langzamer bewogen en zijn kant op keken. Isabelle haalde haar hand weg van zijn middel. 'Simon?' zei ze. 'Wat is er aan de hand?'

'Je zei dat je druk was,' zei Maia, die naar Simon keek. 'Maar vanochtend schoof iemand dit onder de deur van het station door.' Ze gooide het opgerolde papiertje naar Simon. Het was een flyer van het optreden van de band vanavond.

Isabelle keek van Simon naar Maia en het was duidelijk dat

het haar langzaam begon te dagen hoe de vork in de steel zat. 'Wacht eens even,' zei ze. 'Hebben jullie iets?'

Maia hief haar kin op. 'Hebben júllie iets?'

'Ja,' zei Isabelle. 'Al een paar weken.'

Maia kneep haar ogen samen. 'Wij ook. We gaan al sinds september met elkaar.'

'Niet te geloven,' zei Isabelle. Ze keek alsof ze het echt niet kon geloven. 'Simon?' Ze draaide zich naar hem om met haar handen op haar heupen. 'Kun je dit uitleggen?'

De band was eindelijk klaar met het inladen van de apparatuur. Het drumstel lag op de achterbank en de gitaren en basgitaren in het laadgedeelte. Ze leunden nu allemaal tegen de achterkant van het busje en staarden naar Simon, Maia en Isabelle. Eric legde zijn handen om zijn mond. 'Dames, dames,' riep hij, alsof hij door een megafoon sprak. 'Er is geen reden om ruzie te maken. Simon heeft genoeg liefde voor twee.'

Isabelle keek Eric met zo'n angstaanjagende blik aan, dat hij onmiddellijk zijn mond hield. Een moment later schoof de achterdeur dicht en reed het busje weg. Verraders, dacht Simon, al gingen ze er eerlijk gezegd waarschijnlijk van uit dat hij met Kyle zou meerijden, die zijn auto hier om de hoek geparkeerd had. Mits hij dit zou overleven.

'Dit is echt niet te geloven, Simon,' zei Maia. Ze had ook haar handen op haar heupen gezet en stond nu in exact dezelfde pose als Isabelle. 'Wat dacht je wel niet? Hoe kon je zo liegen?'

'Ik heb niet gelogen,' protesteerde Simon. 'We hebben nooit gezegd dat we echt verkering hadden!' Hij draaide zich om naar Isabelle. 'En wij ook niet! En ik weet dat jij ook met andere jongens omgaat...'

'Geen jongens die jij kent,' zei Isabelle met een vernietigende blik. 'Niet met jouw vrienden. Hoe zou je het vinden als ik iets met Eric zou krijgen?'

'Verbazingwekkend,' zei Simon, 'want dat is echt jouw type niet.'

'Daar gaat het niet om, Simon.' Maia was dichter naar Isabelle toegelopen en ze stonden nu met zijn tweeën tegenover hem. Een onwrikbare muur van vrouwelijke woede. De kroeg was inmiddels helemaal leeggelopen en de straat was verder verlaten. Hij vroeg zich af wat zijn kansen zouden zijn als hij nu weg zou rennen. Het zou waarschijnlijk niet werken. Weerwolven waren snel en Isabelle was een getrainde vampierjager.

'Het spijt me echt,' zei Simon. De roes van het bloed dat hij had gedronken, begon gelukkig eindelijk uit te werken. Hij voelde zich minder overweldigd door zijn zintuigen, maar hij was wel meer in paniek. En hij moest ook nog eens de hele tijd aan Maureen denken en wat hij met haar had gedaan en of het goed met haar ging. Laat het alsjeblieft goed met haar gaan. 'Ik had het jullie moeten vertellen. Het is gewoon... ik vind jullie allebei heel leuk en ik wilde jullie niet kwetsen.'

Zodra hij het had gezegd, realiseerde hij zich hoe stom het klonk. Hij was een typische klootzak die zijn klotegedrag goed probeerde te praten. Simon had nooit gedacht dat hij ooit zo zou worden. Hij was een vriendelijke jongen. Een jongen die je over het hoofd zag, altijd ingehaald door de sexy foute jongen of het gekwelde kunstenaarstype. Of de egoïstische jongen die dacht dat hij met twee meisjes tegelijk kon gaan en niet echt tegen ze loog, maar ook niet bepaald de waarheid vertelde.

'Wow,' zei hij, vooral tegen zichzelf. 'Ik ben echt een enorme eikel.'

'Dat is de eerste keer dat je de waarheid spreekt sinds ik hier ben,' zei Maia.

'Amen,' zei Isabelle. 'Al is het wel een beetje laat, als je het mij vraagt...'

De zijdeur van de kroeg ging open en er kwam iemand naar buiten. Het was Kyle. Simon voelde een golf van opluchting. Kyle keek ernstig, maar niet zo ernstig als hij zou kijken als het vreselijk was afgelopen met Maureen.

Hij kwam naar ze toegelopen. De regen was nu bijna opgehouden en het miezerde alleen nog een beetje. Maia en Isabelle stonden met hun rug naar hem toe. Ze staarden Simon woedend aan. 'Ik hoop dat je niet verwacht dat wij ooit nog met je praten,' zei Isabelle. 'En ik ga hier ook een heel, heel serieus gesprek met Clary over voeren. Hoe kan ze met jou bevriend zijn?'

'Kyle,' zei Simon toen Kyle op gehoorsafstand was. Het lukte hem niet om de opluchting uit zijn stem te houden. 'Eh... Maureen... gaat het...'

Hij had geen idee hoe hij moest vragen wat hij wilde vragen zonder Maia en Isabelle te laten weten wat er was gebeurd, maar dat bleek achteraf helemaal niet uit te maken, want hij kreeg de kans niet om zijn zin af te maken. Maia en Isabelle draaiden zich om. Isabelle keek geïrriteerd en Maia keek verrast en vroeg zich blijkbaar af wie Kyle was.

Zodra Maia Kyle echt zag, veranderde de uitdrukking op haar gezicht. Haar ogen werden groter en ze werd lijkbleek. En Kyle staarde haar op zijn beurt aan alsof hij wakker was geworden uit een nachtmerrie en erachter kwam dat alles echt was en doorging. Zijn mond bewoog en vormde woorden, maar er kwam geen geluid uit.

'Wow,' zei Isabelle, die van de een naar de ander keek. 'Kennen jullie elkaar?'

Maia opende haar mond. Ze staarde nog steeds naar Kyle. Ze had hém nog nooit zo intens aangekeken, dacht Simon. 'Jordan,' fluisterde Maia. Ze sprong op hem af en zette haar uitgestoken, messcherpe klauwen in zijn keel.

DEEL II

Voor elk leven

Niets is gratis. Alles moet betaald worden.
Voor elke opbrengst in het ene ding, een betaling in het
andere.
Voor elk leven een dood. Zelfs voor jouw muziek, waar we
zoveel van gehoord hebben, moest betaald worden.
Jouw vrouw was de betaling voor onze muziek.
De hel is nu tevreden.

Ted Hughes, *The Tiger's Bones*

10

Riverside Drive 232

Simon zat in de leunstoel in Kyles woonkamer en staarde naar het stilstaande beeld op het televisiescherm in de hoek van de kamer. Het computerspelletje dat Kyle met Jace had gespeeld, was op pauze gezet en er was een dompige ondergrondse tunnel te zien met een hoop dode lichamen op de grond en een paar heel realistische plassen bloed. Het was behoorlijk verontrustend om naar te kijken, maar Simon had geen zin en energie om het uit te zetten. De beelden die de hele nacht al door zijn hoofd spookten, waren erger.

Het licht dat door de ramen naar binnen stroomde, was van waterig morgenrood naar lichtblauw ochtendlicht gegaan, maar Simon merkte het amper. Hij moest steeds denken aan Maureens in elkaar gestorte lichaam op de grond. Haar blonde haar rood van het bloed. Hoe hij daarna naar buiten was gewankeld, met haar bloed gonzend door zijn aderen. En daarna Maia, die op Kyle sprong en haar klauwen in hem zette. Kyle was op de grond gevallen en had zich niet verdedigd. Hij had zich waarschijnlijk laten vermoorden als Isabelle niet had ingegrepen. Ze had Maia van hem af getrokken en was met haar op de stoep gerold. Ze had haar vastgehouden totdat haar woede oploste in tranen. Simon had geprobeerd naar haar toe te gaan, maar Isabelle had hem met een woedende blik weggehouden, met haar arm om het andere meisje heen en haar hand omhoog om hem af te weren.

'Ga weg hier,' had ze gezegd. 'En neem hem met je mee. Ik

weet niet wat hij haar heeft aangedaan, maar het moet behoorlijk erg zijn.'

En dat was het ook. Simon kende die naam, Jordan. Hij had Maia ooit gevraagd hoe ze een weerwolf was geworden. Haar ex-vriend had het gedaan, had ze gezegd. Hij had haar bruut aangevallen en was daarna weggerend. Hij had haar helemaal alleen gelaten.

Zijn naam was Jordan geweest.

Daarom had Kyle slechts één naam op zijn voordeur staan. Omdat het zijn achternaam was. Zijn volledige naam was Jordan Kyle, realiseerde Simon zich nu. Wat was hij ongelofelijk stom geweest dat hij daar niet eerder achter was gekomen. Niet dat hij nog een reden nodig had om zichzelf te haten.

Kyle, of Jordan, was een weerwolf. Hij genas snel. Tegen de tijd dat Simon hem hardhandig overeind had getrokken en naar zijn auto had gesleept, waren de diepe sneeën in zijn keel al littekens met korsten erop. Simon had zijn sleutels van hem gepakt en was in stilte terug naar Manhattan gereden. Jordan had bijna bewegingloos in zijn stoel gezeten en naar zijn bloederige handen gestaard.

'Met Maureen gaat het goed,' had hij uiteindelijk gezegd toen ze de Williamsburg Bridge op reden. 'Het zag er erger uit dan het was. Je bent nog niet zo goed in het bijten van mensen, dus ze had niet al te veel bloed verloren. Ik heb haar in een taxi gezet. Ze herinnert zich niets. Ze denkt dat ze is flauwgevallen toen ze jou zag en ze schaamt zich kapot.'

Simon wist dat hij Jordan zou moeten bedanken, maar hij kon zich er niet toe brengen. 'Jij bent Jordan,' zei hij. 'Maia's ex-vriend. Degene die haar een weerwolf heeft gemaakt.'

Ze reden nu op Kenmare Street. Simon sloeg Bowery Street in, met zijn goedkope hotelletjes en lampenwinkels. 'Ja,' zei Jordan uiteindelijk. 'Kyle is mijn achternaam. Ik ben hem als voornaam gaan gebruiken toen ik bij Praetor kwam.'

'Ze had je vermoord als Isabelle niet had ingegrepen.'

'Ze heeft alle recht om mij te vermoorden als ze dat wil,' zei Jordan. Hij had verder niets meer gezegd. Simon had een parkeerplek gevonden en ze waren de trap naar het appartement op gesjokt. Hij was naar zijn kamer gegaan zonder zijn bloederige jas uit te trekken en had de deur dichtgeramd.

Simon had zijn spullen in zijn rugzak gedaan en had op het punt gestaan om weg te gaan. Toen had hij geaarzeld. Hij wist niet precies waarom, maar in plaats van ervandoor te gaan, had hij zijn tas bij de deur gezet, was hij in de stoel gaan zitten en was hij de rest van de nacht niet meer opgestaan.

Hij wilde dat hij Clary kon bellen, maar het was te vroeg in de ochtend en bovendien had Isabelle gezegd dat zij en Jace er samen vandoor waren gegaan. Als ze samen een of ander bijzonder moment hadden, wilde hij dat niet verpesten. Hij vroeg zich af hoe het met zijn moeder ging. Als ze hem gisteravond had gezien met Maureen, had ze kunnen zien dat hij inderdaad een monster was.

Misschien was hij dat ook wel.

Hij keek op toen Jordans deur langzaam openging. Jordan verscheen in de deuropening. Hij was op blote voeten en droeg nog steeds de spijkerbroek en het shirt dat hij gisteren had gedragen. De littekens op zijn keel waren dunne, rode lijntjes geworden. Hij keek naar Simon. Onder zijn bruine ogen, die normaal zo helder en vrolijk stonden, zaten donkere kringen. 'Ik dacht dat je weg zou gaan,' zei hij.

'Dat was ik ook van plan,' zei Simon. 'Maar toen bedacht ik dat ik je een kans moest geven om het uit te leggen.'

'Er valt niets uit te leggen.' Jordan slofte naar de keuken en rommelde in een la totdat hij een koffiefilter had gevonden. 'Wat Maia ook over mij heeft gezegd, het is waarschijnlijk allemaal waar.'

'Ze zei dat je haar sloeg,' zei Simon.

Jordan stond ineens doodstil. Hij keek omlaag naar het koffiefilter, alsof hij ineens niet meer wist wat het was.

'Ze zei dat jullie een paar maanden een relatie hadden en dat alles geweldig was,' ging Simon verder. 'Ineens werd je gewelddadig en jaloers. Toen ze er iets van zei, heb je haar geslagen. Ze maakte het uit en toen ze op een avond naar huis liep, viel iets haar aan. Het vermoordde haar bijna. En jij... jij verliet de stad. Zonder excuses en zonder uitleg.'

Jordan legde het filter op het aanrecht. 'Hoe is ze hier gekomen? Hoe heeft ze de roedel van Luke Garroway gevonden?'

Simon schudde zijn hoofd. 'Ze heeft de trein naar New York gepakt en heeft ze opgespoord. Ze is sterk, Maia. Een echte overlever. Ze heeft zich niet kapot laten maken door wat jij haar hebt aangedaan. Met veel mensen was het waarschijnlijk anders afgelopen.'

'Ben je daarom gebleven?' vroeg Jordan. 'Om me te vertellen dat ik een klootzak ben? Want dat weet ik al.'

'Ik ben gebleven om wat ik gisteravond heb gedaan,' zei Simon. 'Als ik hier gisteren achter gekomen was, was ik weggegaan. Maar na wat ik Maureen heb aangedaan...' Hij kauwde op zijn lip. 'Ik dacht dat ik controle had over wat er met me gebeurde, maar dat was niet zo. Ik heb iemand pijn gedaan. Iemand die dat niet verdiende. Daarom ben ik gebleven.'

'Want als ik geen monster ben, dan ben jij ook geen monster?'

'Nee. Omdat ik wil weten hoe ik verder moet. En misschien kun jij me dat vertellen.' Simon leunde voorover. 'Je bent vanaf het begin aardig tegen me geweest. Je doet nooit gemeen en je bent nooit boos. En toen dacht ik aan de wolvenwacht en hoe je zei dat je erbij was gegaan omdat je slechte dingen had gedaan. Ik dacht dat Maia misschien het slechte ding was en dat jij het op deze manier goed probeert te maken.'

'Dat klopt,' zei Jordan. 'Dat probeer ik ook.'

Clary zat aan haar bureau in Lukes kleine logeerkamer. Het stukje stof dat ze had meegenomen uit het mortuarium van het Beth Israel-ziekenhuis lag voor haar. Ze had er aan beide kanten potloden op gelegd om het op zijn plek te houden. Ze had haar cilinder in haar hand en probeerde zich de rune te herinneren die ze in het ziekenhuis had gezien.

Het was moeilijk om zich te concentreren. Ze moest steeds maar weer aan Jace en aan gisteravond denken. Waar zou hij heen zijn gegaan? Waarom was hij zo ongelukkig? Pas toen ze hem had gezien, realiseerde ze zich dat hij zich net zo ellendig had gevoeld als zij, en dat brak haar hart. Ze had hem willen bellen, maar was daar sinds ze weer thuis was al meerdere keren van teruggekomen. Als hij haar wilde vertellen wat het probleem was, dan had hij dat uit zichzelf wel gedaan. Daar kende ze hem goed genoeg voor.

Ze sloot haar ogen en dwong zich om de rune voor zich te zien. Het was niet een rune die ze had bedacht, dat wist ze zeker. Het was er eentje die al bestond, al wist ze niet zeker of ze hem in het Grijze Boek had gezien. De vorm die ze zag, vertelde haar dat het om een soort onthulling ging, om iets wat onder het oppervlak verborgen lag. Ze deed haar best om te zien wat er stond...

De cilinder bewoog krampachtig in haar vingers en toen ze haar ogen opende, zag ze tot haar verrassing dat ze een klein patroontje op de rand van de stof had getekend. Het zag er bijna uit als een stip, met een paar uitsteeksels. Ze staarde ernaar en vroeg zich af of ze haar gave misschien kwijt was. Maar toen begon de stof te glinsteren, alsof er hitte van afkwam. Ze zag hoe er langzaam woorden op het stukje stof kwamen te staan, alsof ze geschreven werden door een onzichtbare hand: *Eigendom van de Taltokerk. Riverside Drive 232.*

De opwinding stroomde door haar heen. Het was een aanwijzing, een echte aanwijzing. En die had ze zelf gevonden, zonder hulp van iemand anders.

Riverside Drive 232. Dat was in Upper West Side, dacht ze, bij het Riverside Park, net aan de overkant van New Jersey, aan het water. Dat was helemaal niet zo ver hiervandaan. De Taltokerk. Clary legde de cilinder met een bezorgde frons neer. Wat het ook was, het was vast niet goed. Ze reed met haar bureaustoel naar Lukes oude computer en ging op internet. Ze was niet verrast dat ze niets vond toen ze 'Taltokerk' intypte. Wat er stond geschreven op het hoekje van het stukje stof was Purgatisch of Chtoniaans, of een andere demonentaal.

Eén ding wist ze wel zeker: wat de Taltokerk ook was, het was geheim en waarschijnlijk heel slecht. Als het iets te maken had met het veranderen van mensenbaby's in dingen met klauwen, dan was het geen echte religie. Clary vroeg zich af of de moeder die haar baby bij het ziekenhuis had gedumpt, lid was van de kerk, en of ze voordat haar baby geboren was, had geweten waar ze aan was begonnen.

Ze kreeg het helemaal koud toen ze haar telefoon pakte. Ze stond even stil, met de telefoon in haar hand. Ze wilde eigenlijk haar moeder bellen, maar dat kon niet. Jocelyn was pas net opgehouden met huilen en was met Luke op zoek naar ringen voor de bruiloft. En hoewel Clary geloofde dat haar moeder sterk genoeg was om de waarheid aan te kunnen, wat die ook was, zou ze ongetwijfeld in de problemen komen met de Kloof omdat ze zelf op onderzoek was gegaan zonder hen op de hoogte te stellen.

Luke. Maar Luke was bij haar moeder. Ze kon hem niet bellen.

Maryse, misschien. Maar het idee dat ze haar zou moeten bellen vond Clary eerlijk gezegd nogal intimiderend. Bovendien wist ze dat ze zelf aan de kant gezet zou worden zodra ze dit aan de Kloof zou overlaten. Dit mysterie was zo persoonlijk voor haar, dat ze erbij betrokken wilde blijven. Bovendien zou het voelen alsof ze haar moeder zou verraden aan de Kloof.

Maar om er nou in haar eentje vandoor te gaan, zonder te weten wat ze daar zou aantreffen... Ze had wel wat training gehad, maar niet zoveel. En ze wist dat ze de neiging had om dingen te doen zonder er vooraf over na te denken. Met tegenzin trok ze de telefoon naar zich toe. Ze aarzelde nog heel even, maar toen stuurde ze een snelle sms: *Riverside Drive 232. Kom daar direct naartoe. Het is belangrijk. Ik zie je daar.* Ze drukte op 'verzenden' en bleef stil zitten, totdat het scherm weer oplichtte en ze het antwoord las: oké.

Met een zucht legde Clary haar telefoon neer. Ze ging haar wapens pakken.

'Ik hield van Maia,' zei Jordan. Hij zat op de bank. Het was hem eindelijk gelukt om koffie te zetten, al had hij nog geen slok genomen. Hij draaide de beker in zijn handen rond terwijl hij praatte. 'Voordat ik je vertel hoe het is gegaan, móét je dat weten. We kwamen allebei uit een gat in New Jersey, zo'n klein dorp waar niets te beleven viel. Zij had het al helemaal moeilijk, omdat haar vader een donkere huidskleur had en haar moeder blank was. Ze had ook een broer. Een enorme psychopaat. Ik weet niet of ze jou heeft verteld over hem. Daniel.'

'Niet veel,' zei Simon.

'Haar leven was dus behoorlijk zwaar, maar ze liet zich er niet onder krijgen. Ik ontmoette haar in een platenzaak. Ze was oude elpees aan het kopen. We raakten aan de praat en ik vond gelijk dat ze het coolste meisje was dat ik ooit had ontmoet. En mooi, ook. En lief.' Jordans ogen staarden in het niets. 'We gingen een keer uit en het was geweldig. We werden verliefd. Zo verliefd als je alleen op je zestiende kunt zijn. Toen werd ik gebeten. Ik raakte op een avond betrokken bij een gevecht in een nachtclub. Ik vocht in die tijd wel vaker. Ik was het gewend om geslagen en geschopt te worden. Maar gebeten? Ik vond de jongen die het deed gestoord, maar ik dacht er verder niet over na. Ik ging naar het ziekenhuis, werd gehecht en vergat het verder. 'Ongeveer drie weken later begon het. Golven van oncontroleerbare woede. Het werd dan helemaal zwart voor mijn ogen en ik wist niet meer wat ik deed. Ik sloeg met mijn hand door een keukenruit omdat ik een la niet open kreeg, dat soort dingen. Ik werd krankzinnig jaloers. Ik was ervan overtuigd dat Maia de hele tijd naar andere jongens keek. Ik wist het echt zeker... ik weet niet eens wat ik dacht. Ik weet alleen dat er iets in mij knapte. Ik sloeg haar. Ik zou willen zeggen dat ik het me niet herinner, maar ik herinner het me maar al te goed. En toen maakte ze het uit...'

Zijn stem stierf weg. Hij nam een slok koffie. Hij zag eruit alsof hij kotsmisselijk was, dacht Simon. Hij had dit vast nog nooit aan iemand verteld. 'Een paar avonden later ging ik naar een feestje en zij was er ook. Ze danste met een andere jongen. Ze zoende hem, alsof ze aan mij wilde laten zien dat het echt voorbij was. Ze had geen slechtere avond kunnen kiezen om dat te doen, maar dat wist ze natuurlijk niet. Het was de eerste vollemaan sinds ik gebeten was.' Zijn knokkels waren wit waar hij zijn beker vasthield. 'Het was de eerste keer dat ik veranderde. De transformatie schoot door mijn lichaam en rukte mijn botten en huid uit elkaar. Ik had pijn, en niet alleen daarom. Ik wilde haar. Ik wilde dat ze terugkwam, ik wilde het uitleggen, maar alles wat ik kon doen was janken als een wolf. Ik ging weg en rende door de straten, en opeens zag ik haar. Ze liep door het park. Ze was onderweg naar huis...'

'En toen heb je haar aangevallen,' zei Simon. 'Je hebt haar gebeten...'

'Ja.' Jordan staarde gelaten naar het verleden. 'Toen ik de volgende ochtend wakker werd, wist ik wat ik had gedaan. Ik probeerde naar haar huis te gaan, om het uit te leggen. Ik was halverwege, toen er een enorme vent voor me stapte en me aanstaarde. Hij wist wie ik was. Hij wist alles over me. Hij legde uit dat hij lid was van Praetor Lupus en dat ik aan hem was toegewezen. Hij was er niet zo blij mee dat hij te laat was en dat ik al iemand had gebeten. Hij wilde me niet bij haar in de buurt laten, omdat ik het anders alleen maar erger zou maken. Hij beloofde dat de wolvenwacht op haar zou letten. Omdat ik al een mens had gebeten – wat strikt verboden was – kon ik alleen voorkomen om gestraft te worden door bij de wacht te gaan en te trainen hoe ik mezelf onder controle moest houden.

Ik wilde het niet. Ik wilde op hem spugen en mijn straf aanvaarden. Ik haatte mezelf zo erg dat het me niet uitmaakte. Maar toen hij uitlegde dat ik andere mensen zoals ik zou kunnen helpen, en misschien zou kunnen voorkomen dat er weer zoiets zou gebeuren als met Maia en mij, was het alsof ik licht zag in de duisternis. Alsof het een kans was om het goed te maken.'

'Oké,' zei Simon langzaam. 'Maar vind je het niet een beetje toevallig dat ik degene ben die jij kreeg toegewezen? Een jongen die omgaat met het meisje dat jij ooit beet?'

'Dat is geen toeval,' zei Jordan. 'Ik kreeg een hele stapel dossiers en dat van jou zat ertussen. Ik koos jou juist omdat Maia genoemd werd. Een weerwolf die omging met een vampier. Dat is best wel een ding, weet je dat? Het was ook voor het eerst dat ik me realiseerde dat ze echt een weerwolf was geworden na... na wat ik had gedaan.'

'Heb je dat nooit uitgezocht? Dat vind ik nogal...'

'Ik heb het geprobeerd. Praetor wilde niet dat ik het deed, maar ik deed wat ik kon om erachter te komen wat er met haar was gebeurd. Ik wist dat ze was weggelopen van huis, maar ze had het al moeilijk thuis, dus dat kon van alles betekenen. En er is geen nationaal register van weerwolven of zo. Ik hoopte... ik hoopte gewoon dat ze niet was veranderd.'

'Dus jij hebt mij onder je hoede genomen vanwege Maia?'

Jordan bloosde. 'Ik dacht dat ik erachter kon komen wat er met haar was gebeurd als ik jou ontmoette. Ik wilde weten hoe het met haar ging.'

'Daarom werd je zo boos toen je erachter kwam dat ik ook met Isabelle omging,' zei Simon, die zich herinnerde wat Jordan had gezegd. 'Je wilde haar gewoon beschermen.'

Jordan keek naar hem over de rand van zijn koffiemok. 'Ja, nou ja, het was nogal een rotstreek van je.'

'En jij bent degene die de flyer onder haar deur door heeft geschoven, of niet soms?' Simon schudde zijn hoofd. 'Was het een onderdeel van jouw takenpakket om mijn liefdesleven overhoop te halen? Of is dat extra service?'

'Ik heb haar leven verpest,' zei Jordan. 'Ik kon niet toezien dat iemand anders hetzelfde zou doen.'

'En het was niet bij je opgekomen dat ze jouw gezicht eraf zou klauwen zodra ze je zou zien? Als ze niet te laat was geweest, had ze het misschien wel gedaan terwijl je op het podium stond. Dat had het publiek leuk gevonden.'

'Ik wist het niet,' zei Jordan. 'Ik realiseerde me niet hoe erg ze me haatte. Ik bedoel, ik haat degene die mij veranderd heeft ook niet. Ik begrijp ergens wel dat hij geen controle had over zichzelf.'

'Ja,' zei Simon, 'maar jij hebt nooit van die vent gehouden. Jij hebt nooit een relatie met hem gehad. Maia hield van je. Ze denkt dat jij haar hebt gebeten, hebt gedumpt en nooit meer aan haar hebt gedacht. Ze haat je evenveel als ze ooit van je hield.'

Voordat Jordan kon antwoorden, ging de deurbel. Het was niet de zoemer die ging als er iemand beneden stond, maar de bel van de deur boven. De jongens wisselden verbijsterde blikken uit. 'Verwacht jij iemand?' vroeg Simon.

Jordan schudde zijn hoofd en zette de koffiemok neer. Samen liepen ze naar de kleine gang. Jordan gebaarde dat Simon achter hem moest gaan staan voordat hij de deur opendeed.

Er was niemand. Er lag wel een briefje op de deurmat, op zijn plek gehouden door een zware steen. Jordan boog voorover en pakte het briefje. Hij fronste.

'Het is voor jou,' zei hij terwijl hij het stuk papier aan Simon gaf.

Simon vouwde het verbaasd open. In het midden stond in kinderachtige blokletters een boodschap:

SIMON LEWIS. WE HEBBEN JE VRIENDIN. KOM VANDAAG NAAR
RIVERSIDE DRIVE 232. ALS JE ER NIET BENT VOORDAT HET DONKER IS,
SNIJDEN WE HAAR KEEL DOOR.

'Dit is een grap,' zei Simon, die wezenloos naar het papier
staarde. 'Dat moet wel.'

Zonder een woord te zeggen greep Jordan Simons arm en
trok hem naar de woonkamer. Toen hij hem losliet, liep hij door
de kamer, op zoek naar de draadloze telefoon. 'Bel haar,' zei hij
terwijl hij de telefoon tegen Simons borst aan drukte. 'Bel Maia
en vraag of het goed met haar gaat.'

'Maar het gaat misschien niet over haar.' Simon staarde naar
de telefoon, terwijl de ernst van de situatie rond zijn hoofd
gonsde, als een spook dat rond een huis dwaalde en smeekte
om binnengelaten te worden. Concentreer je, vertelde hij zichzelf. Niet in paniek raken. 'Misschien is het Isabelle.'

'O, jezus.' Jordan staarde hem kwaad aan. 'Heb je nog meer
vriendinnen? Moeten we een lijst maken?'

Simon trok de telefoon uit zijn handen en draaide zich om.
Hij toetste het nummer in.

Maia nam na twee keer overgaan op. 'Hallo?'

'Maia... met Simon.'

De vriendelijkheid verdween direct uit haar stem. 'O. Wat
wil je?'

'Ik wilde gewoon even vragen of het goed met je ging,' zei
hij.

'Het gaat prima.' Ze klonk koppig. 'We hadden nou niet bepaald een serieuze relatie. Ik ben niet blij, maar ik overleef het
wel. En ik vind je nog steeds een klootzak.'

'Nee,' zei Simon. 'Ik wilde weten of het góéd met je ging.'

'Gaat dit over Jordan?' Hij hoorde de woede in haar stem. 'O
ja. Jullie gingen er samen vandoor. Jullie zijn zeker vrienden?
Nou, je kunt hem vertellen dat hij uit mijn buurt moet blijven.
Dat geldt voor jullie allebei, trouwens.'

Ze hing op. De kiestoon zoemde in Simons oor als een boze bij.

Hij keek naar Jordan. 'Er is niets aan de hand. Ze haat ons, maar het klonk verder niet alsof er iets was.'

'Prima,' zei Jordan. 'Bel Isabelle.'

Hij moest twee keer bellen voordat Izzy de telefoon opnam. Simon was bijna in paniek tegen de tijd dat ze dat eindelijk deed. Ze klonk afgeleid en geïrriteerd. 'Ik weet niet wie dit is, maar ik hoop dat je een heel goede reden hebt om me te storen.'

Opluchting stroomde door zijn aderen. 'Isabelle. Met Simon.'

'Jezus, Simon. Wat wil je?'

'Ik wilde gewoon even checken of het goed met je ging.'

'O, jij denkt natuurlijk dat ik van streek ben omdat jij een liegende, bedriegende klootzak bent?'

'Nee.' Dit begon echt op Simons zenuwen te werken. 'Ik bedoel, gaat het goed? Ben je niet ontvoerd of zo?'

Het was lang stil. 'Simon,' zei Isabelle uiteindelijk. 'Dit is serieus het domste excuus om te bellen dat ik ooit heb gehoord. Wat is er mis met je?'

'Ik weet het ook niet,' zei Simon. Hij hing op voordat zij dat kon doen. Hij gaf de telefoon terug aan Jordan. 'Het gaat prima met haar.'

'Ik snap het niet.' Jordan keek verbaasd. 'Wie maakt er nou zo'n loos dreigement? Ik bedoel, het is zo makkelijk om te controleren of het waar is.'

'Ze denken vast dat ik dom ben en...' begon Simon. Hij stopte met praten toen er een verschrikkelijke gedachte in hem opkwam. Hij griste de telefoon uit Jordans handen en begon met gevoelloze vingers een nummer in te toetsen.

'Wat is er?' vroeg Jordan. 'Wie bel je?'

Clary ging net de hoek van Ninety-sixth Street richting Riverside Drive om toen haar telefoon ging. De regen leek het gebruikelijke afval van de straten te hebben gespoeld. De zon scheen vanuit een stralende lucht op de groene strook park langs de rivier, waarvan het water bijna blauw leek vandaag.

Ze grabbelde in haar tas, vond haar telefoon en klapte hem open. 'Hallo?'

Ze hoorde Simons stem. 'O, gelukkig, goh...' Hij onderbrak zijn zin. 'Gaat het? Je bent niet ontvoerd of zo, toch?'

'Ontvoerd?' Clary tuurde naar de huisnummers op de gebouwen. 220, 224. Ze wist niet precies waar ze naar op zoek was. Zou het eruitzien als een echte kerk? Was het iets anders? Was het betoverd, zodat het eruitzag als een verlaten pakhuis?

'Ben je dronken of zo?'

'Daar is het een beetje te vroeg voor.' Aan zijn stem was duidelijk te horen dat hij opgelucht was. 'Nee. Ik kreeg alleen een raar briefje. Iemand dreigde mijn vriendin iets aan te doen.'

'Welke?'

'Heel grappig.' Simon klonk niet alsof hij het echt grappig vond. 'Ik heb Maia en Isabelle al gebeld en met hen is niets aan de hand. Toen dacht ik ineens aan jou. Ik bedoel... we zijn vaak samen. Iemand kan wel eens het verkeerde idee hebben gekregen. Maar nu weet ik niet meer wat ik moet denken.'

'Ik weet het niet.' Riverside Drive 232 doemde ineens op. Een groot vierkant stenen gebouw met een puntdak. Het had ooit wel een kerk kunnen zijn, dacht ze, al zag het er nu niet meer zo uit.

'Maia en Isabelle weten sinds gisteravond van elkaars bestaan, trouwens. Het was een heel gedoe,' voegde Simon eraan toe. 'Je had gelijk dat ik met vuur speelde.'

Clary bestudeerde de gevel van nummer 232. De meeste gebouwen in deze straat waren dure appartementen, met in uniform geklede portiers in de centrale hal. Maar dit gebouw had alleen een paar hoge, houten deuren, die rond waren aan de bovenkant en ouderwetse metalen deurknoppen hadden. 'O. Dat is pijnlijk. Het spijt me, Simon. Willen ze nog met je praten?'

'Niet echt.'

Ze pakte een van de deurknoppen en duwde. De deur gleed met een zacht sisgeluid open. 'Misschien heeft een van hen het briefje geschreven?' zei ze met gedempte stem.

'Dat lijkt me niet echt hun stijl,' zei Simon, die nu echt in de war was. 'Denk je dat Jace het gedaan zou kunnen hebben?'

Het horen van zijn naam voelde als een stomp in haar maag. Clary zuchtte diep en zei: 'Ik denk echt niet dat hij dat zou doen, zelfs niet als hij boos was.' Ze hield de telefoon weg van haar oor en tuurde door de deur, die nu half openstond. Het gebouw zag er vanbinnen uit als een normale kerk. Een lang gangpad en flikkerende lampen die op kaarsen leken. Het kon vast geen kwaad om even naar binnen te lopen. 'Ik moet ophangen, Simon,' zei ze. 'Ik bel je later.'

Ze klapte haar telefoon dicht en liep naar binnen.

'Denk je echt dat het een grap is?' Jordan ijsbeerde door het appartement als een tijger in een te kleine kooi in de dierentuin. 'Ik weet het niet, hoor. Ik vind het een behoorlijk zieke grap.'

'Ik zei niet dat het geen zieke grap was.' Simon staarde naar het briefje. Het lag op de salontafel. De gedrukte blokletters waren zelfs van een afstandje duidelijk te lezen. Hij kreeg een raar gevoel in zijn maag als hij ernaar keek, zelfs nu hij wist dat het niets betekende. 'Ik probeer alleen te bedenken wie het gestuurd zou kunnen hebben. En waarom.'

'Misschien moet ik een dag vrij nemen, zodat ik jou en haar in de gaten kan houden,' zei Jordan. 'Voor het geval dat.'

'Ik neem aan dat je Maia bedoelt,' zei Simon. 'Ik weet dat je het goed bedoelt, maar ik denk echt niet dat ze jou in de buurt wil. In welke hoedanigheid dan ook.'

Jordan klemde zijn kaken op elkaar. 'Ik zorg er heus wel voor dat ze me niet ziet.'

'Wow. Je vindt haar echt nog leuk, of niet?'

'Ik voel me verantwoordelijk voor haar.' Jordan klonk koppig. 'Wat ik verder voor haar voel, doet er niet toe.'

'Je mag doen wat je wilt,' zei Simon. 'Maar ik denk gewoon...'

De deurbel ging weer. De jongens wisselden een korte blik en renden toen allebei door de smalle hal naar de deur. Jordan was er het eerst. Hij greep de kapstok die bij de deur stond, rukte de jassen eraf en zwaaide de deur open, met de kapstok als een speer boven zijn hoofd.

Aan de andere kant van de deur stond Jace. Hij knipperde met zijn ogen. 'Is dat een kapstok?'

Jordan smeet de kapstok op de grond en zuchtte. 'Als je een vampier was geweest, was dit wel van pas gekomen.'

'Ja,' zei Jace. 'Of als ik iemand was geweest met heel veel jassen.'

Simon kwam naast Jordan staan. 'Sorry. We hebben een nogal zware ochtend gehad.'

'Nou,' zei Jace, 'die wordt nog veel zwaarder. Ik ben hier gekomen om je naar het Instituut te brengen, Simon. Het Verbond wil je zien en ze houden niet van wachten.'

Zodra de deuren van de Taltokerk achter haar dichtvielen, kreeg Clary het gevoel dat ze in een andere wereld was beland, ver weg van het lawaai en de drukte van New York. Het was een grote ruimte met een hoog plafond. In het midden was een smal gangpad, met rijen banken aan beide kanten. Dikke bruine kaarsen brandden in de kandelaars aan de muur. Het was er schemerig, maar misschien was Clary te veel gewend geraakt aan het witte heksenlicht.

Ze liep het gangpad af. Haar sportschoenen klonken dof op de stoffige stenen op de grond. Wat raar, dacht ze, een kerk zonder ramen. Aan het einde van het gangpad leidde een trap naar een podium met een altaar. Ze keek ernaar en realiseerde zich nog iets wat raar was: er waren nergens kruisen in deze kerk. In plaats daarvan stond er een stenen tablet rechtop op het altaar, met een stenen figuur van een uil erbovenop. De woorden op het tablet waren:

HET HUIS VAN ZO'N VROUW VERZINKT IN DE DOOD,
HAAR PAD VOERT NAAR HET RIJK VAN DE SCHIMMEN.
NIEMAND DIE BIJ HAAR KOMT KEERT OOIT TERUG,
ONBEREIKBAAR IS DE WEG DIE NAAR HET LEVEN LEIDT.

Clary knipperde met haar ogen. Ze was niet zo bekend met de Bijbel, lang niet zo goed als Jace, die hele stukken uit zijn hoofd kende, maar dit leek haar een vreemde tekst voor in een kerk. Toch leek het wel religieus. Ze rilde en liep dichter naar het altaar, waar een dik boek op lag. Een van de bladzijden was gemarkeerd. Clary dacht dat ze een boekenlegger zag, maar toen ze het boek opendeed, zag ze dat het een dolk was met een zwart handvat. Op het handvat waren occulte symbolen gegraveerd. Ze had wel eens plaatjes van zo'n dolk gezien. Het was een *athame*, vaak gebruikt bij demonische oproeprituelen.

Haar maag werd ijskoud, toch boog ze voorover om de pagina te bekijken. Ze was vastberaden om iets te ontdekken, maar zag tot haar spijt dat alles was geschreven in zo'n priegelig handschrift dat het zelfs moeilijk te ontcijferen zou zijn als het een Engels boek was geweest. En dat was het niet. Het was een scherp, puntig alfabet dat ze nog nooit eerder had gezien. De woorden stonden onder een afbeelding van iets wat Clary herkende als een oproepcirkel. Een patroon dat heksenmeesters op de grond tekenden als ze spreuken opvoerden. De cirkels waren bedoeld om magische kracht te concentreren en naar één punt te brengen. Deze cirkel was getekend met groene inkt. Het waren eigenlijk twee cirkels over elkaar, met een vierkant in het midden. In de ruimte tussen de twee cirkels stonden runen gekrabbeld. Clary herkende ze niet, maar ze kon de runentaal tot in haar botten voelen. Ze huiverde ervan. Dood en bloed.

Ze sloeg de pagina haastig om en zag nu een aantal afbeeldingen waarvan haar adem stokte.

Het was een serie tekeningen die begon met de afbeelding

van een vrouw met een vogel op haar linkerschouder. De vogel, een raaf, zag er onheilspellend en sluw uit. Op de tweede afbeelding was de vogel weg en was de vrouw zwanger. Op de derde afbeelding lag de vrouw voor een altaar dat leek op het altaar waar ze nu voor stond. Een figuur in een mantel stond voor haar. Hij had een spuit in zijn hand die er schokkend modern uitzag. De spuit zat vol donkerrode vloeistof en de vrouw wist blijkbaar dat ze ermee geïnjecteerd zou worden, want ze gilde.

Op de laatste afbeelding had de vrouw een baby op schoot. De baby zag er bijna normaal uit. Alleen waren zijn ogen helemaal zwart, zonder oogwit. De vrouw keek met een blik vol afschuw naar haar kind.

Clary voelde de haartjes in haar nek prikkelen. Haar moeder had gelijk gehad. Iemand probeerde meer baby's zoals Jonathan te maken. Erger nog, ze hadden het waarschijnlijk al gedaan.

Ze deed een stap terug van het altaar. Elke vezel in haar lichaam schreeuwde dat er iets helemaal mis was met deze plek. Ze kon hier geen seconde langer blijven. Ze kon beter naar buiten gaan en wachten tot haar hulptroepen kwamen. Ze had zelf dan wel een aanwijzing ontdekt, maar het resultaat kon ze niet in haar eentje aan.

Toen hoorde ze het geluid.

Het was een zacht geruis, als een golf die stuksloeg op het strand. Het leek van boven haar te komen. Ze keek omhoog, met de athame stevig in haar hand. Ze staarde. Op het balkon boven stonden rijen stille figuren. Ze droegen iets wat eruitzag als grijze trainingspakken: sportschoenen, vaalgrijze broeken en jasjes met ritsen en capuchons die ze over hun gezicht hadden getrokken. Ze stonden daar volkomen bewegingloos, met hun handen op de reling, en staarden naar haar. Of dat dacht ze in elk geval. Hun gezichten waren volledig in schaduw gehuld. Ze kon niet eens zien of het mannen of vrouwen waren.

'Het... het spijt me,' zei ze. Haar stem weergalmde luid in de stenen ruimte. 'Ik wilde jullie niet storen, of...'

Het enige antwoord dat kwam, was stilte. Stilte die voelde als een zware last. Clary's hart begon sneller te slaan.

'Ik ga maar weer, dan,' zei ze. Ze slikte. Ze deed een stap naar voren, legde de athame op het altaar en wilde zich omdraaien. Precies op dat moment rook ze het, in de fractie van de seconde voordat ze zich omdraaide. De vertrouwde stank van rottend afval. Tussen Clary en de deur, opdoemend als een gigantische muur, stond een samenraapsel van schubben, messcherpe tanden en uitgestoken klauwen.

De afgelopen zeven weken was ze getraind om demonen te verslaan, zelfs als ze zo groot waren. Maar nu ze er echt eentje voor zich had, kon ze alleen maar gillen.

II

Ons soort

De demon stormde op Clary af. Ze stopte abrupt met gillen en wierp zich achteruit, over het altaar. Het was een perfecte salto en heel even wilde ze dat Jace het had kunnen zien. Ze landde gehurkt, net op het moment dat er iemand hard op het altaar sloeg. De steen trilde er helemaal van.

Er klonk een gejank door de kerk. Clary krabbelde op haar knieën en tuurde over de rand van het altaar. De demon was niet zo groot als ze eerst had gedacht, maar hij was ook niet echt klein. Hij had ongeveer het formaat van een koelkast, met drie hoofden op slingerende stengels. De hoofden waren blind en hadden enorme wijd openstaande kaken, waar strengen groen slijm uit hingen. De demon leek zijn linkerhoofd te hebben gestoten aan het altaar, want toen hij een poging deed om Clary te grijpen, schudde hij wild heen en weer met het hoofd, alsof hij het weer op zijn plek probeerde te krijgen.

Clary keek angstig omhoog, maar de figuren in de trainings-pakken stonden er nog steeds. Ze hadden niet bewogen. Ze keken emotieloos naar wat er gebeurde. Ze draaide zich met een ruk om en keek achter zich, maar er leek geen andere uit-gang te zijn. De enige manier waarop ze naar buiten kon vluchten, was via de deur waardoor ze naar binnen was geko-men, en daar kon ze niet heen, omdat de demon haar weg ver-sperde. Ze realiseerde zich dat ze kostbare seconden verspilde en krabbelde overeind. Ze greep de athame van het altaar en dook net op tijd omlaag om de aanvallende demon te ontwijken. Terwijl een van de hoofden, die aan een dik stuk nek heen en weer zwaaide, over het altaar schoot, rolde ze op haar zij. De zwarte tong van het hoofd kwam naar buiten en zocht haar. Ze schreeuwde en ramde de athame in de nek van het wezen. Toen trok ze de dolk er weer uit en deed ze snel een paar passen naar achteren.

Het ding gilde, het hoofd viel naar achteren en zwart bloed spoot uit de wond die ze had gemaakt. Maar het was geen genadeslag geweest. Clary zag hoe de wond langzaam heelde en hoe de zwartgroene huid zich weer aan elkaar weefde als katoen. De moed zonk haar in de schoenen. Natuurlijk. De reden dat schaduwjagers speciale wapens met runen gebruikten, was omdat de runen voorkwamen dat de demonen weer genazen.

Ze bracht haar linkerhand naar haar riem om haar cilinder te pakken en ze rukte het wapen los, net op het moment dat de demon weer op haar afkwam. Ze sprong opzij en wierp zichzelf pijnlijk van de trap af. Ze rolde totdat ze tegen de eerste rij banken aan knalde. De demon draaide zich om en sjokte naar haar toe. Clary realiseerde zich dat ze zowel de dolk als de cilinder vasthad. De dolk had haar gesneden toen ze rolde en het bloed verspreidde zich snel over de voorkant van haar jas. Ze verplaatste de dolk naar haar linkerhand en de cilinder naar haar rechterhand en met een wanhopige snelheid sneed ze een *enkeli*-rune in het handvat van de athame.

De andere symbolen op het handvat begonnen te smelten en door elkaar heen te lopen terwijl de engelenkracht het overnam. Clary keek op. De demon was bijna bij haar. Zijn drie hoofden staken naar haar uit en zijn monden stonden wijd open. Met een sprong kwam ze overeind. Ze bracht haar arm naar achteren en gooide de dolk zo hard als ze kon. Tot haar grote verrassing kwam het wapen terecht in het midden van het middelste hoofd en vloog hij er tot het handvat in. Het hoofd rolde naar achteren en de demon schreeuwde. Clary kreeg weer moed. Toen viel het hoofd met een misselijkmakende plof op de grond. Maar de demon bleef doorlopen. Hij sleepte het dode hoofd, dat aan de slappe nek hing, achter zich aan.

Ineens klonken er voetstappen boven haar. Clary keek omhoog en zag dat de figuren in de trainingspakken niet langer op het balkon stonden. Het was geen geruststellend gezicht. Clary draaide zich om en rende naar de voordeur, maar de demon was sneller dan zij. Met een grom wierp hij zich over haar heen en landde voor de deuren, zodat ze er niet door kon. Hij maakte een sissend geluid en kwam met zijn twee levende, slingerende hoofden op haar af. De hoofden strekten zich helemaal naar achteren uit, met de bedoeling om naar haar uit te halen.

Toen schoot er iets door de lucht. Een vlam van zilverachtig goud. De hoofden van de demon draaiden zich om, het gesis werd gegil, maar het was te laat. Het zilverachtige ding trok strak en met een regen van zwart bloed werden de twee overgebleven hoofden er afgehakt. Clary rolde uit de weg toen het bloed op haar af spoot en haar huid brandde. Ze boog haar hoofd toen het hoofdloze lichaam heen en weer schommelde en op haar af viel en...

Verdween. Terwijl hij viel, loste de demon op en werd hij teruggezogen naar zijn thuisdimensie. Clary keek voorzichtig omhoog. De voordeuren van de kerk stonden open en Isabelle stond in de deuropening. Ze droeg laarzen en een zwarte jurk en ze had haar elektronenzweep in haar hand. Ze rolde hem langzaam weer om haar pols en keek om zich heen. Haar donkere wenkbrauwen stonden in een bedenkelijke frons. Ze keek naar Clary en grijnsde.

'Meisje, meisje,' zei ze. 'Wat heb je je nu weer op de hals gehaald?'

De handen van de vampierdienaren voelden koud en licht op Simons huid, als bevroren vleugels. Hij rilde toen ze de blinddoek van zijn hoofd haalden. Hun dorre huid voelde ruw op die van hem. Ze deden een stap achteruit en bogen naar hem voordat ze wegliepen.

Hij keek om zich heen en knipperde met zijn ogen. Een moment geleden had hij nog in het zonlicht op de hoek van Seventy-eight Street en Second Avenue gestaan. Hij had het ver genoeg van het Instituut gevonden om geen argwaan te wekken en hij had besloten dat het veilig genoeg was om het grafzand te gebruiken en Camille op te roepen. Nu stond hij in een slecht verlichte, grote ruimte met een gladde marmeren vloer en sierlijke marmeren pilaren die het hoge plafond ondersteunden. Aan de linkerkant bevond zich een rij glazen hokjes met koperen platen erboven waarop KASBEDIENDE stond. Op een andere koperen plaat aan de muur stond DOUGLAS NATIONAL BANK. Dikke lagen stof lagen als een tapijt op de vloer en op de balies, waar ooit mensen voor hadden gestaan om cheques te schrijven of geld op te nemen. De koperen lampen die aan het plafond hingen, waren groen uitgeslagen.

In het midden van de ruimte stond een hoge leunstoel en op de stoel zat Camille. Ze droeg haar zilverblonde haar los en het hing over haar schouders als engelenhaar. Op haar prachtige gezicht zat geen make-up, maar haar lippen waren nog steeds erg rood. In de schemering van de bank was het bijna de enige kleur die Simon kon zien.

'Ik zou er normaal gesproken nooit mee instemmen om tijdens zonlichturen af te spreken, daglichteling,' zei ze. 'Maar voor jou heb ik een uitzondering gemaakt.'

'Dank je.' Het viel hem op dat er geen stoel voor hem stond, dus hij bleef er een beetje ongemakkelijk bij staan. Als hij nog een kloppend hart had gehad, had het nu waarschijnlijk hard gebonsd. Toen hij ermee ingestemd had om dit te doen voor het Verbond, was hij vergeten hoe angstaanjagend Camille was. Het was misschien onlogisch – wat kon zij nou echt doen? – maar hij was wel bang voor haar.

'Ik neem aan dat dit betekent dat je over mijn aanbod hebt nagedacht,' zei Camille. 'En dat je akkoord gaat.'

'Waarom denk je dat ik akkoord ga?' zei Simon, die vurig hoopte dat ze zijn vraag niet zou zien als een manier om tijd te rekken.

Ze keek een beetje ongeduldig. 'Je zou me nooit persoonlijk komen vertellen dat je had besloten om mijn aanbod af te wijzen. Je zou veel te bang zijn dat ik kwaad zou worden.'

'Moet ik daar bang voor zijn?'

Camille leunde achterover in de stoel en glimlachte. De stoel zag er modern en luxe uit, in tegenstelling tot alle andere dingen in de verlaten bank. Het meubelstuk was hier vast naartoe gebracht door Camilles bedienden, die nu allebei als stille standbeelden aan één kant van hun bazin stonden. 'Velen zijn bang voor mij,' zei ze. 'Maar jij hebt geen reden om bang te zijn. Ik ben heel tevreden over je. Al heb je tot het laatste moment gewacht om contact met me op te nemen, ik ga ervan uit dat je de juiste beslissing hebt genomen.'

Net op dat moment besloot Simons telefoon om hardnekkig te gaan trillen. Hij schrok en voelde een stroompje koud zweet langs zijn rug lopen. Hij graaide de telefoon haastig uit zijn jaszak. 'Sorry,' zei hij terwijl hij hem openklapte. 'Telefoon.'

Camille keek diep geschokt. 'Die neem je níét op.'

Simon bracht de telefoon naar zijn oor. Terwijl hij dat deed, drukte hij meerdere malen met zijn vinger op de cameraknop. 'Dit duurt niet lang.'

'Simon!'

Hij drukte op 'verzenden' en klapte de telefoon snel dicht. 'Sorry. Ik dacht niet na.'

Camilles borstkas ging hevig op en neer van woede, ondanks het feit dat ze niet echt ademde. 'Van mijn dienaren verwacht ik meer respect,' siste ze. 'Jij doet dat nooit meer, anders…'

'Anders wat?' zei Simon. 'Jij kunt me niets doen. En ik zou toch geen dienaar worden? Ik zou toch je partner worden?' Hij pauzeerde even en zorgde ervoor dat zijn stem precies het juiste arrogante toontje had. 'Misschien moet ik nog maar een keer nadenken of ik op je aanbod inga.'

Camilles ogen werden donkerder. 'O god, alsjeblieft, zeg. Doe niet zo dwaas.'

'Hoe kun jij dat woord zeggen?' wilde Simon weten.

Camille trok haar dunne wenkbrauwen op. 'Welk woord? Dwaas? Vind je het irritant dat ik je dwaas noem?'

'Nee. Nou ja, dat ook, maar dat bedoel ik niet. Je zei "O..."' Hij stopte. Zijn stem sloeg over. Hij kon het nog steeds niet zeggen. *God.*

'Omdat ik niet in hem geloof, rare jongen,' zei Camille. 'En jij nog wel.' Ze kantelde haar hoofd en keek naar hem zoals een vogel naar een worm op de stoep, bedenkend of hij hem wel of niet ging opeten. 'Ik denk dat het tijd wordt voor een bloedeed.'

'Een... bloedeed?' Simon vroeg zich af of hij het goed had verstaan.

'Ik vergeet steeds dat jouw kennis van de gebruiken van ons soort zo beperkt is.' Camille schudde haar zilverachtige hoofd. 'Ik wil dat jij een eed ondertekent met bloed. Een eed dat je trouw aan mij bent. Het zal voorkomen dat je me in de toekomst ongehoorzaam bent. Beschouw het maar als een soort... huwelijkse voorwaarden.' Ze glimlachte en hij ving een glimp op van haar snijtanden. 'Kom.' Ze knipte dwingend met haar vingers en haar onderdanen stoven met hun grijze hoofden gebogen op haar af. De eerste die bij haar was, gaf haar iets wat eruitzag als een ouderwetse vulpen, met een gebogen punt, zodat de inkt kon blijven hangen. 'Je moet jezelf snijden en je eigen bloed aftappen,' zei Camille. 'Normaal gesproken zou ik het zelf doen, maar door jouw teken kan dat niet. We moeten dus een beetje improviseren.'

Simon aarzelde. Dit was niet goed. Dit was helemaal niet goed. Hij wist genoeg van de bovennatuurlijke wereld om te weten wat een eed betekende voor een benedenling. Het waren geen loze beloftes die zomaar verbroken konden worden. Het waren een soort virtuele handboeien, je kon er niet onderuit. Als hij de eed zou ondertekenen, zou hij echt vastzitten aan Camille. Waarschijnlijk voor altijd.

'Kom,' zei Camille een tikkeltje ongeduldig. 'Er is geen reden om te treuzelen.'

Simon slikte en deed met tegenzin een stap naar voren. En nog een stap. Een van de dienaren stond nu voor hem. Hij stak een mes uit naar Simon. Het was een verschrikkelijk uitziend ding met een bijzonder scherp snijvlak. Simon pakte het mes en hield het boven zijn pols. Toen liet hij het weer zakken. 'Weet je,' zei hij. 'Ik ben eigenlijk niet zo dol op pijn. En ook niet op messen...'

'Doe het!' gromde Camille.

'Er moet toch een andere manier zijn.'

Camille stond op uit haar stoel en Simon zag dat haar snijtanden er helemaal uit waren. Ze was woedend. 'Als jij niet ophoudt met het verdoen van mijn tijd...'

Er klonk een zachte implosie. Het geluid van iets enorm groots dat doormidden werd gescheurd. Er verscheen een groot glinsterend vlak tegen de muur aan de andere kant. Camille draaide zich om en haar mond viel open van verbazing toen ze zag wat het was. Simon wist dat ze het net als hij herkende. Het was overduidelijk wat dit was.

Een Poort. En er kwamen een stuk of tien schaduwjagers doorheen.

'Oké,' zei Isabelle, die de verbanddoos met een kordaat gebaar aan de kant legde. Ze waren in een van de vele logeerkamers op het Instituut. De kamers waren bedoeld voor Kloofleden die op bezoek waren. Elke kamer was eenvoudig ingericht met een bed, een bureau en een kledingkast. Ook was er een kleine badkamer. En natuurlijk stond er in elke kamer een verbanddoos met verband, kompressen en zelfs een reservecilinder. 'Je hebt genoeg *iratzes*, volgens mij, maar het duurt wel even voordat die blauwe plekken minder worden. En deze…' – ze ging met haar hand over de brandplekken op Clary's onderarm, waar het demonenbloed haar geraakt had – 'zijn morgen waarschijnlijk pas weg. Maar als je goed rust, gaat het sneller.'

'Prima. Bedankt, Isabelle.' Clary keek naar haar handen. Om haar rechterhand zat verband en haar shirt was gescheurd en zat onder het bloed, al hadden Izzy's runen de wonden eronder geheeld. Ze had de iratzes ook zelf kunnen zetten, maar het was fijn dat er iemand voor haar zorgde, en hoewel Izzy niet de warmste persoon was die Clary kende, kon ze wel bekwaam en vriendelijk zijn als ze daar zin in had. 'En dank je dat je bent gekomen en… nou ja, mijn leven hebt gered van dat… ding.'

'Een hydrademon. Dat zei ik je al. Ze hebben veel hoofden, maar ze zijn behoorlijk dom. En je deed het bepaald niet slecht voordat ik er was. Geweldig, wat je deed met die athame. Goed nagedacht onder druk. Dat is net zo belangrijk voor een schaduwjager als dingen in elkaar rammen.' Isabelle ging naast Clary op het bed zitten en zuchtte. 'Ik kan waarschijnlijk maar beter even kijken wat ik kan vinden over de Taltokerk, voordat het Verbond terug is. Misschien komen we er dan achter wat er aan de hand is. Dat gedoe met het ziekenhuis en de baby's…' Ze rilde. 'Ik heb er geen goed gevoel bij.'

Clary had Isabelle zoveel mogelijk verteld over waarom ze bij de kerk was. Ze had zelfs verteld over de demonenbaby in het ziekenhuis, al had ze gedaan alsof zij degene was die het had vermoed. Ze had haar moeder uit het verhaal gelaten. Isabelle was wit weggetrokken toen Clary de baby had omschreven als een normale baby, maar dan met pikzwarte open ogen en kleine klauwen in plaats van handen. 'Ik denk dat ze weer een baby wilden maken zoals… zoals mijn broer. Ik denk dat ze hebben geëxperimenteerd op een of andere arme aardse vrouw,' zei Clary. 'En dat zij het niet aankon toen de baby werd geboren en daarom krankzinnig werd. Alleen... wie zou zoiets doen? Een van Valentijns volgers? Degenen die nooit zijn opgepakt en die willen doorgaan met waar hij mee bezig was?'

'Misschien. Of misschien is het gewoon een demonen aanbiddende sekte. Daar zijn er genoeg van. Al kan ik me niet voorstellen dat er iemand meer wezens zoals Sebastian wil maken.' Haar stem was vol haat toen ze zijn naam zei.

'Zijn echte naam is Jonathan.'

'Jonathan is Jace' naam,' zei Isabelle koppig. 'Ik ga dat monster niet dezelfde naam geven als mijn broer. Voor mij zal hij altijd Sebastian zijn.'

Clary moest toegeven dat Isabelle een punt had. Ze vond het zelf ook moeilijk om hem als Jonathan te zien. Het was waarschijnlijk niet eerlijk tegenover de echte Sebastian, maar die hadden ze geen van allen gekend. Het was gemakkelijker om Valentijns boosaardige zoon de naam van een vreemdeling te geven dan om hem iets te noemen waardoor hij dichter bij haar familie en dichter bij haar kwam te staan.

'Hoe dan ook, ik ben blij dat je me hebt ge-sms't.' Isabelle sprak op luchtige toon, maar Clary kon merken dat haar gedachten overuren maakten en alle mogelijkheden in haar hoofd langskwamen. 'Ik las in je boodschap dat er iets raars aan de hand was en ik verveelde me eigenlijk een beetje. Iedereen is op een of andere geheime missie met het Verbond en ik wilde niet mee omdat Simon er zou zijn, en ik haat hem nu.'

'Is Simon bij het Verbond?' Clary was verbijsterd. Het was haar wel opgevallen dat het Instituut nog leger leek dan normaal. Jace was er niet geweest, maar dat had ze ook niet verwacht. Al wist ze niet waarom. 'Ik heb vanmorgen nog met hem gepraat en hij heeft helemaal niet verteld dat hij iets voor ze ging doen,' voegde Clary eraan toe.

Isabelle haalde haar schouders op. 'Het heeft iets te maken met vampierpolitiek. Dat is alles wat ik weet.'

'Gaat het wel goed met hem?'

Isabelle klonk geïrriteerd. 'Hij heeft jouw bescherming niet meer nodig, Clary. Hij heeft het teken van Kaïn. Hij kan in elkaar geslagen, kapotgeschoten of neergestoken worden en dan nog zal het hem niets doen.' Ze keek Clary strak aan. 'Ga je me niet vragen waarom ik hem haat?' zei ze. 'Wist jij dat hij van twee walletjes at?'

'Ja, dat wist ik,' gaf Clary toe. 'Het spijt me.'

Isabelle wuifde haar opmerking weg. 'Jullie zijn al zo lang vrienden. Het zou raar zijn als je het niet zou weten.'

'Ik had het je moeten vertellen,' zei Clary. 'Maar eigenlijk had ik nooit het idee dat het echt serieus was tussen jou en Simon.'

Isabelle fronste. 'Dat was het voor mij ook niet. Alleen... ik dacht dat híj het wel serieus nam. Omdat ik eigenlijk veel te goed voor hem ben en zo. Ik geloof dat ik meer van hem verwachtte dan van andere jongens.'

'Misschien,' zei Clary zachtjes, 'zou Simon geen verkering moeten hebben met iemand die zichzelf beter vindt dan hij.' Isabelle staarde haar aan en Clary voelde dat ze rood werd. 'Sorry. Jullie relatie gaat mij echt niets aan.'

Isabelle deed haar donkere haar in een knot. Iets wat ze altijd deed als ze gespannen was. 'Nee, het gaat je ook niets aan. Ik bedoel, ik kan jou ook vragen waarom jij mij sms'te om naar de kerk te komen in plaats van Jace, maar dat doe ik niet. Ik ben niet achterlijk. Ik weet dat er iets mis is, ook al staan jullie heftig te zoenen in steegjes.' Ze keek Clary fel aan. 'Zijn jullie al met elkaar naar bed geweest?'

Clary voelde het bloed naar haar gezicht stromen. 'Wat... ik bedoel, nee, maar ik snap ook niet wat dat hiermee te maken heeft.'

'Niets,' zei Isabelle, die de knot in haar haar strakker trok. 'Ik was gewoon nieuwsgierig. Wat houdt jullie tegen?'

'Isabelle...' Clary trok haar knieën op en sloeg haar armen eromheen. Ze zuchtte. 'Niets. We nemen gewoon de tijd. Ik heb nog nooit... je weet wel.'

'Jace wel,' zei Isabelle. 'Tenminste, dat neem ik aan. Ik weet het niet helemaal zeker. Maar als je ooit iets nodig hebt…' Ze liet de rest van de zin in de lucht zweven.

'Iets nodig?'

'Bescherming. Snap je? Je kunt nooit voorzichtig genoeg zijn,' zei Isabelle. Het klonk erg praktisch, alsof ze het over extra knopen had. 'Je zou denken dat de Engel ons een anticonceptierune had gegeven, maar helaas.'

'Natuurlijk ben ik voorzichtig,' stamelde Clary. Ze voelde dat haar wangen vuurrood werden. 'Genoeg. Dit is ongemakkelijk.'

'Dit is meidenpraat,' zei Isabelle. 'Jij vindt dit alleen ongemakkelijk omdat Simon je enige vriend is. En met hem kun je niet over Jace praten. Dat zou pas ongemakkelijk zijn.'

'Heeft Jace echt niets tegen jou gezegd? Over wat hem dwarszit?' vroeg Clary met een zacht stemmetje. 'Echt niet?'

'Dat hoefde niet,' zei Isabelle. 'Ik zie toch hoe het met jou gaat. En Jace is ook constant in een grafstemming. Je had eerder naar me toe moeten komen.'

'Gaat het verder wel goed met hem?' vroeg Clary heel zachtjes.

Isabelle stond op van het bed. 'Nee,' zei ze. 'Het gaat helemaal niet goed met hem. En met jou?'

Clary schudde haar hoofd.

'Dat dacht ik al,' zei Isabelle.

Tot Simons verrassing probeerde Camille zich niet eens te verdedigen toen ze de schaduwjagers zag. Ze schreeuwde en rende naar de deur, totdat ze zich realiseerde dat het licht was buiten en dat ze tot as zou verbranden als ze de bank uit zou rennen. Ze hapte naar adem en ging met haar rug tegen een muur staan. Haar snijtanden staken uit haar mond en er kwam een laag sisgeluid uit haar keel.

De schaduwjagers van het Verbond zwermden om Simon heen als zwarte kraaien. Simon stapte opzij. Hij zag hoe Jace met een gezicht zo wit en strak als marmer een zwaard door een van de onderdanen stak. Hij deed het met zo'n achteloos gebaar, dat het leek alsof hij een vlieg wegsloeg. Maryse liep voorop. Haar wapperende zwarte haar deed Simon aan Isabelle denken. Ze doodde de tweede onderdaan met een trekzaagbeweging van haar serafijnendolk en stormde met uitgestoken dolk op Camille af. Jace stond aan haar ene kant en een andere schaduwjager – een lange man met runen op zijn onderarmen als verstrengelde wijnranken – stond aan haar andere kant.

De rest van de schaduwjagers had zich verspreid. Ze onderzochten de bank met die dingen die ze gebruikten om demonenactiviteit op te sporen. Sensoren. Ze negeerden de lichamen van Camilles menselijke onderdanen, die bewegingloos in plassen opdrogend bloed lagen. Ze negeerden Simon ook. Hij had net zo goed een pilaar kunnen zijn.

'Camille Belcourt,' zei Maryse. Haar stem weerkaatste van de marmeren muren. 'Je hebt de Wet overtreden en je zult gestraft worden. Geef je je over en ga je met ons mee of verzet je je?'

Camille huilde en deed geen poging om haar tranen, die vermengd waren met bloed, te verbergen. Terwijl ze snikte, trokken er rode lijnen over haar witte gezicht. 'Walker... en mijn Archer...'

Maryse keek verbijsterd. Ze keek naar de man links van haar. 'Wat zegt ze, Kadir?'

'Haar menselijke dienaren,' antwoordde hij. 'Ik geloof dat ze rouwt om hun dood.'

Maryse maakte een achteloos gebaar met haar hand. 'Het is tegen de Wet om onderdanen te maken van mensen.'

'Ik had ze al voordat benedenlingen zich aan die vervloekte wetten moesten houden, trut. Ze waren al tweehonderd jaar bij me. Ze waren als kinderen voor me.'

Maryse verstevigde haar grip om het handvat van haar dolk. 'Wat weet jij van kinderen?' fluisterde ze. 'Jouw soort kan alleen maar vernietigen.'

Camilles met tranen bedekte gezicht kreeg heel even een triomfantelijke blik. 'Ik wist het,' zei ze. 'Wat jij verder ook zegt, welke leugens jij ook verkondigt... jij haat onze soort. Of niet?'

Maryses gezicht verstarde. 'Grijp haar,' zei ze. 'Breng haar naar het Sanctuarium.'

Jace liep snel naar Camille en greep haar arm. Kadir pakte haar andere arm. Ze hielden haar stevig tussen hen in geklemd.

'Camille Belcourt, je wordt beschuldigd van de moord op mensen,' sprak Maryse op formele toon. 'En de moord op schaduwjagers. Je zult overgebracht worden naar het Sanctuarium, waar je verhoord zult worden. Op het doden van schaduwjagers staat de doodstraf, maar er is een mogelijkheid dat wij jouw leven sparen als je met ons meewerkt. Begrijp je wat ik zeg?' vroeg Maryse.

Camille schudde opstandig haar hoofd. 'Er is maar één man door wie ik verhoord wil worden,' zei ze. 'Als hij er niet is, vertel ik jullie niets. Jullie kunnen me vermoorden, maar ik zal jullie niets vertellen.'

'En wie is die man?' zei Maryse.

Camille liet haar tanden zien. 'Magnus Bane.'

'Magnus Bane?' zei Maryse stomverbaasd. 'De hoge heksenmeester van Brooklyn? Waarom wil je hem spreken?'

'Ik praat met hém,' zei Camille weer, 'of ik praat met niemand.'

En dat was het. Daarna zei ze niets meer. Simon keek toe hoe ze werd weggesleept door de schaduwjagers. Hij voelde zich niet triomfantelijk, zoals hij van tevoren had gedacht. Hij voelde zich leeg en misselijk. Hij keek naar de lichamen van de onderdanen. Hij had ze niet echt gemogen, maar ze hadden er niet om gevraagd om te worden wat ze waren. Niet echt, in elk geval. Dat had Camille misschien ook niet. Maar toch zagen de Nephilim haar als een monster. En misschien niet alleen omdat ze schaduwjagers had vermoord. Misschien konden ze haar gewoon niet op een andere manier zien.

Camille was door de Poort geduwd. Jace stond aan de andere kant en gebaarde ongeduldig naar Simon. 'Kom je nog of niet?' riep hij.

Wat jij verder ook zegt, welke leugens jij ook verkondigt... jij haat onze soort.

'Ik kom,' zei Simon. Met tegenzin liep hij naar de Poort.

12

Het Sanctuarium

'Waarom denk je dat Camille Magnus wil zien?' vroeg Simon.

Hij stond met Jace tegen de achterste muur van het Sanctuarium, een enorme ruimte die aan het centrale gedeelte van het Instituut verbonden was met een smalle gang. Het was niet echt onderdeel van het Instituut. Het Sanctuarium was opzettelijk niet ingewijd. Het was geen heilige plek, dus er konden demonen en vampiers vastgehouden worden. Sinds projectie was uitgevonden, waren Sanctuaria een beetje uit de mode geraakt, had Jace aan Simon verteld, maar zo nu en dan kwamen ze toch nog van pas. Zoals nu, bijvoorbeeld.

Het was een grote ruimte met stenen muren en pilaren en twee grote deuren, die leidden naar de gang waardoor je naar het Instituut kon lopen. Wie of wat hier door de jaren heen ook gevangen was gehouden, de diepe groeven in de stenen vloer gaven aan dat het er behoorlijk heftig aan toe was gegaan. Simon vroeg zich af hoeveel tijd hij nog in enorme ruimtes met pilaren moest doorbrengen. Camille stond tegen een van de pilaren, met haar handen op haar rug en aan beide kanten schaduwjagers. Maryse ijsbeerde door de ruimte en overlegde af en toe met Kadir. Ze was blijkbaar een plan aan het bedenken. Er waren geen ramen – dat was natuurlijk vanwege de vampiers – maar er brandden fakkels met heksenlicht, die een vreemde, witte gloed over de ruimte wierpen.

'Ik heb geen idee,' zei Jace. 'Misschien wil ze een paar mode-tips.'

'Ha,' zei Simon. 'Wie is die gast bij je moeder? Hij komt me bekend voor.'

'Dat is Kadir,' zei Jace. 'Je hebt zijn broer Malik waarschijn-lijk wel eens ontmoet. Hij is omgekomen op Valentijns schip. Kadir is na mijn moeder de belangrijkste persoon in het Verbond. Hij is haar rechterhand.'

Simon zag hoe Kadir Camilles armen naar achteren trok, zodat ze om de pilaar heen zaten. Hij sloeg handboeien om haar polsen en de vampier schreeuwde.

'Heilig metaal,' zei Jace, zonder enige emotie te vertonen. 'Daar kunnen ze niet tegen. Het verbrandt hun huid.'

Ze, dacht Simon. Je bedoelt 'jij'. Ik ben net als zij. Ik ben niet anders omdat jij mij kent.

Camille jammerde. Kadir stapte naar achteren. Hij vertrok geen spier. De runen op zijn donkere huid liepen via zijn armen naar zijn keel. Hij draaide zich om en zei iets tegen Maryse. Simon verstond de woorden 'Magnus' en 'vuurbericht'.

'Magnus weer,' zei Simon. 'Is hij niet op reis?'

'Magnus en Camille zijn allebei heel oud,' zei Jace. 'Ze zou-den elkaar best kunnen kennen.' Hij haalde zijn schouders op. Het onderwerp interesseerde hem blijkbaar niet zoveel. 'Hoe dan ook, ik denk dat ze besluiten om Magnus op te roepen. Maryse wil informatie. Ze weet dat Camille die schaduwjagers niet zomaar heeft vermoord. Er zijn makkelijker manieren om aan bloed te komen.'

Simon dacht aan Maureen en hij werd misselijk. 'Nou ja,' zei hij terwijl hij probeerde nonchalant te klinken, 'dat betekent dat Alec terugkomt. Dat is fijn, toch?'

'Ja, hoor.' Jace' stem klonk levenloos. Hij zag er ook niet zo goed uit. Door het witte licht in de ruimte staken zijn jukbeen-deren nog scherper af tegen zijn gezicht en het was duidelijk te zien dat hij was afgevallen. Zijn nagels waren afgebeten tot bloederige stompjes en hij had donkere kringen onder zijn ogen.

'Maar je plan heeft in elk geval gewerkt,' zei Simon, in een poging Jace wat vrolijker te maken. Het was Jace' idee geweest dat Simon een foto zou maken met zijn mobiele telefoon en die naar het Verbond zou sturen, zodat ze een Poort konden maken. 'Het was een goed idee.'

'Ik wist dat het zou werken.' Jace klonk verveeld. Hij keek op toen de deuren naar het Instituut openzwaaiden en Isabelle met haar wapperende zwarte haar naar binnen kwam. Ze keek om zich heen en schonk amper aandacht aan Camille en de andere schaduwjagers. Ze kwam recht op Jace en Simon afgelopen. Haar hakken klikten op de stenen vloer.

'Begrijp ik nou goed dat jullie die arme Magnus en Alec van hun vakantie willen terugroepen?' vroeg ze. 'Ze hebben kaartjes voor de opera!'

Jace legde uit wat er was gebeurd, terwijl Isabelle met haar handen in haar zij luisterde en Simon compleet negeerde.

'Oké,' zei ze toen hij klaar was met zijn verhaal. 'Maar dat is belachelijk, natuurlijk. Ze doet niets anders dan tijdrekken. Wat heeft zij in hemelsnaam te zeggen tegen Magnus?' Ze keek over haar schouder naar Camille, die nu niet alleen geboeid, maar helemaal vastgebonden zat aan de pilaar. Een zilvergouden ketting zat om haar romp, haar knieën en zelfs om haar enkels gebonden. Ze kon geen kant op. 'Is dat heilig metaal?'

Jace knikte. 'De handboeien zijn zo gemaakt dat ze haar polsen beschermen, maar als ze te veel beweegt…' Hij maakte een sissend geluid. Simon herinnerde zich hoe zijn handen hadden gebrand en hoe zijn huid had gebloed toen hij de davidster in zijn cel in Idris had aangeraakt. Hij moest zich inhouden om niet uit te vallen tegen Jace.

'Nou, terwijl jullie op vampierjacht waren, heb ik een hydrademon verslagen,' zei Isabelle. 'Met Clary.'

Jace, die tot dan toe nergens interesse in leek te tonen, stond ineens rechtovereind. 'Met Clary? Heb je haar meegenomen op demonenjacht? Isabelle…'

'Natuurlijk niet. Ze was al lang en breed aan het vechten tegen de tijd dat ik er was.'

'Maar hoe wist je…?'

'Ze had me een sms'je gestuurd,' zei Isabelle. 'Dus toen ging ik erheen.' Ze bestudeerde haar nagels, die er zoals altijd perfect uitzagen.

'Heeft ze jóú ge-sms't?' Jace greep Isabelles pols. 'Hoe is het nu met haar? Is ze gewond geraakt?'

Isabelle keek naar zijn hand om haar pols en toen weer naar zijn gezicht. Simon kon niet zien of hij haar echt pijn deed, maar haar blik was messcherp en het sarcasme in haar stem ook. 'Ja, ze ligt boven dood te bloeden, maar ik heb het je niet gelijk verteld, omdat ik de spanning een beetje wilde opbouwen.'

Het leek alsof Jace zich ineens bewust werd van wat hij deed en hij liet Isabelles pols los. 'Is ze hier?'

'Boven,' zei Isabelle. 'Aan het rusten…'

Maar Jace was al weg. Hij rende naar de deuren, stormde erdoorheen en verdween uit het zicht. Isabelle keek hem na en schudde haar hoofd.

'Dat was te voorspellen, natuurlijk,' zei Simon.

Heel even zei ze helemaal niets. Hij vroeg zich af of ze van plan was om hem voor altijd te blijven negeren. 'Weet ik,' zei ze uiteindelijk. 'Ik zou alleen willen dat ik wist wat er met ze aan de hand was.'

'Ik geloof dat ze dat zelf ook niet weten.'

Isabelle beet op haar onderlip. Ze zag er ineens heel jong en voor haar doen erg onzeker uit. Ze zat duidelijk ergens mee en Simon wachtte in stilte af tot ze iets zou zeggen. 'Ik wil niet zo zijn,' zei ze. 'Kom. Ik wil met je praten.' Ze liep op de deuren naar het Instituut af.

'Echt?' Simon was verbijsterd.

Ze draaide zich om en staarde hem aan. 'Nu nog wel, ja. Maar ik kan niet beloven dat het lang gaat duren.'

Simon stak zijn handen omhoog. 'Ik wil met je praten, Iz. Maar ik kan het Instituut niet in.'

Isabelle fronste. 'Waarom niet?' Ze keek van hem naar de deuren, naar Camille en weer terug naar hem. 'O. Oké. Maar hoe ben je hier dan gekomen?'

'Met een Poort,' zei Simon. 'Maar Jace zei dat er een deur naar buiten is. Zodat vampiers hier ook kunnen komen.' Hij wees naar een kleine deur in de muur, een paar meter verderop. De deur zat vast met een roestige ijzeren grendel, alsof hij al een tijdje niet was gebruikt.

Isabelle haalde haar schouders op. 'Prima.'

De grendel maakte een piepend geluid toen ze eraan trok en stukjes roest schoten als rode regen de lucht in. Aan de andere kant van de deur was een kleine, stenen ruimte. Het leek wel een sacristie van een kerk. Er waren ook twee deuren, die waarschijnlijk naar buiten leidden. Er waren geen ramen, maar er kwam koude lucht langs de randen van de deuren. Isabelle rilde in haar korte jurk.

'Hoor eens, Isabelle,' zei Simon, die vermoedde dat het aan hem was om dit gesprek te beginnen. 'Het spijt me echt. Er is geen excuus voor...'

'Dat is er inderdaad niet,' zei Isabelle. 'En als je toch bezig bent, wil je me misschien ook vertellen waarom jij omgaat met de jongen die Maia in een weerwolf heeft veranderd.'

Simon vertelde haar het verhaal dat Jordan hem had verteld. Hij probeerde alles zo neutraal mogelijk te houden. Het leek hem in elk geval belangrijk om Isabelle te vertellen dat hij eerst niet had geweten wie Jordan was en dat Jordan spijt had van wat hij had gedaan. 'Niet dat het daarom ineens oké is,' eindigde hij zijn verhaal. 'Maar, nou ja...' We hebben allemaal wel eens slechte dingen gedaan. Hij kon het niet opbrengen om haar over Maureen te vertellen. Nu niet.

'Ik begrijp het,' zei Isabelle. 'En ik heb wel eens gehoord van Praetor Lupus. Als ze hem als lid willen, is hij geen complete mislukkeling.' Ze keek Simon met samengeknepen ogen aan. 'Al snap ik niet waarom jij iemand nodig hebt om jou te beschermen. Jij hebt...' Ze wees naar haar voorhoofd.

'Ik wil niet dat de rest van mijn leven mensen tegen me op rennen en worden vernietigd door het teken,' zei Simon. 'Ik moet weten wie mij probeert te vermoorden. Jordan helpt me daarmee. En Jace ook.'

'Denk je echt dat Jordan je helpt? Want de Kloof heeft wel wat te zeggen over Praetor. We kunnen hem laten overplaatsen.'

Simon aarzelde. 'Ja,' zei hij. 'Ik denk wel dat hij echt helpt. En ik kan niet altijd afhankelijk blijven van de Kloof.'

'Oké.' Isabelle leunde achterover tegen de muur. 'Heb je je ooit afgevraagd waarom ik zo anders ben dan mijn broers?' vroeg ze zomaar ineens. 'Alec en Jace, bedoel ik.'

Simon knipperde verbaasd met zijn ogen. 'Je bedoelt behalve het feit dat jij een meisje bent en zij... niet?'

'Nee, dat bedoel ik niet, idioot. Ik bedoel, kijk eens naar ze. Ze hebben er geen probleem mee om verliefd te worden. Ze zíjn allebei verliefd. Het echte werk. Voor altijd en zo. Kijk eens naar Jace. Hij houdt van Clary alsof... alsof er niets anders in de wereld bestaat. En Alec is hetzelfde. En Max...' Haar stem sloeg over. 'Ik weet niet hoe het voor hem geweest zou zijn. Maar hij vertrouwde iedereen. En het is je waarschijnlijk wel opgevallen dat ik niemand vertrouw.'

'Mensen verschillen,' zei Simon, die begripvol probeerde te klinken. 'Dat betekent niet dat zij gelukkiger zijn dan jij...'

'Natuurlijk wel,' zei Isabelle. 'Dacht je dat ik dat niet wist?' Ze keek Simon fel aan. 'Je kent mijn ouders.'

'Niet zo goed.' Ze hadden niet staan springen om Isabelles vampiervriendje te ontmoeten, waardoor Simon nog meer het idee had gekregen dat hij slechts het laatste exemplaar in een lange rij ongewenste aanbidders was.

'Je weet dat ze allebei in de Cirkel zaten, toch? Maar ik durf te wedden dat je niet weet dat dat allemaal mijn moeders idee was. Mijn vader was nooit echt enthousiast over Valentijn en zijn ideeën. Ik geloof dat toen ze verbannen werden en zich realiseerden dat ze hun leven praktisch verwoest hadden, hij haar de schuld gaf. Maar ze hadden Alec al en mijn moeder was zwanger van mij, dus hij bleef, hoewel hij volgens mij eigenlijk weg wilde. En toen Alec een jaar of negen was, leerde hij iemand anders kennen.'

'Jee,' zei Simon. 'Dus je vader heeft je moeder bedrogen? Dat is... dat is verschrikkelijk.'

'Ze heeft het me verteld,' zei Isabelle. 'Ik was toen dertien. Ze vertelde me dat hij eigenlijk bij haar weg had gewild, maar dat ze er toen achter kwamen dat ze zwanger was van Max. Ze zijn daarom toch bij elkaar gebleven en hij heeft het uitgemaakt met die andere vrouw. Mijn moeder heeft me niet verteld wie het was. Ze vertelde me wel dat je mannen nooit kunt vertrouwen. En ze zei me dat ik het aan niemand mocht vertellen.'

'Heb je dat ook nooit gedaan?'

'Tot nu toe niet,' zei Isabelle.

Simon dacht aan de jonge Isabelle en hoe zij het geheim moest bewaren voor haar broers en het aan niemand mocht vertellen. Ze wist dingen over hun familie die zij nooit zouden weten. 'Ze had dat nooit van je mogen vragen,' zei hij. Het maakte hem kwaad. 'Dat was niet eerlijk.'

'Misschien niet,' zei Isabelle. 'Ik voelde me er bijzonder door. Ik dacht er niet over na dat het me misschien kon veranderen. Maar ik zie hoe mijn broers hun hart weggeven en dan denk ik: weten jullie niet beter? Harten kunnen breken. En zelfs als je hart weer heelt, ben je daarna nooit meer hetzelfde, denk ik.'

'Misschien word je er beter van,' zei Simon. 'Ik weet dat ik er beter van ben geworden.'

'Je bedoelt Clary,' zei Isabelle. 'Zij heeft jouw hart gebroken.'

'In kleine stukjes. Weet je, als een meisje liever haar eigen broer heeft dan jij, is dat niet best voor je zelfvertrouwen. Ik hoopte dat ze erachter zou komen dat het nooit iets kon worden met Jace en dat ze dan bij me terug zou komen. Maar uiteindelijk kwam ik erachter dat ze altijd van Jace zou houden, of het nou iets kon worden of niet. Als ze alleen met mij was omdat ze hem niet kon krijgen, was ik liever alleen. Dus toen heb ik het uitgemaakt.'

'Ik wist niet dat jij het had uitgemaakt,' zei Isabelle. 'Ik ging ervan uit...'

'Dat ik geen zelfrespect had?' Simon glimlachte spottend.

'Ik dacht dat je nog steeds verliefd was op Clary,' zei Isabelle. 'En dat je daarom geen serieuze relatie met iemand anders wilde.'

'En jij kiest jongens die jou niet serieus nemen,' zei Simon. 'Zodat jij ook nooit serieuze gevoelens voor hen krijgt.'

Isabelles ogen glommen toen ze naar hem keek, maar ze zei niets.

'Ik geef om je,' zei Simon. 'Ik heb altijd om je gegeven.'

Ze nam een stap in zijn richting. Ze stonden behoorlijk dicht bij elkaar in de kleine ruimte en hij hoorde haar ademhaling en daaronder het kloppen van haar hart. Ze rook naar shampoo, zweet en gardeniaparfum. En naar schaduwjagersbloed.

De gedachte aan bloed deed hem denken aan Maureen en zijn lichaam verstijfde. Isabelle merkte het. Natuurlijk merkte ze het. Ze was een strijder. Haar zintuigen stonden altijd op scherp en ze zag zelfs de kleinste veranderingen in iemand. Ze trok zich terug en haar uitdrukking verstrakte. 'Oké,' zei ze. 'Ik ben blij dat we even gepraat hebben.'

'Isabelle...'

Maar ze was al weg. Hij liep haar achterna naar het Sanctuarium, maar ze bewoog snel. Tegen de tijd dat de deur van het kleine kamertje achter hem dichtviel, was ze al halverwege de ruimte. Hij gaf het op en keek toe hoe ze door de dubbele deuren naar het Instituut verdween. Hij wist dat hij haar niet kon volgen.

Clary kwam overeind en schudde haar hoofd om het versufte gevoel eruit te krijgen. Het duurde even voordat ze zich herinnerde waar ze was: in een logeerkamer in het Instituut. Het enige licht in de kamer kwam door een hoog raam. Het was blauw licht. Schemer. Ze zat verstrikt in het laken. Haar spijkerbroek, jas en schoenen lagen op een net stapeltje op een stoel naast het bed. En naast haar zat Jace, die naar haar keek, alsof ze hem tevoorschijn had getoverd door over hem te dromen.

Hij zat op het bed en droeg zijn tenue, alsof hij net van een gevecht was gekomen. Zijn haar zat door de war en het schemerlicht scheen op de donkere schaduwen onder zijn ogen, de holten van zijn slapen en zijn jukbeenderen. In dit licht had hij de extreme en bijna onwerkelijke schoonheid van een schilderij van Modigliani met zijn verlengde vlakken en hoeken.

Ze wreef in haar ogen en knipperde haar slaap weg. 'Hoe laat is het?' zei ze. 'Hoelang...'

Hij trok haar naar zich toe en kuste haar, en heel even verstijfde ze. Ze was zich er ineens heel erg van bewust dat ze slechts een dun T-shirt en ondergoed droeg. Toen gaf ze zich over. Het was een kus waarvan haar ingewanden week werden. Een kus die haar het gevoel had kunnen geven dat er niets aan de hand was en dat alles was zoals het eerst was geweest en dat hij gewoon blij was om haar te zien. Maar toen zijn handen haar T-shirt omhoogtrokken, duwde ze hem weg.

'Nee,' zei ze terwijl ze haar vingers om zijn polsen sloot. 'Je kunt me niet steeds zomaar grijpen als je me ziet. Dat is geen alternatief voor praten.'

Hij ademde haperend en zei: 'Waarom heb je Isabelle gesms't en niet mij? Als je in de problemen zat...'

'Omdat ik wist dat zij zou komen,' zei Clary. 'En dat weet ik bij jou niet. Niet meer.'

'Als er iets met je was gebeurd...'

'Dan had je dat uiteindelijk wel gehoord. Als je een keer ophield met je te goed te voelen om de telefoon op te nemen.' Ze hield zijn polsen nog steeds vast. Ze liet ze nu los en liet zich achterovervallen. Het was moeilijk, fysiek moeilijk, om zo dicht bij hem te zijn en hem niet aan te raken, maar ze dwong zichzelf om haar handen langs haar lichaam te leggen en ze daar te houden. 'Of je vertelt me wat er aan de hand is, of je verlaat de kamer.'

Zijn mond viel een stukje open, maar hij zei niets. Ze had al heel lang niet op zo'n manier tegen hem gepraat. 'Het spijt me,' zei hij uiteindelijk. 'Ik bedoel, ik weet dat je geen reden hebt om naar me te luisteren, na hoe ik me gedragen heb de laatste tijd. En ik had hier waarschijnlijk niet eens moeten komen. Maar toen Isabelle zei dat je gewond was, kon ik niet wegblijven.'

'Een paar brandwonden,' zei Clary. 'Niet belangrijk.'

'Ik vind alles wat er met jou gebeurt belangrijk.'

'Nou, dat verklaart dan waarom je me niet één keer hebt teruggebeld. De laatste keer dat ik je zag, rende je weg zonder mij te vertellen waarom. Het is alsof ik iets heb met een spook.'

Jace' mondhoek krulde aan één kant lichtjes omhoog. 'Niet echt. Vraag maar aan Isabelle. Die heeft echt een keer iets met een spook gehad.'

'Nee,' zei Clary. 'Het was beeldspraak. En je weet precies wat ik bedoel.'

Heel even was hij stil. 'Laat me die brandwonden eens zien,' zei hij toen.

Ze stak haar armen uit. Er zaten felrode vegen op de binnenkant van haar polsen, waar het bloed van de demon op had gespetterd. Hij pakte haar polsen voorzichtig vast en keek haar eerst even aan om toestemming te vragen. Daarna draaide hij ze om. Ze herinnerde zich de eerste keer dat hij haar had aangeraakt. Het was op straat, vlak bij Java Jones. Hij had haar handen afgespeurd op tekens die ze niet had. 'Demonenbloed,' zei hij. 'Dat trekt binnen een paar uur weg. Doet het pijn?'

Clary schudde haar hoofd.

'Ik wist het niet,' zei hij. 'Ik wist niet dat je me nodig had.'

Haar stem trilde. 'Ik heb je altijd nodig.'

Hij boog zijn hoofd en kuste de brandwond op haar pols. Een gloed van hitte ging door haar heen, als een hete spijker die van haar pols naar haar buik trok. 'Ik wist het niet,' zei hij. Hij kuste de brandwond op haar onderarm, en toen die erboven en daarboven, tot hij bij haar schouder was. Zijn lichaam drukte haar achterover, totdat ze tegen de kussens lag. Hij lag boven op haar en leunde op zijn ellebogen om haar niet te verpletteren met zijn gewicht. Hij keek naar haar.

Zijn ogen leken altijd donkerder te worden als ze kusten, alsof het verlangen zorgde voor een verandering van kleur. Hij streelde het witte stervormige litteken op haar schouder. Het litteken dat ze allebei hadden en dat betekende dat ze als kind in aanraking waren gekomen met engelen. 'Ik weet dat ik de laatste tijd raar doe,' zei hij. 'Maar het ligt niet aan jou. Ik hou van je. Dat zal nooit veranderen.'

'Maar wat…'

'Ik denk dat alles wat er in Idris is gebeurd… Valentijn, Max, Hodge, zelfs Sebastian… ik probeerde het allemaal te verdringen. Ik wilde het vergeten, maar het haalt me ineens allemaal in. Ik… ik zoek hulp. Ik word beter. Ik beloof het.'

'Je belooft het.'

'Ik zweer het op de Engel.' Hij boog voorover en kuste haar wang. 'De Engel kan me gestolen worden. Ik zweer het op ons.'

Clary draaide haar vingers in de mouw van zijn T-shirt. 'Waarom op ons?'

'Omdat er niets is waar ik meer in geloof.' Hij kantelde zijn hoofd. 'Als we ooit zouden trouwen,' begon hij, en hij voelde hoe ze verstijfde, want hij glimlachte. 'Maak je geen zorgen, dit is geen aanzoek. Ik vroeg me gewoon af wat je wist over bruiloften van schaduwjagers.'

'Geen ringen,' zei Clary, die met haar vingers de zachte huid van de achterkant van zijn nek streelde. 'Alleen runen.'

'Eentje hier,' zei hij, terwijl hij zijn vingertop zachtjes op de plek legde waar haar litteken zat. 'En eentje hier.' Hij liet zijn vingertop over haar arm en langs haar sleutelbeen naar beneden glijden, totdat hij bij haar bonzende hart was. 'Het ritueel komt uit Hooglied. "Draag mij als een zegel op je hart, als een zegel op je arm. Sterk als de dood is de liefde."'

'Onze liefde is sterker dan de dood,' fluisterde Clary, die zich herinnerde hoe ze hem weer tot leven had gebracht. En toen zijn ogen dit keer donkerder werden, trok ze hem naar zich toe.

Ze zoenden heel lang, totdat bijna al het licht uit de kamer was getrokken en er alleen nog schaduwen waren. Jace bewoog zijn handen niet en probeerde haar niet aan te raken. Het was alsof hij wachtte op toestemming van haar.

Ze realiseerde zich dat zij degene zou moeten zijn die verder zou moeten gaan, als ze dat zou willen. En ze wilde het. Hij had toegegeven dat er iets mis was en dat het niets met haar te maken had. Dat was vooruitgang. Positieve vooruitgang. Hij moest beloond worden, toch? Er verscheen een kleine grijns om haar mond. Wie hield ze nou voor de gek? Ze wilde hem. Omdat hij Jace was. Omdat ze van hem hield. Omdat hij zo knap was dat ze hem af en toe in zijn arm wilde knijpen, om te controleren of hij wel echt was.

Dat deed ze.

'Au,' zei hij. 'Waar was dat voor?'

'Doe je shirt uit,' fluisterde ze. Ze stak haar hand uit, maar hij was haar voor. Hij trok zijn shirt over zijn hoofd en gooide het achteloos op de grond. Hij schudde zijn haar los en ze verwachtte bijna dat er vonken van zijn gouden lokken af zouden springen.

'Ga zitten,' zei ze zachtjes. Haar hart bonsde. Ze nam normaal gesproken niet het initiatief in dit soort situaties, maar hij leek het niet erg te vinden. Hij kwam langzaam overeind en trok haar met zich mee, totdat ze allebei op de warboel van lakens zaten. Ze klom bij hem op schoot, in spreidstand op zijn heupen. Nu waren hun gezichten op gelijke hoogte. Ze hoorde hoe hij zijn adem inhield en hij stak zijn handen uit naar haar shirt, maar ze duwde hem zachtjes weer weg en plaatste haar eigen handen op hem. Ze keek toe hoe haar vingers over zijn borstkas en armen gleden. Zijn biceps, waar de tekens door elkaar liepen, het stervormige litteken op zijn schouder. Ze ging met haar wijsvinger over zijn borstspieren en het platte wasbord van zijn buik. Ze ademden allebei snel toen ze zijn broekriem beetpakte, maar hij bewoog niet. Hij keek haar alleen maar aan met een blik die zei: *Wat jij wilt.*

Haar hart ging tekeer en ze liet zijn broek los. In plaats daarvan trok ze haar eigen shirt over haar hoofd. Ze wilde dat ze een iets spannender beha had aangehad. Ze droeg er nu eentje van eenvoudig wit katoen. Maar toen ze weer opkeek en Jace' uitdrukking zag, verdween die gedachte. Zijn mond stond een stukje open en zijn ogen waren bijna zwart. Ze zag haar eigen spiegelbeeld erin en ze wist dat het hem niet uitmaakte of haar beha wit, zwart of neongroen was. Alles wat hij zag was haar.

Ze pakte zijn handen en legde ze om haar middel, alsof ze zei: *Je mag me nu aanraken.* Hij keek op en haar mond sloot zich over de zijne. Ze kusten weer, maar dit keer hevig in plaats van smachtend. Een heet, snel brandend vuur. Zijn handen waren koortsachtig: in haar haar, op haar lichaam. Hij trok haar omlaag, zodat ze onder hem lag, en terwijl hun ontblote huid over elkaar heen gleed, werd ze zich ervan bewust dat er echt niets meer tussen hen in zat behalve zijn spijkerbroek en haar beha en onderbroek. Ze verstrengelde haar handen in zijn zijdeachtige, rommelige haar. Ze hield zijn hoofd vast terwijl hij haar hals kuste. *Hoever gaan we? Wat doen we?* vroeg een klein gedeelte van haar hersenen, maar de rest schreeuwde dat dat kleine gedeelte zijn kop moest houden. Ze wilde hem blijven aanraken en hem blijven zoenen. Ze wilde dat hij haar vasthield en ze wilde weten dat hij echt was, hier met haar, en dat hij nooit meer weg zou gaan.

Zijn vingers vonden de sluiting van haar beha. Ze spande haar spieren. Zijn ogen waren groot en gaven licht in het donker. Hij glimlachte langzaam. 'Mag dit?'

Ze knikte. Ze ademde snel. Niemand had haar ooit topless gezien. Jongens niet, in elk geval. Alsof hij merkte dat ze nerveus was, legde hij zijn hand zachtjes op haar wang. Zijn lippen plaagden de hare en hij kuste haar heel zachtjes totdat het voelde alsof haar hele lichaam uiteen zou spatten van spanning. Zijn rechterhand streelde haar wang en haar schouder en ze voelde zijn eeltplekken. Hij probeerde haar gerust te stellen, maar ze was zich nog steeds erg bewust van zijn andere hand, die zich bij haar behasluiting bevond. Ineens gleed die hand weg van haar rug. Het leek alsof hij iets probeerde te pakken, iets wat achter hen lag. Wat deed hij?

Clary dacht ineens aan wat Isabelle had gezegd over bescherming. O, dacht ze. Ze verstijfde een beetje en trok zich terug. 'Jace, ik weet niet zeker...'

Er was een flits van iets zilvers in het donker en ze voelde iets koels en scherps tegen de zijkant van haar arm. Eerst was ze alleen verrast, toen voelde ze pijn. Ze trok haar handen terug en knipperde met haar ogen. Ze zag een streep donker bloed op haar huid en een ondiepe snee liep van haar elleboog naar haar pols. 'Au,' zei ze, meer uit irritatie dan vanwege de pijn. 'Wat...'

Jace sprong met één beweging van haar en van het bed af. Hij stond plotseling in het midden van de kamer, met zijn shirt uit en zijn gezicht lijkbleek.

Clary hield haar hand over haar gewonde arm en kwam overeind. 'Jace, wat...'

Ze brak haar zin af. In zijn linkerhand had hij een mes. Het was het mes met het zilveren handvat dat ze had gezien in de kist die van zijn vader was geweest. Er zat een veeg bloed op het snijgedeelte.

Ze keek naar haar hand en toen weer naar hem. 'Ik begrijp niet...'

Hij opende zijn hand en het mes kletterde op de grond. Heel even keek hij alsof hij weer zou wegrennen, net als in het steegje bij de kroeg. Maar toen zakte hij naar de grond en legde zijn hoofd in zijn handen.

'Ik mag haar wel,' zei Camille toen de deuren achter Isabelle dichtsloegen. 'Ze doet me een beetje aan mezelf denken.'

Simon draaide zich om en keek naar haar. Het was vrij donker in het Sanctuarium, maar hij kon haar duidelijk zien. Ze stond tegen de pilaar, met haar handen achter zich vastgebonden. Er stond een schaduwjager bij de deuren naar het Instituut, maar hij had Camille waarschijnlijk niet gehoord, of hij was gewoon niet in haar geïnteresseerd.

Simon liep een stukje naar Camille toe. De kettingen waarmee ze vastzat, fascineerden hem. Heilig metaal. Het glom tegen haar bleke huid en hij dacht dat hij een paar straaltjes bloed rond de boeien om haar hand kon zien lopen. 'Ze lijkt echt totaal niet op je.'

'Dat denk jij.' Camille kantelde haar hoofd opzij. Haar blonde haar viel perfect rond haar gezicht, al had ze het niet kunnen aanraken. 'Je bent zo dol op ze,' zei ze. 'Jouw schaduwjagersvriendjes. Zoals een valk houdt van de meester die hem vastbindt en verblindt.'

'Zo is het helemaal niet,' zei Simon. 'Schaduwjagers en benedenlingen zijn geen vijanden van elkaar.'

'Je kunt niet eens in hun huis komen,' zei ze. 'Je wordt buitengesloten. Je wilt niets liever dan hen dienen. Je zou nog met ze vechten tegen je eigen soort.'

'Ik heb geen soort,' zei Simon. 'Ik ben niet een van hen. Maar ik ben ook niet een van jullie. En ik zou liever zoals zij zijn dan zoals jij.'

'Jij bent wel een van ons.' Ze bewoog ongeduldig heen en weer. Haar kettingen rinkelden en ze gaf een kleine snik van pijn. 'Er is iets wat ik je niet heb verteld, toen we bij de bank waren. Maar het is wel waar.' Ze glimlachte door haar pijn heen. 'Ik ruik mensenbloed bij jou. Je hebt je onlangs gevoed. Met aards bloed.'

Simon voelde een golf van angst door zich heen trekken. 'Ik...'

'Het was fantastisch, of niet?' Haar rode lippen krulden omhoog. 'De eerste keer sinds je vampierbestaan dat je geen honger had.'

'Nee,' zei Simon.

'Je liegt.' Er zat overtuiging in haar stem. 'Ze proberen ons te laten vechten tegen onze driften, de Nephilim. Ze willen ons alleen accepteren als we ons anders voordoen dan we zijn... geen jagers, geen rovers. Jouw vrienden zullen nooit accepteren wat jij bent, alleen als je doet alsof je anders bent. Wat jij voor hen zou doen, zouden ze nooit voor jou doen.'

'Ik weet niet waarom je me dit allemaal vertelt,' zei Simon. 'Wat gebeurd is, is gebeurd. Ik ga je niet vrijlaten. Ik heb mijn keuze gemaakt. Ik ga niet in op jouw aanbod.'

'Misschien niet nu,' zei Camille zachtjes. 'Maar ooit wel. Ooit.'

De schaduwjager deed een stap achteruit toen de deur openging en Maryse de ruimte binnen kwam. Ze werd gevolgd door twee mensen die Simon direct herkende: Isabelles broer Alec en zijn vriend, de heksenmeester Magnus Bane.

Alec was gekleed in een simpel zwart pak. Magnus was tot Simons verbazing net zo gekleed. Hij had alleen wel een witte zijden sjaal met kwastjes om en hij droeg witte handschoenen. Zijn haar stond zoals altijd rechtovereind, maar hij was voor de verandering niet gehuld in glitters. Camille keek hem roerloos aan.

Magnus leek haar nog niet te zien. Hij luisterde naar Maryse, die hem een beetje ongemakkelijk vertelde dat het goed was dat ze zo snel gekomen waren. 'We hadden je eigenlijk morgen pas verwacht.'

Alec maakte een gedempt geluid. Hij was duidelijk geïrriteerd en staarde de ruimte in. Hij leek niet blij om hier te zijn.

Voor de rest zag hij eruit zoals hij er altijd uitzag, dacht Simon. Hetzelfde zwarte haar, dezelfde heldere blauwe ogen… Al zag hij er toch meer ontspannen uit. Alsof hij meer zichzelf was geworden.

'Gelukkig is er een Poort vlak bij het Operahuis in Wenen,' zei Magnus, die zijn sjaal met een groots gebaar over zijn schouder sloeg. 'We zijn gelijk gekomen toen we je boodschap kregen.'

'Ik snap nog steeds niet helemaal wat dit met ons te maken heeft,' zei Alec. 'Jullie hebben een vampier gevangen die iets slechts van plan was. Zijn ze dat niet altijd?'

Simon voelde dat zijn maag zich omdraaide. Hij keek naar Camille om te zien of zij hem uitlachte, maar haar blik was op Magnus gericht.

Alec, die Simon nu voor het eerst aankeek, bloosde. Dat was altijd zo duidelijk te zien bij hem, omdat hij zo'n bleke huid had. 'Sorry, Simon. Ik bedoelde jou niet. Jij bent anders.'

Zou je dat ook zeggen als je me gisteravond had gezien, toen ik mijn tanden in een veertienjarig meisje zette? dacht Simon. Maar dat zei hij niet. Hij gaf Alec slechts een knikje.

'We hebben haar opgepakt omdat we de dood van drie schaduwjagers onderzoeken,' zei Maryse. 'We hebben informatie van haar nodig en ze wil alleen praten met Magnus Bane.'

'Echt?' Alec keek verbijsterd naar Camille. 'Alleen met Magnus?'

Magnus volgde zijn blik en voor het eerst – of zo leek het in elk geval voor Simon – keek hij Camille direct aan. Er knisperde iets tussen hen, een soort energie. Magnus' mondhoeken krulden omhoog tot een weemoedig lachje.

'Ja,' zei Maryse, die verbijsterd toekeek hoe de heksenmeester en de vampier naar elkaar staarden. 'Als Magnus dat wil, in elk geval.'

'Dat wil ik,' zei hij terwijl hij zijn handschoenen uittrok. 'Ik praat wel met Camille voor jullie.'

'Camille?' Alec keek met opgetrokken wenkbrauwen naar Magnus. 'Jij kent haar, dus? Of… zij kent jou?'

'We kennen elkaar.' Magnus haalde zijn schouders lichtjes op, alsof hij wilde zeggen: wat doe je eraan? 'Ze was ooit mijn vriendin.'

13

Meisje dood gevonden

'Je vriendin?' Alec leek stomverbaasd, en Maryse ook. Simon kon niet ontkennen dat hij zelf ook een beetje verbaasd was. 'Heb jij verkering gehad met een vampier? Een vrouwelijke vampier?'

'Het was honderddertig jaar geleden,' zei Magnus, 'en ik heb haar sindsdien nooit meer gezien.'

'Waarom heb je me dat niet verteld?' wilde Alec weten.

Magnus zuchtte. 'Alexander, ik leef al honderden jaren. Ik ben met mannen, vrouwen, elfen, heksenmeesters en vampiers geweest. En zelfs een djinn of twee.' Hij keek zijdelings naar Maryse, die nogal geschokt leek. 'Te veel informatie?'

'Het is al goed,' zei ze, al klonk ze een beetje lusteloos. 'Ik moet even iets met Kadir overleggen. Ik kom later terug.' Ze stapte opzij en samen met Kadir liep ze door de deur naar het Instituut. Simon deed ook een paar stappen terug, maar zijn vampier- gehoor was goed genoeg om het gesprek tussen Magnus en Alec te horen, of hij dat nu wilde of niet. Hij wist dat Camille het ook kon horen. Ze had haar hoofd naar ze toe gekanteld en keek met zware en bedachtzame ogen toe.

'Hoeveel anderen?' vroeg Alec. 'Om en nabij.'

Magnus schudde zijn hoofd. 'Ik ben heel slecht in tellen en het maakt niet uit. Het enige wat uitmaakt is wat ik voor jou voel.'

'Meer dan honderd?' vroeg Alec. Magnus staarde wezenloos voor zich uit. 'Tweehonderd?'

'Ik kan niet geloven dat we dit gesprek nu hebben,' zei Magnus tegen niemand in het bijzonder. Simon was het met hem eens en wilde dat ze dit niet deden waar hij bij was.

'Waarom zoveel?' Alecs blauwe ogen leken heel fel in de schemer. Simon kon niet zien of hij kwaad was. Hij klonk niet kwaad, alleen heel intens, maar Alec was een binnenvetter en misschien was dit wel hoe hij was als hij kwaad was. 'Raak je snel uitgekeken op mensen?'

'Ik heb het eeuwige leven,' zei Magnus zachtjes. 'Dat hebben we niet allemaal.'

Alec keek alsof iemand hem in zijn gezicht had geslagen. 'Dus je blijft bij ze zolang ze leven en dan zoek je iemand anders?'

Magnus zei niets. Hij keek met zijn glimmende kattenogen naar Alec. 'Wil je liever dat ik voor eeuwig alleen blijf?'

Alecs mond vertrok. 'Ik ga Isabelle zoeken,' zei hij, en zonder nog een woord te zeggen draaide hij zich om en liep naar het Instituut.

Magnus keek met een verdrietige blik toe hoe hij wegliep. Het was geen menselijk verdriet, dacht Simon. Zijn ogen leken het verdriet van eeuwen te dragen, alsof de scherpe randen van menselijk verdriet in de loop der jaren waren afgesleten, zoals het zeewater de scherpe randen van glas haalt.

Magnus keek Simon zijdelings aan, alsof hij merkte dat hij aan hem dacht. 'Sta je af te luisteren, vampier?'

'Ik vind het echt niet leuk als mensen me zo noemen,' zei Simon. 'Ik heb een naam.'

'Die kan ik dan maar beter onthouden. Aangezien wij over honderd, tweehonderd jaar slechts met zijn tweetjes over zullen zijn.' Magnus keek Simon bedachtzaam aan. 'Wij zullen alles zijn wat overblijft.'

Die gedachte gaf Simon het gevoel dat hij in een lift zat waarvan de kabels waren doorgesneden, waardoor hij duizend verdiepingen naar beneden stortte. De gedachte was natuurlijk wel eerder in hem opgekomen, maar hij had het altijd verdrongen. Het idee dat hij zestien zou blijven, terwijl Clary ouder werd en Jace en iedereen die hij kende… Iedereen zou ouder worden, volwassen worden, kinderen krijgen… en voor hem zou er niets veranderen. Het was te veel om aan te kunnen.

Voor altijd zestien zijn klonk goed, totdat je er echt over nadacht. Dan was het ineens niet meer zo'n geweldig vooruitzicht.

Magnus' kattenogen waren helder goudgroen. 'Vervelend, hè?' zei hij, 'om de eeuwigheid in haar gezicht te kijken?'

Voordat Simon kon antwoorden, was Maryse er weer. 'Waar is Alec?' vroeg ze terwijl ze verbaasd om zich heen keek.

'Hij is naar Isabelle,' zei Simon voordat Magnus kon antwoorden.

'Prima.' Maryse streek de voorkant van haar jas glad, al was hij niet gekreukt. 'Als je het niet erg vindt…'

'Ik praat wel met Camille,' zei Magnus. 'Maar ik wil het alleen doen. Als jij op me wacht in het Instituut, kom ik daar naartoe als ik klaar ben.'

Maryse aarzelde. 'Weet je wat je haar moet vragen?'

Magnus bleef haar koelbloedig aanstaren. 'Ik weet hoe ik met haar moet praten. Als ze iets wil zeggen, zegt ze het tegen mij.'

Ze leken allebei te zijn vergeten dat Simon er was. 'Zal ik dan ook maar gaan?' vroeg hij. Het leek of Maryse en Magnus een wedstrijdje deden wie het langst kon staren.

Uiteindelijk keek Maryse naar hem, een beetje verward. 'O ja. Bedankt voor je hulp, Simon, maar je bent niet meer nodig. Ga maar naar huis, als je wilt.'

Magnus zei helemaal niets. Simon haalde zijn schouders op en liep naar de deur die naar het kleine kamertje en naar buiten leidde. Bij de deur stond hij even stil en keek hij om. Maryse en Magnus waren nog steeds aan het praten, al hield de bewaker de deur naar het Instituut al voor Maryse open. Alleen Camille leek zich te herinneren dat Simon er nog was. Ze glimlachte naar hem vanaf haar pilaar. Haar lippen krulden omhoog en haar ogen glommen als een belofte.

Simon liep de ruimte uit en trok de deur achter zich dicht.

'Het gebeurt elke avond.' Jace zat met zijn knieën opgetrokken op de grond. Zijn handen bungelden tussen zijn benen. Hij had het mes naast Clary op het bed gelegd. Ze hield haar hand erop terwijl hij praatte. Het was meer om hem gerust te stellen dan dat ze zichzelf wilde verdedigen. Jace leek geen energie meer over te hebben. Zelfs zijn stem klonk hol en leeg, alsof hij een heel stuk verderop stond. 'Ik droom dat jij mijn kamer in komt en dat we dan... doen wat we net deden. En dan doe ik je pijn. Ik snij je, ik wurg je of steek je neer en dan ga jij dood en kijk je naar me met je groene ogen terwijl je sterft in mijn armen.'

'Dat zijn dromen,' zei Clary zachtjes.

'Je hebt net gezien dat het niet alleen dromen zijn,' zei Jace. 'Ik was klaarwakker toen ik dat mes pakte.'

Clary wist dat hij gelijk had. 'Ben je bang dat je gek aan het worden bent?'

Hij schudde langzaam zijn hoofd. Zijn haar viel voor zijn ogen en hij veegde het naar achteren. Het was een beetje te lang. Hij had het al een tijd niet geknipt en Clary vroeg zich af of dat was omdat hij er simpelweg geen zin in had. De kringen onder zijn ogen, de afgebeten nagels, het feit dat hij constant compleet uitgeput leek... ze had er beter op moeten letten. Ze had zich zo'n zorgen gemaakt of hij nog wel van haar hield, dat ze aan niets anders had gedacht. 'Daar ben ik echt niet bang voor,' zei hij. 'Ik ben alleen maar bang dat ik jou pijn doe. Ik ben bang dat dit gif dat in mijn dromen zit, in mijn wakkere leven terechtkomt en dat ik...' Zijn keel leek dicht te slibben.

'Je zou me nooit pijn doen.'

'Ik had dat mes in mijn handen, Clary.' Hij keek naar haar en vervolgens naar de grond. 'Als ik jou iets aandoe...' Zijn stem stierf weg. 'Schaduwjagers sterven vaak jong,' zei hij. 'Dat weten we allemaal. En jij wilde een schaduwjager zijn en ik kan je niet tegenhouden, want het is niet aan mij om jou te vertellen wat je moet doen met je leven. Vooral niet als ik dezelfde risico's neem. Wat zou ik voor persoon zijn als ik jou zou vertellen dat het prima was als ik mijn leven riskeerde, maar dat jij dat niet mocht doen? Ik heb dus wel eens nagedacht hoe het voor mij zou zijn als jij dood zou gaan. Ik weet zeker dat jij daar ook wel eens over na hebt gedacht.'

'Ik weet hoe dat is,' zei Clary, die zich het Lynmeer herinnerde en het zwaard en Jace' bloed op het zand. Hij was dood geweest en de Engel had hem teruggebracht, maar dat waren de verschrikkelijkste minuten van haar leven geweest. 'Ik wilde dood. Maar ik wist hoe teleurgesteld jij in mij zou zijn als ik gewoon had opgegeven.'

Hij glimlachte. Een zweem van een glimlach. 'En zo denk ik er ook over. Als jij dood zou gaan, zou ik niet meer willen leven. Maar ik zou geen zelfmoord plegen, want wat er ook gebeurt na onze dood, ik wil daar met jou zijn. En ik weet dat als ik mezelf zou ombrengen, jij nooit meer met me zou praten. In welk leven dan ook. Dus ik zou leven en ik zou proberen om iets van mijn leven te maken, totdat ik weer bij jou kon zijn. Maar als ík jou pijn zou doen, als ík de reden van jouw dood zou zijn, is er niets wat mij tegenhoudt om mezelf te vernietigen.'

'Dat moet je niet zeggen.' Clary kreeg het ineens ijskoud. 'Jace, je had het me moeten zeggen.'

'Dat kon ik niet.' Zijn stem klonk vlak, definitief.

'Waarom niet?'

'Ik dacht dat ik Jace Lightwood was,' zei hij. 'Ik dacht dat het mogelijk was dat mijn opvoeding niets met me had gedaan. Maar nu vraag ik me af of mensen wel kunnen veranderen. Misschien zal ik altijd Jace Morgenstern zijn. Valentijns zoon.

Hij heeft me tien jaar lang grootgebracht en misschien is dat een smet die nooit zal verdwijnen.'

'Jij denkt dat dit komt door je vader,' zei Clary, en ze moest denken aan een verhaal dat Jace haar ooit had verteld. *Met liefde vernietig je iemand.* En toen bedacht ze hoe vreemd het was dat ze Valentijn Jace' vader noemde, terwijl zijn bloed door haar aderen stroomde, niet door die van Jace. Maar ze had Valentijn nooit als vader gezien. En Jace wel. 'En jij wilde zeker niet dat ik dat zou weten?'

'Jij bent alles wat ik wil,' zei Jace. 'En misschien verdient Jace Lightwood wel alles wat hij wil. Maar Jace Morgenstern niet. Ik denk dat ik dat diep vanbinnen weet. Anders zou ik wat wij hebben niet proberen te vernietigen.'

Clary nam een hap lucht en ademde langzaam uit. 'Ik denk niet dat dat zo is.'

Hij hief zijn hoofd op en knipperde met zijn ogen. 'Wat bedoel je?'

'Jij denkt dat dit iets psychisch is,' zei Clary. 'Dat er iets mis is met je. Ik denk van niet. Ik denk dat iemand jou dit aandoet.'

'Ik weet niet…'

'Ithuriël heeft mij dromen gestuurd,' zei Clary. 'Misschien stuurt iemand jou ook dromen.'

'Ithuriël stuurde je dromen om jou te helpen. Om je naar de waarheid te leiden. Wat is het nut van deze dromen? Het zijn zieke, betekenisloze, sadistische…'

'Misschien betekenen ze wel wat,' zei Clary. 'Misschien betekenen ze alleen iets anders dan jij denkt. Misschien wil degene die ze stuurt jou kwetsen.'

'Wie zou dat doen?'

'Iemand die ons niet echt mag,' zei Clary, en ze duwde het beeld van de koningin van Seelie uit haar gedachten.

'Misschien,' zei Jace zachtjes terwijl hij naar zijn handen keek. 'Sebastian…'

Dus hij wil hem ook geen Jonathan noemen, dacht Clary.

Ze nam het hem niet kwalijk. Het was ook zijn eigen naam. 'Sebastian is dood,' zei ze, iets harder en hoger dan de bedoeling was. 'En als hij dit soort macht had gehad, had hij die wel eerder gebruikt.'

Vertwijfeling en hoop trokken over Jace' gezicht. 'Denk je echt dat iemand anders dit doet?'

Clary's hart bonsde tegen haar ribbenkast. Ze wist het niet zeker. Ze wilde zo graag dat het waar was. Maar als het niet waar was, dan had ze Jace valse hoop gegeven. Dan had ze zichzélf valse hoop gegeven.

Maar toen kreeg ze het gevoel dat het al een tijdje geleden was dat Jace überhaupt hoopvol was geweest, over wat dan ook.

'Ik vind dat we naar de Stille Stad moeten,' zei ze. 'De Broeders kunnen in je hoofd kijken om te zien of daar iemand is geweest. Net als ze met mij hebben gedaan.'

Jace opende zijn mond en sloot hem weer. 'Wanneer?' vroeg hij uiteindelijk.

'Nu,' zei Clary. 'Ik wil niet langer wachten. Jij?'

Hij antwoordde niet, maar stond op en pakte zijn shirt van de grond. Hij keek naar Clary en glimlachte bijna. 'Als we naar de Stille Stad gaan, zou ik maar wat kleren aantrekken. Ik bedoel, ik kan het wel waarderen, alleen een beha en slipje, maar ik weet niet wat de Broeders daarvan vinden. Er zijn er nog maar een paar over en ik wil niet dat ze doodgaan van opwinding.'

Clary stond op en gooide een kussen naar hem, eigenlijk vooral uit opluchting. Ze pakte haar kleren en begon haar shirt aan te trekken, en net voordat ze het over haar hoofd wilde trekken, ving ze een glimp op van het mes op het bed, glanzend als een vork van zilveren vlammen.

'Camille,' zei Magnus. 'Dat is lang geleden.'

Ze glimlachte. Haar huid was witter dan hij zich herinnerde

en ragfijne donkere adertjes schenen door het oppervlak. Haar haar had de kleur van geweven zilver en haar ogen waren katachtig groen. Ze was nog steeds mooi. Hij was weer helemaal in Londen als hij haar zo zag. Hij zag de gaslantaarns en rook de modder, de rook, de paarden, de metaalachtige geur van mist, de bloemen in Kew Gardens. Hij zag een jongen met zwart haar en blauwe ogen, net als die van Alec. Een meisje met lange, bruine krullen en een ernstig gezicht. In een wereld waar alles uiteindelijk van hem wegging, was zij een van de dingen die onveranderlijk waren.

En dan was er ook nog Camille.

'Ik heb je gemist, Magnus,' zei ze.

'Nee, hoor.' Hij ging op de vloer van het Sanctuarium zitten. Hij voelde de koude stenen door zijn kleren heen. Hij was blij dat hij een sjaal om had. 'Waarom heb je gezegd dat je mij wilde spreken? Ben je tijd aan het rekken?'

'Nee.' Ze leunde voorover. Haar kettingen rinkelden. Hij kon bijna horen hoe haar huid siste waar het heilige metaal haar polsen raakte. 'Ik heb dingen over jou gehoord, Magnus. Ik heb gehoord dat de schaduwjagers jou onder hun hoede hebben genomen. Ik heb gehoord dat jij de liefde van een van hen voor je hebt gewonnen. Die jongen met wie je net praatte, neem ik aan. Jij had altijd een gevarieerde smaak.'

'Je hebt geruchten over mij gehoord,' zei Magnus. 'Je had gewoon kunnen vragen of ze waar waren. Al die jaren woonde ik in Brooklyn. Ik was helemaal niet ver weg, maar je bent me nooit komen opzoeken. Ik heb je nooit gezien op mijn feesten. Er staat een muur van ijs tussen ons in, Camille.'

'Die muur heb ík niet gebouwd.' Ze sperde haar groene ogen wijd open. 'Ik heb altijd van je gehouden.'

'Jij bent bij mij weggegaan,' zei hij. 'Je hebt een huisdier van me gemaakt en daarna ben je weggegaan. Als liefde voedsel was, was ik verhongerd van de botten die je me toewierp.' Hij sprak op zakelijke toon. Het was lang geleden.

'Maar we hadden de eeuwigheid,' protesteerde ze. 'Je moet toch geweten hebben dat ik bij je terug zou komen…'

'Camille.' Magnus sprak met oneindig geduld. 'Wat wil je?'

Haar borstkas ging snel op en neer. Aangezien ze geen adem hoefde te halen, wist Magnus dat dit puur voor het effect was. 'Ik weet dat de schaduwjagers naar jou luisteren,' zei ze. 'Ik wil dat jij namens mij met hen spreekt.'

'Je wilt dat ik een dealtje voor je sluit,' vertaalde Magnus.

Ze kneep haar ogen halfdicht. 'Jouw taalgebruik is altijd zo betreurenswaardig modern geweest.'

'Ze zeggen dat je drie schaduwjagers hebt vermoord,' zei Magnus. 'Is dat zo?'

'Het waren leden van de Cirkel,' zei ze met trillende onderlip. 'Die hebben mijn soort in het verleden gemarteld en vermoord…'

'Heb je het daarom gedaan? Uit wraak?' Toen ze stil bleef, zei Magnus: 'Je weet wat ze doen met Nephilim-moordenaars, Camille.'

Haar ogen glommen. 'Ik wil dat jij ingrijpt, Magnus. Ik wil onschendbaarheid. Ik wil een ondertekende belofte van de Kloof dat ze mijn leven zullen sparen en mij vrij zullen laten als ik hun informatie geef.'

'Ze zullen je nooit vrijlaten.'

'Dan zullen ze nooit weten waarom hun collega's moesten sterven.'

'Móésten sterven?' Magnus peinsde. 'Interessante woordkeus, Camille. Heb ik gelijk als ik denk dat hier meer achter zit? Meer dan bloed of wraak?'

Ze was stil en keek naar hem. Haar borstkas ging kunstmatig op en neer. Alles aan haar was kunstmatig. De manier waarop haar zilveren haar over haar schouders viel, de ronding van haar hals, zelfs het bloed op haar polsen.

'Als je wilt dat ik met ze praat voor jou,' zei Magnus, 'moet je me in elk geval iets vertellen. Als blijk van goed vertrouwen.'

Ze glimlachte. 'Ik wist wel dat je met ze wilde praten voor me, Magnus. Ik wist dat het verleden niet compleet dood was voor je.'

'Beschouw het verleden ondood, als je dat wilt,' zei Magnus. 'De waarheid, Camille?'

Ze likte haar onderlip. 'Je kunt hun vertellen,' zei ze, 'dat ik onder bevel stond toen ik die schaduwjagers doodde. Ik vond het niet erg om te doen, aangezien zij mijn soort hebben vermoord. Ze verdienden hun dood. Maar ik had het niet gedaan als niet iemand anders het me had gevraagd. Iemand met veel meer macht dan ik.'

Magnus' hart ging een klein beetje sneller slaan. Dit klonk niet goed. 'Wie?'

Maar Camille schudde haar hoofd. 'Onschendbaarheid, Magnus.'

'Camille...'

'Ze zullen me in de zon zetten en wachten tot ik sterf,' zei ze. 'Dat doen ze met vampiers die Nephilim vermoorden.'

Magnus stond op. Zijn sjaal was stoffig van de grond. Hij keek bedroefd naar de vlekken. 'Ik zal doen wat ik kan doen, Camille. Maar ik kan niets beloven.'

'Jij kunt nooit iets beloven,' mompelde ze met haar ogen halfgesloten. 'Kom hier, Magnus. Kom eens dichterbij.'

Hij hield niet van haar, maar ze was een droom uit het verleden, dus hij liep naar haar toe, totdat hij zo dichtbij stond dat hij haar zou kunnen aanraken. 'Weet je het nog,' zei ze zachtjes. 'Weet je nog in Londen? De feestjes bij Quincey's? Will Herondale? Ik weet gewoon zeker dat je het nog weet. Die jongen van jou, die Lightwood. Hij lijkt zelfs op hem.'

'Vind je?' zei Magnus, alsof hij daar nog nooit over na had gedacht.

'Mooie jongens zijn altijd jouw ondergang geweest,' zei ze. 'Maar wat kan dat sterfelijke kind jou geven? Tien jaar, twintig voordat het verval begint. Veertig, vijftig jaar voordat hij dood is. Ik kan je de eeuwigheid schenken.'

Hij raakte haar wang aan, die kouder was dan de vloer. 'Jij kunt me het verleden schenken,' zei hij een beetje verdrietig. 'Maar Alec is mijn toekomst.'

'Magnus...' begon ze.

De deuren naar het Instituut vlogen open en Maryse stond in de deuropening, omlijnd door het heksenlicht dat achter haar scheen. Naast haar stond Alec met zijn armen gevouwen over zijn borstkas. Magnus vroeg zich af of hij door de deur heen iets had kunnen horen van het gesprek tussen hem en Camille. Het zou toch niet?

'Magnus,' zei Maryse Lightwood. 'Zijn jullie tot een overeenkomst gekomen?'

Magnus liet zijn hand vallen. 'Ik weet niet of ik het een overeenkomst zou willen noemen,' zei hij terwijl hij zich omdraaide naar Maryse. 'Maar ik denk wel dat we iets te bespreken hebben.'

Toen Clary zich had aangekleed, liep ze met Jace mee naar zijn kamer, waar hij een kleine rugzak vulde met dingen die hij wilde meenemen naar de Stille Stad. Alsof hij naar een of ander luguber logeerpartijtje ging, dacht Clary. Hij pakte voornamelijk wapens: een paar serafijnendolken, een cilinder en de dolk met het zilveren handvat, die hij had schoongemaakt. Hij deed een zwarte leren jas aan en ze keek toe hoe hij hem dichtritste en zijn blonde haar lostrok uit de kraag. Toen hij zich naar haar omdraaide en zijn tas over zijn schouder slingerde, glimlachte hij een klein beetje en zag ze het kerfje in zijn linkervoortand. Ze had het altijd schattig gevonden. Een kleine oneffenheid in zijn voor de rest zo perfecte uiterlijk. Haar hart trok samen en heel even keek ze van hem weg, amper in staat om te ademen.

Hij stak zijn hand naar haar uit. 'Laten we gaan.'

Het was niet mogelijk om de Stille Broeders te vragen of ze hen kwamen halen, dus namen Jace en Clary een taxi naar Houston en het marmeren kerkhof. Clary vond dat ze ook wel een Poort hadden kunnen gebruiken om in de Stad van Beenderen te komen. Ze was er immers al eerder geweest, dus ze wist hoe het er daar uitzag. Maar Jace zei dat er regels waren en dat je dat niet zomaar kon doen. Clary dacht ook dat de Stille Broeders het waarschijnlijk nogal brutaal zouden vinden.

Jace zat naast haar achter in de taxi. Hij had een van haar handen vast en tekende met zijn vingers patronen op de rug. Het leidde haar af, maar ze kon zich nog wel concentreren op zijn verhaal over Simon, Jordan, hoe ze Camille hadden gevangen en hoe ze had geëist om Magnus te spreken.

'Gaat het wel goed met Simon?' vroeg ze bezorgd. 'Ik had geen idee. Hij was gewoon op het Instituut en ik heb hem niet eens gezien.'

'Hij was niet op het Instituut, hij was in het Sanctuarium. En hij lijkt zich prima te redden. Beter dan ik dacht voor iemand die zo kortgeleden nog een normalo was.'

'Maar het plan klinkt gevaarlijk. Ik bedoel, Camille is echt gestoord, of niet?'

Jace ging met zijn vingers over haar knokkels. 'Je moet leren om Simon niet meer te zien als de aardse jongen die je ooit kende. De jongen die de hele tijd gered moest worden. Er kan hem nu praktisch niets gebeuren. Jij hebt dat teken dat je hem hebt gegeven nog nooit in actie gezien. Ik wel. Het is alsof God zich wreekt op de wereld. Je zou trots moeten zijn.'

Ze rilde. 'Ik weet het niet. Ik heb het gedaan omdat het moest, maar het blijft een vloek. En ik wist niet dat hij dit allemaal ging doen. Ik wist dat Isabelle en Maia van elkaar wisten, maar ik wist niets over Jordan. Dat hij Maia's ex was.' *Omdat je het niet gevraagd hebt. Omdat je te druk was met piekeren over Jace. Niet goed.*

'Nou ja,' zei Jace, 'heb je hem wel verteld waar jij allemaal mee bezig bent? Want het moet wel van twee kanten komen, natuurlijk.'

'Nee. Ik heb het eigenlijk nog aan niemand verteld,' zei Clary, en ze vertelde Jace over haar bezoek aan de Stille Stad met Luke en Maryse en wat ze had ontdekt in het mortuarium in het Beth Israel-ziekenhuis en over wat ze daarna had ontdekt over de Taltokerk.

'Nooit van gehoord,' zei Jace. 'Maar Isabelle heeft gelijk. Er zijn allerlei bizarre sekten die demonen aanbidden. De meeste lukt het niet eens om ook echt een demon op te roepen. Deze dus wel.'

'Denk je dat de demon die wij hebben vermoord degene was die ze aanbaden? Denk je dat ze nu... op zullen houden?'

Jace schudde zijn hoofd. 'Dat was slechts een hydrademon. Een soort waakhond. En dan is er nog die tekst: "Het huis van zo'n vrouw verzinkt in de dood, haar pad voert naar het rijk van de schimmen." Dat klinkt als een vrouwelijke demon. En vaak doen juist de sekten die vrouwelijke demonen aanbidden verschrikkelijke dingen met baby's. Ze hebben allerlei zieke ideeën over vruchtbaarheid en zuigelingen.' Hij leunde achterover tegen de bank en sloot zijn ogen bijna helemaal. 'Ik weet zeker dat het Verbond naar de kerk gaat, maar ik durf te wedden dat ze er niets vinden. Jij hebt hun waakdemon vermoord, dus de sekte is waarschijnlijk verhuisd en ze zullen geen bewijs hebben achtergelaten. We moeten afwachten tot ze ergens anders opnieuw beginnen.'

'Maar...' Clary voelde een steek in haar maag. 'Die baby. En de afbeeldingen in het boek die ik heb gezien. Ik denk dat ze meer kinderen zoals... zoals Sebastian proberen te maken.'

'Dat kan niet,' zei Jace. 'Ze hebben een mensenbaby met demonenbloed geïnjecteerd, wat inderdaad vreselijk is. Maar iemand zoals Sebastian krijg je alleen als je demonenbloed op schaduwjagerskinderen gebruikt. Deze baby is gestorven.' Hij kneep zachtjes in haar hand, alsof hij haar gerust wilde stellen. 'Het zijn vreselijke mensen, maar ik kan me niet voorstellen dat ze nog een keer hetzelfde zouden doen, aangezien het niet heeft gewerkt.'

De taxi kwam op de hoek van Houston en Second Avenue met piepende banden tot stilstand. 'De meter is kapot,' zei de chauffeur. 'Tien dollar.'

Jace had onder andere omstandigheden waarschijnlijk een sarcastische opmerking gemaakt, maar nu gaf hij de chauffeur een briefje van twintig en stapte uit. Hij hield de deur open voor Clary. 'Ben je er klaar voor?' vroeg hij terwijl ze naar het ijzeren hek liepen dat naar de Stad leidde.

Ze knikte. 'Ik kan niet zeggen dat mijn laatste bezoekje hier erg aangenaam was, maar ja, ik ben er klaar voor.' Ze pakte zijn hand. 'Zolang we maar samen zijn, ben ik overal klaar voor.'

De Stille Broeders stonden hen bij de ingang van de Stad op te wachten, bijna alsof ze hen verwachtten. Clary herkende broeder Zacharias in de groep. Ze stonden op een stille rij en blokkeerden de toegang tot de Stad.

Waarom zijn jullie hier, dochter van Valentijn en zoon van het Instituut? Clary wist niet zeker wie van de broeders in haar hoofd sprak. Misschien waren ze het allemaal wel. *Het is niet gebruikelijk dat kinderen zonder begeleiding naar de Stille Stad komen.*

Clary vond het belachelijk dat ze 'kinderen' werden genoemd, maar ze was zich ervan bewust dat bij de schaduwjagers iedereen onder de achttien beschouwd werd als kind en dat er andere regels golden voor kinderen.

'We hebben jullie hulp nodig,' zei Clary toen duidelijk werd dat Jace niets ging zeggen. Hij keek van de ene Broeder naar de andere en had een lusteloze blik in zijn ogen. Hij leek wel iemand die al talloze uitzichtloze diagnoses van artsen had gehad en die nu bij de zoveelste specialist was, zonder hoop op een goed bericht. 'Dat is toch jullie taak? Schaduwjagers helpen?'

Toch bedienen wij jullie niet op jullie wenken. Ook valt niet elk probleem onder onze jurisdictie.

'Maar dit wel,' zei Clary koppig. 'Ik geloof dat er iemand in

Jace' gedachten zit. Iemand met macht, die aan zijn herinneringen en dromen zit en hem dingen laat doen die hij niet wil doen.'

Hypnomantie, zei een van de Stille Broeders. *De magie van dromen. Dat is het terrein van de grootste en machtigste gebruikers van magie.*

'Engelen,' zei Clary, en ze werd beloond met een stroeve en verraste stilte.

Misschien, zei broeder Zacharias uiteindelijk, *moet je met ons meekomen naar de Sprekende Sterren.* Dit was duidelijk geen uitnodiging maar een bevel, aangezien alle Broeders zich onmiddellijk omdraaiden en naar het hart van de Stad liepen. Ze wachtten niet af of Jace en Clary hen volgden.

Ze kwamen bij het plein van de Sprekende Sterren, waar de Broeders plaatsnamen achter hun zwarte basalten tafel. Het levenszwaard hing weer op zijn oude plek achter de tafel en glom als de vleugel van een zilveren vogel. Jace liep naar het midden van de ruimte en staarde omlaag naar het patroon van metalen sterren die in de rood met gouden tegels op de vloer gebrand stonden. Clary keek naar hem en voelde een steek in haar hart. Het was moeilijk om hem zo te zien, zonder zijn gebruikelijke energie, als een heksenlicht gedoofd door een laag as.

Hij keek op en knipperde met zijn ogen, en Clary wist dat de Stille Broeders in zijn gedachten spraken en dingen zeiden die zij niet kon horen. Ze zag hoe hij zijn hoofd schudde en ze hoorde hem praten. 'Ik weet het niet,' zei hij. 'Ik dacht dat het slechts gewone dromen waren.' Hij perste zijn lippen op elkaar en fronste en ze vroeg zich af wat ze hem vroegen. 'Visioenen? Dat denk ik niet. Ja, ik heb de Engel ontmoet, maar Clary is degene met de voorspellende dromen. Ik niet.'

Clary werd nerveus. Ze wilde niet dat ze hem vragen gingen stellen over wat er met Jace en de Engel was gebeurd bij het Lynmeer. Daar had ze niet aan gedacht. Als de Stille Broeders in je gedachten kwamen, wat zagen ze dan? Alleen waar ze naar op zoek waren? Of alles?

Jace knikte. 'Prima. Ik ben er klaar voor.'

Hij sloot zijn ogen en Clary ontspande weer een beetje. Zo moest het voor Jace zijn geweest toen hij haar zag, die keer dat de Stille Broeders in haar gedachten hadden gespit. Ze zag nu details die haar toen helemaal niet waren opgevallen. Ze zat toen te veel in haar eigen gedachten en in haar eigen herinneringen en ze had niet gemerkt wat er om haar heen gebeurde.

Ze zag hoe Jace helemaal verstijfde, alsof ze hem echt fysiek aanraakten. Zijn hoofd viel achterover. Zijn handen, die hij langs zijn lichaam had, openden en sloten zich, en de sterren naast zijn voeten op de grond flakkerden op in een verblindend zilveren licht. Haar ogen traanden van het felle licht en ze knipperde ermee. Jace was een sierlijke donkere omtrek tegen een achtergrond van verblindend zilver. Het leek wel of hij in het hart van een waterval stond. Om hen heen klonk een zacht, onverstaanbaar gefluister.

Ze zag hoe hij op zijn knieën viel en zijn handen op de grond zette. Haar maag trok samen. Ze was zelf bijna flauwgevallen toen de Stille Broeders in haar hoofd zaten, maar Jace was sterker dan dat, toch? Hij klapte langzaam dubbel en greep naar zijn maag. Je zag aan zijn houding dat hij overal pijn had, al bleef hij stil. Clary kon het niet langer aanzien. Ze rende door de lichtstralen op hem af, knielde naast hem neer en sloeg haar armen om zijn lichaam heen. De fluisterende stemmen om haar heen werden een storm van protest toen hij zijn hoofd draaide en naar haar keek. Het zilveren licht was uit zijn ogen verdwenen en ze leken zo wit als marmeren tegels. Zijn lippen vormden haar naam.

En toen was het weg. Het licht, het geluid, alles. Ze knielden samen op de koude vloer van het plein, omringd door stilte en schaduw. Jace trilde en toen hij zijn handen opende, zag ze dat hij bloedde op de plekken waar zijn nagels zijn huid kapot hadden gemaakt. Ze hield zijn arm nog steeds vast en keek op naar de Stille Broeders. Ze moest moeite doen om haar woede te beheersen. Ze wist dat het hetzelfde was als boos zijn op een dokter die een pijnlijke, maar levensreddende behandeling moest uitvoeren, maar het was zo moeilijk om redelijk te blijven als dit gebeurde met iemand van wie je hield.

Er is iets wat je ons niet hebt verteld, Clarissa Morgenstern, zei broeder Zacharias. *Een geheim dat jullie allebei voor ons hebben achtergehouden.*

Een ijzige hand sloot zich om Clary's hart. 'Wat bedoelt u?'

Deze jongen draagt het doodsteken. Het was een andere Broeder die nu tot haar sprak. Enoch, dacht ze.

'Doodsteken?' zei Jace. 'Bedoelen jullie dat ik doodga?' Hij klonk niet verrast.

We bedoelen dat je dood was. Je bent de poort naar de schaduwwereld door gegaan. Je ziel is losgekomen van je lichaam.

Clary en Jace wisselden een betekenisvolle blik. Ze slikte. 'De engel Raziël...' begon ze.

Ja. Zijn teken zien we ook op de jongen. Er klonk geen enkel gevoel door in de stem van Enoch. *Er zijn slechts twee manieren om de doden tot leven te wekken. Het kan met necromantie, de zwarte tovenarij met de klok, het boek en de kaars. Dat brengt een zweem van leven terug. Maar alleen een engel van Gods rechterhand kan een mensenziel terugplaatsen in een lichaam, net zo gemakkelijk als hij de eerste mens tot leven bracht.* Hij schudde zijn hoofd. *Het evenwicht tussen leven en dood, tussen goed en kwaad, is teer, jonge schaduwjagers. Jullie hebben het verstoord.*

'Maar Raziël is de Engel,' zei Clary. 'Hij kan doen wat hij wil. Jullie aanbidden hem, toch? Als hij ervoor kiest om dit te doen...'

Is dat hoe het is gegaan? zei een van de andere Broeders. *Heeft hij daarvoor gekozen?*

'Ik...' Clary keek naar Jace. Ik had alles in de hele wereld kunnen vragen, dacht ze. Wereldvrede, een middel tegen ziekten, het eeuwige leven. Maar alles wat ik wilde was jij.

Wij kennen het ritueel met de instrumenten, zei Zacharias. *Wij weten dat degene die alle instrumenten bezit en hun meester is, één ding van de Engel mag vragen. Ik denk niet dat hij had kunnen weigeren.*

Clary klemde haar kaken op elkaar. 'Nou,' zei ze. 'Het is nu al gebeurd.'

Jace lachte spottend. 'Ze kunnen me altijd vermoorden,' zei hij, 'als ze het evenwicht willen herstellen.'

Haar handen sloten zich nog strakker om zijn arm. 'Doe niet zo belachelijk.' Maar haar stem trilde. Ze werd nog nerveuzer toen broeder Zacharias zich losmaakte van de groep Stille Broeders en op hen afliep. Zijn voeten gleden geluidloos over de Sprekende Sterren. Hij was nu bij Jace en toen hij voorover boog en zijn lange vingers onder Jace' kin plaatste, moest Clary haar best doen om hem niet weg te duwen. Ze zag dat Zacharias slanke, ongerimpelde vingers had. De vingers van een jonge man. Ze had nooit echt nagedacht over de leeftijd van de Stille Broeders. Ze was er eigenlijk van uitgegaan dat het allemaal oude wijze mannen waren.

Jace, die nog geknield zat, keek op naar Zacharias, die hem met zijn blinde, gevoelloze uitdrukking aanstaarde. Clary moest denken aan middeleeuwse schilderijen van heiligen op hun knieën, omhoogstarend, met hun gezichten badend in gouden licht. *Als ik er was geweest in jouw jeugd,* zei hij met een onverwacht zachtaardige stem, *had ik de waarheid in jouw ogen gezien, Jace Lightwood, en dan had ik geweten wie je was.*

Jace keek verbijsterd, maar hij bewoog niet.

Zacharias draaide zich om naar de anderen. *Wij kunnen en mogen de jongen geen pijn doen. Er bestaan oude banden tussen de Herondales en de Broeders. We zijn hem hulp verschuldigd.*

'Hulp waarmee?' wilde Clary weten. 'Kunnen jullie zien of er iets mis met hem is? Iets in zijn hoofd?'

Als schaduwjagers worden geboren, wordt er een ritueel uitgevoerd. De Stille Broeders en de IJzeren Zusters spreken een aantal beschermende spreuken uit over het kind.

De IJzeren Zusters, zo had Clary geleerd, vormden de zustergemeenschap van de Stille Broeders. Ze leefden nog meer in afzondering en waren verantwoordelijk voor het vervaardigen van schaduwjagerswapens.

Broeder Zacharias ging verder. *Toen Jace stierf en daarna weer tot leven werd gewekt, werd hij opnieuw geboren, maar zonder deze rituelen en beschermende spreuken. Hij is nu als een deur die niet op slot zit. Hij staat open voor demonische invloeden en allerlei boosaardigheid.*

Clary likte haar droge lippen. 'Bezetenheid, bedoelt u?'

Geen bezetenheid. Invloed. Ik vermoed dat een machtige demon in jouw oor fluistert, Jonathan Herondale. Jij bent sterk, je vecht ertegen, maar het put je uit en verzwakt je.

'Jace,' fluisterde hij door zijn witte lippen. 'Jace Lightwood. Niet Herondale.'

Clary, die wilde weten waar ze aan toe waren, zei: 'Hoe weten jullie zeker dat het een demon is? En wat kunnen wij doen om ervoor te zorgen dat de demon hem met rust laat?'

Enoch, die bedenkelijk klonk, zei: *Het ritueel moet opnieuw uitgevoerd worden. De bescherming moet een tweede keer bij hem worden aangebracht, alsof hij net geboren is.*

'Kunnen jullie dat?' vroeg Clary.

Zacharias kantelde zijn hoofd. *Het kan. We moeten voorbereidingen treffen, een van de IJzeren Zusters moet komen, er moet een amulet gemaakt worden...* Hij was even stil. *Jonathan moet bij ons blijven tot het ritueel voltooid is. Dit is de veiligste plek voor hem.*

Clary keek weer naar Jace en zocht naar een expressie. Hoop, opluchting, blijdschap, wat dan ook. Maar zijn gezicht bleef uitdrukkingsloos. 'Hoelang?' vroeg hij.

Zacharias spreidde zijn slanke handen. *Een dag, twee dagen misschien. Het ritueel is bedoeld voor zuigelingen. We zullen het moeten aanpassen en geschikt moeten maken voor een jongeling. Als hij ouder dan achttien was, was het onmogelijk geweest. Het zal nu ook niet gemakkelijk worden. Maar hij kan waarschijnlijk wel gered worden.*

Waarschijnlijk wel. Dat was niet waar Clary op had gehoopt. Ze had willen horen dat het een eenvoudig probleem was, dat zo opgelost kon worden. Ze keek naar Jace. Hij had zijn hoofd gebogen. Zijn haar viel voorover en de achterkant van zijn nek zag er zo kwetsbaar uit, dat ze een steek in haar hart voelde.

'Het is al goed,' zei ze zachtjes. 'Ik blijf bij je...'

Nee. De Broeders spraken als een groep. Hun stemmen klonken meedogenloos. *Hij moet hier alleen verblijven. Bij de rituelen die wij moeten uitvoeren, mag hij absoluut niet afgeleid worden.*

Ze voelde hoe Jace' lichaam verstijfde. De laatste keer dat hij alleen in de Stille Stad was geweest, had hij onterecht in de cel gezeten en was hij aanwezig geweest toen de Stille Broeders gemarteld werden door Valentijn en een vreselijke dood stierven. Ze kon zich goed voorstellen dat de nacht doorbrengen in de Stad het laatste was waar hij zin in had.

'Jace,' fluisterde ze. 'Ik doe wat jij wilt. Als je nu wilt gaan...'

'Ik blijf,' zei hij. Hij keek Clary nu recht aan en sprak met harde en heldere stem. 'Ik blijf. Ik doe wat ik moet doen om dit te herstellen. Ik wil alleen dat je Izzy en Alec belt. Vertel hun... vertel hun dat ik bij Simon logeer om een oogje in het zeil te houden. Zeg maar dat ik ze morgen of overmorgen wel weer zie.'

'Maar...'

'Clary.' Hij pakte haar handen en hield ze in de zijne. 'Je had gelijk. Dit komt niet uit mij. Iemand doet mij dit aan. Iemand doet óns dit aan. Weet je wat dat betekent? Als ik... genezen kan worden... dan hoef ik niet meer bang voor mezelf te zijn als ik met jou ben. Daar heb ik wel duizend nachten in de Stille Stad voor over.'

Ze leunde voorover en gaf hem een snelle kus op zijn mond, ondanks de aanwezigheid van de Stille Broeders. 'Ik kom terug,' fluisterde ze. 'Morgenavond, na het feest in de ijzerfabriek. Ik kom terug om je op te zoeken.'

De hoop in zijn ogen brak haar hart. 'Misschien ben ik dan wel genezen.'

Ze streelde zijn gezicht met haar vingertopjes. 'Misschien wel.'

Simon werd uitgeput wakker na een nacht vol boze dromen. Hij rolde op zijn rug en staarde naar het licht dat door het enige raam in zijn slaapkamer naar binnen scheen.

Hij vroeg zich af of hij zich beter zou voelen als hij zou doen wat andere vampiers deden en overdag zou slapen. Hoewel de zon hem niet brandde, voelde hij de aantrekkingskracht van de nacht, het verlangen om onder de donkere hemel en stralende sterren te lopen. Er zat iets in hem waardoor hij in de schaduwen wilde leven, waardoor hij zonlicht zag als een dun, scherp mes, net zoals er iets in hem zat wat bloed wilde. En toen hij dát had proberen tegen te gaan, was het niet bepaald goed uitgepakt.

Hij kwam wankel overeind, trok snel wat kleren aan en liep naar de woonkamer. Het rook er naar geroosterd brood en koffie. Jordan zat op een van de barkrukken. Zijn haar stak zoals altijd alle kanten op en hij had zijn schouders opgetrokken.

'Hé,' zei Simon. 'Alles goed?'

Jordan keek op. Hij zag bleek, ondanks zijn zongebruinde kleur. 'We hebben een probleem,' zei hij.

Simon knipperde met zijn ogen. Hij had zijn weerwolvenhuisgenoot sinds gisteren niet meer gezien. Hij was gisteravond thuisgekomen van het Instituut en was direct in slaap gevallen. Jordan was er niet geweest en Simon was ervan uitgegaan dat hij aan het werk was. Maar misschien was er iets gebeurd. 'Wat dan?'

'Dit werd net onder onze deur door geschoven.' Jordan schoof een opengevouwen krant over de bar naar Simon toe. Het was de *New York Morning Chronicle*. Boven aan de opengevouwen pagina stond een akelige foto. Een korrelige afbeelding van een lichaam op een stoep. De magere ledematen van het lijk lagen in vreemde hoeken. Het zag er amper menselijk uit, zoals dat soms gebeurde met lijken. Simon stond op het punt om aan Jordan te vragen waarom hij hiernaar moest kijken, toen de tekst onder de foto hem opviel.

MEISJE DOOD GEVONDEN

De politie onderzoekt de dood van de veertienjarige Maureen Brown. Haar lichaam werd zondagavond om elf uur aangetroffen in een prullenbak voor een vestiging van Big Apple Deli op Third Avenue. De politie heeft nog geen officiële doodsoorzaak naar buiten gebracht, maar de eigenaar van de broodjeszaak, Michael Garza, die het lichaam vond, beweert dat haar keel doorgesneden was. De politie heeft geen wapen aangetroffen…

Simon was niet meer in staat om verder te lezen. Hij liet zich op een stoel vallen. Nu hij het wist, zag hij dat de foto onmiskenbaar van Maureen was. Hij herkende haar regenboogkleurige armwarmers en het stomme roze hoedje dat ze had gedragen toen hij haar voor de laatste keer zag. Mijn god, wilde hij zeggen. O, god. Maar er kwamen geen woorden uit zijn mond.

'Stond er in dat briefje niet dat ze de keel van je vriendin zouden doorsnijden als je niet naar dat adres zou gaan?' zei Jordan zachtjes.

'Nee,' fluisterde Simon. 'Dit is onmogelijk. Nee.'

Maar toen herinnerde hij het zich.

Die vriendin van Erics nichtje. Hoe heet ze ook alweer? Dat meisje dat verliefd is op Simon. Ze komt naar al onze optredens en vertelt iedereen dat ze zijn vriendin is.

Simon herinnerde zich haar telefoon, haar kleine roze telefoon met stickers, die ze omhoog had gehouden om een foto van hen te maken. Het gevoel van haar hand op zijn schouder, zo licht als een vlinder. Veertien jaar oud. Hij boog voorover en sloeg zijn armen om zijn borstkas, alsof hij zich zo klein kon maken dat hij helemaal zou verdwijnen.

14

Poort naar de eeuwigheid

Jace lag onrustig te woelen in zijn bed in de Stille Stad. Hij wist niet waar de Broeders zelf sliepen en ze waren niet van plan om dat te onthullen. Blijkbaar was de enige plek waar hij kon liggen in een van de cellen onder de stad, waar ze normaal gesproken mensen gevangenhielden. Ze hadden de deur voor hem opengelaten, zodat hij niet het gevoel zou krijgen dat hij in de gevangenis zat, maar het was nog steeds geen aangename plek.

De lucht was bedompt. Hij had zijn shirt uitgetrokken en lag alleen in zijn spijkerbroek op de dekens, maar het was nog steeds te warm. De muren waren grijs. Iemand had de letters JG in de muur boven het bed gekerfd. Hij vroeg zich af waar de letters voor stonden. Er was verder niets in de ruimte, behalve een bed, een kapotte spiegel waarin hij zijn spiegelbeeld in gebroken stukjes zag en een wasbak. En de nare herinneringen die deze ruimte opriep.

De Broeders waren de hele avond zijn hoofd in en uit geweest, tot hij zich net een uitgewrongen vaatdoek voelde. Omdat ze zo geheimzinnig deden over alles, had hij geen idee of ze vooruitgang hadden geboekt. Ze leken niet echt tevreden, maar dat leken ze eigenlijk nooit.

De echte test, zo wist hij, was slapen. Wat zou hij dromen? Slapen: mogelijkheid om te dromen. Hij draaide zich om en begroef zijn gezicht in zijn armen. Hij dacht niet dat hij het aan zou kunnen om nog een keer te dromen dat hij Clary pijn deed. Hij geloofde dat hij dan echt gek zou worden, en dat idee beangstigde hem. Voor de dood was hij nooit bang geweest, maar krankzinnig worden was het ergste dat hij zich voor kon stellen. Maar hij moest slapen. Dat was de enige manier om erachter te komen. Hij sloot zijn ogen en dwong zichzelf om te slapen.

Hij sliep en hij droomde.

Hij was terug in de vallei. De vallei in Idris waar hij met Sebastian had gevochten en waar hij bijna was gestorven. Het was herfst in de vallei, niet hoogzomer, zoals het de vorige keer was geweest. De bladeren waren goud, roestkleurig, oranje en rood. Hij stond aan de oever van het kleine riviertje – meer een beekje, eigenlijk – dat de vallei doorkruiste en doormidden spleet. In de verte kwam er iemand op hem afgelopen. Hij kon de persoon nog niet zo goed zien, maar hij zag dat het iemand was met een zelfverzekerde tred.

Hij was er zo zeker van dat het Sebastian was, dat hij pas heel laat zag dat dat niet mogelijk was. Sebastian was lang geweest, langer dan Jace, maar deze persoon was klein. Zijn gezicht was nog in schaduw gehuld, maar Jace kon duidelijk zien dat hij twee koppen kleiner was dan hij. En mager, met smalle schouders en knokige polsen die uit de te korte mouwen van zijn blouse staken.

Max.

De aanblik van zijn kleine broer was als een klap in zijn gezicht. Hij viel op zijn knieën in het groene gras. Het deed geen pijn. Alles had de zachte randjes van dromen. Max zag eruit zoals hij er altijd uit had gezien. Een magere jongen, nog net niet in de puberteit, maar ook geen klein kind meer. Hij zou nooit ouder worden.

'Max,' zei Jace. 'Max, het spijt me zo.'

'Jace.' Max stond nu naast hem. Er stond een klein briesje en zijn bruine haar waaide uit zijn gezicht. Zijn ogen, achter zijn brillenglazen, stonden serieus. 'Ik ben hier niet vanwege mij,' zei hij. 'Ik ben hier niet om jou te kwellen of ervoor te zorgen dat je je schuldig voelt.'

Natuurlijk niet, zei een stem in Jace' gedachten. Max hield van je. Hij keek tegen je op en hij vond je geweldig.

'De dromen die je hebt,' zei Max. 'Dat zijn boodschappen.'

'De dromen zijn een demonische invloed, Max. De Stille Broeders zeiden...'

'Ze hebben het mis,' zei Max snel. 'Er zijn er nog maar een paar over en hun macht is niet meer zo groot. Deze dromen willen jou iets vertellen. Je begrijpt ze verkeerd. Ze zeggen je niet dat je Clary pijn moet doen. Ze waarschuwen je dat je dat al doet.'

Jace schudde langzaam zijn hoofd. 'Ik begrijp het niet.'

'De engelen hebben mij gestuurd om met jou te praten. Omdat ik jou ken,' zei Max met zijn heldere kinderstem. 'Ik weet hoe jij bent met de mensen van wie je houdt en je zou ze nooit moedwillig iets aandoen. Maar jij hebt Valentijns invloed op jou nog niet helemaal verwoest. Zijn stem fluistert jou nog steeds toe en je denkt dat je het niet hoort, maar je hoort het wel. De dromen vertellen je dat je niet met Clary kunt zijn, totdat je dat gedeelte van jezelf vermoordt.'

'Dan vermoord ik het,' zei Jace. 'Ik zal doen wat ik moet doen. Vertel me hoe.'

Max glimlachte zijn heldere, brede glimlach en stak iets naar Jace uit. Het was de dolk met het zilveren handvat. Stephen Herondales dolk, die in de kist had gelegen. Jace herkende het wapen gelijk. 'Neem deze dolk,' zei Max. 'En steek jezelf neer. Het gedeelte van jou dat hier met mij in de droom is, moet dood. Wat daarna weer opstaat, zal gereinigd zijn.'

Jace pakte het mes.

Max glimlachte. 'Goed zo. Er zijn veel mensen hier aan de andere kant die zich zorgen om je maken. Je vader is hier ook.'

'Niet Valentijn...'

'Je echte vader. Hij heeft me verteld dat ik jou moest opdragen om dit te doen. Het zal alle verrotte gedeelten in je ziel wegsnijden.'

Max glimlachte als een engel, terwijl Jace het mes op zichzelf richtte. Op het laatste moment aarzelde hij. Een mes in zijn hart steken leek te veel op wat Valentijn met hem had gedaan. Hij pakte het mes en maakte een lange snee in zijn rechteronderarm, van zijn elleboog naar zijn pols. Hij voelde geen pijn. Hij nam het mes nu in zijn rechterhand en deed hetzelfde met zijn andere arm. Het bloed spoot uit de lange snijwonden op zijn armen. Het had een fellere kleur rood dan bloed in het echte leven. Het was robijnrood. Het stroomde over zijn huid en kletterde op het gras.

Hij hoorde Max zachtjes uitademen. De jongen boog voorover en raakte het bloed aan met de vingers van zijn rechterhand. Toen hij zijn hand weer terughaalde, was die glinsterend rood. Hij deed een stap in de richting van Jace en daarna nog eentje. Nu Jace zo dichtbij stond, kon hij Max' gezicht duidelijk zien. Zijn porieloze kinderhuid, zijn doorzichtige oogleden, zijn ogen… Jace kon zich niet herinneren dat hij zulke donkere ogen had gehad. Max legde zijn hand op Jace' borstkas, net boven zijn hart. Met het bloed aan zijn hand begon hij een patroon te tekenen, een rune. Het was een rune die Jace nog nooit had gezien, met overlappende hoeken en rare vormen.

Toen Max klaar was, liet hij zijn hand langs zijn lichaam vallen en deed hij een stap terug. Hij kantelde zijn hoofd, alsof hij een kunstenaar was die zijn schilderij bekeek. Plotseling voelde Jace een pijnscheut. Het voelde alsof de huid van zijn borstkas in brand stond. Max keek glimlachend toe en strekte zijn bloederige hand. 'Doet het pijn, Jace Lightwood?' vroeg hij, en de stem was niet langer die van Max. Het was de stem van iemand anders, een hoge, hese en vertrouwde stem.

'Max…' fluisterde Jace.

'Jij hebt pijn toegebracht en nu zal de pijn jou toegebracht worden,' zei Max, wiens gezicht begon te vervagen en te veranderen. 'Jij hebt verdriet veroorzaakt en nu zul jij verdriet voelen. Jij bent nu van mij, Jace Lightwood. Je bent van mij.'

De pijn was overweldigend. Hij krabde aan zijn borstkas en tuimelde voorover, de duisternis in.

Simon zat op de bank met zijn gezicht in zijn handen begraven. Zijn hoofd bonsde. 'Dit is mijn schuld,' zei hij. 'Ik had Maureen net zo goed kunnen vermoorden toen ik haar bloed dronk. Ze is dood vanwege mij.'

Jordan zat onderuitgezakt in de leunstoel tegenover Simon. Hij droeg een spijkerbroek en een groen T-shirt over een shirt met lange mouwen met gaten bij de polsen. Hij had zijn duimen door de gaten gestoken en speelde met de stof. De gouden Praetor Lupus-medaille die om zijn nek hing, glom. 'Kom op,' zei hij. 'Je had het niet kunnen weten. Er was niets met haar aan de hand toen ik haar in de taxi zette. Ze hebben haar vast later opgepakt en vermoord.'

Simon voelde zich licht in zijn hoofd. 'Maar ik heb haar gebeten. Ze komt niet meer terug, toch? Ze wordt toch geen vampier?'

'Nee. Kom op, man, jij weet net zo goed als ik hoe dit werkt. Je moet haar jouw bloed geven als je wilt dat zij een vampier wordt. Als zij jóúw bloed had gedronken en dan was gestorven, ja, dan zouden we nu ergens op een kerkhof staan om op haar te wachten. Maar dat heeft ze niet gedaan. Ik bedoel, zoiets zou je toch nog wel weten?'

Simon proefde zuur bloed achter in zijn keel. 'Ze dachten dat ze mijn vriendin was,' zei hij. 'Ze hebben me gewaarschuwd dat ze haar zouden vermoorden als ik niet op kwam dagen en toen ik niet kwam, hebben ze haar keel doorgesneden. Ze heeft daar vast de hele dag gezeten, wachtend tot ik zou komen. Hopend dat ik zou komen...' Zijn maag trok samen en hij boog voorover. Hij haalde diep adem en probeerde te voorkomen dat hij ging kokhalzen.

'Ja,' zei Jordan, 'maar de vraag is: wie zijn zij?' Hij staarde met een ernstige blik naar Simon. 'Ik denk dat het tijd wordt om het Instituut te bellen. Ik ben niet dol op schaduwjagers, maar ik weet dat ze een buitengewoon gedetailleerd archief bijhouden. Misschien kunnen ze iets met het adres op het briefje.'

Simon aarzelde.

'Kom op,' zei Jordan. 'Je doet al genoeg voor ze. Laat ze ook maar eens iets voor jou doen.'

Simon haalde zijn schouders op en stond op om zijn telefoon te pakken. Terwijl hij terug naar de woonkamer liep, belde hij Jace. Na twee keer overgaan nam Isabelle op. 'Jij weer?'

'Sorry,' zei Simon ongemakkelijk. Blijkbaar had hun momentje in het Sanctuarium er niet voor gezorgd dat ze minder boos op hem was. 'Ik wilde Jace eigenlijk spreken, maar ik kan het ook wel aan jou vertellen, denk ik...'

'Wat aardig van je,' zei Isabelle. 'Ik dacht dat Jace bij jou was.'

'Nee.' Simon kreeg een onbehaaglijk gevoel. 'Wie heeft dat gezegd?'

'Clary,' legde Isabelle uit. 'Misschien zijn ze er met zijn tweeën vandoor of zo.' Ze klonk onbezorgd, en dat was ook logisch. Clary was wel de laatste persoon die over Jace zou liegen als hij in de problemen zou zitten. 'Hoe dan ook, Jace heeft zijn telefoon in zijn kamer laten liggen. Als je hem ziet, wil je hem er dan aan herinneren dat hij vanavond naar het feest in de ijzerfabriek moet. Clary vermoordt hem als hij niet op komt dagen.'

Simon was bijna vergeten dat hij óók op het feest werd verwacht.

'Oké,' zei hij. 'Hoor eens, Isabelle. Ik heb een probleem.'

'Vertel. Ik ben dol op problemen.'

'Ik weet niet of je dit ook zo geweldig gaat vinden,' zei hij, waarna hij haar snel vertelde wat er was gebeurd. Hij hoorde hoe ze naar adem hapte toen hij haar vertelde hoe hij Maureen had gebeten en hij kreeg een brok in zijn keel.

'Simon,' fluisterde ze.

'Ik weet het, ik weet het,' zei hij. 'Denk je dat ik er geen spijt van heb? Ik heb er meer spijt van dan je je ooit zou kunnen voorstellen.'

'Als jij haar hebt vermoord, heb je de Wet overtreden. Dan ben je een misdadiger. Dan moet ik je vermoorden.'

'Maar ik heb het niet gedaan,' zei hij. Zijn stem trilde. 'Ik heb dit echt niet gedaan. Jordan zweert dat er niets met haar aan de hand was toen hij haar in de taxi zette. En in de krant staat dat haar keel was doorgesneden. Dat heb ik niet gedaan. Dat heeft iemand gedaan om mij te pakken. Ik weet alleen niet waarom.'

'We zijn hier nog niet over uitgepraat,' zei ze streng. 'Maar ik wil eerst weten wat er op het briefje stond. Lees het maar voor.'

Simon deed wat ze vroeg en hoorde hoe Isabelle scherp inademde.

'Ik dacht al dat dat adres me bekend voorkwam,' zei ze. 'Dat is waar ik Clary gisteren heb gezien. Het is een kerk, net buiten het centrum. Het hoofdkwartier van een of andere demonen aanbiddende sekte.'

'Wat moet een demonen aanbiddende sekte met mij?' zei Simon. Jordan, die slechts de helft van het gesprek hoorde, keek hem nieuwsgierig aan.

'Weet ik veel. Je bent een daglichteling. Je hebt rare krachten. Je zult wel in trek zijn bij allerlei idioten die aan zwarte magie doen. Daar kun je niets aan veranderen.' Simon kreeg het gevoel dat Isabelle iets sympathieker klonk. 'Luister, jij komt vanavond toch naar het feest in de ijzerfabriek? We kunnen daar overleggen wat we gaan doen. En ik zal mijn moeder vertellen wat er is gebeurd. Ze zijn toch al bezig met een onderzoek naar de Taltokerk, dus ze kunnen deze informatie goed gebruiken.'

'Oké dan,' zei Simon. Een feest was wel het laatste waar hij nu zin in had.

'En neem Jordan mee naar het feest,' zei Isabelle. 'Je kunt wel een bodyguard gebruiken.'

'Dat kan niet. Maia is er ook.'

'Ik praat wel met haar,' zei Isabelle. Ze klonk zelfverzekerder dan Simon in haar geval geweest zou zijn. 'Ik zie je daar.'

Ze hing op. Simon keek naar Jordan, die op de bank lag, met zijn hoofd op een van de versleten kussens. 'Hoeveel heb je daarvan gehoord?'

'Genoeg om te snappen dat we vanavond een feestje hebben,' zei Jordan. 'Ik had al gehoord van het feest in de ijzerfabriek. Ik zit niet in de Garroway-roedel, dus ik was niet uitgenodigd.'

'Dan ga je nu mee als mijn date.' Simon deed de telefoon in zijn zak.

'Ik ben zeker genoeg van mijn mannelijkheid om die uitnodiging te accepteren,' zei Jordan. 'Maar we moeten wel even een mooie outfit voor je zoeken,' riep hij terwijl Simon naar zijn kamer liep. 'Ik wil wel dat mijn date er een beetje aantrekkelijk uitziet.'

Jaren geleden, toen Long Island City nog een bedrijventerrein was in plaats van een trendy buurt vol kunstgaleries en koffietentjes, was de ijzerfabriek echt een ijzerfabriek geweest. Daarna had hij nog dienstgedaan als textielfabriek. Nu was het enorme bakstenen gebouw omgebouwd tot een sobere, maar prachtige ruimte. De vloer bestond uit overlappende platen ruw staal en om de stalen balken aan het plafond waren snoeren met kleine witte lichtjes gewikkeld. IJzeren wenteltrappen kringelden omhoog naar smalle richels, versierd met hangende planten. Een enorm glazen plafond bood een prachtig uitzicht op de sterrenhemel. Er was zelfs een terras gebouwd over de East River, met een spectaculair uitzicht op de Fifty-ninth Street Bridge, die boven de rivier uittorende en zich als een speer van gouden ijs uitstrekte van Queens naar Manhattan.

Lukes roedel had zichzelf werkelijk overtroffen. Er stonden grote vazen met ivoorkleurige bloemen met lange stengels, en rond een verhoogd podium stonden tafels met wit linnen. Op het podium speelde een vioolkwartet van weerwolven klassieke muziek. Clary wilde dat Simon er was. Die zou Werewolf String Quartet ongetwijfeld een goede bandnaam vinden.

Ze liep van tafel naar tafel en verplaatste dingen die niet verplaatst hoefden te worden. Ze friemelde aan bloemen en legde bestek recht. Er waren nog niet veel gasten en ze kende helemaal niemand. Haar moeder en Luke stonden bij de deur. Ze waren mensen aan het begroeten en ze glimlachten. Luke zag er ongemakkelijk uit in een pak en Jocelyn straalde in haar op maat gemaakte blauwe jurk. Na de gebeurtenissen van de afgelopen dagen was ze blij dat ze haar moeder weer zag lachen, maar Clary wist niet of het echt was of gespeeld. Er zat een bepaalde spanning in Jocelyns gezicht, waardoor Clary zich afvroeg of ze écht blij was of dat ze lachte door de pijn heen.

Niet dat Clary niet wist hoe ze zich voelde. Wat er ook gebeurde, ze kon Jace niet uit haar gedachten zetten. Wat deden de Stille Broeders met hem? Ging het wel goed? Konden ze herstellen wat er mis was met hem en de demoneninvloed uitschakelen? Ze had de afgelopen nacht amper geslapen en zo lang naar de duisternis gestaard dat ze misselijk was geworden.

Het allerliefst wilde ze dat hij gewoon hier was. Ze had haar jurk uitgekozen in de hoop dat Jace hem mooi zou vinden. Hij was matgoud en strakker dan de kleding die ze normaal droeg. Nu zou hij haar helemaal niet zien in de jurk. Ze wist dat het niet belangrijk was. Ze zou de rest van haar leven in een jutezak lopen als Jace daardoor beter zou worden. Bovendien vertelde hij haar altijd dat hij haar mooi vond en hij had er nog nooit over geklaagd dat ze voornamelijk spijkerbroeken en sportschoenen droeg, maar ze had gewoon gedacht dat hij dit mooi zou vinden.

Toen ze vanavond voor de spiegel stond, had ze zich bijna mooi gevoeld. Haar moeder had altijd gezegd dat ze zelf een laatbloeier was geweest en terwijl Clary naar zichzelf in de spiegel keek, had ze zich afgevraagd of zij dat ook was. Ze was niet meer zo plat als een dubbeltje en ze had er het afgelopen jaar een cupmaat bij gekregen. En als ze haar ogen samenkneep, kon ze toch echt haar heupen zien. Ze had rondingen. Kleine rondingen, maar je moest ergens beginnen.

Ze had haar sieraden eenvoudig gehouden. Erg eenvoudig.

Ze legde haar hand op de Morgenstern-ring die aan een ketting om haar nek hing. Ze had hem die ochtend voor het eerst in dagen omgedaan. Het voelde alsof het een stil gebaar was naar Jace, een manier om haar trouw aan hem duidelijk te maken, of hij het nu wist of niet. Ze had besloten dat ze de ring zou dragen tot ze hem weer zou zien.

'Clarissa Morgenstern?' zei een zachte stem bij haar schouder.

Clary draaide zich verrast om. Ze herkende de stem niet. Achter haar stond een lang, slank meisje van een jaar of twintig. Haar huid was sneeuwwit en haar aderen schenen er groen doorheen. Haar blonde haar had dezelfde groene tint. Haar ogen waren effen blauw als knikkers en ze droeg een blauwe jurk die zo dun was dat Clary het al koud kreeg als ze ernaar keek. Langzaam kwam de herinnering aan het meisje bovendrijven.

'Kaelie,' zei Clary langzaam. Ze herkende de elfenserveerster van Taki's. Ze had haar en de Lightwoods meer dan eens eten gebracht. Ze herinnerde zich ook dat Kaelie en Jace ooit iets hadden gehad, maar in het licht van alles wat er was gebeurd, leek dat ineens erg onbelangrijk. 'Ik wist niet dat... ken jij Luke?'

'Ik ben niet te gast hier,' zei Kaelie, die nonchalant met haar hand in de lucht wapperde. 'De majesteit heeft me hiernaartoe gestuurd om jou te zoeken, niet om de feestelijkheden bij te wonen.' Ze wierp een nieuwsgierige blik naar de deur. Haar blauwe ogen glommen. 'Al had ik me niet gerealiseerd dat je moeder met een weerwolf ging trouwen.'

Clary trok haar wenkbrauwen op. 'Ja, dus?'

Kaelie bekeek haar met een spottende glimlach. 'Mijn majesteit vertelde me al dat je ondanks je lengte behoorlijk pittig uit de hoek kon komen. In het hof wordt er op je neergekeken als je zo klein bent.'

'We zijn niet in het hof,' zei Clary. 'En we zijn niet bij Taki's. Jij bent naar mij gekomen en je hebt vijf seconden om me te vertellen wat de koningin van me wil. Ik mag haar niet zo en ik ben niet in de stemming voor haar spelletjes.'

Kaelie wees met een groengelakte nagel naar Clary's keel. 'Mijn majesteit wilde weten waarom jij de Morgenstern-ring draagt. Is het een eerbetoon aan je vader?'

Clary's hand schoot naar haar keel. 'Het is voor Jace. Omdat Jace hem aan mij heeft gegeven,' zei ze voordat ze er erg in had. Ze vervloekte zichzelf direct. Het was niet slim om de koningin van Seelie meer te vertellen dan nodig was.

'Maar hij is geen Morgenstern,' zei Kaelie, 'maar een Herondale. En zij hebben hun eigen ring. Het is een patroon van reigers, niet van morgensterren. En past dat niet veel beter bij hem, een ziel die vliegt als een vogel, in plaats van een ziel die valt als Lucifer?'

'Kaelie,' zei Clary met opeengeklemde kaken. 'Nogmaals, wat wil de koningin?'

Het elfenmeisje lachte. 'Ze wilde dat ik jou dit gaf,' zei ze. Ze had iets in haar hand. Het was een klein hangertje met een zilveren bel. Aan de bovenkant zat een lus, zodat de bel aan een ketting gehangen kon worden. Toen Kaelie haar hand uitstak, klingelde het belletje, zachtjes en lieflijk als regen.

Clary deinsde achteruit. 'Ik wil de cadeaus van jouw majesteit niet,' zei ze, 'want die brengen alleen maar leugens en verwachtingen. Ik wil de koningin niets verschuldigd zijn.'

'Het is geen cadeau,' zei Kaeli ongeduldig. 'Het is een manier om haar op te roepen. De koningin vergeeft jou je eerdere koppigheid. Zij verwacht dat de tijd spoedig zal aanbreken dat jij haar hulp nodig hebt. Ze is bereid jou die hulp te schenken. Alles wat je hoeft te doen is met de bel rinkelen en dan komt er een dienaar van het hof om jou naar haar toe te brengen.'

Clary schudde haar hoofd. 'Ik zal het niet gebruiken.'

Kaelie haalde haar schouders op. 'Je bent haar niets verschuldigd als je de bel aanneemt.'

Alsof het een droom was, zag Clary hoe ze haar eigen hand uitstak en hoe haar vingers zich om de bel sloten.

'Je zou alles doen om hem te redden,' zei Kaelie met een stem zo zoet en zacht als de bel, 'wat het je ook kost, wat je de hel of de hemel ook verschuldigd zou zijn, of niet soms?'

Herinneringen van stemmen weerklonken in Clary's hoofd. *Heb jij je afgevraagd welke onwaarheden jouw moeder je allemaal heeft verteld, zodat ze er zelf beter uitkwam? Denk jij echt dat je elk geheim uit je verleden kent?*

Je zult verliefd worden op de verkeerde persoon, had madame Dorothea tegen Jace gezegd.

Het zal nu ook niet gemakkelijk worden. Maar hij kan waarschijnlijk wel gered worden.

De bel galmde toen Clary hem in haar handpalm sloot. Kaelie glimlachte en haar blauwe ogen glommen als glazen kralen. 'Een wijze beslissing.'

Clary aarzelde. Maar voordat ze de bel terug kon geven aan het elfenmeisje, hoorde ze iemand haar naam roepen. Ze draaide zich om en zag dat haar moeder op haar af kwam lopen. Ze draaide snel weer terug, maar Kaelie was verdwenen. Ze was opgegaan in de menigte, als mist die verdampt in de ochtendzon.

'Clary,' zei Jocelyn, die nu bij haar was. 'Ik zocht je en toen zei Luke dat je hier helemaal in je eentje stond. Gaat het wel?'

Helemaal in je eentje. Clary vroeg zich af wat voor betovering Kaelie had gebruikt. Haar moeder had haar toch moeten zien. 'Het gaat prima, mam.'

'Waar is Simon? Ik dacht dat hij zou komen.'

Natuurlijk. Simon was de eerste aan wie ze dacht, dacht Clary. Niet aan Jace. Al had Jace er als Clary's vriend natuurlijk ook moeten zijn. 'Mam,' zei ze. Ze was even stil. 'Denk je dat je Jace ooit aardig zult vinden?'

Jocelyns groene ogen stonden vriendelijk. 'Het was me wel opgevallen dat hij er niet was, Clary. Ik wist alleen niet of jij erover wilde praten.'

'Ik bedoel,' ging Clary stug verder, 'denk je dat er iets is wat hij kan doen waardoor jij hem aardig gaat vinden?'

'Ja,' zei Jocelyn. 'Hij kan jou gelukkig maken.' Ze legde haar hand op Clary's wang en Clary sloot haar hand stevig om de bel.

'Hij maakt me ook gelukkig,' zei Clary. 'Maar hij heeft niet alles in de wereld onder controle, mam. Er gebeuren dingen...' Ze zocht naar woorden. Hoe kon ze uitleggen dat het niet Jace was die haar ongelukkig maakte, maar iets wat met hem gebeurde?

'Je houdt zoveel van hem,' zei Jocelyn zachtjes. 'Dat maakt me bang. Ik wil je gewoon beschermen.'

'En kijk eens waar dat je in het verleden heeft gebracht,' begon Clary, maar toen bedacht ze dat dit niet het moment was om haar moeder de schuld te geven of om ruzie met haar te maken. Niet nu. Niet nu Luke vanaf de deuropening naar ze keek, zijn gezicht stralend van liefde en zenuwen. 'Kende je hem maar,' zei ze een beetje wanhopig. 'Maar ik denk dat ieder meisje dat zegt over haar vriendje.'

'Je hebt gelijk,' zei Jocelyn tot haar verrassing. 'Ik ken hem niet. Niet echt. Hij doet me af en toe zo denken aan zijn moeder. Ik weet niet waarom... hij lijkt niet op haar, behalve dat zij ook heel mooi was en dat ze diezelfde vreselijke kwetsbaarheid had...'

'Kwetsbaarheid?' Clary was verbijsterd. Ze had altijd gedacht dat ze de enige was die Jace als kwetsbaar zag.

'O ja,' zei Jocelyn. 'Ik wilde haar haten, omdat ze Stephen

van Amatis had afgepakt, maar Céline had gewoon iets waardoor iedereen haar wilde beschermen. Jace heeft dat ook een beetje.' Ze klonk in gedachten verzonken. 'Of misschien is het gewoon dat mooie dingen zo gemakkelijk stuk worden gemaakt door de wereld.' Ze liet haar hand zakken. 'Het maakt ook niet uit. Ik heb mijn eigen herinneringen, maar het zijn míjn herinneringen. Jace heeft daar niets mee te maken. Ik wil je wel één ding vertellen. Als hij niet zoveel van jou zou houden – en dat zie ik aan zijn gezicht, elke keer dat hij naar je kijkt – zou ik hem nog geen seconde tolereren. Dus hou dat in gedachten als je boos op me bent.'

Clary begon te protesteren dat ze niet boos op haar was, maar haar moeder wuifde het weg met een glimlach en een klopje op haar wang. Ze liep weer naar Luke met een laatste verzoek aan Clary om zich in de menigte te mengen. Clary knikte en zei niets. Ze keek haar moeder na en voelde de bel gloeien als het puntje van een brandende lucifer tegen de binnenkant van haar hand.

De buurt rondom de ijzerfabriek bestond grotendeels uit pakhuizen en kunstgaleries. Het soort buurt dat 's avonds compleet verlaten was. Het duurde dus niet lang voordat Jordan en Simon een parkeerplek hadden gevonden. Simon sprong uit de jeep. Jordan stond al op de stoep en wierp hem een kritische blik toe.

Simon had geen nette kleren ingepakt toen hij het huis van zijn moeder verliet. Hij had alleen een bomberjack dat ooit van zijn vader was geweest. Hij had met Jordan dus de hele middag de East Village afgestruind, op zoek naar een fatsoenlijke outfit. Ze hadden uiteindelijk een oud Zegna-pak gevonden in een tweedehandswinkel die Love Saves the Day heette en die voornamelijk glitterplateauzolen en Pucci-sjaaltjes uit de jaren zestig verkocht. Simon vermoedde dat Magnus zijn kleren daarvandaan haalde.

'Wat?' vroeg hij terwijl hij onbehaaglijk aan de mouwen van zijn jasje trok. Het jasje was eigenlijk een beetje te klein, maar Jordan had gezegd dat het niemand zou opvallen als hij het niet dicht zou knopen. 'Zie ik er zo slecht uit?'

Jordan haalde zijn schouders op. 'Er zal niemand steil achteroverslaan,' zei hij. 'Ik vroeg me alleen af of je gewapend was. Wil je iets? Een dolk of zo?' Hij deed zijn eigen colbert een stukje open en Simon zag iets glimmen in de voering.

'Geen wonder dat jij en Jace elkaar zo mogen. Jullie zijn allebei wandelende wapenwinkels.' Simon schudde zijn hoofd en draaide zich om naar de ingang van de ijzerfabriek. Het gebouw stond aan de overkant van de straat. Een brede, gouden luifel wierp een rechthoekige schaduw op de stoep, waar een rood tapijt lag met een gouden afbeelding van een wolf. Simon vond het stiekem best grappig.

Isabelle leunde tegen een van de palen die de luifel overeind hielden. Ze had haar haar opgestoken en droeg een lange, rode jurk met een split die bijna haar hele been liet zien. Om haar rechterarm glinsterden gouden ringen die eruitzagen als armbanden, maar Simon wist dat dit eigenlijk haar zweep was. Ze was volledig bedekt met tekens. Ze kronkelden om haar armen en om haar been richting haar dij en stonden op haar keel en op haar decolleté, dat voor een groot deel zichtbaar was vanwege de laag uitgesneden jurk. Simon probeerde niet te staren.

'Hé, Isabelle,' zei hij.

Naast hem stond Jordan, die duidelijk ook zijn best deed om niet te staren. 'Eh,' zei hij. 'Hoi. Ik ben Jordan.'

'We hebben elkaar al eens ontmoet,' zei Isabelle koeltjes. Ze negeerde zijn uitgestoken hand. 'Toen Maia je gezicht eraf probeerde te klauwen. Terecht, trouwens.'

Jordan keek bezorgd. 'Is ze hier? Gaat het goed met haar?'

'Ze is er,' zei Isabelle. 'En het gaat je niets aan hoe het met haar gaat.'

'Ik voel me gewoon verantwoordelijk voor haar,' zei Jordan.

'En waar bevindt die verantwoordelijkheid zich? In je broek, zeker?'

Jordan keek verontwaardigd.

Isabelle zwaaide met haar slanke, versierde hand. 'Hoor eens, wat gebeurd is, is gebeurd. Ik weet dat je nu bij Praetor Lupus zit en ik heb Maia uitgelegd wat dat betekent. Ze is bereid om te accepteren dat je hier bent en je te negeren. Maar dat is alles wat jij krijgt. Val haar niet lastig, praat niet met haar, kijk niet naar haar, of ik vouw je zo vaak dubbel dat je op een kleine origamiweerwolf lijkt.'

Simon snoof.

'Lach maar.' Isabelle wees naar hem. 'Met jou wil ze ook niet praten. Dus hoewel ze er vanavond uitziet als een onwijze babe – als ik op meisjes zou vallen zou ik er helemaal voor gaan – mogen jullie niet met haar praten. Begrepen?'

Ze knikten en keken naar hun schoenen als een stel schoolkinderen die net te horen hadden gekregen dat ze moesten nablijven.

Isabelle maakte zich los van de paal. 'Geweldig. Kom, we gaan naar binnen.'

15

Beati Bellicosi

In de ijzerfabriek hingen overal slingers met gekleurde, glinsterende lichtjes. Sommige gasten zaten al en sommigen liepen nog rond met glazen met bubbelende vloeistof. Simon zag dat de obers ook weerwolven waren. Iedereen die aan het werk was, maakte deel uit van Lukes roedel. De obers liepen tussen de gasten door en deelden champagneglazen uit. Simon sloeg er eentje af. Sinds zijn ervaring op Magnus' feestje had hij niets meer durven drinken dat hij niet zelf had gemaakt en hij wist ook nooit van welke drankjes hij ziek werd en van welke niet.

Maia stond tegen een van de stenen pilaren. Ze praatte met twee andere weerwolven en lachte. Ze droeg een nauwsluitende oranje satijnen jurk die prachtig stond bij haar donkere huid en haar haar viel als een wilde aureool van bruingouden krullen rond haar gezicht. Toen ze Simon en Jordan zag, draaide ze zich opzettelijk van hen weg. De achterkant van haar jurk was laag uitgesneden in een V-vorm. Op haar onderrug was een tatoeage van een vlinder zichtbaar.

'Die had ze volgens mij niet toen ik haar kende,' zei Jordan. 'Die tatoeage, bedoel ik.'

Simon keek naar Jordan. Hij staarde vol verlangen naar zijn ex-vriendin. Als Isabelle hem zo zou zien, zou ze hem in zijn gezicht slaan. 'Kom,' zei hij terwijl hij Jordan zachtjes een andere kant op duwde. 'Laten we gaan kijken waar we zitten.'

Isabelle, die vlakbij stond, glimlachte haar katachtige glimlach. 'Goed idee,' zei ze.

Ze baanden zich een weg door de menigte naar het gedeelte van de ruimte waar de tafels stonden. Ze zagen dat hun tafel al bijna helemaal bezet was. Op een van de stoelen zat Clary. Ze staarde in haar champagneglas, waar waarschijnlijk gingerale in zat. Naast haar zaten Alec en Magnus. Ze droegen de donkere pakken die ze ook hadden gedragen toen ze net uit Wenen kwamen. Magnus speelde met de gerafelde uiteinden van zijn lange, witte sjaal. Alec had zijn armen over elkaar geslagen en staarde voor zich uit.

Clary sprong op toen ze Simon en Jordan zag, duidelijk opgelucht. Ze liep om de tafel heen om Simon te begroeten en hij zag dat ze een gouden, zijden jurk droeg en lage, gouden sandalen. Zonder hakken zag ze er klein uit. De Morgenstern-ring hing om haar nek. Het zilver glinsterde tegen de ketting waar de ring aan hing. Ze omhelsde Simon. 'Volgens mij hebben Alec en Magnus ruzie,' mompelde ze.

'Ik zie het,' mompelde hij terug. 'Waar is je vriend?'

Ze haalde haar armen van zijn nek. 'Hij moest nog iets doen op het Instituut.' Ze draaide zich om. 'Hoi Kyle.'

Hij glimlachte een beetje ongemakkelijk. 'Ik heet Jordan.'

'Dat hoorde ik.' Clary gebaarde naar de tafel. 'We kunnen net zo goed alvast gaan zitten. Er wordt zo een toost uitgebracht, volgens mij. En daarna is er eten, hopelijk.'

Ze gingen allemaal zitten en er viel een lange, ongemakkelijke stilte.

'Nou,' zei Magnus uiteindelijk terwijl hij zijn lange vinger over de rand van het champagneglas trok. 'Jordan. Ik hoorde dat je bij Praetor Lupus zit. Ik zie dat je hun medaille draagt. Wat staat erop?'

Jordan knikte. Hij had rode wangen en zijn bruine ogen spankelden. Zijn aandacht was slechts gedeeltelijk op dit gesprek gericht. Zijn blik volgde Maia. Zijn vingers speelden nerveus met het tafellaken. Simon vroeg zich af of hij er zich wel bewust van was. *'Beati bellicosi*: gezegend zijn de strijders.'

'Goede organisatie,' zei Magnus. 'Ik kende de man die hem in de negentiende eeuw oprichtte. Woolsey Scott. Een respectabele oude weerwolvenfamilie.'

Alec maakte een snuivend geluid. 'Ben je met hem ook naar bed geweest?'

Magnus' kattenogen werden groter. 'Alexander!'

'Nou, ik weet helemaal niets over jouw verleden, of wel soms?' zei Alec. 'Je wilt mij niets vertellen. Je zegt alleen dat het niet uitmaakt.'

Magnus' gezicht was uitdrukkingsloos, maar er zat wel een woedende ondertoon in zijn stem. 'Dus elke keer dat ik het heb over iemand die ik ooit heb ontmoet, ga jij me vragen of ik iets met diegene heb gehad?'

Alec keek koppig, maar Simon had wel een beetje medelijden met hem. De pijn was duidelijk zichtbaar in zijn blauwe ogen. 'Misschien.'

'Ik heb Napoleon ooit ontmoet,' zei Magnus. 'Maar met hem heb ik nooit iets gehad. Hij was behoorlijk preuts voor een Fransman.'

'Heb jij Napoleon ontmoet?' Jordan, die het merendeel van het gesprek niet mee leek te krijgen, was onder de indruk. 'Is het waar wat ze zeggen over heksenmeesters?'

Alec keek hem kwaad aan. 'Is wát waar?'

'Alexander,' zei Magnus streng. Clary keek over de tafel heen naar Simon. Ze had haar groene ogen wijd opengesperd en haar blik leek 'o, o' te zeggen. 'Je kunt niet vervelend doen tegen iedereen die met me praat.'

Alec maakte een gebaar met zijn hand alsof hij iets wegveegde. 'En waarom niet? Sta ik je in de weg? Ik bedoel, misschien hoopte je te flirten met de weerwolvenjongen hier. Hij is best aantrekkelijk, als je valt op warrige kapsels, brede schouders en van die types die je oplichten waar je bij staat.'

'Hé,' zei Jordan.

Magnus legde zijn hoofd in zijn handen.

'En anders zijn hier nog zat meisjes, aangezien je dat geen probleem lijkt te vinden. Is er iets waar je niet op valt?'

'Zeemeerminnen,' zei Magnus tegen zijn handen. 'Die stinken naar zeewier.'

'Dit is niet grappig,' zei Alec kwaad. Hij schoof zijn stoel naar achteren, stond op en verdween in de menigte.

Magnus had zijn hoofd nog steeds in zijn handen. Zijn zwarte stekels staken tussen zijn vingers door. 'Ik snap gewoon niet wat het verleden ertoe doet,' zei hij tegen niemand in het bijzonder.

Tot Simons verrassing was het Jordan die hem antwoord gaf. 'Het verleden doet er altijd toe,' zei hij. 'Dat leer je als je je bij Praetor aansluit. Je kunt de dingen die je in het verleden hebt gedaan niet vergeten, anders zul je er nooit van leren.'

Magnus keek op. Zijn goud-groene ogen glommen door zijn vingers. 'Hoe oud ben jij?' wilde hij weten. 'Zestien?'

'Achttien,' zei Jordan, die een beetje angstig keek.

Alecs leeftijd, dacht Simon, die een glimlach onderdrukte. Hij vond het hele drama rond Alec en Magnus niet echt grappig, maar om Jordans uitdrukking kon hij wel lachen. Jordan was zowat twee keer zo groot als Magnus, die lang was, maar ook ontzettend mager, maar hij was blijkbaar erg bang voor hem. Simon keek weer naar Clary, maar zij staarde naar de voordeur. Haar gezicht werd ineens lijkbleek. Ze legde haar servet op tafel en mompelde: 'Sorry.' Ze rende bijna naar de deur.

Magnus gooide zijn handen in de lucht. 'Nou, als iedereen blijkbaar van tafel gaat...' zei hij, terwijl hij met een sierlijke beweging opstond en zijn sjaal rond zijn nek slingerde. Hij verdween in de menigte, waarschijnlijk op zoek naar Alec.

Simon keek naar Jordan, die weer naar Maia keek. Ze stond met haar rug naar hem toe en praatte met Luke en Jocelyn. Ze lachte, waardoor haar krullende haar op en neer veerde. 'Haal het maar niet in je hoofd,' zei Simon. Hij stond op en wees naar Jordan. 'Blijf zitten.'

'Wat moet ik hier doen?'

'Wat ze bij Praetor Lupus doen in zo'n situatie. Mediteren. Nadenken over je Jedi-krachten. Weet ik veel. Ik ben over vijf minuten terug en dan hoop ik voor je dat je hier nog zit.'

Jordan leunde achterover en vouwde zijn armen over zijn borstkas. Hij had een rebelse blik in zijn ogen, maar Simon lette er al niet meer op. Hij draaide zich om en liep de mensenmassa in, Clary achterna. Ze was een rood met gouden vlek tussen de bewegende mensen, met haar opgestoken haar als een kroon op haar hoofd.

Hij haalde haar in bij een van de met lichtjes omwikkelde pilaren en legde een hand op haar schouder. Ze draaide zich met een verraste uitroep van schrik om. Haar ogen waren wijd opengesperd en ze stak haar handen voor zich uit, alsof ze hem af wilde weren. Ze ontspande toen ze zag wie het was. 'Je liet me schrikken!'

'Dat merk ik,' zei Simon. 'Wat is er aan de hand? Waarom stormde je ineens weg?'

'Ik...' Ze liet haar handen zakken en haalde haar schouders op. Ze probeerde nonchalant te doen, maar Simon zag haar hart kloppen in haar keel. 'Ik dacht dat ik Jace zag.'

'Dat dacht ik al,' zei Simon. 'Maar...'

'Maar?'

'Je keek zo angstig.' Hij wist niet zeker waarom hij dit zei of wat hij hoopte dat ze terug zou zeggen. Ze beet op haar lip, zoals ze altijd deed als ze nerveus was. Ze staarde in de verte. Het was een blik die Simon goed kende. Een van de dingen die hij altijd zo leuk had gevonden aan Clary, was hoe gemakkelijk ze zichzelf kon verliezen in een dagdroom en hoe gemakkelijk ze weg kon zinken in haar zelfverzonnen wereld van vloeken en prinsen en magie. Hij was ooit in staat geweest om hetzelfde te doen, maar dat was nog toen hij zeker wist dat die werelden niet bestonden en dat het daarom veilig was. Nu realiteit en verbeelding zo door elkaar liepen, vroeg hij zich af of Clary net als hij verlangde naar vroeger, naar een normale wereld. Hij vroeg zich af of normaal-zijn iets was wat je pas miste als je het kwijt was, zoals zicht of stilte.

'Hij heeft het moeilijk,' zei ze zachtjes. 'Ik ben niet bang voor hem, ik ben bang dat er iets met hem is.'

'Dat weet ik,' zei Simon. 'Hoor eens, ik wil me nergens mee bemoeien, maar... is hij er al achter wat er met hem aan de hand is?'

'Hij...' Ze stopte. 'Het gaat wel met hem. Het is gewoon moeilijk voor hem om al dat gedoe met Valentijn een plekje te geven. Snap je?' Simon snapte het wel. Hij snapte ook dat ze loog. Clary hield bijna nooit iets voor hem achter. Hij staarde haar streng aan.

'Hij heeft nachtmerries,' zei ze. 'Hij is bang dat er demonen bij betrokken zijn...'

'Demonen?' zei Simon verbaasd. Hij wist dat Jace nachtmerries had, dat had hij zelf verteld, maar Jace had niet gezegd dat het iets met demonen te maken had.

'Nou ja, blijkbaar zijn er allerlei soorten demonen die proberen om bij je te komen in je dromen,' zei Clary, alsof ze er spijt van had dat ze erover begonnen was, 'maar het is vast niets. Iedereen heeft wel eens nachtmerries, toch?' Ze legde haar hand op Simons arm. 'Ik ga even kijken hoe het met hem is. Ik ben zo terug.' Ze keek langs hem heen naar de deuren die naar het terras leidden. Hij knikte en liet haar gaan. Hij keek toe hoe ze opging in de menigte.

Ze zag er zo klein uit. Klein, zoals ze was geweest in de eerste klas, toen hij samen met haar van school naar huis liep en toekeek hoe ze de trap op liep, zo vastberaden, met haar broodtrommel die tegen haar knieën stootte. Hij voelde zijn hart, dat niet langer sloeg, samentrekken en vroeg zich af of er iets pijnlijker was dan het niet in staat zijn om de mensen van wie je hield te beschermen.

'Je ziet er beroerd uit,' zei een hese, vertrouwde stem. 'Je was je zeker net aan het bedenken wat een vreselijke persoon je bent.'

Simon draaide zich om. Maia stond tegen een pilaar aan geleund. Ze had een ketting van de kleine, glinsterende witte lichtjes om haar nek en haar gezicht was rood van de champagne en de warmte.

'Of moet ik zeggen,' ging ze verder, 'wat een vreselijke vampier je bent. Al klinkt het dan alsof je slecht bent in het vampierschap.'

'Ik bén een slechte vampier,' zei Simon. 'Maar ik was ook een slecht vriendje.'

Er verscheen een scheve glimlach op haar gezicht. 'Bat zegt dat ik niet zo hard moet zijn voor je,' zei ze. 'Hij zegt dat jongens nou eenmaal domme dingen doen als het om meisjes gaat. Vooral de klunzige jongens die nooit veel geluk hebben gehad bij de meisjes.'

'Alsof hij in mijn ziel kan kijken.'

Maia schudde haar hoofd. 'Het is moeilijk om kwaad op je te blijven,' zei ze. 'Maar ik doe mijn best.' Ze draaide zich weer om.

'Maia,' zei Simon. Zijn hoofd begon pijn te doen en hij voelde zich een beetje duizelig. Maar als hij nu niet met haar praatte, zou hij dat nooit meer doen. 'Alsjeblieft. Wacht even.'

Ze draaide zich weer om en keek hem met opgetrokken wenkbrauwen aan.

'Het spijt me,' zei hij. 'Ik weet dat ik dat al eerder heb gezegd, maar ik meen het.'

Ze haalde haar schouders op en keek naar hem met een wezenloze blik waaruit hij niets kon afleiden.

Hij slikte en probeerde niet te denken aan zijn hoofdpijn. 'Misschien heeft Bat wel gelijk,' zei hij. 'Maar ik denk dat er meer achter zit. Ik wilde bij jou zijn omdat – dit klinkt misschien een beetje egoïstisch – ik me normaal voelde bij jou. Ik voel me bij jou als de persoon die ik ooit was.'

'Ik ben een weerwolf, Simon. Ik ben nou niet bepaald normaal.'

'Maar... maar dat ben je wel,' zei hij. Hij struikelde over zijn woorden. 'Je bent echt en oprecht, een van de oprechtste mensen die ik ooit heb gekend. Je wilde Halo met me spelen. Je wilde over stripboeken praten en naar concerten gaan en dansen en gewoon normale dingen doen. En je behandelde me alsof ik normaal was. Je hebt me nooit daglichteling of vampier genoemd. Je noemde me gewoon Simon.'

'Dat is allemaal vriendschappelijk,' zei Maia. Ze leunde weer tegen de pilaar. Haar ogen sprankelden terwijl ze sprak. 'Dat heeft niets te maken met vriendje en vriendinnetje zijn.'

Simon keek naar haar. De pijn bonsde als een hartslag in zijn hoofd.

'En dan kom je ineens met Jordan aanzetten,' voegde ze eraan toe. 'Wat dacht je wel niet?'

'Dat is niet eerlijk,' protesteerde Simon. 'Ik had geen idee dat hij jouw ex was.'

'Dat weet ik. Isabelle heeft het me verteld,' onderbrak Maia hem. 'Ik had gewoon zin om je er toch de schuld van te geven.'

'Is dat zo?' Simon keek naar Jordan, die in zijn eentje aan de ronde, gedekte tafel zat, als een jongen die wachtte op zijn afspraakje. Simon was ineens zo moe. Moe van zich alsmaar zorgen maken over iedereen. Moe omdat hij zich schuldig voelde over dingen die hij had gedaan en die hij waarschijnlijk in de toekomst nog zou doen. 'Heeft Izzy je verteld dat Jordan ervoor heeft gezorgd dat hij aan mij gekoppeld werd, zodat hij bij jou in de buurt kon zijn? Je zou eens moeten horen hoe hij over jou praat. Hij wilde me bijna in elkaar slaan toen hij dacht dat ik jou bedroog.'

'Je hebt me niet bedrogen. We hadden niet echt verkering en bedriegen is iets anders...'

Simon glimlachte toen hij zag dat Maia bloosde. 'Je haat hem dus zo erg dat je liever mijn kant kiest dan die van hem,' zei hij.

'Het is jaren geleden,' zei ze. 'Hij heeft nooit geprobeerd contact met me op te nemen. Nooit.'

'Hij heeft het wel geprobeerd,' zei Simon. 'De nacht dat hij jou beet, was hij voor de eerste keer veranderd. Wist je dat?'

Ze schudde haar hoofd. Haar krullen dansten op en neer en haar grote, lichtbruine ogen keken ernstig. 'Nee, ik dacht dat hij wist...'

'Dat hij een weerwolf was? Nee. Hij dacht dat hij gek werd en zichzelf niet meer onder controle had. Wie kan er nou raden dat hij een weerwolf is geworden? De dag nadat hij jou had gebeten, is hij je gaan zoeken, maar Praetor heeft hem tegengehouden. Ze hebben hem van jou weggehouden. En zelfs toen is hij niet opgehouden jou te zoeken. Ik denk dat er de afgelopen twee jaar geen dag voorbij is gegaan dat hij zich niet heeft afgevraagd waar je was...'

'Waarom verdedig je hem?' fluisterde ze.

'Omdat je dit moet weten,' zei Simon. 'Ik was een slecht vriendje en ik ben je iets verschuldigd. Je moet weten dat het niet zijn bedoeling was om jou te verlaten. Hij heeft mij als project aangenomen omdat hij jouw naam zag staan in mijn dossier.'

Haar mond viel een stukje open. Toen ze haar hoofd schudde, knipoogden de lichtjes aan haar ketting als sterren. 'Ik weet gewoon niet wat ik met die informatie moet, Simon. Wat moet ik nou doen?'

'Dat weet ik niet,' zei Simon. Hij had het gevoel dat iemand spijkers in zijn hoofd sloeg. 'Maar ik kan je één ding vertellen. Ik ben de laatste aan wie je relatieadvies moet vragen.' Hij legde een hand op zijn voorhoofd. 'Ik ga even naar buiten. Ik heb frisse lucht nodig. Jordan zit daar aan een tafel, als je met hem wilt praten.'

Hij wees naar de tafels en draaide zich om. Weg van haar

vragende ogen, weg van iedereen in de ruimte, weg van de stemmen en het gelach. Hij liep wankelend naar de deur.

Clary duwde de deuren naar het terras open. De lucht was koud en ze rilde. Ze wilde dat ze haar jas had meegenomen, maar ze had geen zin om terug naar de tafel te lopen. Ze liep het terras op en sloot de deur.

Het terras was een stuk grond waar tuintegels op lagen. Er stond een ijzeren hek omheen. Er brandden fakkels in grote houders, maar die gaven weinig warmte. Dat verklaarde waarschijnlijk waarom hier niemand was behalve Jace. Hij stond bij het hek en keek uit over de rivier.

Ze wilde naar hem toerennen, maar ze aarzelde. Hij droeg een donker pak. Onder zijn jasje, dat openstond, droeg hij een witte blouse. Hij had zijn hoofd naar de rivier gedraaid en zag haar niet. Ze had hem nog nooit in zulke kleding gezien. Hij leek ouder en afstandelijker. De wind die over de rivier waaide, blies zijn blonde haar omhoog en ze zag het kleine litteken op zijn keel, waar Simon hem ooit had gebeten. Jace had zichzelf laten bijten. Hij had zijn leven op het spel gezet. Voor haar.

'Jace,' zei ze.

Hij draaide zich om en glimlachte naar haar. De glimlach was vertrouwd en leek iets bij haar los te maken waardoor ze over de tegels naar hem toerende en haar armen om hem heen sloeg. Hij tilde haar van de grond en begroef zijn gezicht in haar nek.

'Het gaat weer goed met je,' zei ze uiteindelijk toen hij haar neerzette. Ze veegde de tranen van haar gezicht. 'Ik bedoel, de Stille Broeders hadden je niet laten gaan als het niet goed met je ging, toch? Maar ik dacht dat ze hadden gezegd dat het ritueel heel lang zou duren. Dagen, zelfs.'

'Dat was niet zo.' Hij legde zijn handen om haar gezicht en lachte naar haar. Achter hem torende de Queensboro Bridge uit boven het water. 'Je kent de Stille Broeders. Die overdrijven alles altijd. Maar het was eigenlijk een vrij eenvoudige ceremonie.' Hij grijnsde. 'Ik voelde me een beetje voor gek staan. Het is een ceremonie die bedoeld is voor kleine kinderen. Ik wilde het zo snel mogelijk doen, zodat ik hiernaartoe kon en jou in je sexy feestjurk kon zien. Die gedachte heeft me erdoorheen geholpen.' Zijn blik gleed over haar jurk. 'En ik moet zeggen, het was het wachten waard. Je ziet er prachtig uit.'

'Je mag er zelf ook wezen.' Ze lachte door haar tranen heen. 'Ik wist niet eens dat je een pak had.'

'Had ik ook niet. Ik moest er eentje kopen.' Hij veegde zijn duimen over haar betraande wangen. 'Clary...'

'Waarom sta je hier?' vroeg ze. 'Het is hier ijskoud. Wil je niet naar binnen?'

Hij schudde zijn hoofd. 'Ik wilde even met jou alleen praten.'

'Praat maar,' zei Clary, halffluisterend. Ze haalde zijn handen van haar gezicht en legde ze om haar middel. Haar behoefte om door hem vastgehouden te worden, was overweldigend. 'Is er iets? Komt het weer helemaal goed met je? Vertel me alsjeblieft alles. Na alles wat er is gebeurd, kan ik slecht nieuws best aan. Dat weet je hopelijk wel.' Ze wist dat ze nerveus ratelde, maar ze kon er niets aan doen. Het voelde of haar hart duizend keer per minuut klopte. 'Ik wil gewoon dat het goed met je gaat,' zei ze zo kalm mogelijk.

Zijn gouden ogen werden donkerder. 'Ik ga steeds maar weer door dat kistje heen. Dat van mijn vader is geweest. Ik heb er geen gevoel bij. De brieven, de foto's. Ik weet niet wie die mensen waren. Het voelt niet echt voor mij. Valentijn was echt.'

Clary knipperde met haar ogen. Dit was niet wat ze had verwacht. 'Het kost tijd. Dat heb ik je al gezegd...'

Hij leek haar niet te horen. 'Als ik echt Jace Morgenstern was, zou je dan nog steeds van me houden? Als ik Sebastian was, zou je dan van me houden?'

Ze kneep in zijn handen. 'Zo zou jij nooit kunnen zijn.'

'Als Valentijn met mij zou hebben gedaan wat hij met Sebastian heeft gedaan, zou je dan van me houden?'

Er zat een dringende noodzaak in zijn stem, die ze niet begreep. 'Maar dan zou je jezelf niet zijn,' zei ze.

Zijn adem stokte, alsof ze hem had beledigd. Maar hoe kon dat? Het was de waarheid. Hij was niet zoals Sebastian. Hij was zoals Jace. 'Ik weet niet wie ik ben,' zei hij. 'Ik kijk naar mezelf in de spiegel en ik zie Stephen Herondale, maar ik gedraag me als een Lightwood en ik praat als mijn vader, als Valentijn. Ik zie wie ik ben in jouw ogen en ik probeer die persoon te zijn, omdat jij die persoon vertrouwt, en vertrouwen is misschien wel genoeg om ervoor te zorgen dat jij mij wilt.'

'Je bent al wat ik wil. Dat ben je altijd geweest,' zei Clary, maar ze kreeg het idee dat ze tegen een muur praatte. Het was alsof Jace haar niet kon horen, hoe vaak ze hem ook vertelde dat ze van hem hield. 'Ik weet dat je het gevoel hebt dat je niet weet wie je bent, maar ik weet dat wel. Ik weet wie jij bent. En op een dag zul jij dat ook weten. En tot die tijd mag je je geen zorgen meer maken dat je mij verliest, want dat zal niet gebeuren.'

'Er is een manier…' Jace keek haar recht aan. 'Geef me je hand.'

Clary stak verrast haar hand uit. Ze herinnerde zich de eerste keer dat hij haar hand op die manier had vastgepakt. Ze had de rune nu. De rune met het open oog stond op de rug van haar hand. Het was de rune die hij toen zocht, maar niet had gevonden. Haar eerste permanente rune. Hij draaide haar hand om en legde haar pols en de kwetsbare huid van haar onderarm bloot.

Ze rilde. De wind van de rivier was snijdend koud. 'Jace, wat doe je?'

'Weet je nog wat ik zei over bruiloften van schaduwjagers? Hoe ze runen van liefde en verbintenis uitwisselen, in plaats van ringen?' Hij keek haar van onder zijn gouden wimpers met grote en kwetsbare ogen aan. 'Ik wil jou een rune geven waardoor wij voor altijd aan elkaar verbonden zijn, Clary. Het is maar een klein teken, maar het is wel voor altijd. Wil je dat?'

Ze aarzelde. Een permanente rune, terwijl ze nog zo jong waren... haar moeder zou woedend worden. Maar niets leek te werken. Niets wat zij zei overtuigde hem. Misschien zou dit werken. Ze zei niets, maar pakte haar cilinder. Hij pakte het apparaat van haar aan en hun vingers raakten elkaar. Ze rilde nu nog harder. Ze had het ijskoud, behalve op de plekken waar hij haar aanraakte. Hij legde haar arm tegen zich aan en liet de cilinder zakken. Hij schoof zachtjes heen en weer over haar huid en toen ze niet protesteerde, zette hij meer kracht. Ze had het koud, dus de hitte van de cilinder voelde bijna goed. Ze keek naar de donkere, hoekige lijnen.

Ineens gingen haar nekharen rechtovereind staan. Dit patroon sprak niet van liefde en verbintenis. Het was iets duisters. Iets met controle, onderwerping, verlies en duisternis. Tekende hij de verkeerde rune? Maar dit was Jace. Hij moest toch beter weten. En toch begon haar arm gevoelloos te worden op de plek waar de cilinder haar raakte. Het was een pijnlijk, tintelend gevoel. Ze werd duizelig. Het leek alsof de grond onder haar voeten bewoog.

'Jace.' Haar stem klonk hoog van angst. 'Jace, ik denk niet dat dat klopt...'

Hij liet haar arm los. Hij balanceerde de cilinder losjes in zijn hand, met dezelfde sierlijkheid waarmee hij zijn wapens altijd vasthield. 'Het spijt me, Clary,' zei hij. 'Ik wil wel met jou verbonden zijn. Daar zou ik nooit over liegen.'

Ze opende haar mond om te vragen wat hij in hemelsnaam bedoelde, maar er kwamen geen woorden uit. De duisternis overviel haar. Het laatste wat ze voelde waren Jace' armen, die haar opvingen toen ze viel.

Nadat hij voor zijn gevoel een eeuwigheid had rondgelopen op het extreem saaie feest, vond Magnus Alec. Hij zat alleen aan een tafel in de hoek, achter een vaas met witte neprozen. Er stonden meerdere champagneglazen op tafel, waarvan de meeste nog halfvol waren, alsof voorbijlopende feestgangers ze hier neer hadden gezet. Alec zag er nogal verlaten uit. Hij leunde met zijn kin op zijn handen en staarde chagrijnig voor zich uit. Toen Magnus met zijn voet een stoel omdraaide en met zijn armen over de rugleuning tegenover hem ging zitten, keek hij niet op.

'Wil je terug naar Wenen?' vroeg hij.

Alec gaf geen antwoord en bleef voor zich uit staren.

'We kunnen ook ergens anders heen,' zei Magnus. 'Waar je maar wilt. Thailand, South Carolina, Brazilië, Peru... O, wacht. Ik ben verbannen uit Peru. Dat vergeet ik altijd. Het is een lang verhaal, maar als je het wilt horen...'

Alecs uitdrukking vertelde hem dat hij daar totaal geen behoefte aan had. Hij draaide zich om en staarde naar de zaal, alsof hij ineens enorm geïnteresseerd was in het weerwolvenstrijkkwartet.

Omdat Alec hem negeerde, besloot Magnus zichzelf te vermaken en de kleur van de champagne in de glazen op tafel te veranderen. Hij maakte een blauw glas champagne en daarna een roze en hij was net bezig met een groen, toen Alec zijn hand over de tafel stak en hem op zijn pols sloeg.

'Hou daarmee op,' zei hij. 'Iedereen kijkt naar ons.'

Magnus keek naar zijn vingers, waar blauwe vonken vanaf spatten. Misschien viel het te veel op. Hij krulde zijn vingers naar binnen. 'Nou,' zei hij, 'ik moest iets doen om te voorkomen dat ik doodging van verveling, aangezien jij niet met me praat.'

'Dat doe ik niet,' zei Alec. 'Niet met je praten, bedoel ik.'

'O?' zei Magnus. 'Ik vroeg je net of je naar Wenen of Thailand of de maan wilde en je zei helemaal niets terug.'

'Ik weet niet wat ik wil.' Alec boog zijn hoofd en speelde met een plastic vork. Hij had zijn ogen neergeslagen, maar zelfs nu waren zijn donkerblauwe ogen zichtbaar door zijn wimpers, die dun en kwetsbaar waren als perkament. Magnus had mensen altijd mooier gevonden dan ieder ander wezen op aarde en hij had zich vaak afgevraagd waarom. Slechts een paar jaar voordat de aftakeling begint, had Camille gezegd. Maar het was juist de sterfelijkheid die ze maakte tot wie ze waren. De vlam die helderder werd voordat hij doofde. De dood is de moeder van schoonheid, zo ging het gedicht. Hij vroeg zich af of de Engel ooit had overwogen om zijn menselijke dienaren, de Nephilim, onsterfelijk te maken. Maar nee, ook al waren ze nog zo krachtig, ze stierven net als alle andere mensen.

'Je hebt die blik weer in je ogen,' zei Alec weerbarstig. Hij staarde naar hem door zijn wimpers. 'Alsof je naar iemand kijkt die ik niet kan zien. Denk je aan Camille?'

'Niet echt,' zei Magnus. 'Hoeveel van het gesprek dat ik met haar had, heb je gehoord?'

'Veel.' Alec prikte met de vork in het tafellaken. 'Ik stond te luisteren bij de deur. Ik heb genoeg gehoord.'

'Dat denk ik niet.' Magnus staarde naar de vork, die uit Alecs handen gleed en over de tafel naar hem toe schoot. Hij legde zijn hand erop. 'Hou op met spelen met die vork. Wat heb je gehoord? Waar zit je zo mee?'

Alec keek op. 'Wie is Will?'

Magnus lachte. 'Will. Mijn god. Dat was lang geleden. Will was een schaduwjager, net als jij. En ja, hij leek op jou, maar je bent niet zoals hij. Jace lijkt veel meer op hem, wat karakter betreft, in elk geval. En mijn relatie met jou lijkt in niets op mijn relatie met Will. Is dat waar je mee zat?'

'Ik wil gewoon niet dat je met mij bent omdat ik lijk op een of andere dode gast die je ooit leuk vond.'

'Dat heb ik nooit gezegd. Camille impliceerde dat. Ze is goed in manipuleren en mensen woorden in de mond leggen. Dat is ze altijd al geweest.'

'Je sprak haar niet tegen.'

'Camille is zo iemand die altijd aanvalt. Als je je verdedigt, vindt ze wel iets anders waarop ze je kan aanvallen. De enige manier om met haar om te gaan is om te doen alsof ze je niets doet.'

'Ze zei dat mooie jongens jouw ondergang zouden betekenen,' zei Alec. 'Dat klinkt alsof ik slechts een van je vele vriendjes ben. De ene gaat dood en dan haal je gewoon een nieuwe. Ik ben niets. Ik ben... onbelangrijk.'

'Alexander...'

'En het is oneerlijk,' zei Alec, die weer naar de tafel staarde, 'want jij bent allesbehalve onbelangrijk voor mij. Ik heb mijn hele leven voor jou veranderd. Maar voor jou verandert er niets, of wel? Zo gaat dat natuurlijk als je het eeuwige leven hebt. Het maakt allemaal niet zoveel uit.'

'En als ik jou nou vertel dat jij wel belangrijk voor me bent...'

'Het Witte Boek,' zei Alec ineens. 'Waarom wilde je dat zo graag?'

Magnus keek hem verbaasd aan. 'Dat weet je best. Het is een heel krachtig spreukenboek.'

'Maar je wilde het niet voor niets. Je wilde een bepaalde spreuk opzoeken, of niet soms?' Alec ademde scherp in. 'Je hoeft niet te antwoorden. Ik zie het aan je gezicht. Was het... was het een spreuk om mij onsterfelijk te maken?'

Magnus was diep geschokt. 'Alec,' fluisterde hij. 'Nee. Nee... dat zou ik nooit doen.'

Alec keek hem met een doordringende blik aan. 'Waarom niet? Heb je in al die jaren nooit iemand onsterfelijk willen maken? Als je voor eeuwig bij mij kon zijn, zou je dat dan willen?'

'Natuurlijk!' Magnus realiseerde zich dat hij bijna schreeuwde, en hij moest zijn best doen om zachter te praten. 'Maar je begrijpt het niet. Je krijgt niets voor niets. De prijs voor het eeuwige leven...'

'Magnus.' Het was Isabelle, die met haar telefoon in haar hand op hem af kwam gerend. 'Magnus, ik moet met je praten.'

'Isabelle.' Normaal gesproken mocht Magnus Alecs zus wel. Op dit moment niet. 'Lieve, prachtige Isabelle. Kun je alsjeblieft weggaan? Je stoort ons.'

Isabelle keek van Magnus naar haar broer en weer terug. 'Wil je niet horen dat Camille net uit het Sanctuarium is ontsnapt en dat mijn moeder eist dat je direct naar het Instituut komt om te helpen?'

'Nee,' zei Magnus. 'Dat wil ik niet horen.'

'Dat is dan jammer,' zei Isabelle. 'Want het is waar. Ik bedoel, je hoeft niet te gaan, natuurlijk, maar…'

Ze liet de rest van de zin in de lucht hangen, maar Magnus wist waar ze op doelde. Als hij niet ging, zou de Kloof vermoeden dat hij iets met Camilles ontsnapping te maken had, en dat was het laatste wat hij nu kon gebruiken. Maryse zou woedend zijn en het zou zijn relatie met Alec alleen maar ingewikkelder maken. En toch…

'Is ze echt ontsnapt?' zei Alec. 'Er is nog nooit iemand uit het Sanctuarium ontsnapt.'

'Nou,' zei Isabelle, 'nu wel.'

Alec zakte nog verder onderuit op zijn stoel. 'Ga maar,' zei hij. 'Het is een noodgeval. We kunnen later praten.'

'Magnus…' Isabelle klonk verontschuldigend maar dwingend.

'Prima.' Magnus stond op. 'Maar,' voegde hij eraan toe terwijl hij vooroverleunde naar Alec, 'jij bent níet onbelangrijk.'

Alec kreeg rode wangen. 'Als jij het zegt,' zei hij.

'Ik zeg het,' zei Magnus. Hij draaide zich om en volgde Isabelle.

Buiten op straat leunde Simon tegen de muur van de ijzerfabriek, tegen de met klimop begroeide bakstenen. Hij staarde naar de hemel. Door de felle verlichting van de brug waren de sterren niet te zien. Alles wat hij zag was een laken van fluweelachtig zwart. Hij verlangde er ineens naar om de koude lucht in te ademen, zodat hij helder zou kunnen nadenken. Hij wilde de lucht voelen op zijn gezicht, op zijn huid. Hij had slechts een dunne blouse aan, maar het maakte niet uit. Hij kon niet rillen en zelfs de herinnering aan rillen was ver weg. Het glipte allemaal langzaam van hem weg, elke dag raakte hij weer een stukje kwijt van de herinnering aan een ander leven.

'Simon?'

Hij verstijfde. De zachte en vertrouwde stem zweefde als een veertje door de koude lucht. *Even lachen voor de foto.* Dat was het laatste wat ze tegen hem had gezegd.

Maar ze kon het niet zijn. Ze was dood.

'Wil je me niet zien, Simon?' Haar stem was even zacht als altijd. Het was bijna gefluister. 'Ik ben hier.'

Hij voelde de angst gewoon over zijn rug kruipen. Hij opende zijn ogen en draaide zich langzaam om.

Maureen stond in een cirkel van licht onder een lantaarn-paal, op de hoek van Vernon Boulevard. Ze droeg een lange, witte, maagdelijke jurk. Haar steile haar hing over haar schou-ders en glom geel in het licht van de lamp. Er zat zand in. Ze droeg kleine, witte pantoffels. Haar gezicht was lijkbleek. Ze had haar wangen roze gemaakt met rouge en haar mond was donkerroze, alsof ze haar lippen had ingekleurd met een wa-tervaste stift.

Simons knieën knikten en hij kon niet meer op zijn benen blijven staan. Hij zakte langs de muur naar beneden totdat hij met zijn knieën opgetrokken op de grond zat. Het voelde alsof zijn hoofd elk moment kon ontploffen.

Maureen giechelde meisjesachtig en stapte onder de lamp vandaan. Ze liep naar hem toe en keek op hem neer. Ze keek tevreden en geamuseerd.

'Ik dacht al dat je verrast zou zijn,' zei ze.

'Je bent een vampier,' zei Simon. 'Maar… hoe? Ik heb dit niet gedaan. Ik weet zeker dat dat zo is.'

Maureen schudde haar hoofd. 'Jij was het inderdaad niet. Maar het kwam wel door jou. Ze dachten dat ik je vriendin was, wist je dat? Ze hebben me 's nachts uit mijn slaapkamer gehaald en ze hebben me de volgende dag de hele dag gevangengehouden in een kooi. Ze zeiden dat ik me geen zorgen moest maken, omdat jij zou komen. Maar je kwam niet. Je bent nooit gekomen.'

'Ik wist het niet.' Simons stem sloeg over. 'Ik was gekomen als ik het had geweten.'

Maureen wierp haar blonde haar over haar schouder. Het gebaar deed Simon aan Camille denken. 'Het maakt niet uit,' zei ze met haar meisjesachtige stem. 'Toen de zon onderging, zeiden ze dat ik dood kon of dat ik op deze manier kon leven. Als vampier.'

'Dus toen heb je dít gekozen?'

'Ik wilde niet dood,' fluisterde ze. 'En nu ben ik voor altijd mooi en jong. Ik mag de hele nacht opblijven en ik hoef nooit meer naar huis. En zij zorgt voor me.'

'Over wie heb je het? Wie is ze? Bedoel je Camille? Hoor eens, Maureen, ze is gek. Je moet niet naar haar luisteren.' Simon krabbelde overeind. 'Ik kan zorgen dat je hulp krijgt. Ik kan onderdak voor je regelen. Ik kan je leren hoe je een vampier moet zijn…'

'O, Simon.' Ze lachte en hij zag dat haar witte tanden in een perfecte rechte rij stonden. 'Ik geloof dat jij ook niet weet hoe je een vampier moet zijn. Je wilde mij niet bijten, maar je hebt het toch gedaan. Ik herinner het me nog. Je ogen werden helemaal zwart, als die van een haai. En toen beet je me.'

'Het spijt me zo erg. Laat me je alsjeblieft helpen.'

'Je kunt met me meegaan,' zei ze. 'Dat zou me helpen.'

'Met je mee? Waar naartoe?'

Maureen keek naar de lege straat. Ze leek wel een geest in haar dunne, witte jurk, die omhoogwaaide in de wind. Ze had het natuurlijk niet koud. 'Jij bent gekozen,' zei ze. 'Omdat je een daglichteling bent. Degenen die mij dit hebben aangedaan, willen jou. Maar ze weten dat je het teken hebt. Ze kunnen jou alleen bereiken als je zelf naar ze toekomt. Daarom hebben ze mij als boodschapper gestuurd.' Ze kantelde haar hoofd als een vogel. 'Ik ben misschien niet iemand die belangrijk voor je is,' zei ze. 'Maar de volgende keer zal dat anders zijn. Ze zullen de mensen van wie jij houdt blijven pakken, totdat er niemand over is. Dus je kunt maar beter nu met mij meekomen, zodat je erachter komt wat ze van je willen.'

'Weet jij dat?' vroeg Simon. 'Weet jij wat ze willen?'

Ze schudde haar hoofd. Ze leek zo bleek in dit licht dat haar huid bijna doorzichtig was, alsof Simon zo door haar heen kon kijken. Net als hij altijd had gedaan, eigenlijk.

'Maakt het uit?' zei ze terwijl ze haar hand uitstak.

'Nee,' zei hij. 'Nee, dat maakt niet uit.' En hij pakte haar hand.

16

Engelen van New York

'We zijn er,' zei Maureen tegen Simon.

Ze stond midden op de stoep en keek omhoog naar een enorm gebouw van glas en steen. Het was duidelijk ontworpen als een luxe appartementencomplex, waarvan er voor de Tweede Wereldoorlog zoveel waren gebouwd in de Upper East Side van Manhattan. Maar de moderne details – de hoge ramen, het koperen dak dat nog niet was aangetast door kopergroen, de posters die langs de muren naar beneden hingen met LUXE APPARTEMENTEN VANAF $ 750.000 – verraadden dat het geen oud gebouw was. Op de poster stond dat je bij aankoop van een appartement toegang kreeg tot een dakterras, een fitnesscentrum, een verwarmd zwembad en een portier die vierentwintig uur per dag aanwezig was. De woningen waren vanaf december beschikbaar. Het gebouw was nu nog niet klaar en aan de steigers waren bordjes met PRIVÉTERREIN: VERBODEN TOEGANG bevestigd.

Simon keek naar Maureen. Ze leek behoorlijk snel te wennen aan het feit dat ze een vampier was. Ze waren over de Queensboro Bridge en Second Avenue gelopen om hier te komen en haar witte pantoffels waren helemaal kapotgegaan. Maar ze was er niet langzamer door gaan lopen en ze leek niet verrast dat ze niet moe was geworden. Ze keek met een gelukzalige glimlach op haar gezicht naar het gebouw. Simon kon zien dat ze zich verheugde om naar binnen te gaan.

'Het gebouw is dicht,' zei hij, terwijl hij wist dat het niet nodig was om Maureen dit te vertellen. 'Maureen...'

'Stil.' Ze legde haar kleine hand op een houten bord dat aan de muur bevestigd zat. Simon hoorde scheurend gips en lossspringende spijkers. Het bord viel voor zijn voeten op de grond. Maureen grijnsde toen ze naar het gat keek dat ze had gemaakt.

Een oude man die langsliep met zijn poedel stopte en staarde. 'Je kleine zusje moet een jas aan, hoor,' zei hij tegen Simon. 'Zo'n mager meisje vriest nog dood met dit weer.'

Voordat Simon kon antwoorden, had Maureen zich met een meedogenloze grijns op haar gezicht omgedraaid naar de man. Ze liet al haar tanden zien, ook haar snijtanden. 'Ik ben zijn zus niet,' siste ze.

De man verbleekte, tilde zijn hond op en rende weg.

Simon schudde zijn hoofd naar Maureen. 'Dat moet je niet doen.'

Haar snijtanden hadden haar onderlip nu doorboord. Iets wat Simon ook vaak gebeurde toen hij er nog niet aan gewend was. Dunne straaltjes bloed liepen over haar kin. 'Jij kunt mij niet vertellen wat ik wel en niet mag doen,' zei ze geïrriteerd, maar haar snijtanden verdwenen. Ze veegde met de rug van haar hand over haar kin, waardoor ze het bloed uitsmeerde. Het was een kinderlijk gebaar. Toen draaide ze zich weer om naar het gat dat ze had gemaakt. 'Kom.'

Ze dook erdoorheen en hij volgde haar. Ze kwamen nu in een ruimte waar de bouwploeg duidelijk afval dumpte. Er lagen kapotte bakstenen, kapot gereedschap, colablikjes en plastic tassen op de grond. Maureen tilde haar rok op en liep met een blik vol walging op haar gezicht door het puin. Ze sprong over een smalle geul heen en liep een gebarsten stenen trap op.

De trap leidde naar twee glazen deuren, die openstonden. Daarachter was een sierlijke marmeren lobby. Aan het plafond hing een enorme, onverlichte kroonluchter met kristallen waar geen licht vanaf kaatste. Het was zo donker in de ruimte dat een normaal mens geen hand voor ogen had kunnen zien. Er was een marmeren balie waar een portier achter kon zitten. Er hing een gouden spiegel, waaronder een groene chaise longue stond, en er waren aan beide kanten van de ruimte liften. Maureen drukte op de knop van de lift en tot Simons verrassing lichtte het knopje op.

'Waar gaan we heen?' vroeg hij.

De liftdeuren gingen open en Maureen en Simon stapten naar binnen. Vanbinnen was de lift rood met goud en er hingen spiegels. 'Naar boven.' Ze drukte op de knop naar het dak en giechelde. 'Naar de hemel,' zei ze. De deuren gingen dicht.

'Ik kan Simon niet vinden.'

Isabelle stond tegen een pilaar geleund en probeerde zich geen zorgen te maken. Jordan stond voor haar. Hij was echt ongelofelijk lang, dacht ze. Hij moest minstens één meter negentig zijn. Ze had hem de eerste keer dat ze hem zag erg aantrekkelijk gevonden, met zijn warrige donkere haar en hazelnootbruine ogen, maar nu ze wist dat hij Maia's ex was, had ze besloten dat ze absoluut niets met hem kon beginnen.

'Ik heb hem niet gezien,' zei ze. 'Ik dacht dat het jouw taak was om hem in de gaten te houden.'

'Hij zei dat hij zo terug zou zijn. Dat was veertig minuten geleden. Ik dacht dat hij naar het toilet ging.'

'Wat ben jij voor lijfwacht? Moet je niet met hem mee naar het toilet?' wilde Isabelle weten.

Jordan keek geschokt. 'Jongens gaan niet met andere jongens mee naar de wc.'

Isabelle zuchtte. 'Wat is dat toch met jongens. Allemaal bang dat iemand denkt dat ze homo zijn,' zei ze. 'Kom. Laten we hem gaan zoeken.'

Ze liepen een rondje door de ruimte. Alec zat te mokken aan

een tafel en speelde met lege champagneglazen. 'Nee, ik heb hem niet gezien,' zei hij toen ze hem vroegen of hij wist waar Simon was. 'Al moet ik toegeven dat ik er niet op gelet heb.'

'Dan kun je met ons meezoeken,' zei Isabelle. 'Je zit hier toch alleen maar ellendig voor je uit te staren.'

Alec haalde zijn schouders op en stond op. Ze besloten om zich op te splitsen en de ruimte te doorzoeken. Alec ging naar boven om de smalle looppaden en de tweede verdieping te controleren. Jordan ging naar buiten om op het terras en bij de ingang te kijken. Isabelle ging de zaal nog een keer doorlopen. Ze vroeg zich net af hoe belachelijk het was om onder de tafels te gaan kijken, toen Maia ineens naast haar stond. 'Gaat alles goed?' vroeg ze. Ze keek naar Alec en in de richting waarin Jordan was gelopen. 'Jullie zoeken iets, dat is duidelijk. Wat zoeken jullie? Is er iets aan de hand?'

Isabelle legde uit dat ze Simon niet konden vinden.

'Ik heb een halfuur geleden nog met hem gepraat.'

'Jordan ook, maar nu is hij weg. En aangezien mensen hem proberen te vermoorden de laatste tijd...'

Maia zette haar glas op tafel. 'Ik help je zoeken.'

'Dat hoeft niet. Ik weet dat je het niet zo op Simon hebt, nu...'

'Dat betekent niet dat ik niet wil helpen als hij in de problemen zit,' zei Maia, alsof Isabelle een belachelijke opmerking maakte. 'Moest Jordan niet op hem letten?'

Isabelle gooide haar handen in de lucht. 'Ja, maar blijkbaar gaan jongens niet met elkaar mee naar het toilet. Ik vond het een raar argument.'

'Jongens zijn raar,' zei Maia, en ze liep achter Isabelle aan. Ze liepen de menigte in en uit, al wist Isabelle vrij zeker dat ze hem hier niet zouden vinden. Ze voelde een klein koud plekje in haar maag en dat plekje werd steeds groter en kouder. Tegen de tijd dat ze allemaal weer terug waren bij de tafel waar ze waren begonnen, voelde het alsof ze een glas ijswater had gedronken.

'Hier is hij niet,' zei ze.

Jordan vloekte en keek daarna verontschuldigend naar Maia. 'Sorry.'

'Ik heb wel ergere dingen gehoord,' zei ze. 'Wat doen we nu? Heeft iemand al geprobeerd hem te bellen?'

'Ik kreeg gelijk zijn voicemail,' zei Jordan.

'Hebben we enig idee waar hij kan zijn?' vroeg Alec.

'In het gunstigste geval is hij terug naar ons appartement,' zei Jordan. 'In het ergste geval hebben de mensen die achter hem aan zitten hem eindelijk te pakken.'

'De mensen die wat?' Alec keek verbijsterd. Isabelle had Maia Simons verhaal verteld, maar ze had nog geen kans gehad om haar broer in te lichten.

'Ik ga naar het appartement om te kijken of hij daar is,' zei Jordan. 'Als hij daar is, dan hebben we geluk. Als hij daar niet is, is het alsnog de plek waar ik moet beginnen met zoeken. Ze weten waar hij woont. Ze hebben daar berichten voor ons achtergelaten. Misschien is er wel weer een bericht.' Hij klonk niet al te hoopvol.

Isabelle maakte een razendsnelle beslissing. 'Ik ga met je mee.'

'Je hoeft niet…'

'Jawel. Ik heb Simon gevraagd of hij vanavond wilde komen. Ik ben hier verantwoordelijk voor. Bovendien vind ik het toch een stom feest.'

'Ja,' zei Alec, die blijkbaar ook zin had om te gaan. 'Ik ook. Misschien moeten we allemaal gaan. Moeten we het eerst aan Clary vertellen?'

Isabelle schudde haar hoofd. 'Het is haar moeders feest. Dat zou niet eerlijk zijn. Laten we gewoon kijken wat we met zijn drieën kunnen doen.'

'Met zijn drieën?' zei Maia geïrriteerd.

'Wil je met ons mee, Maia?' vroeg Jordan. Isabelle verstijfde. Ze wist niet zeker hoe Maia zou reageren als haar ex-vriend rechtstreeks tegen haar zou praten. Maia klemde haar lippen op elkaar en staarde heel even naar Jordan. Niet alsof ze hem haatte, maar alsof ze nadacht.

'Het gaat om Simon,' zei ze uiteindelijk, alsof dat hielp om de beslissing te maken. 'Ik ga mijn jas pakken.'

De liftdeuren gingen open en alles wat Simon zag was een donkere lucht en bewegende schaduwen. Maureen giechelde weer en danste de duisternis in. Simon slaakte een zucht en volgde haar.

Ze stonden in een grote marmeren kamer zonder ramen. Er was geen licht, maar in de muur links van de lift zaten twee torenhoge glazen deuren. Simon kon zien dat ze uitkwamen op het platte dak van het gebouw. Hij zag de sterren aan de nachthemel staan.

Er stond een gure wind. Hij volgde Maureen door de deuren de kou in. Haar jurk fladderde om haar heen als de vleugels van een mot in een storm. Het dakterras was net zo mooi als de posters beloofden. Er lagen gladde zeshoekige tegels op de vloer. Er bloeiden bloemen onder glas en er stonden struiken die gesnoeid waren in de vorm van monsters en dieren. Langs het pad waarop ze liepen stonden kleine, glinsterende lampjes. Om hen heen verrezen appartementencomplexen die nog hoger waren en waarvan de ramen gloeiden van elektriciteit.

Het pad eindigde bij een paar traptreden die uitkwamen op een groot plein dat aan drie kanten was omringd door de hoge muur die om de tuin heen stond. Het was duidelijk de bedoeling dat dit ooit een ruimte moest worden waar de bewoners konden ontspannen. Er stond een groot betonnen blok in het midden, waarschijnlijk bedoeld voor een barbecue, dacht Simon. Aan de rand van het plein stonden netjes gesnoeide rozenstruiken die in juli zouden bloeien, net als het kale latwerk aan de muur ooit bedekt zou zijn met groene bladeren. Het zou uiteindelijk een prachtige ruimte worden. Een luxe tuin op het dak van een appartement in de Upper East Side, waar je kon relaxen in een tuinstoel met uitzicht op de glinsterende East River en de stad, als een mozaïek van flakkerend licht.

Eén ding was minder mooi. De tegelvloer was beschadigd en er lagen overal spetters van een zwarte, plakkerige vloeistof, waarmee een cirkel was getekend. In de cirkel was nog een kleinere cirkel getekend en in de ruimte tussen de twee cirkels stonden runen. Simon was geen schaduwjager, maar hij had genoeg Nephilimrunen gezien om te weten welke uit het Grijze Boek kwamen. Deze kwamen daar zeker weten niet uit. Ze zagen er dreigend en eng uit, als een vloek in een onbekende taal.

In het midden van de cirkel stond het betonnen blok. Erbovenop stond een groot, rechthoekig ding waar een zwarte doek overheen lag. Het leek wel een grafkist. Aan de voet van het betonblok stonden meer runen getekend. Als Simon nog een hartslag had gehad, was zijn hart nu als een razende tekeergegaan.

Maureen klapte in haar handen. 'O,' zei ze met haar zachte elfenstemmetje. 'Mooi.'

'Mooi?' Simon keek vluchtig naar de vorm boven op het betonblok. 'Maureen, wat is dit...'

'Dus je hebt hem hiernaartoe gebracht.' Het was een vrouwenstem. Een beschaafde, harde en bekende stem. Simon draaide zich om. Op het pad achter hem stond een lange vrouw met kort, donker haar. Ze was heel slank en droeg een lange donkere jas met een riem om haar middel. Ze zag eruit als een femme fatale uit een spionnenfilm uit de jaren veertig. 'Bedankt, Maureen,' ging ze verder. Ze had een hoekig maar prachtig gezicht, met hoge jukbeenderen en grote, donkere ogen. 'Je hebt het goed gedaan. Je mag nu gaan.' Ze keek naar Simon. 'Simon Lewis,' zei ze. 'Dank je dat je bent gekomen.'

Zodra ze zijn naam zei, herkende hij haar. De laatste keer dat hij haar had gezien, had ze buiten in de stromende regen bij de Alto Bar gestaan. 'Jij. Ik weet wie je bent. Je gaf me je kaartje.

De bandvertegenwoordiger. Wow, je moet wel heel erg fan zijn van mijn band. Ik wist niet dat we zo goed waren.'

'Doe niet zo sarcastisch,' zei de vrouw. 'Dat heeft geen zin.' Ze keek weer opzij. 'Maureen. Je mag gáán,' zei ze streng. Maureen, die als een geest had rondgehangen, slaakte een gilletje en rende terug naar het pad. Simon zag hoe ze weer door de deuren richting de lift verdween. Hij vond het bijna jammer om haar te zien gaan. Maureen was niet echt prettig gezelschap, maar zonder haar voelde hij zich erg alleen. Hij wist niet wie deze vreemde vrouw was, maar ze had een aura van duistere kracht om zich heen.

'Je hebt het me behoorlijk lastig gemaakt, Simon,' zei ze. Haar stem kwam nu ergens anders vandaan, een paar meter verder. Simon draaide zich met een ruk om en zag dat ze nu naast het betonblok stond, in het midden van de cirkel. De wolken waaiden snel langs de maan en wierpen een patroon van schaduwen over haar gezicht. Omdat hij onder aan de trap stond, moest hij omhoogkijken om haar te zien. 'Ik dacht dat het gemakkelijk zou zijn om jou te pakken te krijgen. Je bent slechts een eenvoudige vampier. Een nieuwe ook nog. Zelfs een daglichteling is niets wat ik nog nooit heb gezien, al is het honderden jaren geleden dat er een is geweest. Ja,' voegde ze er met een glimlach aan toe, 'ik ben ouder dan ik eruitzie.'

'Je ziet er anders behoorlijk oud uit.'

Ze negeerde zijn belediging. 'Ik heb mijn beste mensen achter je aan gestuurd en er is er slechts eentje teruggekomen, met een onsamenhangend verhaal over heilig vuur en de wraak van God. Ik had niets meer aan hem. Ik heb hem moeten laten inslapen. Het was echt heel irritant. Vervolgens heb ik besloten dat ik je zelf onder handen moest nemen. Ik ben je gevolgd naar je gekke muziekoptreden en daarna, toen ik naar je toeging, zag ik het. Je teken. Voor iemand die Kaïn persoonlijk heeft gekend, ben ik behoorlijk vertrouwd met de vorm.'

'Jij kende Kaïn persoonlijk?' Simon schudde zijn hoofd. 'Je kunt niet van me verwachten dat ik dat geloof.'

'Geloof het of niet,' zei ze. 'Het maakt voor mij geen verschil. Ik ben ouder dan de dromen van jouw soort, kleine jongen. Ik heb de paden in de hof van Eden bewandeld. Ik kende Adam al voordat Eva hem kende. Ik was zijn eerste vrouw, maar ik wilde hem niet gehoorzamen, dus toen heeft God mij verbannen en een nieuwe vrouw voor Adam gemaakt. Hij maakte haar van Adams lichaam, zodat ze gehoorzaam aan hem zou zijn.' Ze glimlachte. 'Ik heb vele namen. Maar jij mag me Lilith noemen, de eerste van alle demonen.'

Simon had het al maanden niet koud gehad, maar nu rilde hij. Hij had de naam Lilith eerder gehoord. Hij kon zich niet precies herinneren waar dat was, maar hij wist dat het een naam was die te maken had met duisternis en met verschrikkelijke en kwaadaardige dingen.

'Jouw teken stelde me voor een raadsel,' zei Lilith. 'Ik heb jou nodig, daglichteling. Je levenskracht, je bloed. Maar ik kon je niet dwingen of pijn doen.'

Ze zei het alsof het niet meer dan logisch was dat ze zijn bloed nodig had.

'Drink jij... bloed?' vroeg Simon. Hij was duizelig, alsof hij vastzat in een vreemde droom. Dit kon niet echt zijn.

Ze lachte. 'Bloed is niet het voedsel van demonen, gek kind. Wat ik wil van jou is niet voor mezelf.' Ze stak haar slanke hand uit. 'Kom dichterbij.'

Simon schudde zijn hoofd. 'Ik stap niet in die cirkel.'

Ze haalde haar schouders op. 'Prima. Ik was alleen van plan om je een beter uitzicht te geven.' Ze bewoog haar vingers een stukje. Het was een kleine, bijna achteloze beweging. Het leek wel alsof ze een gordijn opzijschoof. De zwarte doek die op de rechthoekige vorm lag, verdween.

Simon staarde naar het ding op het betonblok. Het was een glazen kist. Net lang en breed genoeg voor een persoon. Een glazen doodskist, dacht hij, net als die van Sneeuwwitje. Maar dit was geen sprookje. In de kist dreef een wolkachtige vloeistof en in die vloeistof lag Sebastian. Zijn bovenlijf was ontbloot en zijn witblonde haar dreef om hem heen als blank zeewier.

Er zaten geen briefjes op de deur van het appartement van Jordan geplakt. Er lag evenmin iets onder de deurmat, en binnen in het appartement was er verder ook niets opvallends. Alec stond beneden op wacht en Maia en Jordan doorzochten Simons rugzak, die in de woonkamer lag. Isabelle stond in de deuropening van Simons slaapkamer en keek naar de plek waar hij de afgelopen dagen had geslapen. Het was er zo leeg. De kamer was niets meer dan vier muren zonder versieringen, een kale vloer met een matras en een opgevouwen wit laken. Er was één raam, dat uitkeek over Avenue B.

Ze kon de stad horen. De stad waar ze was opgegroeid, met de geluiden die haar van kinds af aan hadden omringd. Ze had de stilte in Idris heel vreemd gevonden. Geen autoalarmen, schreeuwende mensen, loeiende sirenes en muziek. In New York was het nooit helemaal stil. Zelfs midden in de nacht niet. Maar nu ze hier zo in Simons kleine slaapkamer stond, bedacht ze hoe eenzaam die geluiden klonken, hoe afstandelijk. Was hij hier eenzaam geweest 's nachts? Had hij hier in zijn eentje naar het plafond gestaard?

Ze had zijn slaapkamer thuis nooit gezien. Waarschijnlijk was die helemaal behangen met bandposters en stond die vol sporttrofeeën en dozen met de games waar hij zo van hield, muziekinstrumenten, boeken en alle rommel die normale mensen verzamelden. Ze had nooit gevraagd of ze langs kon komen en hij had het nooit voorgesteld. Ze was bang geweest om zijn moeder te ontmoeten, om iets te doen wat de suggestie kon wekken dat ze echt verkering hadden. Maar nu ze zo naar zijn lege kamer keek, met de duistere geluiden van de stad om zich heen, voelde ze een steek van angst voor Simon, vermengd met een even grote steek van spijt.

Ze draaide zich weer om en liep naar de woonkamer. Ze wilde net naar binnen lopen, toen ze stemmen hoorde. Ze herkende Maia's stem. Ze klonk niet boos, wat op zich al verrassend was, omdat ze Jordan zo leek te haten.

'Niets,' zei ze. 'Een paar sleutels, een stapel papieren met scores van spelletjes.' Isabelle keek door de deuropening naar binnen. Ze kon Maia zien. Ze stond bij het aanrecht en had haar hand in de rugzak van Simon. Jordan stond aan de andere kant van het aanrecht en keek naar haar. Hij keek echt naar háár, dacht Isabelle, niet naar wat ze aan het doen was. Hij keek zoals jongens konden kijken als ze je leuk vonden, gefascineerd door elke beweging die je maakte. 'Ik kijk nog even in zijn portemonnee.'

Jordan, die zijn pak had uitgetrokken en een spijkerbroek en leren jas aan had gedaan, fronste. 'Raar, dat hij zijn portemonnee heeft achtergelaten. Mag ik even kijken?' Hij stak zijn hand naar Maia uit.

Maia deinsde zo snel achteruit dat ze de portemonnee liet vallen.

'Ik wilde niet…' Jordan trok zijn hand langzaam terug. 'Het spijt me.'

Maia haalde diep adem. 'Hoor eens,' zei ze. 'Ik heb met Simon gepraat. Ik weet dat het niet jouw bedoeling was om mij in een weerwolf te veranderen. Ik weet dat jij niet wist wat er met je gebeurde. Ik herinner me nog hoe dat was. Ik weet nog dat ik doodsbang was.'

Jordan legde zijn handen langzaam en voorzichtig op het aanrecht. Het was vreemd, dacht Isabelle, om te zien hoe iemand die zo lang was, zijn best deed om er zo klein en ongevaarlijk mogelijk uit te zien. 'Ik had er voor je moeten zijn.'

'Maar dat mocht niet van Praetor,' zei Maia. 'En laten we wel wezen, jij wist niets van weerwolven. We zouden twee geblinddoekten zijn geweest die over elkaar heen struikelden. Misschien was het beter dat je er niet was. Daardoor ben ik weggerend en toen heb ik hulp gekregen. Van de roedel.'

'Ik hoopte eerst dat Praetor Lupus jou binnen zou halen,' fluisterde hij. 'Zodat ik je weer kon zien. Toen besefte ik dat dat egoïstisch was en dat ik eigenlijk zou moeten wensen dat ik je niet had besmet. Ik wist dat de kans vijftig procent was. Ik hoopte dat jij een van de gelukkigen zou zijn.'

'Nou, dat was ik niet,' zei ze koeltjes. 'En in de loop der jaren heb ik in mijn hoofd van jou een soort monster gemaakt. Ik dacht dat je wist wat je deed toen je mij dit aandeed. Ik dacht dat je wraak nam, omdat ik die jongen had gezoend. En daarom haatte ik je. Jou haten maakte alles gemakkelijker. Ik had iemand om de schuld te geven.'

'Je mag mij ook de schuld geven,' zei hij. 'Het is mijn schuld.'

Ze ging met haar vinger over het aanrecht en vermeed zijn ogen. 'Ik geef jou ook de schuld. Maar… niet zoals ik dat vroeger deed.'

Jordan greep zijn eigen haar met zijn vuisten en trok er hard aan. 'Er gaat geen dag voorbij dat ik niet denk aan wat ik jou heb aangedaan. Ik heb je gebeten. Ik heb je veranderd. Ik heb je gemaakt wat je nu bent. Ik heb je geslagen. Ik heb je pijn gedaan. Degene van wie ik zoveel hield.'

Maia's ogen glommen. 'Dat moet je niet zeggen. Dat helpt niet. Denk je dat dat helpt?'

Isabelle schraapte haar keel en liep de woonkamer in. 'Hebben jullie iets gevonden?'

Maia keek weg en knipperde snel met haar ogen. Jordan liet zijn handen zakken. 'Niet echt,' zei hij. 'We wilden net zijn portemonnee doorzoeken.' Hij pakte de portemonnee en gooide hem naar Isabelle. 'Hier.'

Ze ving hem op en deed hem open. Een schoolpasje, een identiteitskaart, een gitaarplectrum op de plek waar je eigenlijk je creditcards kwijt kon. Een briefje van tien dollar en een bonnetje. Haar blik viel op iets anders. Een visitekaartje, dat achteloos achter een foto van Simon en Clary was geschoven. Het was zo'n foto die je in een fotohokje kon maken. Ze lachten allebei.

Isabelle pakte het kaartje. Er stond een sierlijke, bijna abstracte afbeelding op van een zwevende gitaar tegen een achtergrond van wolken. Daaronder stond een naam. SATRINA KENDALL. BANDVERTEGENWOORDIGER. Daaronder stond een telefoonnummer en een adres in de Upper East Side. Isabelle fronste. Het deed haar aan iets denken, maar ze wist niet precies aan wat.

Ze hield het kaartje omhoog voor Jordan en Maia, die allebei hun best deden om elkaar niet aan te kijken. 'Wat denken jullie dat dit is?'

Voordat ze konden antwoorden, ging de deur van het appartement open en kwam Alec naar binnen gelopen. Hij keek chagrijnig. 'Hebben jullie iets gevonden? Ik sta daar nu al dertig minuten en er is niets gevaarlijks voorbijgekomen, alleen een student van de NYU die de stoep onderkotste.'

'Hier,' zei Isabelle, die het kaartje aan haar broer gaf. 'Kijk hier eens naar. Valt je iets op?'

'Behalve het feit dat een bandvertegenwoordiger geïnteresseerd is in die slechte band van Lewis?' vroeg Alec, die het kaartje tussen twee lange vingers geklemd hield. Hij fronste. 'Satrina?'

'Zegt die naam jou iets?' vroeg Maia. Haar ogen waren nog steeds rood, maar haar stem was kalm.

'Satrina is een van de zeventien namen van Lilith, de moeder van alle demonen. Daarom worden heksenmeesters de kinderen van Lilith genoemd,' zei Alec. 'Omdat zij de moeder is van de demonen, en daar het ras van heksenmeesters uit voort is gekomen.'

'En jij kent die zeventien namen uit je hoofd?' Jordan keek verbijsterd.

Alec keek hem boos aan. 'En wie ben jij ook alweer?'

'O, hou je kop, Alec,' zei Isabelle op de toon die ze alleen gebruikte voor haar broer. 'Hoor eens, we hebben niet allemaal jouw vermogen om saaie feitjes te onthouden. Ken je de andere namen van Lilith ook?'

Met een trotse blik in zijn ogen begon Alec de namen op te noemen. 'Satrina, Lilith, Ita, Kali, Batna, Talto…'

'Talto!' riep Isabelle. 'Dat is het. Ik wist dat ik me iets herinnerde. Ik wist dat er een verband was!' Ze vertelde snel over de Taltokerk en wat Clary daar had gevonden en hoe dat in verband stond met de halve demonenbaby in het ziekenhuis.

'Ik zou willen dat je me dit eerder had verteld,' zei Alec. 'Ja, Talto is een andere naam voor Lilith. En Lilith wordt altijd geassocieerd met baby's. Zij was Adams eerste vrouw, maar ze vluchtte uit de hof van Eden omdat ze Adam en God niet wilde gehoorzamen. God vervloekte haar voor haar ongehoorzaamheid. Ieder kind dat ze zou baren, zou sterven. De legende gaat dat ze keer op keer probeerde om een kind te krijgen, maar dat ze allemaal dood geboren werden. Uiteindelijk zwoer ze dat ze wraak zou nemen op God door mensenbaby's te vermoorden en zwakker te maken. Ze is eigenlijk de demonengodin van dode kinderen.'

'Maar je zei dat ze de moeder van de demonen was,' zei Maia.

'Het lukte haar om demonen te maken door haar bloed op de aarde te druppelen op een plek die Edom heette,' zei Alec. 'Omdat ze geboren werden uit haat voor God en de mensheid werden ze demonen.' Hij werd zich er ineens van bewust dat iedereen naar hem staarde en hij haalde zijn schouders op. 'Het is slechts een verhaal.'

'Alle verhalen zijn waar,' zei Isabelle. Dit was het grondbeginsel van alles waar ze sinds haar kindertijd in had geloofd. Alle schaduwjagers geloofden dit. Er was niet één religie, niet één waarheid, en alle mythen hadden een betekenis. 'Dat weet je toch, Alec.'

'En ik weet nog iets,' zei Alec, die haar het kaartje teruggaf. 'Dat telefoonnummer en dat adres slaan nergens op. Die zijn niet echt.'

'Misschien niet,' zei Isabelle, die het kaartje in haar zak stak. 'Maar we hebben niets anders. Dus we beginnen hier.'

Simon kon alleen maar staren. Het lichaam dat in de kist zweefde – Sebastians lichaam – leek niet te leven. Het ademde in elk geval niet. Maar het was blijkbaar ook niet dood. Het was twee maanden geleden. Als hij wel dood was geweest, zou hij er een stuk slechter uit moeten zien. Zijn lichaam was zo wit als marmer. Eén hand was een afgebonden stomp, maar voor de rest was hij nog helemaal intact. Hij leek te slapen, met zijn ogen dicht en zijn armen losjes langs zijn lichaam. Maar zijn borstkas ging niet op en neer, dus er was duidelijk wel iets mis met hem.

'Maar,' zei Simon, die wist dat dit belachelijk klonk, 'hij is dood. Jace heeft hem vermoord.'

Lilith legde een bleke hand op het glazen oppervlak van de kist. 'Jonathan,' zei ze, en Simon herinnerde zich dat dat zijn naam was. Haar stem klonk zacht toen ze zijn naam zei, alsof ze het tegen een kind had. 'Hij is zo mooi, vind je ook niet?'

'Euh...' zei Simon, die het wezen in de kist vol walging aanstaarde, de jongen die de negenjarige Max Lightwood had vermoord. Het wezen dat Hodge had vermoord. Het wezen dat hen allemaal had proberen te vermoorden. 'Hij is niet echt mijn type.'

'Jonathan is uniek,' zei ze. 'Hij is de enige schaduwjager die ik ooit heb gekend die gedeeltelijk opperdemon is. Dit maakt hem enorm machtig.'

'Hij is dood,' zei Simon. Hij had het gevoel dat het op de een of andere manier belangrijk was om dat te blijven herhalen, al leek het niet door te dringen tot Lilith.

Ze staarde naar Sebastian en fronste. 'Dat is waar. Jace heeft hem in zijn rug gestoken. Door zijn hart.'

'Hoe heb je…'

'Ik was in Idris,' zei Lilith. 'Toen Valentijn de poort naar de demonenwerelden opende, kwam ik erdoorheen. Niet om te vechten in zijn stomme strijd. Maar meer uit nieuwsgierigheid. Dat Valentijn zo'n overmoed had…' Ze onderbrak haar zin en haalde haar schouders op. 'De hemel heeft hem ervoor gestraft, natuurlijk. Ik zag het offer dat hij bracht. Ik zag hoe de Engel oprees en zich tegen hem keerde. Ik zag wat er terug werd gebracht. Ik ben de oudste demon. Ik ken de Oude Wetten. Een leven voor een leven. Ik haastte me naar Jonathan. Het was bijna te laat. Zijn menselijke gedeelte stierf direct. Zijn hart klopte niet meer, zijn longen deden het niet meer. De Oude Wetten waren niet genoeg. Ik heb toen geprobeerd hem terug te halen. Hij was te ver weg. Alles wat ik kon doen was dit. Ik kon hem alleen maar bewaren voor dit moment.'

Simon vroeg zich af wat er zou gebeuren als hij weg zou rennen, als hij om deze gestoorde demon heen zou rennen en zich van het dak van het gebouw zou storten. Andere levende wezens konden hem niets doen, dat was het resultaat van zijn teken, maar hij vroeg zich af of dat ook gold voor een klap tegen de grond. Maar hij was wel een vampier. Als hij veertig verdiepingen naar beneden viel en elk bot in zijn lichaam brak, zou hij daar dan van genezen? Hij slikte en zag dat Lilith hem geamuseerd aanstaarde.

'Wil je niet weten welk moment ik bedoel?' zei ze met haar kille, verleidelijke stem. Voordat hij kon antwoorden, leunde ze voorover, met haar ellebogen op de kist. 'Ik neem aan dat je wel eens hebt gehoord hoe de Nephilim zijn ontstaan? Hoe de engel Raziël zijn bloed met mensenbloed vermengde en hoe degene die dat dronk de eerste Nephilim werd?'

'Dat heb ik wel eens gehoord.'

'De Engel creëerde zo een nieuw ras. En nu is er met Jonathan weer een nieuw ras geboren. Zoals Jonathan Schaduwjager de eerste Nephilim leidde, zo zal deze Jonathan het nieuwe ras leiden dat ik wil creëren.'

'Dat nieuwe ras dat je wilt maken...' Simon gooide zijn handen in de lucht. 'Weet je wat, als jij een nieuw ras wilt maken met één dode jongen, dan moet je dat lekker doen. Ik snap niet wat ik hiermee te maken heb.'

'Hij is nu dood. Maar dat hoeft niet zo te blijven.' Liliths stem was koel en gevoelloos. 'Er is natuurlijk één soort benedenling wiens bloed de mogelijkheid biedt tot, laten we zeggen, wederopstanding.'

'Vampiers,' zei Simon. 'Wil je dat ik van Sebastian een vampier maak?'

'Zijn naam is Jonathan.' Haar stem klonk streng. 'En ja, dat wil ik. Ik wil dat je hem bijt en zijn bloed drinkt en hem in ruil daarvoor jouw bloed geeft...'

'Ik doe het niet.'

'Weet je dat zeker?'

'Een wereld zonder Sebastian' – Simon gebruikte expres die naam – 'is een betere wereld dan een wereld met Sebastian. Ik doe het niet.' Simon werd steeds kwader. 'En bovendien kan het ook helemaal niet. Hij is dood. Vampiers kunnen de doden niet tot leven wekken. Dat zou je toch moeten weten, als je zoveel weet. Als een ziel het lichaam eenmaal heeft verlaten, kan niets die weer terugbrengen. Gelukkig maar.'

Lilith staarde hem intens aan. 'Je weet het niet, of wel?' zei ze. 'Clary heeft het je nooit verteld.'

Simon begon er meer dan genoeg van te krijgen. 'Wat heeft ze me nooit verteld?'

Ze grinnikte. 'Oog om oog, tand om tand, een leven voor een leven. Om chaos te voorkomen moet er orde zijn. Als er een leven aan het Licht geschonken wordt, is er een leven aan het Duister verschuldigd.'

'Ik heb werkelijk geen idee waar je het over hebt,' zei Simon langzaam en duidelijk. 'En het kan me ook niets schelen. Jullie slechteriken en jullie enge rassenleer beginnen me behoorlijk te vervelen. Dus ik ga nu. Je mag een poging doen om me tegen te houden, als je dat wilt. Ik moedig je aan om het voor- al te proberen.'

Ze keek naar hem en grinnikte. 'Kaïn is weer opgestaan,' zei ze. 'Je lijkt wel een beetje op degene wiens teken je draagt. Hij was net zo koppig als jij. Overmoedig ook.'

'Hij verzette zich tegen...' Simon kreeg het woord niet uit zijn mond. *God.* 'Ik heb slechts met jou te maken.' Hij draaide zich om met de bedoeling om weg te lopen.

'Ik zou mij niet de rug toekeren als ik jou was, daglichteling,' zei Lilith. Er was iets met haar stem waardoor hij zich om- draaide en naar haar keek. Ze leunde over Sebastians kist. 'Jij denkt dat ik je niets kan doen,' snauwde ze. 'En ik kan inder- daad nog geen vinger naar je uitsteken. Ik ben geen dwaas. Ik heb het heilige vuur van het goddelijke gezien. Ik wil dat niet tegen mij keren. Ik ben geen Valentijn. Ik probeer niet te on- derhandelen met wat ik niet kan begrijpen. Ik ben een demon, maar ik ben ook heel oud. Ik ken de mensheid beter dan jij denkt. Ik begrijp de zwakten van trots, lust naar macht, vlese- lijk verlangen, hebzucht en liefde.'

'Liefde is geen zwakte.'

'O nee?' zei ze, en ze keek met een ijskoude blik langs hem heen.

Hij draaide zich om. Hij wilde het niet, maar hij wist dat het moest.

Op het stenen looppad stond Jace. Hij droeg een donker pak en een witte blouse. Voor hem stond Clary. Ze droeg nog steeds de mooie gouden jurk die ze had gedragen op het feest in de ijzerfabriek. Haar lange, golvende, rode haar was losgekomen uit de knot en hing over haar schouders. Ze stond heel stil in een cirkel van Jace' armen. Het zou bijna een romantisch plaat- je zijn geweest, ware het niet dat Jace een lang en glinsterend mes met een ivoren handvat in een van zijn handen hield. Hij had de rand van het mes tegen Clary's keel geduwd.

Simon staarde Jace vol ongeloof en afschuw aan. Er zat geen emotie in Jace' uitdrukking. Hij had geen licht in zijn ogen. Hij leek helemaal blanco en leeg.

Hij kantelde zijn hoofd een klein beetje.

'Ik heb haar meegenomen, machtige Lilith,' zei hij. 'Precies zoals u vroeg.'

17

En Kaïn stond op

Clary had het nog nooit zo koud gehad.

Zelfs toen ze hoestend en proestend het Lynmeer uit gekropen was en het giftige water op de oever uitspuugde, had ze het niet zo koud gehad. Zelfs toen ze dacht dat Jace dood was, had ze niet zo'n ijzige verlamming van haar hart gevoeld. Toen was ze witheet van woede geweest. Woede voor haar vader. Nu voelde ze alleen maar ijs, helemaal tot aan haar tenen.

Ze was weer bij bewustzijn gekomen in de marmeren lobby van een vreemd gebouw, onder de schaduw van een onverlichte kroonluchter. Jace had haar gedragen. Hij hield zijn ene arm onder haar gebogen knieën en zijn andere arm onder haar hoofd. Ze was duizelig en misselijk en had haar hoofd even in zijn nek begraven. Ze had geprobeerd zich te herinneren waar ze was.

'Wat is er gebeurd?' had ze gefluisterd.

Ze waren bij een lift aangekomen en Jace had op de knop gedrukt. Clary hoorde aan het geratel dat de machine van een hogere verdieping naar beneden kwam. Maar waar waren ze?

'Je was buiten bewustzijn,' zei hij.

'Maar hoe…' Ineens herinnerde ze zich het. Ze zei niets meer. Zijn handen op haar arm. Het brandende gevoel van de cilinder op haar huid, de duisternis die haar had overspoeld. Er was iets mis geweest met de rune die hij op haar had getekend. Het had verkeerd gevoeld en er verkeerd uitgezien. Ze bleef even bewegingloos in zijn armen liggen, maar zei toen: 'Zet me neer.'

Hij zette haar neer en ze keken elkaar aan. Ze stonden slechts een klein stukje van elkaar af. Ze had haar hand kunnen uitsteken en hem aan kunnen raken, maar voor het eerst sinds ze hem kende, wilde ze dat niet. Ze had het gevoel dat hij een vreemde was. Hij zag eruit als Jace en hij klonk als Jace. Hij had ook gevoeld als Jace toen hij haar had opgetild. Maar zijn ogen stonden vreemd en afstandelijk en er was ook iets raars met zijn glimlach.

De lift ging open. Ze herinnerde zich hoe ze beneden in het Instituut had gestaan en dat ze 'Ik hou van je' tegen een dichte liftdeur had gezegd. Het gat van de lift geeuwde als de zwarte mond van een grot. Ze zocht haar cilinder in haar zak, maar die was weg.

'Je hebt me buiten bewustzijn gebracht,' zei ze. 'Met een rune. Jij hebt me hiernaartoe gebracht. Waarom?'

Zijn prachtige gezicht was uitdrukkingsloos. 'Ik moest het doen. Ik had geen keuze.'

Ze draaide zich om en rende naar de deur, maar hij was sneller. Dat was altijd al zo geweest. Hij rende om haar heen en blokkeerde haar doorgang. Hij stak zijn handen uit. 'Clary, niet rennen,' zei hij. 'Alsjeblieft. Voor mij.'

Ze keek hem vol ongeloof aan. Zijn stem was hetzelfde. Hij klonk net als Jace, maar toch ook weer niet. Hij klonk als een opname van zijn stem, dacht ze. Alle tonen en patronen van zijn stem zaten erin, maar al het levendige was weg. Hoe had ze dit niet eerder kunnen merken? Ze had gedacht dat hij afstandelijk klonk vanwege de stress, maar nee. Hij was wég. Haar maag draaide zich om en ze rende weer naar de deur, maar hij greep haar middel en trok haar naar zich toe. Ze duwde hem weg. Ze greep de stof van zijn blouse en trok die opzij.

Ze verstijfde toen ze zijn blote huid zag. Net boven zijn hart stond een rune.

Het was een rune die ze nog nooit had gezien. Hij was niet zwart, zoals alle runen van de schaduwjagers, maar donkerrood. De kleur van bloed. En hij was niet sierlijk, zoals de runen uit het Grijze Boek. Het was geen rond en vol teken, maar een lelijke, scherpe krabbel.

Jace leek het niet te zien. Hij staarde naar zichzelf alsof hij zich afvroeg wat zij zag. Hij keek haar verward aan. 'Het is al goed. Je hebt me geen pijn gedaan.'

'Die rune...' begon ze, maar ze onderbrak zichzelf. Misschien wist hij het niet. 'Laat me los, Jace,' zei ze, in plaats van het weer te proberen. 'Je hoeft dit niet te doen.'

'Dat moet ik wel,' zei hij, en hij greep haar steviger vast.

Dit keer verzette ze zich niet. Wat zou er gebeuren als ze ontsnapte? Ze kon hem hier niet zomaar achterlaten. Jace was hier nog, dacht ze. Hij zat gevangen, ergens achter die lege ogen. Misschien schreeuwde hij wel naar haar. Ze moest bij hem blijven. Ze moest weten wat er gebeurde. Ze liet zich optillen en naar de lift dragen.

'De Stille Broeders zullen merken dat je weg bent,' zei ze terwijl de knoppen van de verdiepingen een voor een oplichtten. 'Ze zullen de Kloof inlichten. Ze zullen je komen...'

'Ik ben niet bang voor de Broeders. Ik was geen gevangene. Ze zullen niet verwachten dat ik wegga. Ze zullen morgenochtend als ze wakker worden pas zien dat ik er niet meer ben.'

'Misschien worden ze wel eerder wakker.'

'Nee hoor,' zei hij met een ijskoude vastberadenheid. 'Het zal eerder opvallen dat jij weg bent van het feest in de ijzerfabriek. Maar niemand kan iets doen. Ze zullen geen idee hebben waar je heen bent en opsporingsrunen werken niet op dit gebouw.' Hij veegde haar haar uit haar gezicht en ze verstijfde. 'Je moet me vertrouwen. Niemand komt je zoeken.'

Pas toen ze de lift uit stapten, haalde hij de dolk tevoorschijn. 'Ik zou je nooit pijn doen,' zei hij. ' Dat weet je toch?' Hij schoof haar haar opzij met het puntje van het mes en zette de rand tegen haar keel. Op het dak voelde ze de ijzige lucht op haar blote schouders en armen. Jace' handen waren warm en ze voelde zijn hitte door haar dunne jurk heen, maar die verwarmde haar niet. Vanbinnen was ze een en al ijsschilfers.

Ze kreeg het nog kouder toen ze Simon zag. Hij staarde haar met zijn grote, donkere ogen aan. Zij gezicht was lijkbleek, als een wit stuk papier. Hij keek naar haar en naar Jace, die achter haar stond, alsof hij iets zag wat totaal niet klopte. Iemand met zijn gezicht binnenstebuiten of een wereldkaart zonder land en alleen maar water.

Ze had amper oog voor de slanke vrouw met het donkere haar en het gemene gezicht die naast hem stond. Clary's blik werd gelijk getrokken naar de doorzichtige doodskist die op een stenen verhoging stond. De kist leek van binnenuit te gloeien, alsof hij werd verlicht door een melkachtig licht. Het water waar Jonathan in dreef was waarschijnlijk geen water, maar een andere, minder natuurlijke vloeistof. Normaal gesproken zou ze gegild hebben, dacht ze, als ze haar broer zou zien drijven in iets wat eruitzag als Sneeuwwitjes glazen kist. Maar ze voelde zich zo bevroren dat ze alleen maar kon staren.

Lippen zo rood als bloed, een huid zo wit als sneeuw en haar zo zwart als de nacht. Dat was gedeeltelijk waar. Toen ze Sebastian voor het eerst had ontmoet, was zijn haar zwart geweest, maar nu was het zilverwit en dreef het om zijn hoofd als albino-zeewier. Dezelfde kleur als het haar van zijn vader. Hún vader. Zijn huid was zo bleek dat die van lichtgevende kristallen gemaakt leek. Zijn lippen en oogleden waren kleurloos.

'Dank je, Jace,' zei de vrouw die Jace Lilith had genoemd. 'Goed gedaan, en precies op tijd. Ik had gedacht dat het moeilijk zou zijn met jou, maar het lijkt erop dat ik me voor niks zorgen heb gemaakt.'

Clary keek naar haar. De vrouw kwam haar niet bekend voor, maar haar stem wel. Ze had die stem eerder gehoord.

Maar waar? Ze probeerde zich los te trekken van Jace, maar hij verstevigde zijn grip alleen maar. De rand van zijn mes streelde haar keel. Per ongeluk, dacht ze. Jace – zelfs deze Jace – zou haar nooit pijn doen.

'Jij,' zei ze met haar kaken op elkaar geklemd tegen Lilith. 'Wat heb je met Jace gedaan?'

'Valentijns dochter spreekt.' De vrouw met het donkere haar glimlachte. 'Simon? Wil jij het uitleggen?'

Simon zag eruit alsof hij elk moment kon overgeven. 'Ik heb geen idee.' Hij klonk alsof hij stikte. 'Geloof me, jullie tweeën waren de laatsten die ik hier verwachtte.'

'De Stille Broeders zeiden dat een demon verantwoordelijk was voor wat er met Jace gebeurde,' zei Clary, en ze zag dat Simon alleen maar verwarder leek. Maar de vrouw keek haar aan met ogen als platte vulkaancirkels. 'Die demon ben jij, of niet? Maar waarom Jace? Wat wil je van ons?'

'Ons?' Lilith schaterlachte. 'Alsof jij ertoe doet, meisje. Waarom jij? Omdat jij een pion bent. Omdat ik deze jongens allebei nodig had en omdat zij allebei van jou houden. Omdat er niemand ter wereld is die jij meer vertrouwt dan Jace Herondale. En jij bent op jouw beurt iemand van wie de daglichteling zoveel houdt dat hij zijn eigen leven zou willen geven. Misschien kan ik jou niets doen,' zei ze tegen Simon, 'maar ik kan háár wel iets aandoen. Ben jij zo koppig dat je je eigen bloed niet wilt geven en wilt toekijken hoe Jace haar keel doorsnijdt?'

Simon zag eruit als een wandelend lijk. Langzaam schudde hij zijn hoofd, maar voordat hij iets kon zeggen, zei Clary: 'Simon, nee! Doe het niet, wat het ook is. Jace zou mij nooit pijn doen.'

De meedogenloze ogen van de vrouw schoten naar Jace. Ze glimlachte. 'Snij haar. Een klein beetje maar.'

Clary voelde hoe Jace zijn schouders aanspande, net als in het park, toen hij haar had laten zien hoe ze moest vechten. Ze voelde iets bij haar keel, als een prikkende kus, koud en warm tegelijk. Daarna voelde ze een warm stroompje vloeistof over haar sleutelbeen stromen. Simons ogen werden groter.

Hij had haar gesneden. Hij had het echt gedaan. Ze moest denken aan hoe Jace had geknield op de grond van de slaapkamer op het Instituut, zijn pijn zichtbaar in elke spier van zijn lichaam. *Ik droom dat jij mijn kamer in komt. En dan doe ik je pijn. Ik snij je, ik wurg je of steek je neer en dan ga jij dood en kijk je naar me met je groene ogen terwijl je sterft in mijn armen.*

Ze had hem niet geloofd. Niet echt. Hij was Jace. Hij zou haar nooit pijn doen. Ze keek omlaag en zag hoe het bloed over de rand van haar jurk liep. Het zag eruit als rode verf.

'Zie je?' zei de vrouw. 'Hij doet wat ik zeg. Neem het hem niet kwalijk. Ik heb hem volledig in mijn macht. Ik kruip al weken door zijn hoofd. Ik zie zijn dromen en ik weet alles van zijn angsten, verlangens en schuldgevoelens. In een droom heeft hij mijn teken geaccepteerd. Een teken dat in hem brandt, door zijn huid heen, naar zijn ziel. Nu is zijn ziel in mijn bezit. Ik kan met hem doen wat ik wil. Hij doet alles wat ik zeg.'

Clary herinnerde zich wat de Stille Broeders hadden gezegd. *Als schaduwjagers worden geboren, wordt er een ritueel uitgevoerd. De Stille Broeders en de IJzeren Zusters spreken een aantal beschermende spreuken uit over het kind. Toen Jace stierf en daarna weer tot leven werd gewekt, werd hij opnieuw geboren, maar zonder deze rituelen en beschermende spreuken. Hij is nu als een deur die niet op slot zit. Hij staat open voor demonische invloeden en allerlei boosaardigheid.*

Ik heb dit gedaan, dacht Clary. Ik heb hem teruggebracht en ik wilde het geheimhouden. Als we iemand hadden verteld wat er was gebeurd, was het ritueel misschien op tijd uitgevoerd en was Lilith uit zijn hoofd gebleven. Ze werd helemaal misselijk van zelfhaat. Jace stond stil als een standbeeld. Hij had zijn armen om haar heen geslagen en het mes lag nog steeds op haar keel. Ze voelde het tegen haar huid. Toen ze ademhaalde om iets te zeggen, probeerde ze zo min mogelijk te bewegen. 'Ik begrijp dat je Jace in je macht hebt,' zei ze. 'Ik begrijp alleen niet waarom. Er zijn toch gemakkelijker manieren om mij te bedreigen.'

Lilith zuchtte alsof ze het allemaal enorm saai begon te vinden. 'Ik heb jou nodig,' zei ze overdreven geduldig, 'om Simon te laten doen wat ik wil. Ik wil dat hij mij zijn bloed geeft. En ik heb Jace niet alleen nodig om jou hier te krijgen, maar ook als tegenwicht. Alles in de magie moet in evenwicht zijn, Clarissa.' Ze wees naar de zwarte cirkel die op de tegels getekend stond en toen naar Jace. 'Hij was de eerste. De eerste die teruggebracht werd, de eerste ziel die teruggegeven is aan deze wereld in naam van het Licht. Daarom moet hij aanwezig zijn om de tweede ziel terug te geven, in naam van het Duister. Snap je het nu, dwaas meisje? We zijn hier allemaal nodig. Simon om te sterven. Jace om te leven. Jonathan om terug te keren. En jij, Valentijns dochter, om dit allemaal mogelijk te maken.'

De demonenvrouw begon nu eentonig te zingen. Met een schok realiseerde Clary zich ineens dat ze wist waar ze dit eerder had gehoord. Ze zag haar vader in een pentagram staan. Een vrouw met zwart haar en tentakels in haar ogen knielde aan zijn voeten. *Het kind dat geboren wordt met dit bloed, zal sterker zijn dan alle opperdemonen bij elkaar. Maar het zal zijn menselijkheid wegbranden. Het vergif zal het leven uit zijn bloed branden.* Dat waren de woorden die ze had gezegd.

'Ik weet wie jij bent,' zei Clary met haar tanden op elkaar geklemd. 'Ik weet het. Ik heb gezien hoe jij je pols doorsneed en het bloed in een beker goot voor mijn vader. De engel Ithuriël heeft het me laten zien in een visioen.'

Simons ogen schoten van Clary naar de vrouw. Aan haar donkere ogen was te zien dat ze verrast was. Clary veronderstelde dat ze normaal gesproken niet zo snel te verrassen was. 'Ik heb gezien hoe mijn vader jou opriep. Ik weet hoe hij jou noemde. Dame van Edom. Jij bent een opperdemon. Jij hebt je bloed gegeven om mijn broer te maken tot wat hij nu is. Jij hebt hem veranderd in een... een verschrikkelijk ding. Als jij er niet was geweest...'

'Ja. Dat is allemaal waar. Ik heb mijn bloed aan Valentijn Morgenstern gegeven en hij heeft zijn baby ermee geïnjecteerd en dit is het resultaat.' De vrouw legde haar hand zachtjes tegen het glazen oppervlak van Sebastians kist. Het leek bijna of ze hem streelde. Ze had een vreemde glimlach op haar gezicht. 'Je zou kunnen zeggen dat ik Jonathans moeder ben.'

'Ik zei toch dat het adres niets betekende,' zei Alec.

Isabelle negeerde hem. Zodra ze door de deuren van het gebouw waren gestapt, was de rode hanger om haar nek zachtjes gaan tikken, als een zwakke hartslag. Dat betekende dat er demonen in de buurt waren. Ze had verwacht dat haar broer onder andere omstandigheden had opgemerkt dat er iets raars was met deze plek, maar hij was blijkbaar te veel bezig met zijn relatie met Magnus, waardoor hij zich niet kon concentreren.

'Pak je heksenlicht,' zei ze tegen hem. 'Ik heb het mijne thuis laten liggen.'

Hij keek haar geïrriteerd aan. Het was donker in de lobby. Zo donker dat een normale persoon hier niet zou kunnen zien. Maia en Jordan hadden allebei de uitstekende nachtvisie van weerwolven. Ze stonden aan weerszijden van de ruimte. Jordan bestudeerde de grote, marmeren balie in de lobby en Maia leunde tegen de muur ertegenover en leek haar ringen te bestuderen. 'Je moet je heksenlicht altijd overal mee naartoe nemen,' antwoordde Alec.

'En heb jij je sensor meegenomen, dan?' snauwde ze. 'Dat dacht ik al. Ik heb dit in elk geval.' Ze klopte op haar hanger. 'En ik kan je vertellen dat hier zeker weten iets is. Iets demonisch.'

Jordan draaide zich met een ruk om. 'Zijn hier demonen?'

'Ik weet het niet. Misschien maar eentje. Mijn hanger begon

te tikken, maar toen werd het weer minder,' gaf Isabelle toe. 'Toch is het te toevallig. Dit is niet zomaar een adres. We moeten op onderzoek uit.'

Een zwak licht scheen over de ruimte. Ze keek om en zag dat Alec zijn heksenlicht de lucht in stak. Het licht straalde door zijn vingers en wierp vreemde schaduwen op zijn gezicht, waardoor hij er ouder uitzag dan hij was, met ogen die donkerder blauw waren dan normaal. 'Laten we gaan,' zei hij. 'We gaan een voor een de verdiepingen af.'

Ze liepen naar de lift. Alec voorop, Isabelle daarachter, gevolgd door Jordan en Maia. Isabelles laarzen hadden geluidloosrunen op de zolen, maar de hakken van Maia klikten op de marmeren vloer. Ze stond even stil, trok ze uit en ging op blote voeten verder. Toen Maia de lift in stapte, zag Isabelle dat ze een gouden ring met een turkooizen steen om haar linker grote teen droeg.

Jordan staarde naar haar voeten. 'Ik herinner me die ring,' zei hij verrast. 'Die heb ik voor je gekocht bij…'

'Hou je kop,' zei Maia, die op de knop drukte waarmee de deur dichtging. Jordan zei niets meer.

Ze stopten op elke verdieping. De meeste waren nog in aanbouw. Er was geen verlichting en de snoeren hingen als wijnranken van het plafond. De ramen waren dichtgespijkerd en stoflakens waaiden als geesten omhoog in de zwakke wind. Isabelle hield haar hand stevig om haar hanger, maar pas op de tiende verdieping gebeurde er iets. Toen de deur van de lift openging, voelde ze gefladder tegen haar handpalm, alsof ze een klein vogeltje vasthield.

Ze fluisterde. 'Er is hier iets.'

Alec knikte. Jordan opende zijn mond om iets te zeggen, maar Maia stootte hem hard aan met haar elleboog. Isabelle glipte langs haar broer heen naar de hal waar de lift op uitkwam. De robijn om haar nek trilde en tikte nu tegen haar hand als een angstig insect.

Achter haar fluisterde Alec: 'Sandalphon.' De hal werd verlicht. In tegenstelling tot de meeste andere verdiepingen waar ze waren geweest, leek deze gedeeltelijk af. De muren waren van zwart graniet en op de vloer lagen gladde, zwarte tegels. Er was een gang die twee richtingen uit ging. De ene kwam uit op een hoop gereedschap en snoeren. De andere liep naar een boog. Achter de boog lag een grote, zwarte ruimte.

Isabelle draaide zich om en keek naar de rest van de groep. Alec had zijn heksenlicht weggestopt en hield nu een brandende serafijnendolk vast, die de binnenkant van de lift verlichtte als een lantaarn. Jordan had een groot, gevaarlijk uitziend mes in zijn rechterhand. Maia leek iets met haar haar te doen en toen ze haar handen liet zakken, had ze een lange, messcherpe pin vast. Haar nagels waren gegroeid en haar ogen glommen groen.

'Volg mij,' zei Isabelle. 'En hou je stil.'

De robijn tegen Isabelles keel bleef tikken toen ze de hal in liepen, als een vinger die onophoudelijk op een deur klopte. Ze hoorde de rest niet, maar ze wist dat ze haar volgden, omdat ze hun lange schaduwen tegen de donkere, granieten muren zag. Haar keel was pijnlijk en haar zenuwen stonden op scherp, zoals altijd het geval was voordat ze een gevecht aanging. Dit was het gedeelte dat ze het minst leuk vond. De spanning vooraf. Tijdens een gevecht was er niets belangrijker dan het gevecht zelf, maar nu moest ze haar hoofd erbij houden en goed nadenken.

Ze liepen nu onder de boog door, die van gebeeldhouwd marmer was. Best ouderwets voor zo'n modern gebouw. Isabelle wierp een snelle blik op het krulwerk en schrok. In het steen was het gezicht van een grijnzende waterspuwer gegraveerd. Ze trok een gezicht naar het starende ding en draaide zich weer om om de ruimte waarin ze nu liepen te bestuderen.

Het was een enorme ruimte met een hoog plafond en het was duidelijk de bedoeling dat dit ooit een appartement moest worden. De muren hadden ramen van de vloer tot het plafond, die uitkeken op de East River, met Queens op de achtergrond. Het Coca-Cola-bord knipperde bloedrood en marineblauw in het zwarte water. De verlichting van de omringende gebouwen glinsterde in de nachtlucht als engelenhaar in een kerstboom. De ruimte zelf was donker en stond vol met vreemde schaduwen, die netjes op een rij op de grond stonden. Isabelle kneep haar ogen samen. Het waren geen levende dingen. Het leken een soort vierkante, hoekige meubelstukken, maar wat...?

'Alec,' zei ze zachtjes. Haar hanger trilde alsof hij leefde. Het robijnen hart voelde pijnlijk warm tegen haar huid.

Een moment later stond haar broer naast haar. Hij stak zijn dolk omhoog en de ruimte werd nu helemaal verlicht. Isabelles hand vloog naar haar mond. 'O, lieve hemel,' fluisterde ze. 'O, bij de Engel, nee.'

'Je bent zijn moeder niet.' Simons stem trilde. Lilith keek niet eens naar hem om. Ze had haar handen nog steeds op de glazen kist waar Sebastian stil en bewusteloos in dreef. Hij had blote voeten, zag Simon. 'Hij heeft een moeder. Clary's moeder. Clary is zijn zus. Sebastian – Jonathan – zal niet zo blij zijn als jij haar iets aandoet.'

Lilith keek nu wel op en lachte. 'Een moedige poging, daglichteling,' zei ze. 'Maar ik weet beter. Ik heb mijn zoon zien opgroeien. Ik heb hem vaak bezocht in de vorm van een uil. Ik zag hoe de vrouw die hem gebaard had hem haatte. Hij voelt geen liefde voor haar en hij geeft niets om zijn zus. Hij lijkt veel meer op mij dan op Jocelyn Morgenstern.' Haar donkere ogen gingen van Simon naar Jace en Clary, die niet hadden bewogen. Clary stond nog steeds stil in de cirkel van Jace' armen, met het mes tegen haar keel. Hij had het losjes en zorgeloos in zijn hand, alsof hij er amper op lette. Maar Simon wist hoe snel Jace' nonchalante houding kon omslaan in gewelddadige actie.

'Jace,' zei Lilith. 'Stap in de cirkel. Neem het meisje mee.'

Jace gehoorzaamde en duwde Clary voor zich uit. Toen ze over de zwartgeverfde lijn stapten, lichtten de runen binnen de lijnen ineens rood op. Er lichtte ook nog iets anders op. Een rune op de linkerkant van Jace' borstkas, net boven zijn hart, gloeide plotseling zo fel, dat Simon zijn ogen sloot. Zelfs met zijn ogen dicht kon hij de rune zien. Hij zag de hoekige, harde lijnen achter zijn oogleden.

'Open je ogen, daglichteling,' snauwde Lilith. 'Het is tijd. Geef je mij je bloed of weiger je? Je weet nu wat de prijs is als je weigert.'

Simon keek naar Sebastian in zijn kist en moest even twee keer met zijn ogen knipperen. Op Sebastians borstkas stond een rune die precies leek op die van Jace. Hij vervaagde toen Simon ernaar keek en een moment later was hij weg en was Sebastian weer helemaal wit. Onbeweeglijk. En niet ademend.

Dood.

'Ik kan hem niet voor je terugbrengen,' zei Simon. 'Hij is dood. Ik kan jou mijn bloed geven, maar hij kan het niet doorslikken.'

Haar adem floot tussen haar tanden door en in haar ogen glom een giftig licht. 'Je moet hem eerst bijten,' zei ze. 'Je bent een daglichteling. Door jouw lijf, door jouw bloed en tranen en door de vloeistof in jouw snijtanden stroomt engelenbloed. Jouw daglichtelingenbloed zal hem genoeg opwekken en hij zal dan kunnen slikken en drinken. Bijt hem, geef hem jouw bloed en breng hem bij me terug.'

Simon staarde haar woest aan. 'Maar wat jij zegt... zeg jij dat ik de macht heb om de doden tot leven te wekken?'

'Die macht heb je al sinds je een daglichteling bent,' zei ze. 'Maar je had alleen niet het recht om die te gebruiken.'

'Het recht?'

Ze glimlachte en trok een lange, roodgelakte nagel over de bovenkant van Sebastians kist. 'Geschiedenis wordt geschreven door de overwinnaars, zegt men,' zei ze. 'Er zit lang niet zoveel verschil tussen de Lichte en de Duistere kant als jij denkt. Zonder Duisternis is er immers niets wat het Licht kan wegbranden.'

Simon keek haar wezenloos aan.

'Evenwicht,' legde ze uit. 'Er zijn wetten die ouder zijn dan jullie je kunnen voorstellen. En een van die wetten is dat je wat dood is, niet tot leven kunt wekken. Als de ziel het lichaam heeft verlaten, is hij van de dood. En je moet er een prijs voor betalen als je hem terug wilt.'

'En jij bent bereid om die prijs te betalen? Voor hem?' Simon gebaarde naar Sebastian.

'Hij ís de prijs.' Ze gooide haar hoofd in haar nek en lachte. Het klonk bijna menselijk. 'Als het Licht een ziel terugbrengt, heeft het Duister het recht om ook een ziel terug te brengen. Ik heb hier recht op. Of misschien moet je je vriendinnetje Clary vragen wat ik bedoel.'

Simon keek naar Clary, die eruitzag alsof ze elk moment flauw kon vallen. 'Raziël,' zei ze zachtjes. 'Toen Jace doodging...'

'Is Jace doodgegaan?' Simons stem schoot een octaaf omhoog. Jace bleef kalm en onbeweeglijk staan, ook al was hij het onderwerp van gesprek. Hij hield het mes stevig in zijn hand.

'Valentijn heeft hem neergestoken,' zei Clary bijna fluisterend. 'En toen heeft de Engel Valentijn vermoord en zei hij dat ik alles mocht hebben wat ik maar wilde. En ik zei dat ik Jace terug wilde. Ik wilde hem terug en hij bracht hem terug. Voor mij.' Haar ogen leken zo groot in haar kleine, witte gezicht. 'Hij was maar een paar minuten dood... heel kort maar...'

'Het was genoeg,' zei Lilith. 'Ik zweefde in de buurt van mijn zoon tijdens zijn gevecht met Jace. Ik zag hoe hij viel en stierf. Ik volgde Jace naar het meer en keek toe hoe Valentijn hem vermoordde en hoe de Engel hem weer tot leven wekte. Ik wist dat dat mijn kans was. Ik ging snel terug naar de rivier en tilde het lichaam van mijn zoon eruit... Ik heb het al die tijd bewaard voor dit moment.' Ze keek tevreden naar de kist. 'Alles in evenwicht. Oog om oog. Tand om tand. Een leven voor een leven. Jace is het tegenwicht. Als Jace leeft, dan zal Jonathan ook leven.'

Simon kon zijn ogen niet van Clary afhouden. 'Wat zij zegt... over de Engel... is dat waar?' zei hij. 'Heb je dat nooit aan iemand verteld?'

Tot zijn verrassing was Jace degene die antwoordde. Zijn wang rustte tegen Clary's haar. 'Het was ons geheim,' zei hij.

Clary's groene ogen werden groter, maar ze bewoog niet.

'Dus nu snap je het, daglichteling,' zei Lilith. 'Ik heb hier recht op. De Wet zegt dat degene die als eerste werd teruggebracht hier in deze cirkel moet staan als de tweede terugkeert.' Ze wees met een nonchalant gebaar naar Jace. 'Hij is er. Jij bent er. Alles is gereed.'

'Dan heb je Clary niet nodig,' zei Simon. 'Laat haar hierbuiten. Laat haar gaan.'

'Natuurlijk heb ik haar nodig. Ik heb haar nodig om jou te motiveren. Ik kan jou niets doen, tekendrager. Ik kan je niet verwonden of vermoorden. Maar ik kan jouw hart eruit snijden als ik haar leven neem. En dat zal ik doen.'

Ze keek naar Clary, en Simon volgde haar blik.

Clary. Ze was zo bleek dat ze bijna blauw leek, al kwam dat misschien door de kou. Haar grote groene ogen stonden angstig in haar bleke gezicht. Een stroompje opgedroogd bloed liep van haar sleutelbeen naar de kaag van haar jurk. Haar handen hingen losjes langs haar lichaam, maar ze trilden.

Simon zag haar zoals ze was, maar ook zoals ze was geweest toen ze zeven jaar oud was, met dunne armpjes en sproeten en die blauwe plastic schuifspeldjes die ze tot haar elfde in haar haar had gedragen. Hij dacht aan de eerste keer dat hij had gezien dat ze een echt meisjesfiguur had onder het grote T-shirt dat ze altijd had gedragen en hoe hij niet zeker wist of hij moest kijken of wegkijken. Hij dacht aan haar lach en aan de snelle potloodbewegingen die ze maakte in haar schetsboek en die ingenieuze ontwerpen achterlieten. Grote kastelen, rennende paarden, levendige karakters die ze zelf had bedacht. Je mag zonder mij naar school lopen, had haar moeder gezegd, maar alleen als Simon met je meegaat. Hij dacht aan haar hand in de zijne als ze de straat overstaken en aan het gevoel dat hij een ongelofelijke, geweldige taak had gekregen: de verantwoordelijkheid voor haar veiligheid.

Hij was verliefd op haar geweest en misschien zou hij dat altijd een beetje blijven, omdat ze zijn eerste was geweest. Maar dat maakte nu niet uit. Ze was Clary. Ze hoorde bij hem. Dat was altijd zo geweest en dat zou altijd zo zijn. Terwijl hij naar haar staarde, schudde ze haar hoofd. Een klein beetje maar. Hij wist wat ze zei. *Doe het niet. Geef haar niet wat ze wil. Het maakt niet uit wat er met mij gebeurt.*

Hij stapte de cirkel in en hij kreeg een rilling toen zijn voeten over de geverfde lijn gingen. Het leek wel een elektrische schok. 'Oké,' zei hij. 'Ik doe het.'

'Nee!' riep Clary, maar Simon keek niet naar haar. Hij keek naar Lilith, die koel en tevreden glimlachte. Met haar linkerhand wreef ze over de bovenkant van de kist.

Het deksel verdween. Het deed Simon op een bizarre manier denken aan hoe je een blik sardientjes openmaakte. De bovenste laag glas smolt en drupte langs de zijkant van het granieten voetstuk naar beneden, en kristalliseerde op de grond tot kleine scherven.

De kist stond nu open. Het leek wel een aquarium en Simon dacht dat hij weer een glimp opving van de rune op Sebastians borstkas. Lilith stak haar hand in de tank. Simon zag hoe ze Sebastians bungelende armen pakte en ze met een teder gebaar over zijn borstkas kruiste. Ze stopte de verbonden arm onder de arm die nog helemaal heel was. Ze veegde een lok van zijn natte haar weg van zijn witte voorhoofd en deed een stap achteruit. Ze schudde het melkachtige water van haar handen.

'Aan het werk, daglichteling,' zei ze.

Simon liep naar de kist. Sebastians gezicht was slap en zijn oogleden bewogen niet. In zijn keel was geen hartslag te zien. Simon herinnerde zich hoe graag hij Maureens bloed had willen drinken. Hoe hij had verlangd naar het gevoel haar huid te doorboren met zijn tanden en het zoute bloed te proeven. Maar dit... dit was een lijk. Zijn maag draaide zich om.

Hij zag haar niet, maar hij wist dat Clary naar hem keek. Hij voelde haar adem toen hij over Sebastian heen boog. Hij voelde ook hoe Jace hem met zijn lege ogen aanstaarde. Hij was nu bij de kist en legde zijn handen op Sebastians koude, glibberige schouders. Hij onderdrukte de neiging om te kokhalzen en boog voorover. Hij zette zijn tanden in Sebastians keel. Het zwarte demonenbloed stroomde als bitter gif in zijn mond.

Isabelle liep voorzichtig tussen de stenen voetstukken. Alec liep naast haar. Hij had Sandalphon in zijn hand en scheen zijn licht door de ruimte. Maia stond voorovergebogen in een hoek van de kamer en kokhalsde. Ze leunde met haar hand tegen de muur. Jordan stond bij haar en het leek alsof hij op het punt stond om over haar rug te wrijven, maar bang was om afgewezen te worden.

Isabelle nam het Maia niet kwalijk dat ze moest overgeven. Ze had zelf ook overgegeven als ze geen jarenlange training had gehad. Ze had nog nooit zoiets gezien. Er stonden tientallen, misschien wel vijftig stenen voetstukken in de ruimte. Boven op elk voetstuk stond een laag, wiegachtig mandje. In elk mandje lag een baby. En iedere baby was dood.

Ze had eerst nog hoop gehad dat er nog eentje zou leven. Maar deze kinderen waren al een tijdje dood. Hun huid was grijs en hun kleine gezichtjes vertoonden blauwe plekken. Ze waren in dunne lakens gewikkeld en hoewel het hier koud was, geloofde Isabelle niet dat ze dood waren gevroren. Daar was het niet koud genoeg voor. Ze wist niet precies hoe ze waren gestorven. Ze wilde het niet verder onderzoeken. Dit was duidelijk een zaak voor de Kloof.

Alec stond achter haar en de tranen stroomden over zijn gezicht. Hij vloekte binnensmonds toen ze bij het laatste voetstuk kwamen. Maia stond weer rechtop en leunde tegen het raam. Jordan had haar iets gegeven wat eruitzag als een zakdoek en ze hield het tegen haar gezicht. De koude witte lichten van de stad brandden achter haar en sneden als diamanten boren door het donkere glas.

'Iz,' zei Alec. 'Wie doet er zoiets? Waarom zou iemand... zelfs een demon...'

Hij onderbrak zijn zin. Isabelle wist waar hij aan dacht. Max, toen hij net was geboren. Zij was zeven geweest en Alec negen. Ze hadden over zijn wiegje gebogen gestaan en vol verwondering naar dat fascinerende kleine wezentje gestaard. Ze hadden gespeeld met zijn kleine vingertjes en gelachen wanneer hij gekke gezichten trok als ze hem kietelden.

Haar hart trok samen. *Max.* Terwijl ze langs de kleine wiegjes was gelopen, die nu kleine doodskisten waren, was ze zich steeds angstiger gaan voelen. Ze kon niet negeren dat de hanger om haar nek was gaan gloeien. Het was het soort gloed dat ze verwachtte bij een opperdemon.

Ze dacht aan wat Clary had gezien in het mortuarium van het Beth Israel-ziekenhuis. Hij zag eruit als een normale baby. Behalve zijn handen. Dat waren klauwen...

Ze stak haar hand voorzichtig in een van de wiegjes. Ze trok het laken een stukje opzij en deed haar best om de baby niet aan te raken.

Ze voelde hoe haar adem stokte. Normale mollige babyarmpjes, ronde babypolsen, zachte handen. Maar de vingers... de vingers waren gekromde klauwen, zwart als verbrande botten, met scherpe, puntige uiteinden. Ze zette vanzelf een stap achteruit.

'Wat?' Maia kwam dichterbij staan. Ze zag er nog steeds beroerd uit, maar haar stem was kalm. Jordan liep achter haar, met zijn handen in zijn zakken. 'Wat heb je gevonden?' vroeg ze.

'Bij de Engel.' Alec stond naast Isabelle en keek in de wieg. 'Is dit... wat Clary ook had gezien? De baby in het ziekenhuis?'

Isabelle knikte langzaam. 'Het was blijkbaar meer dan één baby,' zei ze. 'Iemand heeft geprobeerd er veel meer te maken. Meer... Sebastians.'

'Waarom zou iemand er meer van hém willen maken?' Alecs stem zat vol rauwe haat.

'Hij was snel en sterk,' zei Isabelle. Het deed bijna pijn om iets positiefs te zeggen over de jongen die haar broer had vermoord en die geprobeerd had haar te vermoorden. 'Ik denk dat ze een ras van superstrijders willen maken.'

'Het heeft niet gewerkt.' Maia's ogen stonden droevig.

Ineens hoorde Isabelle een geluid dat zo zacht was, dat ze het bijna niet hoorde. Ze kantelde haar hoofd en haar hand schoot naar haar riem, waar haar zweep opgerold aan vastzat. In de donkere schaduwen aan de rand van de kamer, bij de deur, bewoog iets. Het was slechts een zwakke flikkering, maar Isabelle rende eropaf. Ze stormde de hal in en rende naar de liften. Er was iets. Een schaduw die los was gebroken uit de duisternis en die nu langs de muur liep. Isabelle dook naar voren en sloeg de schaduw tegen de grond.

Het was geen geest. Toen ze samen op de grond vielen, werd Isabelle verrast door de menselijke uitroep van verbazing van de schaduwfiguur. Ze rolden samen over de grond. Het was zeker weten een mens. Iets dunner en kleiner dan Isabelle. De persoon droeg een grijs trainingspak en sportschoenen. Hoekige ellebogen raakten Isabelles sleutelbeen. Een knie begroef zich in haar maag. Ze hapte naar adem, rolde opzij en probeerde haar zweep te pakken. Toen ze hem eenmaal los had van haar riem, was de persoon overeind gekomen. Isabelle rolde op haar buik en sloeg de zweep vooruit. Het einde krulde zich om de enkel van de vreemdeling en ze trok de zweep strak, waardoor de figuur onderuitging.

Ze krabbelde overeind. Met haar vrije hand pakte ze haar cilinder, die ze in haar decolleté verborgen had. Met een snelle beweging tekende ze een *nyx*-teken op haar linkerarm. Haar zicht paste zich snel aan en de hele kamer leek zich te vullen met licht terwijl de rune voor nachtvisie in werking trad. Ze kon haar aanvaller nu duidelijker zien. Een dunne figuur in een grijs trainingspak met grijze schoenen, die achteruitkrabbelde en tegen de muur knalde. De capuchon van de trui was omlaaggezakt, waardoor het gezicht nu zichtbaar was. Het hoofd was kaalgeschoren, maar het gezicht was duidelijk vrouwelijk, met scherpe jukbeenderen en grote, donkere ogen.

'Hou daarmee op,' zei Isabelle. Ze trok hard aan de zweep. De vrouw kermde van pijn. 'Probeer niet weg te lopen.'

De vrouw liet haar tanden zien. 'Worm,' zei ze. 'Ongelovige. Ik vertel jou niets.'

Isabelle stopte haar cilinder weer in haar jurk. 'Als ik hard genoeg aan deze zweep trek, snij ik je been eraf.' Ze gaf weer een ruk aan de zweep en liep naar de vrouw toe. 'Die baby's,' zei ze. 'Wat is er met ze gebeurd?'

De vrouw lachte. 'Ze waren niet sterk genoeg. Zwak ras. Te zwak.'

'Te zwak waarvoor?' Toen de vrouw niet antwoordde, snauwde Isabelle: 'Je kunt het me vertellen of je raakt je been kwijt. Jouw keuze. En ik laat je hier gerust doodbloeden op de vloer. Kindermoordenaars verdienen geen genade.'

De vrouw siste als een slang. 'Als je mij iets aandoet, zal zij je straffen.'

'Wie…' Isabelle stopte en herinnerde zich wat Alec had gezegd. *Talto is een andere naam voor Lilith. Ze is eigenlijk de demonengodin van dode kinderen.* 'Lilith,' zei ze. 'Jij aanbidt Lilith. Heb je dit allemaal… voor haar gedaan?'

'Isabelle...' Het was Alec, die het licht van Sandalphon voor zich uit stak. 'Wat is er aan de hand? Maia en Jordan zijn op zoek naar meer... kinderen, maar het lijkt erop dat ze allemaal in de grote kamer waren. Wat doe jij hier?'

'Deze... persoon,' zei Isabelle vol walging, 'is lid van de sekte van de Taltokerk. Blijkbaar aanbidden ze Lilith. Ze hebben deze baby's voor haar vermoord.'

'Geen moord!' De vrouw kwam moeizaam overeind. 'Geen moord. Offer. Ze zijn getest en te zwak bevonden. Niet onze schuld.'

'Laat me raden,' zei Isabelle. 'Jullie hebben de zwangere vrouwen met demonenbloed geïnjecteerd. Maar demonenbloed is giftig spul. De baby's konden het niet aan. Ze werden misvormd geboren en gingen dood.'

De vrouw jammerde zachtjes. Het was een zacht geluid en Isabelle zag dat Alec zijn ogen samenkneep. Hij was altijd goed geweest in het lezen van iemands gedachten.

'Een van die baby's was van jou,' zei hij. 'Hoe kun je je eigen kind met demonenbloed injecteren?'

De lippen van de vrouw trilden. 'Dat heb ik niet gedaan. Wij waren degenen die de injecties kregen. De moeders. Het maakte ons sterker, sneller. Onze mannen ook. Maar we werden ziek. Zieker en zieker. Ons haar viel uit. Onze nagels...' Ze stak haar handen in de lucht en liet haar zwarte vingers zien en de gescheurde, bloederige nagelbedden waar de nagels vanaf waren gevallen. Haar armen zaten onder de blauwe plekken. 'We gaan allemaal dood,' zei ze. Ze klonk bijna tevreden. 'Over een paar dagen zullen we allemaal dood zijn.'

'Ze heeft je vergif laten innemen,' zei Alec, 'en toch aanbid je haar?'

'Jullie begrijpen het niet.' De vrouw klonk hees en dromerig. 'Ik had niets voordat zij mij vond. Wij allemaal niet. Ik leefde op straat. Ik sliep op de metroroosters zodat ik niet zou bevriezen. Lilith gaf me onderdak, een familie die voor me zorgde.

Haar aanwezigheid betekende veiligheid. Ik had me nog nooit veilig gevoeld.'

'Jij hebt Lilith gezien,' zei Isabelle, die haar best moest doen om haar ongeloof uit haar stem te houden. Ze had wel eens gehoord van demonensekten. Ze had er een keer een werkstuk over gemaakt, voor Hodge. Hij had haar een hoog cijfer gegeven. De meeste sekten aanbaden demonen die ze hadden verzonnen. Sommige sekten kregen het voor elkaar om zwakke demonen op te roepen, die alle sekteleden vermoordden als ze vrij werden gelaten of die er genoegen mee namen dat ze op hun wenken bediend werden door hun aanbidders. Ze had nog nooit gehoord van sekten die een opperdemon aanbaden en die de demon ook echt gezien hadden. Laat staan een machtige opperdemon als Lilith, de moeder van de heksenmeesters. 'Ben je in haar aanwezigheid geweest?'

De ogen van de vrouw fladderden halfdicht. 'Ja. Ik heb haar bloed in mij, dus ik voel het als ze in de buurt is. Ze is nu dichtbij.'

Isabelle kon het niet helpen. Haar vrije hand vloog naar haar hanger, die al had getikt sinds ze het gebouw binnen waren gegaan. Ze had gedacht dat het vanwege het demonenbloed in de dode kinderen was, maar de aanwezigheid van een opperdemon zou ook een logische verklaring zijn. 'Is ze hier? Waar is ze?'

De vrouw leek weg te zakken in een diepe slaap. 'Boven,' zei ze zachtjes. 'Met de vampierjongen die overdag leeft. Ze heeft ons erop uitgestuurd om hem voor haar te halen, maar hij was beschermd. We konden hem niet aanraken. Degenen die hem zijn gaan zoeken, zijn gestorven. Toen broeder Adam terugkwam en ons vertelde dat de jongen beschermd werd door heilig vuur, werd Lilith boos. Ze heeft hem ter plekke gedood. Wat een geluk, om te sterven door haar hand. Wat een geluk.' Haar adem kwam reutelend uit haar mond. 'En ze is slim. Ze heeft een andere manier gevonden om de jongen hier te brengen...'

Isabelle liet van schrik haar zweep vallen. 'Simon? Is Simon hier? Waarom?'

'Degenen die tot haar komen, keren niet meer terug,' fluisterde de vrouw.

Isabelle hurkte en pakte haar zweep. 'Hou op,' zei ze met trillende stem. 'Hou op met dat gejammer en vertel me waar hij is. Waar heeft ze hem mee naartoe genomen? Waar is Simon? Zeg het me, of...'

'Isabelle,' zei Alec streng. 'Iz. Het heeft geen zin. Ze is dood.'

Isabelle staarde vol ongeloof naar de vrouw. Ze was midden in een ademhaling gestorven, leek het. Haar ogen stonden wijd open en haar gezicht was slap. Het was nu ineens zichtbaar dat ze onder haar magere lijf, kale hoofd en blauwe plekken heel jong was. Waarschijnlijk niet ouder dan twintig. 'Verdomme!'

'Ik snap het niet,' zei Alec. 'Wat wil een opperdemon met Simon? Hij is een vampier. Een machtige vampier, maar toch...'

'Het teken van Kaïn,' zei Isabelle afgeleid. 'Dit moet iets te maken hebben met het teken. Het moet wel.' Ze liep naar de lift en drukte op de knop. 'Als Lilith echt Adams eerste vrouw was en Kaïn Adams zoon, dan is het teken van Kaïn bijna even oud als zij is.'

'Waar ga je heen?'

'Ze zei dat ze boven waren,' zei Isabelle. 'Ik ga elke verdieping af, totdat ik hem heb gevonden.'

'Ze kan hem niets doen, Izzy,' zei Alec op het verstandige toontje waar ze zo'n hekel aan had. 'Ik weet dat je je zorgen maakt, maar hij heeft het teken van Kaïn. Hij is ongrijpbaar. Zelfs een opperdemon kan hem niets doen. Niemand kan hem iets doen.'

Isabelle keek fronsend naar haar broer. 'Waarom denk je dan dat ze hem nodig heeft? Om haar kleding op te halen bij de stomerij? Serieus, Alec...'

Er klonk een ping. Isabelle liep al naar de lift. De deuren gingen open. Licht stroomde naar buiten... en een golf mannen

en vrouwen. Kaal, uitgemergeld en gekleed in grijze trainingspakken en sportschoenen. Ze hadden wapens vast, gemaakt
van het bouwafval. Kapotte stukken glas, stukken beton, stenen. Ze zeiden niets. Hun stilte was griezelig en overweldigend. Ze liepen een voor een de lift uit richting Alec en Isabelle.

18

Littekens van vuur

De wolken rolden over de rivier, zoals dat 's avonds soms gebeurde. Ze zorgden voor een dikke mist, die niet verborg wat er op het dak gebeurde, maar slechts een wazige mist over alles wierp. De gebouwen om hen heen waren onheilspellende pilaren van licht. Door de laag langstrekkende wolken was de maan slechts een gedimde lamp. Splinters van de glazen kist lagen op de vloertegels en glommen als ijs. Lilith leek licht te geven in het maanlicht. Ze zag hoe Simon over Sebastians levenloze lichaam gebogen stond en zijn bloed dronk.

Clary kon het amper aanzien. Ze wist dat Simon haatte wat hij nu deed. Ze wist dat hij het voor haar deed. Voor haar en zelfs een klein beetje voor Jace. En ze wist wat de volgende stap in dit ritueel zou zijn. Simon zou zijn bloed aan Sebastian geven en Simon zou sterven. Vampiers konden sterven als hun bloed op was. Hij zou doodgaan en ze zou hem voor altijd kwijt zijn en het zou allemaal haar schuld zijn.

Ze voelde hoe Jace nog steeds achter haar stond. Hij had zijn armen stevig om haar heen en ze voelde zijn zachte, regelmatige hartslag tegen haar schouderbladen. Ze herinnerde zich hoe hij haar had vastgehouden op de trap van de Zaal van de Akkoorden in Idris. Het geluid van de wind in de bomen terwijl hij haar had gekust. Zijn warme handen op haar gezicht. Hoe ze zijn hart had voelen kloppen, en ze had gedacht dat niemands hart zo klopte als dat van hem, alsof alle slagen gelijkliepen met die van haar.

Hij móést daar toch ergens zitten. Net als Sebastian in zijn glazen gevangenis. Er moest een manier zijn om hem te bereiken.

Lilith staarde met haar grote, donkere ogen zo geconcentreerd naar Simon en Sebastian, dat ze Clary en Jace niet meer opmerkte.

'Jace,' fluisterde Clary. 'Jace, ik wil dit niet zien.'

Ze duwde haar rug tegen hem aan, alsof ze dichter bij hem wilde staan. Daarna deed ze alsof ze schrok toen het mes tegen de zijkant van haar keel aan kwam.

'Alsjeblieft, Jace,' fluisterde ze. 'Je hebt het mes niet nodig. Je weet toch dat ik je niets kan doen.'

'Maar waarom…'

'Ik wil gewoon naar je kijken. Ik wil je gezicht zien.'

Ze voelde hoe zijn borstkas snel op en neer ging. Hij rilde even, alsof hij tegen iets vocht en hij zich verzette. Toen bewoog hij zoals alleen hij kon bewegen. Zo snel dat je het bijna niet zag. Hij hield zijn rechterarm strak om haar heen. Met zijn linkerhand liet hij zijn mes in zijn riem glijden.

Haar hart maakte een sprongetje. Ik kan wegrennen, dacht ze, maar hij zou haar alleen maar vangen, en het was slechts een moment. Seconden later had hij haar weer stevig vast. Hij legde zijn handen op haar armen en draaide haar om. Ze voelde zijn vingers over haar rug en over haar blote, rillende armen gaan terwijl hij haar zo draaide dat ze met haar gezicht naar hem toe stond.

Ze keek nu niet meer naar Simon en de demonenvrouw, al voelde ze hun aanwezigheid nog als rillingen op haar rug. Ze keek op naar Jace. Zijn gezicht was zo vertrouwd. De vorm, de manier waarop zijn haar over zijn voorhoofd viel, het kleine litteken op zijn jukbeen en nog eentje bij zijn slaap. Zijn wimpers, die ietsje donkerder waren dan zijn haar. Zijn ogen, die de kleur hadden van lichtgeel glas. Daar zat het verschil, dacht ze.

Hij zag er nog uit als Jace, maar zijn ogen waren leeg, alsof ze door een raam naar een lege kamer keek.

'Ik ben bang,' zei ze.

Hij streelde haar schouder en het voelde als een elektrische schok. Met een misselijk gevoel realiseerde ze zich dat haar lichaam nog steeds reageerde op zijn aanraking. 'Ik laat je niets gebeuren.'

Ze staarde hem aan. *Dat denk je echt, of niet? Op de een of andere manier kun je niet zien dat jouw acties losgekoppeld zijn van jouw bedoelingen. Iemand heeft dit van jou weggenomen.*

'Je kunt haar niet tegenhouden,' zei ze. 'Ze gaat me vermoorden, Jace.'

Hij schudde zijn hoofd. 'Nee. Dat zou ze nooit doen.'

Clary wilde gillen, maar ze hield haar stem opzettelijk kalm. 'Ik weet dat je daar bent, Jace. De echte jij.' Ze ging dichter tegen hem aan staan. De gesp van zijn riem duwde tegen haar middel. 'Je kunt je tegen haar verzetten...'

Dat had ze niet moeten zeggen. Hij verstijfde helemaal en ze zag de angst in zijn ogen, de blik van een dier in de val. Een moment later maakte de angst plaats voor wreedheid. 'Dat kan ik niet.'

Ze rilde. De blik op zijn gezicht was verschrikkelijk, zo verschrikkelijk. Hij rilde en zijn ogen verzachtten. 'Heb je het koud?' vroeg hij, en hij klonk weer even als de Jace die zich zorgen om haar maakte. Ze kreeg een brok in haar keel.

Ze knikte, al was lichamelijke kou wel het laatste waar ze mee bezig was. 'Mag ik mijn handen in jouw jas steken?'

Hij knikte. Zijn jas stond open en ze liet haar armen erin glijden. Ze legde haar handen losjes op zijn rug. Het was eng stil. De stad leek wel bevroren in een prisma van ijs. Zelfs het licht dat van de omringende gebouwen afkwam, was stil en koud.

Hij ademde langzaam en regelmatig. Door de gescheurde stof van zijn blouse zag ze de rune op zijn borstkas. Die leek te kloppen als hij ademde. Het was misselijkmakend, dacht ze, dat de rune als een bloedzuiger aan hem vastzat en alles wat goed was, alles wat Jace was, uit hem zoog.

Ze herinnerde zich wat Luke had gezegd over het vernietigen van een rune. *Als je een rune vervormt, kun je de kracht vernietigen of minder laten worden. In een gevecht probeert een vijand wel eens een stuk huid van een schaduwjager te snijden, om de kracht van zijn rune weg te nemen.*

Ze hield haar blik gericht op Jace' gezicht. Vergeet wat er gebeurt, dacht ze. Vergeet Simon, vergeet het mes tegen je keel. Wat je nu gaat zeggen, is het belangrijkste wat je ooit in je leven hebt gezegd.

'Weet je nog wat je tegen me zei in het park?' fluisterde ze.

Hij keek haar verschrikt aan. 'Wat?'

'Toen ik je vertelde dat ik geen Italiaans sprak. Ik herinner me nog wat je toen tegen me zei, wat dat citaat betekende. Je zei dat het betekende dat liefde de sterkste kracht op aarde is. Krachtiger dan alle andere dingen.'

Er verscheen een rimpel tussen zijn wenkbrauwen. 'Ik weet niet…'

'Jawel, dat weet je wel.' Voorzichtig, zei ze tegen zichzelf, maar ze kon het niet helpen, ze kon niet helpen dat haar stem gespannen klonk. 'Je herinnert je het wel. De sterkste kracht, zei je. Sterker dan de hemel of de hel. Die moet ook sterker dan Lilith zijn.'

Niets. Hij staarde naar haar alsof hij haar niet kon horen. Het was alsof ze schreeuwde in een zwarte, lege tunnel. *Jace, Jace, Jace. Ik weet dat je daar bent.*

'Er is een manier waarop jij mij kunt beschermen en nog steeds kunt doen wat zij wil,' zei ze. 'Zou dat niet het beste zijn?' Ze duwde haar lichaam dichter tegen dat van hem aan en haar maag draaide zich om. Het was alsof ze Jace vasthield, maar ook weer niet, alles tegelijk, vreugde vermengd met afschuw. En ze voelde hoe zijn lichaam op haar reageerde. Het ritme van zijn hart in haar ogen, haar aderen. Hij wilde haar nog steeds, wat voor controle Lilith ook over zijn gedachten had.

'Ik fluister het wel,' zei ze terwijl ze met haar lippen rakelings langs zijn nek ging. Ze rook zijn geur, die even vertrouwd was als de geur van haar eigen huid. 'Luister.'

Ze keek omhoog en hij leunde voorover om haar beter te kunnen horen. Haar hand bewoog van zijn middel naar het handvat van de dolk in zijn riem. Ze trok hem er met één soepele beweging uit, net als hij haar had geleerd tijdens de training. Ze balanceerde het gewicht van het mes op haar handpalm en sneed Jace aan de linkerkant van zijn borstkas. Ze maakte een grote, ondiepe boog. Jace schreeuwde het uit. Meer van verbazing dan van pijn, dacht ze. Het bloed stroomde uit de snee en over zijn huid en de rune heen. Hij legde zijn hand op zijn borst en toen hij zag dat die rood werd, keek hij haar met grote ogen aan, alsof ze hem echt pijn had gedaan en hij haar verraad niet kon geloven.

Clary draaide zich van hem weg en Lilith schreeuwde. Simon stond niet langer over Sebastian gebogen. Hij stond nu rechtop en keek naar Clary, met zijn hand voor zijn mond. Zwart demonenbloed drupte van zijn kin op zijn witte blouse. Hij had zijn ogen wijd opengesperd.

'Jace.' Liliths stem schoot omhoog van verbazing. 'Jace, grijp haar. Dat is een bevel.'

Jace bewoog niet. Hij staarde van Clary naar Lilith naar zijn bloederige hand en weer terug. Simon was weggelopen van Lilith. Ineens stond hij met een ruk stil. Hij boog voorover en viel op zijn knieën. Lilith draaide zich weg van Jace en liep naar Simon. Haar harde gezicht vertrok van woede. 'Sta op!' gilde ze. 'Kom overeind! Je hebt zijn bloed gedronken. Nu heeft hij jouw bloed nodig!'

Het lukte hem met moeite om te gaan zitten, maar hij zakte gelijk weer in elkaar. Hij kokhalsde en gaf zwart bloed op. Clary herinnerde zich hoe hij in Idris had gezegd dat Sebastians bloed als vergif was. Lilith haalde haar voet naar achteren, alsof ze hem wilde schoppen, maar toen wankelde ze achterover, alsof een onzichtbare hand haar hard duwde. Ze gilde. Het waren geen woorden. Het leek wel de roep van een uil, vol onvervalste haat en woede.

Het was geen menselijk geluid. Het voelde als glassplinters in Clary's oren. 'Laat Simon met rust!' riep ze. 'Hij is ziek. Zie je niet dat hij ziek is?'

Ze had er gelijk spijt van dat ze iets had gezegd. Lilith draaide zich langzaam om en keek Jace met een koude en dwingende blik aan. 'Ik heb het je gezegd, Jace Herondale.' Haar stem galmde. 'Laat het meisje niet uit de cirkel ontsnappen. Pak haar wapen.'

Clary had zich amper gerealiseerd dat ze het mes nog vasthad. Ze had het zo koud dat ze bijna niets voelde, maar daaronder zat een golf van ondraaglijke woede voor Lilith, die ervoor zorgde dat haar arm kon bewegen. Ze gooide het mes op de grond. Het gleed over de tegels naar Jace' voeten. Hij staarde ernaar alsof hij nog nooit in zijn leven een wapen had gezien.

Liliths mond was een dunne, rode streep. Haar oogwit was verdwenen en helemaal zwart. Ze zag er niet langer menselijk uit. 'Jace,' siste ze. 'Jace Herondale. Je hebt me gehoord. En jij zult me gehoorzamen.'

'Pak het maar,' zei Clary tegen Jace. 'Pak het mes en vermoord haar of mij. De keuze is aan jou.'

Langzaam boog Jace voorover en pakte het mes.

Alec had Sandalphon in zijn ene hand en een *hachiwara*, waarmee je meerdere aanvallers tegelijk kon ontwijken, in zijn andere. Er lagen ten minste zes sekteleden aan zijn voeten, dood of bewusteloos.

Alec had in zijn leven al met behoorlijk wat demonen gevochten, maar deze sekteleden van de Taltokerk hadden iets engs. Ze bewogen als één man en waren eerder een griezelige donkere golf dan menselijk. Ze waren zo stil en zo bizar sterk en snel. Ze leken ook totaal niet bang voor de dood. Alec en Isabelle schreeuwden tegen ze, maar ze bleven als een geluidloze, samengepakte horde bewegen. Ze wierpen zich klakkeloos op de schaduwjagers, als lemmings die van een rots sprongen. Ze hadden Alec en Isabelle de gang uit gedreven, naar de grote kamer met de stenen voetstukken. Toen Jordan en Maia het gevecht hoorden, kwamen ze aangesneld. Jordan als wolf en Maia nog als mens, maar met klauwen.

De sekteleden leken hun aanwezigheid amper te registreren. Ze vochten door. De een na de ander sneuvelde terwijl Alec, Maia en Jordan om zich heen maaiden met messen, klauwen en dolken. Isabelles zweep maakte glinsterende patronen in de lucht toen ze hem door de lichamen heen sneed en het bloed alle kanten op spoot. Vooral Maia bracht het er erg goed van af. Er lagen ten minste tien sekteleden dood of gewond om haar heen en ze rolde er nu met eentje over de grond. Haar klauwen groeven in de polsen van haar tegenstander.

Een sektelid kwam op Alecs pad en sprong met uitgestrekte handen op hem af. Door de omhooggetrokken capuchon kon Alec niet zien of het een man of een vrouw was. Hij stak Sandalphon in de zij van het sektelid. De persoon schreeuwde. Het was een mannelijke, luide, hese schreeuw. De man viel op de grond en klauwde aan zijn borst, waar vlammen uitkwamen. Alec draaide zich om. Hij was misselijk. Hij had er een hekel aan om te zien wat er met mensen gebeurde als een serafijnendolk hun huid doorboorde.

Plotseling voelde hij iets branden op zijn rug. Hij draaide zich om en zag dat er iemand achter hem stond met een stuk beton. Dit sektelid had geen capuchon. Het was een man met zo'n uitgemergeld gezicht dat zijn jukbeenderen door zijn huid heen leken te steken. Hij siste en wierp zich weer op Alec, die opzijsprong. Het stuk beton scheerde langs hem heen. Hij draaide zich om en schopte het sektelid omver. Hij krabbelde overeind, draaide zich om, struikelde bijna over een lichaam en rende.

Alec aarzelde even. Degene die hem net had aangevallen was bijna bij de deur. Alec wist dat hij hem moest volgen. Voor hetzelfde geld rende de man weg om iemand te waarschuwen of versterking te halen. Maar hij was doodmoe en misselijk. Deze mensen waren misschien bezeten en amper mens meer, maar het voelde gewoon niet goed om ze te vermoorden.

Hij vroeg zich af wat Magnus zou zeggen, maar om eerlijk te zijn wist hij dat eigenlijk al. Alec had vaker tegen dit soort wezens gevochten, de dienaren van demonen. Bijna alles wat menselijk aan hen was, was uit ze gezogen en vervangen door demonenenergie, waardoor ze niets meer hadden dan een moordlustig verlangen om te doden en een lichaam dat langzaam maar pijnlijk stierf. Ze waren te ver heen om ze nog te kunnen redden. Hij hoorde Magnus' stem alsof hij naast hem stond: *Het meest barmhartige wat je voor ze kunt doen, is ze vermoorden.*

Alec stopte de hachiwara weer in zijn riem en rende naar de hal, achter de man aan. De hal was leeg en de liftdeur stond open. Er klonk een raar, hoog alarmgeluid. In de hal waren meerdere deuren die leidden naar andere ruimtes. Alec koos een willekeurige deur en stormde erdoorheen.

Hij kwam uit in een doolhof van kleine kamers die amper af waren. De muren waren haastig gemetseld en er staken overal gekleurde kabels uit gaten. Zijn serafijnendolk wierp een mozaïek van licht over de muren. Hij liep voorzichtig door de ruimte. Hij sprong op toen zijn licht op iets bewegends scheen. Hij liet zijn mes zakken en zag hoe een paar rode ogen en een klein grijs lichaam door een gat in de muur schoten. Alecs mond vertrok. Typisch New York. Zelfs in nieuwe gebouwen waren er ratten.

De kleine kamers kwamen uiteindelijk uit op een grotere ruimte. Niet zo groot als de ruimte met de voetstukken, maar wel groter dan waar hij net was. Er was hier ook een groot raam, met stukken karton ervoor geplakt.

Een donkere vorm zat geknield in een hoek van de kamer, naast een paar leidingen. Alec liep voorzichtig op de persoon af. Was het een speling van het licht? Nee, het was onmiskenbaar een menselijke vorm in donkere kleding. Alecs rune voor nachtvisie brandde toen hij zijn ogen samenkneep en naar de hoek liep. De vorm was een slanke vrouw op blote voeten. Haar handen zaten geboeid aan een buis. Ze keek naar Alec toen hij op haar af kwam lopen. Het zwakke licht dat door de ramen scheen, verlichtte haar witblonde haar.

'Alexander?' zei ze met een stem vol ongeloof. 'Alexander Lightwood?'

Het was Camille.

'Jace!' Liliths stem klonk als een zweep. Zelfs Clary schrok ervan. 'Dit is een bevel!'

Jace trok zijn arm naar achteren – Clary zette zich schrap – en hij wierp het mes naar Lilith. Het wapen schoot door de lucht en landde in haar borstkas. Ze wankelde achteruit en verloor haar evenwicht. Liliths hakken gleden over de gladde tegels. De demonvrouw gromde en kwam weer overeind. Ze trok het mes uit haar ribben en liet het op de grond vallen, terwijl ze iets snauwde in een taal die Clary niet kon verstaan. Het wapen viel sissend op de grond. Het snijgedeelte was halfweggevreten, alsof het in contact was gekomen met een krachtig gif.

Ze draaide zich met een ruk om naar Clary. 'Wat heb je met hem gedaan? Wat heb je gedaan!' Haar ogen waren een moment geleden nog helemaal zwart. Nu leken ze open te barsten en uit haar hoofd te komen. Kleine zwarte slangen gleden uit haar oogkassen. Clary schreeuwde en deed een stap achteruit. Ze struikelde bijna over een lage struik. Dit was de Lilith die ze had gezien in het visioen van Ithuriël, met haar glibberende ogen en harde, weerkaatsende stem. Ze liep op Clary af...

En plotseling stond Jace tussen hen in. Clary staarde naar hem. Hij was zichzelf weer. Hij leek te branden als een deugdzaam vuur, net als Raziël bij het Lynmeer in die verschrikkelijke nacht. Hij had een serafijnendolk uit zijn riem gehaald en het witzilveren licht weerspiegelde in zijn ogen. Er druppelde bloed uit de scheur in zijn blouse en zijn blote huid glansde. De manier waarop hij naar haar keek en naar Lilith... als engelen zouden kunnen herrijzen uit de hel, dacht Clary, zouden ze er zo uitzien. 'Michaël,' zei hij, en Clary wist niet of het de kracht van de naam was of de woede in zijn stem, maar ze had een serafijnendolk nog nooit zo fel zien branden. Ze werd verblind door het licht en keek opzij. Daar zag ze Simon op de grond liggen naast Sebastians glazen kist.

Ze voelde een steek in haar hart. Wat als hij vergiftigd was door Sebastians demonenbloed? Het teken van Kaïn zou hem niet helpen. Dit was iets wat hij vrijwillig had gedaan. Voor haar. Simon.

'Ah, Michaël,' zei Lilith lachend terwijl ze op Jace afliep. 'Een van de heilige engelen. Ik heb hem gekend.'

Jace stak de dolk in de lucht en het wapen brandde zo fel dat Clary zich afvroeg of de hele stad het kon zien, als een zoeklicht dat de hemel doorboorde. 'Kom niet dichterbij.'

Tot Clary's verbazing stond Lilith stil. 'Michaël doodde de demon Sammael. Ik hield van Sammael,' zei ze. 'Waarom, kleine schaduwjager, zijn jullie engelen zo kil en meedogenloos? Waarom breken ze degenen die hun niet gehoorzamen?'

'Ik had geen idee dat je zo'n voorstander was van vrije wil,' zei Jace, en zijn sarcastische toontje bevestigde dat hij zichzelf weer was. 'Waarom laat je ons niet allemaal gaan? Mij, Simon, Clary? Wat denk je ervan, demonenvrouw? Het is voorbij. Je hebt geen macht meer over mij. Ik zal Clary niets doen en Simon zal jou niet gehoorzamen. En dat stuk vreten dat je probeert op te wekken... ik stel voor dat je hem weggooit voordat hij gaat rotten. Want hij komt niet terug en hij is ver over zijn houdbaarheidsdatum heen.'

Liliths gezicht vertrok. Ze spuugde naar Jace en haar spuug was een zwarte vlam die de grond raakte en een slang werd die met gesperde kaken op hem af kroop. Hij stampte het beest met zijn laars kapot en wierp zich met uitgestoken dolk op de demon, maar Lilith verdween zodra het licht van het wapen op haar scheen. Ze verscheen achter hem. Toen hij zich snel omdraaide, stak ze met een nonchalante beweging haar hand uit en duwde tegen zijn borstkas.

Jace vloog door de lucht. Michaël werd uit zijn handen geslagen en viel op de stenen tegels. Jace kwam met zo'n kracht tegen het lage muurtje van het dak dat er barsten in het steen verschenen. Hij was zichtbaar verbijsterd.

Clary hapte naar adem en rende naar de gevallen dolk. Ze kwam er niet bij. Lilith greep Clary met twee magere, ijskoude handen vast en smeet haar met ongelofelijke kracht door de lucht. Clary kwam neer in een lage struik. De takken sneden in haar huid. Terwijl ze probeerde zich los te rukken, hoorde ze haar zijden jurk scheuren. Ze draaide zich om en zag dat Lilith Jace overeind trok. Ze had haar hand op de bloederige voorkant van zijn blouse gelegd.

Ze grijnsde naar hem. Haar tanden waren zwart en glommen als metaal. 'Ik ben blij dat je weer staat, kleine Nephilim. Ik wil je gezicht zien als ik je vermoord. Ik wil je niet in je rug steken, zoals jij bij mijn zoon hebt gedaan.'

Jace veegde zijn mouw over zijn gezicht. Hij had een diepe snee in zijn wang, die de mouw van zijn blouse helemaal rood maakte. 'Hij is jouw zoon niet. Jij hebt een paar druppels bloed gedoneerd. Dat maakt hem nog niet van jou. Moeder van de heksenmeesters...' Hij draaide zijn hoofd opzij en spuugde bloed uit. 'Jij bent niemands moeder.'

Liliths slangenogen schoten woest heen en weer. Clary, die

zich met veel pijn en moeite had losgemaakt van de struik, zag dat elk slangenhoofd twee eigen glinsterende rode ogen had. Haar maag draaide zich om toen de slangen bewogen. Hun ogen leken Jace te bestuderen. 'Mijn rune kapotsnijden. De brutaliteit!' snauwde ze.

'Maar het werkte,' zei Jace.

'Je kunt niet van mij winnen, Jace Herondale,' zei ze. 'Je mag dan de beste schaduwjager zijn die deze wereld heeft gekend, maar ik ben meer dan een opperdemon.'

'Vecht dan met me,' zei Jace. 'Ik geef je een wapen. Ik heb mijn serafijnendolk. Ik wil een man-tegen-mangevecht en dan zullen we zien wie er wint.'

Lilith keek naar hem en schudde langzaam met haar hoofd. Haar donkere haar kolkte om haar heen als rook. 'Ik ben de oudste van alle demonen,' zei ze. 'Ik ben geen man. Ik heb geen mannelijke trots waar jij mee kunt spelen en ik ben niet geïnteresseerd in een gevecht. Dat is een zwakte van jouw geslacht, niet van het mijne. Ik ben een vrouw. Ik zal alle wapens gebruiken om te krijgen wat ik wil.' Ze liet hem met een duw los. Jace wankelde even, maar herstelde zich snel en pakte zijn glinsterende dolk Michaël van de grond.

Lilith lachte en stak haar handen in de lucht. Halfdoorzichtige schaduwen explodeerden van haar open handpalmen. Zelfs Jace leek geschokt toen de schaduwen de vorm aannamen van twee identieke schimmige demonen met flikkerende rode ogen. Ze vielen klauwend en grommend op de grond. Het waren honden, dacht Clary verbaasd. Twee enorme, brute, zwarte honden. Het leken wel dobermannpinchers.

'Helhonden,' fluisterde Jace. 'Clary…'

Hij onderbrak zijn zin toen een van de honden op hem af sprong, met zijn kaken zo ver geopend dat hij wel een haai leek. Hij blafte luid en jankend. Een moment later sprong de andere hond recht op Clary af.

'Camille.' Alecs hoofd tolde. 'Wat doe jij hier?'

Hij realiseerde zich onmiddellijk dat dat behoorlijk idioot moest klinken. Hij kon zich wel voor zijn kop slaan. Het laatste wat hij wilde was overkomen als een idioot bij Magnus' exvriendin.

'Het was Lilith,' zei de vampiervrouw met een zacht, trillend stemmetje. 'Haar sekteleden hebben ingebroken in het Sanctuarium. Het Sanctuarium is niet beveiligd tegen mensen, en zij zijn nog mens. Ze hebben mijn kettingen losgemaakt en me hierheen gebracht, naar haar.' Ze stak haar handen omhoog. De kettingen die haar polsen aan de buis vastmaakten, ratelden. 'Ze hebben me gemarteld.'

Alec ging op zijn hurken zitten, zodat hij Camille recht kon aankijken. Vampiers genazen snel en kregen daarom geen blauwe plekken, maar haar haar zat onder het opgedroogde bloed, waardoor hij vermoedde dat ze de waarheid sprak. 'Laten we zeggen dat ik je geloof,' zei hij. 'Wat wilde ze van je? Ik weet genoeg over Lilith om te weten dat ze geen interesse heeft in vampiers.'

'Je weet waarom de Kloof mij gevangenhield,' zei ze. 'Dat moet je gehoord hebben.'

'Je hebt drie schaduwjagers vermoord. Magnus zei dat je beweerde dat je het in opdracht van iemand...' Hij onderbrak zijn zin. 'Lilith?'

'Als ik het je vertel, wil je me dan helpen?' Camilles onderlip trilde. Haar grote groene ogen keken hem smekend aan. Ze was heel mooi. Alec vroeg zich af of ze ooit zo naar Magnus had gekeken. Hij wilde haar door elkaar rammelen.

'Misschien,' zei hij. Het verbaasde hem dat zijn stem zo kil klonk. 'Je hebt niet zo'n sterke onderhandelingspositie. Ik kan nu weglopen en je aan Lilith overlaten. Dat maakt voor mij geen verschil.'

'Jawel,' zei ze zachtjes. 'Magnus houdt van je. Hij zou niet van je houden als jij het soort persoon was dat iemand hulpeloos achterliet.'

'Hij hield van jou,' zei Alec.

Ze glimlachte weemoedig. 'Het lijkt erop dat hij zijn leven heeft gebeterd.'

Alec wiegde zachtjes heen en weer op zijn hakken. 'Luister,' zei hij. 'Vertel me de waarheid. Dan maak ik je los en breng ik je naar de Kloof. Daar ben je beter af dan bij Lilith.'

Ze keek naar haar polsen. 'De Kloof heeft me aan kettingen gelegd,' zei ze. 'Lilith ook. Ik zie weinig verschil.'

'De keuze is aan jou. Vertrouw mij of vertrouw haar,' zei Alec. Hij wist dat het een gok was.

Hij wachtte gespannen af wat ze zou zeggen. 'Prima,' zei ze uiteindelijk. 'Als Magnus jou vertrouwt, vertrouw ik je ook.' Ze hief haar kin op en deed haar best om er waardig uit te zien, ondanks haar gescheurde kleding en bloederige haar. 'Lilith is naar mij gekomen, ik niet naar haar. Ze had gehoord dat ik van plan was om mijn positie als hoofdvampier in Manhattan weer over te nemen van Raphael Santiago. Ze zei dat ze me zou helpen als ik haar zou helpen.'

'Je moest haar helpen door schaduwjagers te vermoorden?'

'Ze wilde hun bloed,' zei Camille. 'Het was voor die baby's. Ze injecteerde de moeders met schaduwjagersbloed en demonenbloed. Ze wilde doen wat Valentijn met zijn zoon had gedaan. Maar het werkte niet. De baby's waren misvormde dingen en stierven.' Ze zag zijn walgende blik en zei: 'Ik wist eerst niet waar ze het bloed voor wilde. Je mag dan misschien geen hoge pet van mij ophebben, maar ik beleef geen lol aan het vermoorden van onschuldige mensen.'

'Je hoefde het niet te doen,' zei Alec.

Camille glimlachte vermoeid. 'Wanneer je zo oud bent als ik,' zei ze, 'is dat omdat je hebt geleerd om het spel te spelen en om de juiste verbonden te sluiten op het juiste moment. Je moet je niet alleen inlaten met machtige mensen, maar ook met degenen die jou machtig kunnen maken. Ik wist dat Lilith mij zou vermoorden als ik niet zou instemmen met haar plan. Demonen vertrouwen niemand en zij zou denken dat ik naar de Kloof zou gaan, zelfs als ik haar zou beloven om niets te zeggen. Ik ging ervan uit dat Lilith mij meer kwaad kon doen dan jullie soort.'

'En je vond het niet erg om een paar schaduwjagers te vermoorden.'

'Het waren leden van de Cirkel,' zei Camille. 'Ze hadden mijn soort vermoord. En jouw soort.'

'En Simon Lewis? Waar had je hem voor nodig?'

'Iedereen wil de daglichteling aan zijn kant.' Camille haalde haar schouders op. 'En ik wist dat hij het teken van Kaïn had. Een van Raphaels vampiers is nog steeds trouw aan mij en hij heeft het me verteld. Een paar andere benedenlingen weten het ook. Het maakt hem een onbeschrijflijk waardevolle bondgenoot.'

'Is dat wat Lilith wil? Simon als bondgenoot?'

Camilles ogen werden groter. Haar huid was zo bleek dat Alec een patroon van adertjes kon zien, als gebarsten porselein. Verhongerende vampiers werden eerst wild en daarna verloren ze hun bewustzijn. Hoe ouder ze waren, hoe langer ze zonder bloed konden. Alec vroeg zich af hoelang het geleden was dat Camille zich had gevoed. 'Wat bedoel je?'

'Ze heeft Simon blijkbaar opgeroepen. Hij is ergens hier in het gebouw,' zei Alec.

Camille staarde hem nog even aan en toen lachte ze. 'Wat een ironie,' zei ze. 'Ze heeft mij nooit over hem verteld en ik heb haar ook nooit over hem verteld en toch wilden we allebei iets van hem. Als zij hem wil, is dat vanwege zijn bloed,' voegde ze eraan toe. 'Het ritueel dat ze wil uitvoeren heeft hoogstwaarschijnlijk te maken met bloedmagie. Zijn bloed – een combinatie van benedenlingenbloed en schaduwjagersbloed – zou zeer bruikbaar zijn voor haar.'

Alec kreeg een ongemakkelijk gevoel. 'Maar ze kan hem niets doen. Het teken van Kaïn...'

'Daar verzint ze wel iets op,' zei Camille. 'Het is Lilith, de moeder van de heksenmeesters. Zij leeft al héél lang, Alexander.'

Alec stond op. 'Dan kan ik haar maar beter gaan zoeken.'

Camilles kettingen rinkelden toen ze probeerde op haar knieën te gaan zitten. 'Wacht... je zei dat je me zou bevrijden.'

Alec draaide zich om. 'Dat heb ik niet gezegd. Ik heb gezegd dat ik je zou overleveren aan de Kloof.'

'Maar als je me hier achterlaat, weet je niet of Lilith mij eerst vindt.' Ze wierp haar plakkerige haar over haar schouder. Haar gezicht vertrok van de pijn. 'Alexander, alsjeblieft. Ik smeek het je...'

'Wie is Will?' vroeg Alec. De woorden kwamen zo onverwacht uit zijn mond, dat hij er zelf van schrok.

'Will?' Heel even keek ze alsof ze hem niet snapte. Toen leek het tot haar door te dringen en ze leek het zelfs grappig te vinden. 'Je hebt mijn gesprek met Magnus gehoord.'

'Gedeeltelijk.' Alec ademde voorzichtig uit. 'Will is dood, of niet? Ik bedoel, Magnus zei dat het lang geleden was dat hij hem kende...'

'Ik weet niet waar jij mee zit, kleine schaduwjager.' Camilles stem klonk zacht en zangerig. Achter haar, door de ramen, zag Alec de flikkerende lichten van een vliegtuig dat over de stad vloog. 'Eerst was je gelukkig. Je leefde bij de dag en dacht niet aan de toekomst. Nu weet je het. Jij zult oud worden en op een dag zul je sterven. En Magnus niet. Hij zal doorgaan. Jullie zullen niet samen oud worden. Jullie zullen uit elkaar groeien.'

Alec dacht aan de mensen in het vliegtuig, hoog in de koude en ijzige lucht, neerkijkend op de stad als een veld glinsterende diamanten. Hij had zelf uiteraard nog nooit in een vliegtuig gezeten. Hij kon slechts raden hoe het zou zijn: eenzaam, ver, los van de wereld. 'Dat weet je niet,' zei hij. 'Dat we uit elkaar zullen groeien.'

Ze glimlachte vol medelijden. 'Je bent nu mooi,' zei ze. 'Maar ben je dat over twintig jaar ook nog? En over veertig jaar? Vijftig jaar? Zal hij nog van je blauwe ogen houden als ze grauwer worden, zal hij nog van jouw zachte huid houden als er diepe groeven in zitten, en zal hij je handen nog vast willen houden als ze broos en gerimpeld zijn. En je haar, als het wit wordt…'

'Hou je kop.' Alec hoorde hoe zijn stem oversloeg en hij schaamde zich. 'Hou gewoon je kop. Ik wil het niet horen.'

'Zo hoeft het niet te zijn.' Camille leunde naar hem toe. Haar groene ogen gaven bijna licht. 'Wat als je niet oud zou hoeven worden? Wat als je voor altijd zou kunnen leven?'

Alec voelde een golf van woede. 'Ik wil geen vampier worden. Doe geen moeite. Niet als het enige andere alternatief de dood is.'

Heel even vertrok haar gezicht. Toen herstelde ze zich. Ze glimlachte en zei: 'Dat was niet wat ik bedoelde. Wat nou als ik jou vertel dat er een andere manier is? Een andere manier waarop jullie voor altijd samen kunnen zijn?'

Alec slikte. Zijn mond was kurkdroog. 'Wat dan?' vroeg hij.

Camille stak haar handen omhoog. Haar kettingen rinkelden. 'Maak deze los.'

'Nee. Vertel het me eerst.'

Ze schudde haar hoofd. 'Dat doe ik niet.' Haar uitdrukking en haar stem waren glashard. 'Je zei dat ik geen onderhandelingspositie had. Maar die heb ik wel. En die geef ik niet op.'

Alec aarzelde. In zijn gedachten hoorde hij Magnus' zachte stem. *Ze is goed in manipuleren en mensen woorden in de mond leggen. Dat is ze altijd al geweest.*

Maar Magnus, dacht hij. Je hebt het me nooit verteld. Je hebt me nooit gewaarschuwd dat het zo zou zijn. Dat ik op een dag wakker zou worden en me zou realiseren dat ik ergens heen ging waar jij me niet kon volgen. Dat wij niet hetzelfde zijn. Dat er geen 'tot de dood ons scheidt' is voor diegenen die nooit doodgaan.

Hij nam een stap richting Camille, en toen nog een. Hij stak zijn rechterarm omhoog en bracht zijn serafijnendolk omlaag, zo hard als hij kon. Het mes sneed door het metaal van haar kettingen en haar polsen sprongen los. Ze was nog steeds geboeid, maar wel vrij. Ze stak haar handen met een triomfantelijke blik op haar gezicht in de lucht.

'Alec.' Isabelle stond in de deuropening. Alec draaide zich om en zag haar staan, met haar bloederige zweep in haar hand. Haar handen en zijden jurk zaten ook onder het bloed. 'Wat doe je hier?'

'Niets. Ik…' Alec voelde een golf van schaamte en afschuw. Hij zette automatisch een stap opzij, alsof hij Camille kon verbergen voor zijn zus door voor haar te gaan staan.

'Ze zijn allemaal dood,' zei Isabelle somber. 'De sekteleden. We hebben ze allemaal vermoord. Kom. We moeten Simon zoeken.' Ze kneep haar ogen samen. 'Gaat het wel? Je ziet heel bleek.'

'Ik heb haar bevrijd,' flapte Alec eruit. 'Ik had het niet moeten doen, maar…'

'Wie heb je bevrijd?' Isabelle nam een stap in zijn richting. Het stadslicht weerkaatste van haar jurk, waardoor ze er spookachtig uitzag. 'Alec, waar heb je het over?'

Ze keek verward. Alec draaide zich om, volgde haar blik en zag… niets. De buis was er nog en er lag een stuk ketting naast. Het stof op de grond was slechts een klein beetje verplaatst. Maar Camille was weg.

Clary had amper de tijd om haar armen voor zich uit te steken voordat de helhond haar raakte. Een kanonskogel vol spieren, botten en hete, stinkende adem. Ze voelde dat ze viel en ze herinnerde zich dat Jace haar had uitgelegd hoe je het beste kon vallen en hoe je jezelf moest beschermen. Maar terwijl ze de grond met haar ellebogen raakte, vloog het advies uit haar gedachten. De pijn schoot door haar heen en haar huid scheurde open. Een moment later lag de hond boven op haar. Zijn poten verpletterden haar borstkas en zijn misvormde staart zwaaide heen en weer. Je kon het amper kwispelen noemen. Het topje van de staart was bedekt met spijkers, waardoor het ding op een middeleeuwse knots leek. Hij gromde zo luid dat ze haar botten voelde trillen.

'Hou haar daar! Scheur haar keel open als ze probeert te ontsnappen!' schreeuwde Lilith, terwijl de tweede helhond op Jace afsprong. Hij rolde vechtend met de hond over de grond, een wervelwind van tanden, armen en benen en de gevaarlijk zwiepende staart. Clary draaide haar hoofd met veel pijn en moeite naar de andere kant en zag hoe Lilith naar Simon liep, die nog steeds op de grond lag. In de kist dreef Sebastian, bewegingloos als een verdronken lichaam. De melkachtige kleur van het water was donker geworden door zijn bloed.

De hond die haar tegen de grond drukte, gromde in haar oor. Het geluid maakte haar bang, maar ook woedend. Ze was woedend op Lilith en op zichzelf. Ze was een schaduwjager. Toen ze nog nooit van de Nephilim had gehoord, had een verslinderdemon haar een keer in het nauw gedreven, maar nu had ze getraind. Ze zou het toch beter moeten doen.

Alles kan een wapen zijn. Dat had Jace tegen haar gezegd in het park. Het gewicht van de helhond was verpletterend. Ze maakte een stikkend geluid en greep naar haar keel, alsof ze geen lucht kreeg. De hond blafte en gromde en liet zijn tanden zien. Haar vingers sloten zich om de Morgenstern-ring die om haar nek hing. Ze trok er hard aan en de ketting knapte. Ze sloeg hem met al haar kracht tegen de kop van de hond en raakte hem vol in zijn ogen. De hond deinsde jankend achteruit en Clary rolde op haar zij en krabbelde op haar knieën. Ze zag hoe de hond zich met bloederige ogen klaarmaakte om te springen. De ketting was uit Clary's hand gevallen en de ring rolde weg. Ze probeerde de ketting te pakken en de hond sprong…

Een glimmend mes spleet de nacht doormidden en hakte op slechts centimeters van Clary's gezicht de kop van het lichaam van de hond. Het beest jankte één enkele keer en verdween. Alles wat de hond achterliet, was een verschroeide zwarte plek op de tegels en de stank van demonen.

Handen kwamen omlaag en tilden Clary voorzichtig overeind. Het was Jace. Hij had zijn brandende serafijnendolk in zijn riem gedaan en hield haar met beide handen vast. Hij had een vreemde blik in zijn ogen. Ze kon het niet omschrijven. Ze had het zelfs niet kunnen tekenen. Hoop, shock, liefde, verlangen en woede. Alles zat in die ene uitdrukking. Zijn blouse was op meerdere plekken gescheurd en doorweekt van het bloed. Zijn jas was weg en zijn blonde haar plakte met zweet en bloed aan zijn gezicht. Heel even deden ze niets anders dan naar elkaar staren. Hij had haar handen zo stevig vastgegrepen dat het pijn deed. Toen spraken ze allebei tegelijk.

'Ben je...' begon ze.

'Clary.' Hij had haar handen nog steeds vast en duwde haar weg van hem, weg van de cirkel, richting het pad dat naar de liften liep. 'Ga,' zei hij hees. 'Ga hier weg, Clary.'

'Jace...'

Hij haalde bevend adem. 'Alsjeblieft,' zei hij, en toen liet hij haar los. Hij trok de serafijnendolk uit zijn riem en liep terug naar de cirkel.

'Sta op,' gromde Lilith. 'Sta op!'

Simon voelde een hand op zijn schouder. De hand schudde hem hardhandig heen en weer, waardoor er een golf van pijn door zijn hoofd trok. Hij had in het duister gezweefd. Nu opende hij zijn ogen en zag hij de sterrenhemel en Liliths witte gezicht. Haar ogen waren weg en vervangen door glibberende zwarte slangen. Simon schrok er zo van dat hij snel overeind krabbelde.

Zodra hij stond, moest hij kokhalzen en viel hij bijna weer op zijn knieën. Hij sloot zijn ogen tegen de misselijkheid en hoorde hoe Lilith zijn naam grauwde. Daarna lag haar hand op zijn arm en duwde ze hem vooruit. Hij stond het toe. Zijn mond zat nog vol met de misselijkmakende, bittere smaak van Sebastians bloed. Het verspreidde zich naar zijn aderen en maakte hem ziek, zwak en rillerig tot op zijn botten. Het leek alsof zijn hoofd duizend kilo woog en hij werd overspoeld door golven van duizeligheid.

Plotseling verdween Liliths ijzige grip op zijn arm. Simon opende zijn ogen en zag dat hij over de glazen kist gebogen stond, net als eerder. Sebastian dreef in de donkere, melkachtige vloeistof. Hij had een vreedzame uitdrukking op zijn gezicht en er was nog steeds geen hartslag zichtbaar in zijn nek. Aan de zijkant van zijn keel zaten twee donkere gaten waar Simon hem gebeten had.

Geef hem jouw bloed. Liliths stem echode. Niet hardop, maar in zijn hoofd. *Doe het nu.*

Simon keek duizelig op. Zijn zicht was mistig. Hij deed zijn best om Clary en Jace te zien.

Gebruik je snijtanden, zei Lilith. *Scheur je pols open. Geef Jonathan jouw bloed. Genees hem.*

Simon bracht zijn pols naar zijn mond. *Genees hem.* Iemand terugbrengen van de dood was veel meer dan iemand genezen, dacht hij. Misschien zou Sebastians hand er weer aan groeien. Misschien bedoelde ze dat. Hij wachtte tot zijn snijtanden zouden verschijnen, maar dat gebeurde niet. Hij was zo misselijk dat hij geen honger had, dacht hij, en hij moest zijn best doen om niet te lachen.

'Ik kan het niet,' zei hij hijgend. 'Ik kan het…'

'Lilith!' Jace' stem sneed door de ruimte. Lilith draaide zich sissend om. Simon liet zijn pols langzaam zakken en deed zijn best om zijn zicht terug te krijgen. Hij focuste op het heldere licht dat hij zag branden. Het licht werd een brandende serafijnendolk, in Jace' linkerhand. Simon kon hem nu duidelijk zien. Een heldere afbeelding in het duister. Zijn jas was weg, hij was smerig, zijn blouse was gescheurd en zwart van het bloed, maar zijn ogen stonden helder, kalm en gefocust. Hij zag er niet langer uit als een zombie of als iemand die slaapwandelt tijdens een nachtmerrie.

'Waar is ze?' vroeg Lilith. Haar slangenogen glibberden heen en weer. 'Waar is het meisje?'

Clary. Simons ogen gleden langs de duisternis rondom Jace, maar ze was nergens te zien. Zijn zicht begon weer terug te komen. Hij zag het uitgesmeerde bloed op de tegels en afgescheurde stukjes satijn in de scherpe takken van een struik. In het bloed stonden pootafdrukken. Ze leken wel van een hond. Simon voelde zijn maag samentrekken. Hij keek snel naar Jace. Jace leek kwaad – heel kwaad, zelfs – maar niet kapot van verdriet omdat er iets met Clary was gebeurd. Waar was ze?

'Zij heeft hier niets mee te maken,' zei Jace. 'Jij zegt dat ik jou niet kan vermoorden, demonenvrouw. Ik zeg dat dat wel kan. Laten we zien wie er gelijk heeft.'

Lilith bewoog zo snel dat het bijna niet te zien was. Het ene moment stond ze naast Simon, het volgende moment stond ze op de trap boven Jace. Ze haalde naar hem uit met haar hand. Hij dook weg, ging razendsnel achter haar staan en stak zijn serafijnendolk in haar schouder. Ze gilde en draaide zich om. Het bloed spoot uit haar wond. Het had een glanzende zwarte kleur, als onyx. Ze klapte in haar handen en het maakte een geluid als onweer, maar Jace was alweer weg. Hij stond een paar meter verderop met zijn brandende serafijnendolk. Het licht dat van het wapen afkwam danste in de lucht als een spottend oog.

Een andere schaduwjager was allang dood geweest, dacht Simon. Hij dacht aan Camilles woorden: *Een mens kan niet wedijveren met het goddelijke.* Schaduwjagers waren mensen, ondanks hun engelenbloed, en Lilith was meer dan een demon.

Simon voelde een steek van pijn. Verrast realiseerde hij zich dat zijn snijtanden er eindelijk uit waren gekomen. Ze sneden in zijn onderlip. Door de pijn en de smaak van bloed kreeg hij weer energie. Hij begon langzaam overeind te krabbelen. Hij hield zijn blik op Lilith gericht. Ze leek hem niet op te merken. Ze was helemaal gefocust op Jace. Plotseling gromde ze weer en sprong ze op hem af. Het was alsof hij keek naar twee motjes die heen en weer vlogen. Zelfs Simons vampierzicht kon het gevecht op het dak niet helemaal bijhouden. Ze sprongen over struiken en schoten over de paden. Lilith dreef Jace tegen een lage muur die om een zonnewijzer heen stond. De cijfers van de wijzer waren gemaakt van glinsterend goud. Jace bewoog zo snel dat hij slechts een schim was. Het licht van Michaël zwiepte om Lilith heen alsof ze werd gevangen in een web van glinsterende draden. Een normale persoon was allang in stukjes gehakt. Maar Lilith bewoog als zwart water, als rook. Ze leek vanzelf te kunnen verdwijnen en verschijnen, en hoewel Jace duidelijk niet moe was, kon Simon zien dat hij gefrustreerd was.

En toen gebeurde het. Jace gooide zijn serafijnendolk met een enorme kracht naar Lilith, die hem uit de lucht griste. Haar hand sloot zich om het mes en zwart bloed druppelde op de grond. De druppels vormden kleine, zwarte slangen die richting de struiken kronkelden.

Lilith pakte de dolk met beide handen vast en stak hem in de lucht. Bloed stroomde als teer langs haar bleke polsen en onderarmen. Met een grommende grijns brak ze het mes in tweeën. De ene helft verbrokkelde tot glanzend poeder en de andere helft – het handvat en nog een klein stukje van het snijvlak – werd een knetterende, donkere vlam.

Lilith glimlachte. 'Arme kleine Michaël,' zei ze. 'Het was altijd al een zwakkeling.'

Jace hijgde. Zijn vuisten hingen gebald langs zijn lichaam. Zijn zweterige haar plakte aan zijn voorhoofd. 'Je bent er wel trots op, hè, dat je zoveel mensen kent?' zei hij. '"Ik kende Michaël." "Ik kende Sammael." "De engel Gabriël deed mijn haar." Het is *Ranking the stars* met bijbelfiguren.'

Jace probeerde zich sterk te houden, dacht Simon. Hij deed stoer en maakte sarcastische opmerkingen omdat hij dacht dat Lilith hem ging vermoorden, en dat was hoe hij wilde sterven: onbevreesd. Als een strijder. Zoals schaduwjagers dat deden. Zo zal hij herinnerd worden: grapjes en sarcasme en geveinsde arrogantie en die blik in zijn ogen die zei: *ik ben beter dan jij.* Simon had het zich niet eerder gerealiseerd.

'Lilith,' ging Jace verder. Hij sprak haar naam uit als een vloek. 'Ik heb jou bestudeerd. Op school. De hemel heeft jou vervloekt met onvruchtbaarheid. Duizend baby's. En ze gingen allemaal dood. Toch?'

Lilith hield haar donkere, gloeiende mes vast. Haar gezicht was uitdrukkingsloos. 'Pas op met wat je zegt, kleine schaduwjager.'

'Of anders? Vermoord je me dan?' Uit een snee op Jace' wang stroomde bloed. Hij veegde het niet weg. 'Ga je gang.'

Nee. Simon probeerde een stap te zetten. Zijn knieën knikten. Hij viel met zijn handen op de grond. Hij nam een hap lucht. Hij had de zuurstof niet nodig, maar het hielp hem op de een of andere manier wel. Het bracht hem weer in balans. Hij legde zijn hand op het stenen voetstuk en gebruikte het om zichzelf omhoog te trekken. De achterkant van zijn hoofd bonsde. Er zou nooit genoeg tijd zijn. Alles wat Lilith hoefde te doen was de kapotte dolk die ze vasthad, uitsteken naar Jace.

Maar dat deed ze niet. Ze keek naar Jace en bewoog niet. Ineens sprankelden zijn ogen en ontspande zijn mond. 'Je kunt mij niet vermoorden,' zei hij. 'Wat je eerder zei... ik ben het tegenwicht. Ik ben het enige wat hém aan deze wereld bindt.' Hij wees naar Sebastians kist. 'Als ik sterf, sterft hij ook. Of niet?' Hij deed een stap naar achteren. 'Ik kan nu van dit dak springen,' zei hij. 'Mezelf van kant maken. Hier een eind aan maken.'

Lilith leek voor het eerst echt geërgerd. Haar hoofd schoot van de ene naar de andere kant en haar slangenogen sidderden, alsof ze de wind zochten. 'Waar is ze? Waar is het meisje?'

Jace veegde bloed en zweet van zijn gezicht en grijnsde naar haar. In zijn lip zat een snee en het bloed liep over zijn kin. 'Vergeet het maar. Ik heb haar naar beneden gestuurd toen jij niet oplette. Ze is weg. Veilig voor jou.'

Lilith gromde. 'Je liegt.'

Jace deed weer een stap naar achteren. Als hij nog een paar stappen zou nemen, zou hij bij de lage muur aan de rand van het dak komen. Jace kon veel overleven, wist Simon, maar een val van een gebouw van veertig verdiepingen was voor hem zelfs te veel.

'Je vergeet dat ik daar was,' zei Lilith. 'Ik zag hoe jij viel en stierf. Ik zag hoe Valentijn huilde bij jouw lichaam. Ik zag hoe de Engel Clarissa vroeg wat zij wilde en zij vroeg om jou. Jullie dachten dat jullie de enige mensen op de wereld waren die hun geliefde terug konden krijgen zonder dat er consequenties aan verbonden waren. Dat dachten jullie, of niet? Stelletje dwazen,' snauwde Lilith. 'Jullie houden van elkaar. Dat ziet iedereen. Het soort liefde dat de wereld plat kan branden en weer kan doen herrijzen. Nee, zij zou nooit van jouw zijde wijken. Niet als jij in gevaar bent.' Haar hoofd vloog met een ruk de andere kant op en haar klauwachtige hand schoot opzij. 'Daar!'

Er klonk een gil en een van de struiken viel uit elkaar en onthulde Clary, die op haar hurken zat en zich daar blijkbaar had verstopt. Ze sloeg en schopte wild om zich heen terwijl ze naar voren werd gesleept. Haar nagels schuurden over de grond, in een wanhopige poging om ergens houvast te krijgen. Haar handen lieten bloederige sporen op de tegels achter.

'Nee!' Jace rende op haar af, maar Clary werd de lucht in geschoten, waar ze voor Lilith bleef hangen. Ze was op blote voeten en haar satijnen jurk, die zo gescheurd en vies was dat hij eerder rood of zwart leek dan goud, sliertte om haar heen. Een van de schouderbandjes hing los. Haar haar was helemaal losgekomen uit de glinsterende speldjes en hing over haar schouders. Haar groene ogen staarden vol haat naar Lilith.

'Jij rotwijf,' zei ze.

Jace keek geschokt. Hij had echt gedacht dat Clary weg was, realiseerde Simon zich. Hij had gedacht dat ze veilig was. Maar Lilith had gelijk gehad. En daar genoot ze duidelijk van. Haar slangenogen dansten terwijl ze haar handen bewoog als een poppenspeler en Clary in de lucht liet draaien. Lilith knipte met haar vingers en het leek of er een zilveren zweep op Clary's lichaam klapte en haar jurk en haar huid openscheurde. Ze gilde en greep naar haar wond. Haar bloed viel als rode regen op de tegels.

'Clary!' Jace draaide zich om naar Lilith. 'Oké,' zei hij. Hij was lijkbleek en zijn vertoon van moed was weg. Hij had zijn handen tot vuisten gebald en zijn knokkels waren spierwit. 'Oké. Laat haar los en ik doe wat je wilt. Simon ook. Je mag...'

'Ik mág?' Liliths gelaatstrekken leken zich te herschikken. Slangen kronkelden in haar oogkassen en haar witte huid was te ver uitgerekt en glom. Haar mond stond ver open en haar neus was bijna niet zichtbaar. 'Ik mag doen wat ik wil. Jullie hebben geen keuze. En jullie hebben mij geïrriteerd. Jullie allemaal. Als jullie gewoon gedaan hadden wat ik had gezegd, had ik jullie misschien wel laten gaan. Maar dat zullen jullie nu nooit te weten komen.'

Simon liet het stenen voetstuk los. Hij wankelde en moest moeite doen om overeind te blijven. Toen begon hij te lopen. Hij zette zijn ene voet voor zijn andere en het voelde alsof hij door modder liep. Elke keer dat zijn voet de grond raakte, schoot de pijn door zijn lichaam. Hij concentreerde zich op het lopen. Stap voor stap.

'Misschien kan ik je niet vermoorden,' zei Lilith tegen Jace. 'Maar ik kan haar martelen totdat ze het niet meer aankan, totdat ze gek wordt. En ik kan jou dwingen om toe te kijken. Er zijn ergere dingen dan de dood, schaduwjager.'

Ze knipte weer met haar vingers en de zilveren zweep kwam weer neer op Clary, dit keer op haar schouder. Er ontstond een diepe snee. Clary wankelde, maar ze schreeuwde niet. Ze stak haar handen in haar mond en dook helemaal in elkaar in een poging zich tegen Lilith te beschermen.

Jace begon op Lilith af te lopen. Toen zag hij Simon. Hun blikken kruisten elkaar. Heel even leek de wereld stil te staan. Simon zag hoe Lilith al haar aandacht op Clary richtte en haar hand had teruggetrokken, klaar om weer toe te slaan. Jace' gezicht was bleek van angst en zijn ogen werden donkerder toen ze die van Simon zagen en hij het besefte, en begreep.

Jace deed een stap terug.

De wereld om Simon heen vervaagde. Toen hij naar voren sprong, realiseerde hij zich twee dingen. Eén: dat het onmogelijk was, dat hij nooit op tijd bij Lilith zou kunnen komen, dat haar hand al naar voren sloeg en dat de lucht voor haar zilver glom. En twee: dat hij nooit had geweten hoe snel een vampier kon bewegen. Hij voelde de spieren in zijn benen en zijn rug trekken. Hij voelde de botten in zijn voeten en enkels kraken...

En hij was er. Terwijl de hand van de demonenvrouw naar beneden schoot, schoot hij tussen Lilith en Clary in. De lange, messcherpe zilveren draad raakte hem op zijn gezicht en borstkas. Heel even voelde hij een brandende pijn en toen leek de lucht om hem heen uit elkaar te barsten als glinsterende confetti. Simon hoorde Clary schreeuwen. Het was een uitroep van verbijstering en schok die door de duisternis sneed. 'Simon!'

Lilith verstijfde. Ze staarde van Simon naar Clary, die nog in de lucht hing, en vervolgens naar haar eigen hand, die nu leeg was. Ze haalde diep en rochelend adem.

'Zevenmaal,' fluisterde ze, en ze werd abrupt afgebroken door een verblindende gloeihitte die de nacht verlichtte. Simon was duizelig en toen de straal vuur uit de lucht viel en Lilith doorboorde, dacht hij aan mieren die brandden onder een vergrootglas. Heel even brandde ze wit tegen de duisternis, gevangen in de verblindende vlam, haar mond open als een tunnel in een stille schreeuw. Haar haar vloog omhoog als een

massa brandende draadjes. Daarna werd ze witgoud, platge-
slagen tegen de lucht, en vervolgens werd ze zout. Duizenden
kristallen korreltjes, die met een verschrikkelijke schoonheid
neerdwarrelden voor Simons voeten.

En toen was ze weg.

19

De hel is tevreden

Het onvoorstelbaar felle licht achter Clary's oogleden verdween. Het werd weer duister. Een verrassend lange duisternis, die langzaam overging in grijs licht met schaduwen. Er drukte iets hards en kouds tegen haar rug en haar hele lichaam deed pijn. Ze hoorde mensen mompelen boven haar. Het deed pijn in haar hoofd. Iemand raakte zachtjes haar keel aan en trok zijn hand weer terug. Ze haalde diep adem.

Haar hele lichaam bonsde. Ze opende haar ogen een klein stukje en keek om zich heen, terwijl ze zo min mogelijk probeerde te bewegen. Ze lag op de harde tegels van het dak en een van de stenen stak in haar rug. Toen Lilith verdween, was ze op de grond gevallen. Ze zat onder de sneeën en blauwe plekken. Haar schoenen waren weg, haar knieën bloedden en haar jurk was kapot waar Lilith haar met haar magische zweep had geslagen. Het bloed sijpelde door de scheuren in haar zijden jurk.

Simon zat naast haar op zijn knieën, met een angstige blik op zijn gezicht. Het teken van Kaïn glom wit op zijn voorhoofd. 'Haar hartslag is regelmatig,' zei hij, 'maar kom op. Jullie hebben toch van die genezende runen? Er moet toch iets zijn wat je voor haar kunt doen?'

'Niet zonder een cilinder. Van Lilith moest ik die van Clary weggooien, zodat ze hem niet kon gebruiken als ze wakker werd.' Jace sprak met een zachte, gespannen stem. Hij klonk angstig. Hij knielde aan de andere kant van Clary, met zijn gezicht in de schaduw. 'Kun je haar naar beneden dragen? Als we haar naar het Instituut brengen...'

'Wil je dat ík haar draag?' Simon klonk verrast. Clary nam het hem niet kwalijk.

'Ik denk niet dat ze wil dat ik haar aanraak.' Jace stond op, alsof hij niet lang op dezelfde plek kon blijven. 'Kun jij...'

Zijn stem sloeg over en hij draaide zich om. Hij staarde naar de plek waar Lilith tot een moment geleden nog had gestaan. Er was nu slechts een kaal stuk steen, bezaaid met korrels zout. Clary hoorde Simon zuchten. Het was een opzettelijk hard geluid. Hij boog over haar heen en legde zijn handen op haar armen.

Ze opende haar ogen en hun blikken kruisten elkaar. Hoewel ze wist dat hij zich realiseerde dat ze bij bewustzijn was, zeiden ze allebei niets. Het was moeilijk voor haar om naar hem te kijken. Het teken dat ze hem had gegeven, brandde als een witte ster boven zijn ogen.

Ze had geweten dat ze iets groots deed toen ze hem het teken van Kaïn gaf. Iets angstaanjagends en kolossaals, waarvan de gevolgen onvoorspelbaar waren. Ze zou het zo weer doen, om zijn leven te redden. Maar toch, toen hij daar zo stond, met het teken brandend als witte bliksem, terwijl Lilith – een opperdemon zo oud als de mensheid zelf – in zout veranderde, had ze gedacht: wat heb ik gedaan?

'Het gaat wel,' zei ze. Ze kwam een stukje overeind en leunde op haar ellebogen. Het deed vreselijk veel pijn. Alle huid was eraf geschraapt. 'Ik kan lopen.'

Jace draaide zich om toen hij haar stem hoorde. Het deed haar pijn om hem te zien. Hij zat onder de blauwe plekken en bloed en over zijn wang liep een diepe snee. Zijn onderlip was kapot en hij had tientallen bloederige scheuren in zijn kleren. Ze was het niet gewend om hem zo gewond te zien, maar hij had natuurlijk geen cilinder om zich te genezen.

Zijn uitdrukking was leeg. Zelfs Clary, die zijn gezicht kon lezen als de bladzijden van een boek, kon er niets in zien. Zijn blik ging naar haar keel, waar ze nog steeds een brandende pijn voelde op de plek waar hij haar had gesneden. Zijn lege blik verdween, maar hij keek weg voordat ze kon zien hoe zijn gezicht veranderde.

Ze probeerde op te staan en wuifde Simons hulp weg. De pijn schoot door haar enkel. Ze schreeuwde en beet op haar lip. Schaduwjagers schreeuwden niet. Ze droegen hun pijn in stilte, vertelde ze zichzelf. Geen gezeur.

'Het is mijn enkel,' zei ze. 'Hij is denk ik verzwikt of gebroken.'

Jace keek naar Simon. 'Draag haar,' zei hij. 'Zoals ik net ook al zei.'

Dit keer wachtte Simon niet op Clary's antwoord. Hij legde een arm onder haar knieën en een andere arm onder haar schouders en tilde haar op. Ze haakte haar armen achter zijn nek en hield hem stevig vast. Jace liep naar het koepeldak en de deuren. Simon volgde hem. Hij droeg Clary zo voorzichtig mogelijk, alsof ze breekbaar porselein was. Clary was bijna vergeten hoe sterk hij was nu hij een vampier was. Hij rook ook niet meer naar zichzelf, dacht ze een beetje weemoedig. De typische Simon-geur was er een van zeep en goedkope aftershave (die hij niet echt nodig had) en zijn favoriete kaneel-kauwgom. Daar rook hij nu niet meer naar. Zijn haar rook nog wel naar zijn shampoo, maar voor de rest leek hij helemaal geen geur te hebben, en zijn huid was koud. Ze verstevigde haar grip om zijn nek en wenste dat hij lichaamswarmte had. De topjes van haar vingers waren blauw en haar hele lichaam was gevoelloos.

Jace liep voor hen uit en duwde de dubbele glazen deuren met zijn schouder open. Binnen was het gelukkig een stuk warmer. Het was raar, dacht Clary, om vastgehouden te worden door iemand wiens borstkas niet op en neer ging. Er leek een vreemde elektriciteit aan Simon te kleven, een restant van het felle licht dat het dak had omhuld toen Lilith verwoest werd. Ze wilde hem vragen hoe hij zich voelde, maar Jace' stilte was zo overheersend dat ze bang was om die te doorbreken.

Hij wilde op de knop van de lift drukken, maar voordat zijn vingers ook maar iets raakten, schoof de deur open en vloog Isabelle de gang in. Haar zilvergouden zweep hing achter haar als de staart van een komeet. Alec volgde haar op de voet. Toen ze Jace, Clary en Simon zag, kwam Isabelle met een schok tot stilstand, waardoor Alec bijna boven op haar knalde. Onder andere omstandigheden was het waarschijnlijk grappig geweest.

'Maar...' hijgde Isabelle. Ze was gewond en bloederig. Haar prachtige rode jurk was kapot bij haar knieën en haar zwarte haar hing los over haar schouders en zat met bloed aan elkaar geplakt. Alec had het er iets beter van afgebracht. Eén mouw van zijn jas was gescheurd, al leek het er niet op dat de huid eronder geraakt was. 'Wat doen jullie hier?'

Jace, Clary en Simon staarden haar alle drie aan, te geschokt om te antwoorden. 'We zouden jullie hetzelfde kunnen vragen,' zei Jace uiteindelijk op droge toon.

'Ik wist niet... wij dachten dat jij en Clary op het feest waren,' zei Isabelle. Clary had Isabelle nog nooit zo verward gezien. 'Wij zochten Simon.'

Clary voelde Simons borstkas opkomen. Alsof het een soort menselijke verrassingsreflex was. 'Echt?'

Isabelle werd rood. 'Ik...'

'Jace?' Het was Alec. Zijn toon was dwingend. Hij had verbijsterd naar Clary en Simon gekeken, maar nu verschoof zijn aandacht zoals altijd naar Jace. Hij was misschien niet meer verliefd op Jace, als hij dat al ooit was geweest, maar ze waren nog steeds *parabatai* en Jace was altijd de eerste aan wie hij dacht tijdens een gevecht. 'Wat doe jij hier? En bij de Engel, wat is er met je gebeurd?'

Jace staarde naar Alec alsof hij hem niet herkende. Hij zag eruit als iemand in een nachtmerrie die een nieuw landschap bestudeerde, niet omdat het verrassend was, maar om zich voor te bereiden op de verschrikkingen die het zou onthullen. 'Cilinder,' zei hij uiteindelijk met hese stem. 'Heb je je cilinder?'

Alec haalde zijn cilinder uit zijn riem. 'Natuurlijk.' Hij stak hem uit naar Jace. 'Heb je een *iratze* nodig?'

'Ik niet,' zei Jace met dezelfde vreemde, hese stem. 'Zij.' Hij wees naar Clary. 'Zij heeft het harder nodig dan ik.' Ze keken naar elkaar. Gouden ogen en blauwe ogen. 'Alsjeblieft, Alec,' zei hij. De heesheid in zijn stem was even snel als hij gekomen was, weer weg. 'Help haar voor mij.'

Hij draaide zich om en liep naar de glazen deuren, aan de andere kant van de ruimte. Hij staarde erdoorheen, naar de tuin, of naar zijn eigen spiegelbeeld, dat kon Clary niet zien.

Alec keek Jace even na en kwam toen met zijn cilinder in zijn hand naar Clary en Simon gelopen. Hij gebaarde dat Simon Clary op de grond moest leggen, wat hij heel zachtjes deed. Hij liet haar rug tegen de muur leunen. Hij deed een stap opzij en Alec knielde naast haar. Ze zag de verwarring op zijn gezicht, en zijn verbazing toen hij zag hoe erg de sneeën op haar armen en buik waren. 'Wie heeft dit gedaan?'

'Ik...' Clary keek hulpeloos naar Jace, die nog steeds met zijn rug naar hen toe stond. Ze zag zijn spiegelbeeld in de glazen deuren. Zijn gezicht was een witte vlek, hier en daar donkerder van de blauwe plekken die hij had. Zijn blouse was zwart van het bloed. 'Het is moeilijk uit te leggen.'

'Waarom hebben jullie ons niet opgeroepen?' wilde Isabelle weten. Ze klonk alsof ze zich verraden voelde. 'Waarom hebben jullie ons niet verteld dat jullie hiernaartoe kwamen? Waarom hebben jullie geen vuurbericht gestuurd of wat dan ook? Je wist toch dat we zouden komen als je ons nodig had.'

'Er was geen tijd,' zei Simon. 'En ik wist niet dat Clary en Jace hier zouden zijn. Ik dacht dat ik de enige was. Ik wilde je niet bij mijn problemen betrekken.'

'Bij… bij jouw problemen betrekken?' stamelde Isabelle. 'Jij…' begon ze, en toen, tot iedereens verrassing, waaronder die van haarzelf, stortte ze zichzelf op Simon en sloeg ze haar armen om zijn nek. Hij wankelde naar achteren, niet voorbereid op deze aanval, maar herstelde zich snel weer. Hij sloeg zijn armen om haar heen en sneed zich bijna aan haar bungelende zweep. Hij hield haar stevig vast, met haar donkere hoofd net onder zijn kin. Clary kon het niet horen omdat Isabelle zo zachtjes sprak, maar het klonk alsof ze binnensmonds vloekte tegen Simon.

Alec trok zijn wenkbrauwen op, maar zei niets. Hij boog zich over Clary heen, waardoor ze Isabelle en Simon niet langer kon zien. Hij legde de cilinder op haar huid en door de brandende pijn deinsde ze achteruit. 'Ik weet dat het pijn doet,' zei hij zachtjes. 'Ik denk dat je je hoofd gestoten hebt. Magnus moet naar je kijken, denk ik. En Jace? Hoe erg is hij gewond?'

'Ik weet het niet.' Clary schudde haar hoofd. 'Hij laat me niet in zijn buurt.'

Alec legde zijn hand onder haar kin en draaide haar hoofd van de ene naar de andere kant. Hij schetste een tweede, lichte iratze op de zijkant van haar keel, net onder haar kaaklijn. 'Wat heeft hij dan gedaan dat zo erg is?'

Ze knipperde met haar ogen. 'Waarom denk je dat hij iets heeft gedaan?'

Alec liet haar kin los. 'Omdat ik hem ken. En ik weet hoe hij zichzelf straft. Jou niet bij hem laten is een straf voor zichzelf, niet voor jou.'

'Hij wil me niet zien,' zei Clary. Ze hoorde het rebelse toontje in haar eigen stem en haatte het dat ze zich zo aanstelde.

'Jij bent alles wat hij wil,' zei Alec op een verrassend vriendelijke toon. Hij ging op zijn hurken zitten en veegde zijn donkere haar uit zijn ogen. Hij leek anders, dacht Clary. Hij had een zelfverzekerdheid die hij eerder niet had gehad. Het stelde hem in staat om vriendelijk te zijn voor anderen, zoals hij dat nooit voor zichzelf was geweest. 'Hoe zijn jullie hier eigenlijk beland? We hebben niet eens gezien dat jullie met Simon weggingen van het feest.'

'Dat hebben ze ook niet gedaan,' zei Simon. Hij en Isabelle hadden elkaar losgelaten, maar ze stonden nog wel dicht bij elkaar, zij aan zij. 'Ik ben hier alleen naartoe gekomen. Of nou ja, niet echt alleen. Ik was... opgeroepen.'

Clary knikte. 'Het is waar. Wij zijn hier niet met hem naartoe gekomen. Toen Jace mij hierheen bracht, had ik geen idee dat Simon hier ook zou zijn.'

'Heeft Jace jou hiernaartoe gebracht?' vroeg Isabelle verbaasd. 'Jace, als jij wist van Lilith en de Taltokerk, had je dat moeten zeggen.'

Jace staarde nog steeds door de deuren. 'Ik was het denk ik vergeten,' zei hij zonder emotie.

Clary schudde haar hoofd en Alec en Isabelle keken van hun adoptiebroer naar haar, alsof ze een verklaring eisten. 'Het was Jace niet echt,' zei ze uiteindelijk. 'Lilith... had hem in haar macht.'

'Bezetenheid?' Isabelles ogen werden twee ronde o's. Ze verstevigde automatisch haar grip om het handvat van haar zweep.

Jace draaide zich om. Langzaam trok hij zijn gescheurde blouse open, zodat ze de lelijke bezetenheidsrune konden zien en de bloederige snee die erdoorheen liep. 'Dit is Liliths teken,' zei hij op dezelfde emotieloze toon. 'Dit is hoe ze controle over me had.'

Alec schudde zijn hoofd. Hij leek het heel erg te vinden. 'Jace. Normaal gesproken kun je zo'n demonische verbinding alleen loskoppelen als de demon in kwestie wordt vermoord. Lilith is een van de machtigste demonen die ooit...'

'Ze is dood,' onderbrak Clary hem. 'Simon heeft haar ver-moord. Of het teken van Kaïn heeft haar vermoord, eigenlijk.'

Ze staarden allemaal naar Simon. 'En jullie tweeën? Hoe zijn jullie hier gekomen?' vroeg hij verdedigend.

'We zochten jou,' zei Isabelle. 'We vonden het kaartje dat Lilith je blijkbaar had gegeven. In je appartement. Jordan heeft ons naar binnen gelaten. Hij is beneden, samen met Maia.' Ze rilde. 'De dingen die Lilith heeft gedaan... je wilt het niet ge-loven... zo verschrikkelijk.'

Alec stak zijn handen omhoog. 'Rustig aan, iedereen. Wij leg-gen eerst uit wat er met ons is gebeurd, dan Simon en dan Clary.'

De uitleg duurde minder lang dan Clary had verwacht. Isabelle sprak het meest en ze gebruikte dramatische hand-gebaren, waarmee ze demonstreerde hoe ze haar zweep had gebruikt om ledematen af te hakken. Alec maakte van de gele-genheid gebruik om naar het dak te gaan en een vuurbericht te sturen aan de Kloof en zo om assistentie te vragen. Jace stapte zonder iets te zeggen opzij om Alec erdoor te laten. Hij zei niets tijdens de uitleg van Simon en Clary van wat er op het dak was gebeurd, zelfs niet toen ze vertelden hoe Raziël hem in Idris terug had gebracht van de dood. Het was Izzy die Clary onder-brak, toen ze begon over Lilith als Sebastians 'moeder' en hoe ze zijn lichaam in een glazen kist bewaarde.

'Sebastian?' Isabelle sloeg haar zweep zo hard tegen de grond dat er een barst in het marmer ontstond. 'Is Sebastian daar? En hij is niet dood?' Ze draaide zich om naar Jace, die met zijn armen over elkaar en zonder enige uitdrukking op zijn gezicht tegen de glazen deuren leunde. 'Ik heb hem zien sterven. Jace heeft zijn ruggenmerg doormidden gehakt en ik zag hem in de rivier vallen. En nu vertel je mij dat hij op het dak is? Levend en wel?'

'Nee,' zei Simon snel. 'Zijn lichaam is daar, maar hij leeft niet. Lilith heeft de ceremonie niet af kunnen maken.' Simon legde een hand op haar schouder, maar ze schudde zich los. Haar gezicht had een dodelijk witte kleur gekregen.

'Niet echt dood is niet dood genoeg voor mij,' zei ze. 'Ik ga erheen en snij hem in duizend kleine stukjes.' Ze stapte op de deuren af.

'Iz!' Simon legde zijn hand op haar schouder. 'Izzy. Nee.'

'Nee?' Ze keek hem vol ongeloof aan. 'Geef me één goede reden waarom ik geen confetti van hem mag maken.'

Simons ogen schoten door de ruimte en landden op Jace, alsof hij verwachtte dat die hem bij zou vallen. Dat deed hij niet. Hij bewoog niet eens. Uiteindelijk zei Simon: 'Luister, je snapt wat het ritueel inhoudt, toch? Omdat Jace terug is gekomen uit de dood, had Lilith de macht om Sebastian terug te brengen. En om dat te doen had ze Jace nodig. Levend. Als...'

'Tegenwicht,' vulde Clary hem aan.

'Dat teken op Jace' borstkas. Het teken van Lilith.' Simon bewoog zijn eigen hand over zijn borstkas, bij zijn hart. 'Dat heeft Sebastian ook. Ik zag de tekens allebei tegelijk oplichten toen Jace de cirkel in stapte.'

Isabelle bewoog haar zweep onrustig heen en weer en beet op haar rode onderlip. 'Ja, dus?' zei ze ongeduldig.

'Ik denk dat ze een verbinding heeft gemaakt tussen de twee,' zei Simon. 'Als Jace zou sterven, zou Sebastian niet kunnen leven. Dus als je Sebastian in kleine stukjes hakt...'

'Kun je Jace pijn doen,' zei Clary. Het drong eindelijk tot haar door wat Simon bedoelde en de woorden stroomden uit haar mond. 'O, mijn god. O. Izzy, je kunt het niet doen.'

'Dus we laten hem gewoon leven?' Isabelles stem zat vol ongeloof.

'Snij hem maar in stukjes,' zei Jace. 'Je hebt mijn toestemming.'

'Hou je kop,' zei Alec. 'Doe niet alsof jouw leven niet belangrijk is. Iz, luisterde je niet? Sebastian leeft niet.'

'Hij is ook niet dood. Niet dood genoeg.'

'We hebben de Kloof nodig,' zei Alec. 'We moeten hem aan de Stille Broeders overhandigen. Zij kunnen deze verbinding met Jace opheffen, en dan mag je met hem doen wat je maar wilt, Iz. Hij is Valentijns zoon. En een moordenaar. Iedereen heeft wel iemand verloren bij de veldslag in Alicante. Denk je dat ze aardig voor hem zullen zijn? Ze zullen hem kapotmaken.'

Isabelle staarde naar haar broer. Heel langzaam verschenen er tranen in haar ogen, die vervolgens over haar wangen biggelden en het bloed en vuil uitsmeerden over haar huid. 'Ik haat het,' zei ze. 'Ik haat het als je gelijk hebt.'

Alec trok zijn zus naar zich toe en gaf haar een kus op haar hoofd. 'Dat weet ik.'

Ze kneep even in haar broers hand en trok zich toen terug. 'Prima,' zei ze. 'Ik zal Sebastian niet aanraken. Maar ik kan niet bij hem in de buurt zijn.' Ze keek naar de glazen deuren, waar Jace nog stond. 'Laten we naar beneden gaan. We kunnen in de hal wachten op de Kloof. En we moeten Maia en Jordan zoeken. Ze vragen zich waarschijnlijk af waar wij zijn.'

Simon schraapte zijn keel. 'Iemand moet hier blijven om... dingen in de gaten te houden. Ik doe het wel.'

'Nee.' Het was Jace. 'Gaan jullie maar naar beneden. Ik blijf hier. Dit is allemaal mijn schuld. Ik had Sebastian echt moeten vermoorden toen ik de kans had. En de rest...'

Zijn stem stierf weg. Maar Clary herinnerde zich hoe hij in de duistere gang van het Instituut haar gezicht had aangeraakt. *Mea culpa, mea maxima culpa*, had hij gefluisterd.

Mijn schuld, mijn verschrikkelijke schuld.

Ze keek naar de anderen. Isabelle had al op de knop van de lift gedrukt. Clary hoorde aan het gezoem dat de lift omhoogkwam. Isabelle fronste. 'Alec, misschien moet jij hier blijven met Jace.'

'Ik heb geen hulp nodig,' zei Jace. 'Ik hoef hier niets te doen. Ik red het prima alleen.'

Isabelle gooide haar handen in de lucht. Er klonk een ping-geluid en de lift ging open. 'Prima. Jij wint. Blijf hier maar in je eentje mokken, als je dat wilt.' Ze liep de lift in en Simon en Alec volgden haar. Clary was de laatste die naar binnen ging. Ze draaide zich om naar Jace. Hij staarde weer naar de deuren, maar ze zag zijn spiegelbeeld. Hij had zijn lippen op elkaar ge-perst tot een dunne streep en zijn ogen stonden donker.

Jace, dacht ze terwijl de liftdeuren sloten. Ze wilde dat hij zich om zou draaien en naar haar zou kijken. Dat deed hij niet, maar plotseling voelde ze sterke handen op haar schouders, die haar naar voren duwden. Ze hoorde Isabelle zeggen: 'Alec, wat doe je...' en ze struikelde door de liftdeuren. Ze kwam overeind en draaide zich om. De deuren schoven dicht. Alec glimlachte naar haar en haalde zijn schouders op alsof hij wilde zeggen: wat moest ik anders? Clary deed een stap voor-uit, maar het was te laat. De liftdeuren waren dicht.

Ze was alleen met Jace.

De kamer was bezaaid met dode lichamen. Verschrompelde figuren in grijze trainingspakken lagen tegen de muur. Maia stond buiten adem bij het raam en keek vol ongeloof naar bui-ten. Ze had meegedaan aan de veldslag bij Brocelind in Idris en ze had gedacht dat dat het ergste was wat ze ooit zou zien. Maar dit was erger. Het bloed dat uit de dode sekteleden stroomde was geen demonenbloed. Het was mensenbloed. En de baby's, stil en dood in hun wiegjes, hun kleine klauwhand-jes over elkaar gevouwen als poppen...

Ze keek naar haar eigen handen. Haar klauwen waren er nog. Ze zaten helemaal onder het bloed. Ze trok ze in en het bloed stroomde over haar handpalmen naar haar polsen. Haar blote voeten waren zwart van het bloed en er zat een lange, bloedende schram op haar blote schouder, die alweer aan het genezen was. Hoewel weerwolven snel herstelden, wist ze dat ze morgen vol blauwe plekken wakker zou worden. Maar als je een weerwolf was, waren blauwe plekken meestal na een paar dagen weer weg. Toen ze nog een mens was, kneep haar broer Daniel haar altijd heel hard op plekken waar het niet te zien zou zijn.

'Maia.' Jordan kwam door een van de onvoltooide deuren naar binnen lopen. Hij boog zijn hoofd om onder een bundel bungelende kabels door te komen. Hij ging weer rechtop staan en liep over de lichamen heen naar haar toe. 'Gaat het?'

Ze kreeg een knoop in haar maag van zijn bezorgde gezicht. 'Waar zijn Isabelle en Alec?'

Hij schudde zijn hoofd. Hij was veel minder gewond dan zij. Zijn dikke leren jas, spijkerbroek en laarzen hadden hem beschermd. Hij had een lange schram op zijn wang en er zat bloed in zijn bruine haar en op het handvat van zijn dolk. 'Ik heb de hele verdieping afgezocht. Ik zie ze niet. Er liggen nog wat lichamen in de andere kamers. Ze zijn misschien...'

De nacht lichtte op als een serafijnendolk. De ramen werden wit en fel licht brandde door de ruimte. Heel even dacht Maia dat de wereld in brand stond en Jordan, die door het licht naar haar toeliep, leek bijna te verdwijnen in een glinsterend veld van zilver. Ze hoorde zichzelf schreeuwen terwijl ze blindelings achteruitliep. Ze stootte haar hoofd aan het raam en sloeg haar handen voor haar ogen.

En toen was het licht weg. Maia liet haar handen zakken. De wereld draaide. Ze stak haar handen blindelings voor zich uit en daar was Jordan. Ze sloeg haar armen om hem heen, zoals ze altijd had gedaan als hij haar thuis op kwam halen. Hij pakte haar dan altijd vast en groef zijn vingers in haar krullen.

Hij was slanker geweest, toen. Nu was hij gespierd en leek het alsof ze zich vastklampte aan een granieten pilaar in een zandstorm in de woestijn. Ze hield hem vast en hoorde zijn hart kloppen onder haar oor. Hij streelde haar haar. Het voelde zo troostend en... vertrouwd. 'Maia... het is al goed.'

Ze keek op en drukte haar lippen op de zijne. Hij was zo veranderd, maar zijn kus voelde nog hetzelfde. Zijn lippen waren even zacht als altijd. Hij schrok eerst even, maar trok haar toen naar zich toe. Zijn handen draaiden langzame cirkels over haar blote rug. Ze herinnerde zich de eerste keer dat ze ooit gezoend hadden. Ze had hem haar oorbellen gegeven om in het handschoenenkastje van zijn auto te doen en zijn hand had zo erg getrild dat hij ze had laten vallen, en toen bleef hij maar zeggen dat het hem speet, totdat ze hem kuste. Ze vond hem toen de liefste jongen die ze ooit had gekend.

En toen werd hij gebeten en werd alles anders.

Ze trok zich terug. Ze was duizelig en buiten adem. Hij liet haar direct los en staarde haar met zijn mond open en een verwarde blik in zijn ogen aan. Achter hem, door het raam, zag ze de stad. Ze had ergens verwacht dat alles zou zijn weggevaagd en dat er slechts een witte woestijn was overgebleven, maar alles was nog precies hetzelfde. Niets was veranderd. Lichten gingen aan en uit in de gebouwen aan de overkant van de straat en ze hoorde de auto's beneden voorbijrazen. 'We moeten gaan,' zei ze. 'We moeten de anderen zoeken.'

'Maia,' zei hij. 'Waarom kuste je me?'

'Ik weet het niet,' zei ze. 'Zullen we de lift proberen?'

'Maia…'

'Ik wéét het niet, Jordan,' zei ze. 'Ik weet niet waarom ik je kuste en ik weet niet of ik het nog een keer ga doen, maar ik weet wel dat ik bang ben en bezorgd om mijn vrienden. Ik wil hier weg. Oké?'

Hij knikte. Het leek alsof hij een miljoen dingen wilde zeggen, maar hij hield zijn mond. Daar was ze hem dankbaar voor. Hij haalde een hand door zijn warrige haar, dat onder het witte stof zat, en knikte. 'Oké.'

Stilte. Jace leunde nog steeds tegen de deur, alleen had hij zijn voorhoofd er nu ook tegenaan gedrukt. Hij had zijn ogen gesloten. Clary vroeg zich af of hij wel wist dat ze er was. Ze nam een stap in zijn richting, maar voordat ze iets kon zeggen, duwde hij de deuren open en liep de tuin in.

Ze stond even stil en staarde hem na. Ze zou de lift naar beneden kunnen nemen en daar op de Kloof kunnen wachten met de rest. Als Jace niet wilde praten, wilde hij niet praten. Ze kon hem niet dwingen. Als Alec gelijk had en hij zichzelf strafte, zou ze gewoon moeten wachten tot het over was.

Ze draaide zich weer om naar de liften... en stond stil. Een kleine vlam van woede ontstak in haar en brandde haar ogen. Nee, dacht ze. Ze hoefde het niet toe te staan dat hij zich zo gedroeg. Misschien kon hij tegen anderen zo doen, maar niet tegen haar. Hij was haar meer verschuldigd. Ze waren elkaar meer verschuldigd.

Ze liep terug naar de deuren. Haar enkel deed nog steeds pijn, maar ze voelde dat de iratzes hun werk deden. De pijn in haar lichaam was dof en bonzend, maar niet meer zo heftig. Ze deed de deuren open en stapte het dakterras op. Ze rilde toen haar blote voeten de ijskoude tegels raakten.

Ze zag Jace direct. Hij zat geknield bij de trap, op tegels die onder het bloed, wondvocht en zout zaten. Hij stond op toen zij er aankwam en hij draaide zich om. Er glinsterde iets in zijn hand.

Het was de Morgenstern-ring, aan zijn ketting.

De wind waaide zijn donkergouden haar voor zijn gezicht. Hij duwde het ongeduldig opzij en zei: 'Dit hadden we laten liggen.' Zijn stem klonk verrassend normaal.

'Wilde je daarom hier blijven?' zei Clary. 'Om de ring te pakken?'

Hij sloot zijn vingers om de ring en liet de ketting omlaagbungelen. 'Ik ben eraan gehecht. Het is stom, ik weet het.'

'Dat had je toch kunnen zeggen. Alec had toch kunnen blijven en...'

'Ik hoor niet bij jullie,' zei hij abrupt. 'Na wat ik heb gedaan. Ik verdien geen iratzes en omhelzingen en troost of wat mijn vrienden ook denken dat ik nodig heb. Ik blijf liever hier met hém.' Hij gebaarde met zijn kin naar de plek waar Sebastians bewegingloze lichaam in de open kist op het stenen voetstuk lag. 'En ik verdien jou al helemaal niet.'

Clary sloeg haar armen over elkaar. 'Heb je er wel eens aan gedacht wat ík verdien? Dat ik misschien een kans verdien om met jou te praten over wat er is gebeurd?'

Hij staarde haar aan. Ze stonden slechts een paar meter van elkaar verwijderd, maar het voelde alsof er een overweldigende golf tussen hen in stond. 'Ik weet niet waarom je nog naar me wilt kijken, laat staan met me praten.'

'Jace,' zei ze. 'De dingen die je hebt gedaan... dat was jij niet.'

Hij aarzelde. De lucht was zo zwart en de ramen van de wolkenkrabbers om hen heen zo fel, dat het leek alsof ze zich midden in een web van glinsterende juwelen bevonden. 'Als ik het niet was,' zei hij, 'waarom kan ik me dan nog alles herinneren? Als mensen bezeten zijn en vervolgens weer terugkeren in hun eigen lichaam, herinneren ze zich niet wat ze hebben gedaan. Maar ik herinner me alles.' Hij draaide zich om en liep weg, naar de muur om de tuin heen. Ze volgde hem. Ze was blij om weg te lopen van Sebastians lichaam, dat nu aan hun zicht onttrokken werd door een rij struiken.

'Jace!' riep ze. Hij draaide zich om. Hij leunde met zijn rug tegen de muur. Achter hem lichtte de stad op als de demonentorens van Alicante. 'Je herinnert het je omdat je dat wilt,' zei Clary, die buiten adem was omdat ze zo snel naar hem toe was gelopen. 'Ze heeft dit gedaan om jou te martelen, net zoals ze Simon liet doen wat ze wilde. Ze wilde dat jij zou zien hoe je de mensen van wie je houdt pijn zou doen.'

'Ik zag het ook,' zei hij zachtjes. 'Het was alsof ik boven mijn lichaam zweefde en toekeek en schreeuwde naar mezelf dat ik op moest houden. Maar ik voelde me ook heel vredig. Alsof het goed was, wat ik deed. Alsof het het enige was wat ik kon doen. Ik vroeg me af of Valentijn zich ook zo voelde als hij dingen deed. Of het zo gemakkelijk was.' Hij keek van haar weg. 'Ik kan er niet tegen,' zei hij. 'Jij zou hier niet met mij moeten zijn. Je moet weg.'

Clary ging niet weg, maar liep naar hem toe en ging naast hem staan tegen het muurtje. Ze had haar armen om zich heen geslagen en rilde. Uiteindelijk keek hij met tegenzin opzij naar Clary. 'Clary...'

'Jij kunt niet bepalen wat ik doe of waar ik heen ga,' zei ze.

'Dat weet ik.' Zijn stem klonk hees. 'Dat heb ik altijd geweten. Ik weet ook niet waarom ik verliefd moest worden op iemand die nog koppiger is dan ik.'

Clary was even stil. Haar hart sloeg een slag over bij dat woord... *verliefd*. 'Al die dingen die je tegen me zei,' fluisterde ze, 'op het terras bij de ijzerfabriek... meende je dat?'

Zijn gouden ogen stonden dof. 'Welke dingen?'

Dat je van me hield, zei ze bijna, maar toen ze eraan terugdacht realiseerde ze zich dat hij dat niet echt had gezegd. Hij had die woorden niet gebruikt, al had het wel zo geleken. En de waarheid, het feit dat ze van elkaar hielden, kende ze even goed als dat ze haar eigen naam kende.

'Je vroeg me steeds of ik nog van je zou houden als je zoals Sebastian zou zijn, zoals Valentijn.'

'Jij zei toen dat ik dan niet mezelf zou zijn. En moet je kijken hoe dat is uitgepakt,' zei hij verbitterd. 'Wat ik vanavond heb gedaan...'

Clary ging recht voor hem staan. Hij verstijfde, maar bewoog niet. Ze pakte de voorkant van zijn blouse, leunde voorover en zei met duidelijk articulerende stem: 'Dat was jij niet.'

'Vertel dat maar aan je moeder,' zei hij. 'Vertel dat maar aan Luke, als ze vragen wie dit heeft gedaan.' Hij legde zijn hand zachtjes op haar sleutelbeen. De wond was genezen, maar haar huid en de stof van haar jurk waren nog steeds donkerrood van het bloed.

'Ik zal het hun vertellen,' zei ze. 'Ik zal hun vertellen dat het mijn eigen schuld was.'

Hij keek haar met ongelovige gouden ogen aan. 'Je kunt niet tegen ze liegen.'

'Ik lieg niet. Ik heb jou teruggebracht,' zei ze. 'Je was dood en ik heb je teruggebracht. Ik heb alles uit evenwicht gebracht. Ik heb de deur geopend voor Lilith en haar stomme ritueel. Ik had alles kunnen wensen en ik wenste jou.' Ze verstevigde haar greep op zijn blouse. Haar vingers waren wit van de kou. 'En ik zou het zo weer doen. Ik hou van je, Jace Wayland, Herondale, Lightwood, hoe je jezelf ook wilt noemen. Het kan me niet schelen. Ik hou van je en ik zal altijd van je houden en ik kan wel doen alsof dat niet zo is, maar dat is tijdverspilling.'

Jace' ogen zaten zo vol pijn, dat Clary's hart brak. Toen legde hij zijn handen om haar gezicht. Zijn handpalmen voelden warm op haar wangen.

'Weet je nog dat ik je vertelde dat ik niet wist of er een god was, maar dat ik wel wist dat we er helemaal alleen voor stonden?' zei hij. Ze had hem nog nooit zo zachtjes horen praten. 'Ik weet het nog steeds niet. Ik wist wel dat er iets bestond als geloof, maar dat ik dat niet verdiende. En toen was jij er ineens en jij veranderde alles waar ik in geloofde. Weet je nog dat ik die zin van Dante aan je citeerde in het park? *"L'amor che move il sole e l'altre stelle"*?'

Haar mondhoeken krulden lichtjes omhoog. 'Ik spreek nog steeds geen Italiaans.'

'Het komt uit het laatste stuk van *Paradiso*, Dantes paradijs. "Zo werden mijn gevoel en wil bewogen. Door liefde, die de zon en andere sterren drijft." Dante probeerde het geloof uit te leggen, denk ik. Hij probeerde te zeggen dat het een allesoverheersende liefde is, en misschien is het wel godslastering, maar dat is hoe ik mijn liefde voor jou zie. Jij kwam in mijn leven en ineens had ik maar één waarheid: ik hield van jou en jij hield van mij.'

Hij leek naar haar te kijken, maar zijn blik was afstandelijk, alsof hij naar iets in de verte staarde.

'Toen kreeg ik die dromen,' ging hij verder. 'En ik dacht dat ik het misschien mis had gehad. Dat ik jou niet verdiende. Dat ik het niet verdiende om zo gelukkig te zijn. Ik bedoel, mijn hemel, wie verdient dát? En na vanavond…'

'Hou op.' Ze liet zijn blouse los en legde haar handen plat tegen zijn borstkas. Zijn hart bonsde onder haar vingertopjes. Zijn wangen werden rood en dat was niet alleen van de kou. 'Jace. Na alles wat er vanavond is gebeurd, weet ik één ding zeker. Jij was niet degene die mij pijn deed. Ik heb de rotsvaste onomkeerbare overtuiging dat jij goed bent. En dat zal nooit veranderen.'

Jace haalde diep en huiverend adem. 'Ik weet niet hoe ik dat zou moeten verdienen.'

'Dat hoeft niet. Ik heb genoeg vertrouwen in jou,' zei ze. 'Ik geloof genoeg in jou voor ons allebei.'

Hij begroef zijn handen in haar haar. De mist van hun gezamenlijke adem steeg op als een witte wolk. 'Ik heb je zo gemist,' zei hij, en hij kuste haar. Zijn lippen raakten de hare, niet wanhopig en hongerig zoals de laatste paar keren dat hij haar had gekust, maar vertrouwd, zacht en teder.

Ze sloot haar ogen en de wereld om haar heen draaide als een tol. Ze liet haar handen over zijn borstkas gaan en ze strekte ze zo ver als ze kon en sloeg haar armen om zijn nek. Ze stond op haar tenen om zijn mond met de hare te kunnen raken. Zijn vingers gleden over haar lichaam, over huid en satijn, en ze rilde en boog dichter naar hem toe. Ze smaakten allebei naar bloed, as en zout, maar het maakte niet uit. De wereld, de stad, alle lichtjes en al het leven leken samen te komen in hen tweeën: zij en Jace, het brandende hart van een bevroren wereld.

Hij trok zich als eerste terug, duidelijk met tegenzin. Een moment later realiseerde ze zich waarom. Het geluid van toeterende auto's en piepende banden was zelfs hier hoorbaar. 'De

Kloof,' zei hij. Het kostte hem moeite om de woorden uit te spreken, maar Clary was toch blij om ze te horen. Hij had rode wangen en zij vast ook. 'Ze zijn er.'

Clary pakte zijn hand en keek over de muur heen naar beneden. Ze zag dat er een hele rij zwarte auto's voor de steigers parkeerde. Mensen stroomden eruit. Het was moeilijk om ze van deze hoogte te herkennen, maar Clary meende Maryse te zien en een paar andere mensen in strijdtenue. Een moment later reed Lukes jeep de stoep op en sprong Jocelyn naar buiten. Clary had haar zelfs van een grotere afstand nog herkend aan haar bewegingen.

Ze keek naar Jace. 'Mijn moeder,' zei ze. 'Ik moet naar beneden. Ik wil niet dat ze hier komt en... hém ziet.' Ze gebaarde met haar kin naar Sebastians kist.

Hij streek een pluk haar uit haar gezicht. 'Ik wil je niet alleen laten.'

'Kom dan met me mee.'

'Nee. Iemand moet hier blijven.' Hij pakte haar hand, draaide hem om en liet de Morgenstern-ring erin vallen. De ketting kwam neer als vloeibaar metaal. De sluiting was verbogen toen ze de ketting van haar nek had gerukt, maar het was hem gelukt om hem weer goed te duwen. 'Doe deze alsjeblieft weer om.'

Ze keek een beetje onzeker naar de ketting en weer naar Jace. 'Ik zou willen dat ik begreep wat het voor je betekende.'

Hij haalde zijn schouders op. 'Ik heb hem tien jaar lang gedragen,' zei hij. 'Er zit iets van mij in. Het betekent dat ik mijn verleden aan jou toevertrouw. En alle geheimen die bij dat verleden horen.' Hij ging voorzichtig met zijn vinger over de sterren die op de zijkant van de ring gegraveerd stonden. '"Liefde, die de zon en andere sterren drijft." Doe maar gewoon alsof dat is waar de sterren voor staan. Niet voor Morgenstern.'

Ze trok de ketting over haar hoofd en voelde de ring weer op de vertrouwde plek, net onder haar sleutelbeen. Het was alsof er een puzzelstukje op zijn plek werd geschoven. Heel even keken Jace en zij elkaar aan. Hun woordeloze communicatie was bijna intenser dan hun lichamelijke contact was geweest. Ze prentte hem in haar geheugen: zijn warrige gouden haar, de schaduwen die zijn wimpers onder zijn ogen wierpen, de donkergouden ringen in de lichtbruine kleur van zijn ogen. 'Ik ben zo terug,' zei ze. Ze kneep in zijn hand. 'Vijf minuten.'

'Ga maar,' zei hij. Hij liet haar hand los. Ze draaide zich om en liep naar het pad. Zodra ze van hem wegliep, kreeg ze het weer koud. Toen ze bij de deuren naar het gebouw kwam, rilde ze helemaal. Ze deed de deur open en keek even om naar Jace, maar hij was slechts een schaduw, verlicht door de gloed van de skyline van New York. *Liefde, die de zon en andere sterren drijft*, dacht ze. Als een soort echo hoorde ze Liliths woorden: *Het soort liefde dat de wereld plat kan branden en weer kan doen herrijzen.* Een rilling trok over haar rug, en niet slechts van de kou. Ze keek nog een keer of ze Jace zag, maar hij was verdwenen in de schaduwen. Ze liep naar binnen en de deur viel achter haar dicht.

Alec was naar boven gegaan om Jordan en Maia te zoeken. Simon en Isabelle waren nu alleen. Ze zaten naast elkaar op een groen bankje in de lobby. Isabelle hield Alecs heksenlicht in haar hand, dat een spookachtig licht op de ruimte wierp. Stofdeeltjes dansten als vonken rond de kroonluchter.

Ze had bijna niets gezegd sinds haar broer ze samen had achtergelaten. Ze had haar hoofd gebogen en haar donkere haar viel voor haar gezicht. Ze staarde naar haar handen. Het waren verfijnde handen met lange vingers, maar vol eelt, net als die van haar broers. Het was Simon nooit opgevallen, maar ze droeg een zilveren ring aan haar rechterhand. Op de ring stond een patroon van vlammen en een L. Het deed hem denken aan de ring met de sterren die Clary om haar nek droeg.

'Het is de familiering van de Lightwoods,' zei ze toen ze zag waar hij naar keek. 'Iedere familie heeft een symbool. Dat van ons is vuur.'

Het past bij je, dacht hij. Izzy was als vuur in haar vlammend rode jurk en met haar sprankelende persoonlijkheid. Op het dak had hij bijna gedacht dat ze hem zou wurgen. Ze had haar armen om hem heen geslagen en hem voor van alles en nog wat uitgemaakt, terwijl ze zich aan hem vastklampte alsof ze hem nooit meer zou laten gaan. Nu staarde ze in de verte, onbereikbaar als een ster. Het was allemaal erg verwarrend. *Je bent zo dol op ze*, had Camille gezegd. *Jouw schaduwjagers-vriendjes. Zoals een valk houdt van de meester die hem vastbindt en verblindt.*

'Wat je zei,' zei hij een beetje aarzelend terwijl Isabelle een pluk haar om haar vinger wond, 'op het dak... dat je niet wist dat Clary en Jace vermist waren en dat je hier voor mij was gekomen... Is dat waar?'

Isabelle keek op en stopte de pluk haar achter haar oren. 'Natuurlijk is dat waar,' zei ze verontwaardigd. 'We zagen dat je niet meer op het feest was en je bent al dagen in gevaar, Simon, en Camille was ontsnapt en...' Ze onderbrak haar zin. 'En Jordan was verantwoordelijk voor je. Hij flipte.'

'Dus het was zijn idee om mij te gaan zoeken?'

Isabelle keek hem lang aan. Haar ogen stonden donker en onpeilbaar. 'Ik was degene die merkte dat je weg was,' zei ze. 'Ik was degene die jou wilde vinden.'

Simon schraapte zijn keel. Hij voelde zich licht in zijn hoofd. 'Maar waarom? Ik dacht dat je me haatte.'

Dat had hij niet moeten zeggen. Isabelle schudde haar hoofd. Haar donkere haren vlogen heen en weer en ze schoof een stukje van hem weg op de bank. 'O, Simon. Doe niet zo stompzinnig.'

'Iz.' Hij legde zijn hand aarzelend op haar pols. Ze bewoog niet, keek hem alleen aan. 'Camille zei iets tegen me in het Sanctuarium. Ze zei dat schaduwjagers niets geven om benedenlingen en ze alleen maar gebruiken. Ze zei dat de Nephilim nooit voor mij zouden doen wat ik voor hen deed. Maar jij hebt dat wel gedaan. Jij bent me komen zoeken. Jij bent míj komen zoeken.'

'Natuurlijk,' zei ze zachtjes. 'Toen ik dacht dat er iets met je was gebeurd...'

Hij leunde naar haar toe. Hun gezichten waren slechts centimeters van elkaar verwijderd. Hij zag de glinstering van de kroonluchter weerspiegeld in haar zwarte ogen. Haar mond stond een stukje open en Simon voelde de warmte van haar adem. Voor het eerst sinds hij een vampier was geworden, voelde hij hitte, als een elektrische lading die tussen hen in hing. 'Isabelle,' zei hij. Niet Iz, niet Izzy. *Isabelle*. 'Mag ik...'

De lift maakte een pinggeluid en de deuren schoven open. Alec, Maia en Jordan stapten de lobby in. Alec keek argwanend naar Simon en Isabelle, die snel recht gingen zitten, maar voordat hij iets kon zeggen, vlogen de deuren van de lobby open en kwamen de schaduwjagers naar binnen gestormd. Simon herkende Kadir en Maryse, die gelijk op Isabelle afrende, haar schouders beetpakte en vroeg wat er was gebeurd.

Simon stond op en stapte opzij. Hij voelde zich een beetje ongemakkelijk. Hij werd bijna omvergeworpen door Magnus, die op Alec afrende. Hij leek Simon niet eens op te merken. *Over honderd, tweehonderd jaar zullen wij slechts met zijn tweetjes over zijn. Wij zullen alles zijn wat overblijft,* had Magnus tegen hem gezegd in het Sanctuarium. Simon ging met zijn rug tegen de muur staan. Hij voelde zich onbeschrijfelijk alleen tussen alle schaduwjagers en hoopte dat niemand hem op zou merken.

Net toen Magnus bij hem kwam, keek Alec op. Magnus pakte hem vast en trok hem naar zich toe. Hij haalde zijn vingers over Alecs gezicht, alsof hij verwondingen of schade zocht. 'Hoe kon je... zomaar gaan en mij niets vertellen... ik had je kunnen helpen...' mompelde hij.

'Hou op.' Alec trok zich terug. Hij voelde zich opstandig.

Magnus vermande zich. 'Het spijt me,' zei hij rustiger. 'Ik had het feest niet moeten verlaten. Ik had bij jou moeten blijven. Camille is weg. Niemand heeft een idee waar ze is en aangezien je vampiers niet kunt opsporen...' Hij haalde zijn schouders op.

Alec probeerde niet aan Camille te denken, vastgebonden aan de stalen buis, hem aanstarend met haar krachtige groene ogen. 'Het maakt niet uit,' zei hij. 'Zij is niet belangrijk. Ik weet dat je alleen maar wilde helpen. Ik ben niet boos dat je wegging van het feest.'

'Maar je was wel boos,' zei Magnus. 'Ik wist dat je boos was. Daarom was ik zo bezorgd. Je hebt jezelf blootgesteld aan gevaar omdat je boos op mij was...'

'Ik ben een schaduwjager,' zei Alec. 'Magnus, dit is wat ik doe. Dit heeft niets met jou te maken. Misschien moet je de volgende keer verliefd worden op een boekhouder of...'

'Alexander,' zei Magnus. 'Er komt geen volgende keer.' Hij leunde met zijn voorhoofd tegen dat van Alec. Zijn goud-groene ogen staarden in een zee van blauw.

Alecs hartslag versnelde. 'Waarom niet?' zei hij. 'Je hebt het eeuwige leven. Dat heeft niet iedereen.'

'Ik weet dat ik dat heb gezegd,' zei Magnus. 'Maar Alexander...'

'Noem me niet zo,' zei Alec. 'Mijn ouders noemen me Alexander. En ik vind het heel nobel van je dat je mijn sterfelijkheid hebt geaccepteerd, alles gaat dood blabla, maar hoe denk je dat ik me voel? Normale mensen kunnen hopen. Ze hopen om samen oud te worden, ze hopen lang te leven en op hetzelfde moment te sterven, maar dat kunnen wij allemaal niet hopen. Ik weet niet eens wat jij wilt.'

Alec wist niet zeker wat voor antwoord hij had verwacht – een boos of verdedigend antwoord, een antwoord met humor – maar Magnus' stem sloeg over en hij zei: 'Alex... Alec.

Als ik jou de indruk heb gegeven dat ik het idee van jouw dood heb geaccepteerd, dan spijt me dat. Ik heb het geprobeerd... maar ik kan me niet voorstellen dat ik over vijftig of zestig jaar klaar ben om jou te laten gaan. Net zomin als ik je nu wil laten gaan.' Hij legde zijn handen om Alecs gezicht. 'Ik wil je niet kwijt.'

'Maar wat doen we dan?' fluisterde Alec.

Magnus haalde zijn schouders op en glimlachte ineens. Met zijn warrige zwarte haar en sprankelende goud-groene ogen zag hij eruit als een ondeugende tiener. 'Wat iedereen doet,' antwoordde hij. 'Wat jij zei. Hopen.'

Alec en Magnus stonden in een hoek van de lobby te zoenen en Simon wist niet zo goed waar hij moest kijken. Hij wilde ze niet aanstaren tijdens een intiem moment, maar als hij een andere kant op keek, staarde hij naar schaduwjagers. Hoewel hij samen met hen had gevochten tegen Camille, keken ze hem niet bepaald vriendelijk aan. Isabelle accepteerde hem en gaf zelfs om hem, maar de rest van de schaduwjagers kon dat blijkbaar niet. Hij kon gewoon zien wat ze dachten. Vampier, benedenling, vijand, zeiden hun gezichten. Hij was opgelucht toen de deuren openzwaaiden en Jocelyn naar binnen kwam gestormd. Ze was nog steeds gekleed in haar blauwe feestjurk. Luke liep achter haar.

'Simon!' riep ze zodra ze hem zag. Ze rende naar hem toe en tot zijn verrassing omhelsde ze hem. 'Simon, waar is Clary? Is ze...'

Simon opende zijn mond, maar er kwam geen geluid uit. Hoe kon hij Jocelyn uitleggen wat er vanavond was gebeurd? Hoe kon hij uitleggen dat Lilith kinderen had vermoord in een poging meer wezens te maken zoals Jocelyns dode zoon? En dat zijn lichaam nu op het dak lag, waar Clary en Jace waren?

Ik kan haar dit niet vertellen, dacht hij. Ik kan het niet. Hij keek naar Luke, die hem met zijn grijsblauwe ogen verwachtingsvol aanstaarde. Achter Clary's familie zag hij hoe de schaduwjagers om Isabelle heen stonden, die hun waarschijnlijk aan het vertellen was wat er die avond was gebeurd.

'Ik...' begon hij hulpeloos. De liftdeuren gingen weer open en Clary stapte naar buiten. Ze was op blote voeten en haar mooie satijnen jurk was gescheurd en zat onder het bloed. De verwondingen op haar blote armen en benen waren amper nog te zien. Maar ze glimlachte. Ze leek gelukkiger dan Simon haar in weken had gezien.

'Mam!' riep ze. Jocelyn vloog op haar af en omhelsde haar. Clary lachte naar Simon over haar moeders schouder heen. Simon keek om zich heen. Alec en Magnus stonden nog steeds te knuffelen en Maia en Jordan waren nergens te bekennen. Isabelle werd nog steeds omringd door schaduwjagers en Simon hoorde hun verbijsterde reacties op haar verhaal. Hij vermoedde dat ze hier stiekem wel een beetje van genoot. Isabelle stond graag in het middelpunt van de belangstelling, wat de aanleiding ook was.

Hij voelde een hand op zijn schouder. Het was Luke. 'Gaat het wel met jou, Simon?'

Simon keek op. Luke zag eruit zoals hij er altijd uitzag: betrouwbaar en standvastig. Hij leek het totaal niet erg te vinden dat zijn verlovingsfeest was verstoord door een dramatisch noodgeval.

Simons vader was al zo lang geleden overleden dat hij hem zich amper herinnerde. Rebecca wist nog wel dingen van hem – dat hij een baard had en dat hij haar hielp met het bouwen van blokkentorens – maar Simon niet. Hij had altijd gedacht dat hij dat gemeen had met Clary. Hun vaders waren allebei overleden en ze waren allebei opgevoed door sterke, alleenstaande vrouwen.

Nu was nog maar één van die dingen waar, dacht Simon. Zijn moeder had wel eens korte relaties gehad, maar Luke was eigenlijk zijn enige vaderfiguur geweest. Hij had Luke gedeeld met Clary. En de wolvenroedel zag Luke ook als een leider. Voor iemand die geen kinderen had, had hij een hoop mensen voor wie hij zorgde.

'Ik weet het niet,' zei Simon, die Luke het eerlijke antwoord gaf dat hij ook aan zijn eigen vader zou hebben gegeven. 'Ik denk het niet.'

Luke keek Simon aan. 'Je zit onder het bloed,' zei hij. 'En dat is niet van jou, denk ik, omdat…' Hij wees naar het teken op Simons voorhoofd. 'Maar ach.' Zijn stem was vriendelijk. 'Zelfs onder het bloed en met het teken van Kaïn ben je nog steeds gewoon Simon. Wil je me vertellen wat er is gebeurd?'

'Het is niet mijn bloed, inderdaad,' zei Simon hees. 'Maar het is nogal een lang verhaal.' Hij keek omhoog naar Luke. Hij had zich altijd afgevraagd of hij nog een groeistuip zou krijgen, zodat hij Luke – en Jace – recht in de ogen zou kunnen kijken, maar dat zou nu niet meer gebeuren. 'Luke,' zei hij. 'Denk je dat het mogelijk is om iets te doen wat zo slecht is dat je het nooit meer goed kunt maken? Zelfs als je het niet zo bedoelde? Dat niemand je ooit meer kan vergeven?'

Luke keek hem in stilte aan. Toen zei hij: 'Denk eens aan iemand van wie je houdt, Simon. Iemand van wie je écht houdt. Zouden zij iets kunnen doen waardoor je niet meer van ze zou houden?'

Beelden schoten door Simons hoofd als de plaatjes in een flipboekje: Clary die zich omdraaide en naar hem lachte, zijn zus die hem kietelde toen hij nog klein was, zijn moeder slapend op de bank met een deken over zich heen, Izzy…

Hij schudde de gedachten snel van zich af. Clary had nooit zoiets vreselijks gedaan dat hij haar had moeten vergeven. De rest van de mensen aan wie hij dacht ook niet. Hij dacht aan Clary en hoe ze haar moeder had vergeven dat ze haar herinneringen had gestolen. Hij dacht aan Jace en wat hij had gedaan op het dak en hoe hij er daarna uit had gezien. Hij had het niet zelf gedaan, maar Simon wist zeker dat Jace zichzelf toch niet zou kunnen vergeven. En toen dacht hij aan Jordan, die zichzelf nooit had vergeven wat hij Maia had aangedaan, maar toch door was gegaan. Hij had zich bij Praetor Lupus aangesloten en hielp anderen.

'Ik heb iemand gebeten,' zei hij. De woorden stroomden uit zijn mond en hij wenste dat hij ze terug kon nemen. Hij zette zich schrap voor Lukes boze reactie, maar die kwam niet.

'Heeft die persoon het overleefd?' vroeg Luke. 'Degene die je hebt gebeten?'

'Ik…' Hoe kon hij Luke vertellen over Maureen? Lilith had haar weggestuurd, maar Simon wist zeker dat hij haar weer een keer zou tegenkomen. 'Ik heb haar niet vermoord.'

Luke knikte kort. 'Je weet hoe weerwolven roedelleiders worden, toch?' zei hij. 'Ze moeten de oude leider vermoorden. Ik heb dat nu twee keer gedaan. Ik heb de littekens om het te bewijzen.' Hij trok de kraag van zijn blouse opzij en Simon zag een dik, wit litteken dat er gerafeld uitzag, alsof iemand zijn borstkas had opengeklauwd. 'De tweede keer was het een berekenende actie. Een koelbloedige moord. Ik wilde de leider worden en zo ging dat.' Hij haalde zijn schouders op. 'Jij bent een vampier. Het zit in jouw aard om bloed te willen drinken. Je hebt het nog lang volgehouden. Ik weet dat je in zonlicht kunt lopen, Simon, en dat je trots bent dat je kunt leven als een normale mensenjongen, maar je bent nog steeds wat je bent. Net als ik. Hoe harder je probeert om je ware aard te negeren, hoe meer je er last van zult hebben. Wees wat je bent. De mensen die echt van je houden, zullen dat blijven doen.'

'Mijn moeder…' zei Simon hees.

'Clary heeft me verteld wat er is gebeurd en dat je bij Jordan Kyle woont,' zei Luke. 'Hoor eens, je moeder komt wel tot inkeer, Simon. Net als Amatis bij mij. Je bent nog steeds haar zoon. Ik wil wel met haar praten, anders.'

Simon schudde zijn hoofd. Zijn moeder had Luke altijd gemogen. Als ze zou horen dat Luke een weerwolf was, zou dat alles alleen maar erger maken, niet beter.

Luke knikte, alsof hij het begreep. 'Als je niet terug wilt naar Jordans huis, mag je op mijn bank slapen, vanavond. Ik weet zeker dat Clary dat fijn zou vinden, en dan kunnen we morgen praten over je moeder en wat je het beste kunt doen.'

Simon rechtte zijn schouders. Hij keek naar Isabelle, die aan de andere kant van de ruimte stond. Hij zag haar glinsterende zweep, de hanger om haar nek, het gefladder van haar handen terwijl ze praatte. Ze leek voor niets en niemand bang. Hij dacht aan zijn moeder en hoe ze met angst in haar ogen voor hem was teruggedeinsd. Hij was weggerend voor die herinnering. Maar het was tijd om op te houden met rennen. 'Nee,' zei hij. 'Bedankt, maar ik heb geen logeeradres nodig vanavond. Ik denk... dat ik naar huis ga.'

Jace stond alleen op het dak. Hij keek uit over de stad. De East River kronkelde als een zilverzwarte slang tussen Brooklyn en Manhattan. Zijn handen en lippen waren nog warm van Clary's aanraking, maar de wind die van de rivier waaide was ijzig en de warmte trok snel weg. Hij had geen jas aan en de lucht sneed als een mes door het dunne materiaal van zijn blouse.

Hij haalde diep adem en zoog de koude lucht in zijn longen. Hij ademde langzaam uit. Zijn hele lichaam voelde gespannen. Hij wachtte op het geluid van de lift. De deuren die open zouden gaan. De schaduwjagers die de tuin in zouden rennen. Ze zouden eerst nog aardig zijn, dacht hij. Bezorgd. Maar als ze eenmaal zouden begrijpen wat er was gebeurd, zouden ze zich terugtrekken en betekenisvolle blikken uitwisselen als ze dachten dat hij niet keek. Hij was bezeten geweest. Niet door een demon, maar door een opperdemon. Hij had in strijd met de Kloof gehandeld en hij had een andere schaduwjager bedreigd en verwond.

Hij dacht aan de blik op Jocelyns gezicht als ze zou horen wat hij met Clary had gedaan. Luke zou het misschien nog begrijpen en hem vergeven. Maar Jocelyn niet. Hij had nooit echt met haar kunnen praten. Hij had nooit de woorden gezegd die haar gerust zouden stellen. *Ik hou van je dochter, meer dan ik ooit had gedacht van iets te kunnen houden. Ik zou haar nooit pijn doen.*

Ze zou hem slechts aanstaren, dacht hij, met die groene ogen die zo op die van Clary leken. Ze zou meer willen horen. Ze zou hem iets willen horen zeggen waarvan hij niet zeker wist of het waar was.

Ik lijk niet op Valentijn.

Echt niet? De woorden leken gedragen te worden door de koude lucht. Een gefluister, alleen bestemd voor zijn oren. *Je hebt je moeder nooit gekend. Je hebt je vader nooit gekend. Je hebt als kind je hart aan Valentijn gegeven en jezelf een deel van hem gemaakt. Dat doen kinderen. Dat kun je niet met één enkele beweging van een mes wegsnijden.*

Zijn linkerhand was koud. Hij keek omlaag en zag tot zijn grote verbazing dat hij op de een of andere manier de dolk had gepakt. De zilveren dolk van zijn echte vader. Het snijvlak dat was weggevreten door Liliths bloed, was weer heel en glom als een belofte. Een kou die niets te maken had met het weer, verspreidde zich over zijn borstkas. Hoe vaak was hij zo wakker geworden? Hijgend en zwetend, met de dolk in zijn hand? En Clary, altijd Clary, dood aan zijn voeten.

Maar Lilith was dood. Het was voorbij. Hij probeerde de dolk in zijn riem te laten glijden, maar zijn hand leek hem niet te willen gehoorzamen. Hij voelde zijn borstkas branden. Een snijdende pijn. Toen hij omlaagkeek, zag hij dat de bloederige streep die het teken van Lilith in tweeën had gesplitst, waar Clary hem had gesneden met de dolk, weer genezen was. Het teken glom rood op zijn borstkas.

Jace hield op met zijn pogingen om de dolk in zijn riem te doen. Hij verstevigde zijn greep op het handvat en zijn knokkels werden wit. Zijn pols kronkelde en hij probeerde wanhopig om het mes op zichzelf te richten. Zijn hart bonsde. Hij had geen iratzes geaccepteerd. Hoe kon het dat het teken zo snel was genezen? Als hij het weer open kon snijden en misvormen, al was het maar tijdelijk...

Maar zijn hand wilde hem niet gehoorzamen. Zijn arm bleef stijf langs zijn zij hangen en zijn lichaam bewoog tegen zijn eigen wil richting het voetstuk met Sebastians lichaam.

De kist was gaan gloeien. De rokerige groene lucht leek op heksenlicht, maar er was iets pijnlijks aan dit licht. Iets wat het oog probeerde te doorboren. Jace probeerde een stap achteruit te zetten, maar zijn benen bewogen niet. IJzig zweet stroomde over zijn rug. Een stem fluisterde in zijn gedachten.

Kom hier.

Het was Sebastians stem.

Dacht je dat je vrij was omdat Lilith dood is? De beet van de vampier heeft mij ontwaakt. Haar bloed stroomt door mijn aderen en onderwerpt jou nu.

Kom hier.

Jace probeerde te blijven staan, maar zijn lichaam liet hem in de steek en droeg hem tegen zijn zin in naar voren. Zelfs toen hij achterover probeerde te hangen, bewogen zijn voeten over het pad naar de kist. De geverfde cirkel lichtte groen op terwijl hij eroverheen stapte en de kist leek te antwoorden met een flits van smaragdgroen licht. En toen stond hij ernaast en keek hij omlaag.

Jace beet hard op zijn lip en hoopte dat de pijn ervoor zou zorgen dat hij wakker zou worden uit deze nachtmerrie. Het werkte niet. Hij proefde zijn eigen bloed en staarde naar Sebastian, die als een verdronken lijk in het water dreef. *Er zijn parels waar eens ogen blonken.* Zijn haar leek op kleurloos zeewier. Zijn gesloten oogleden waren blauw. Zijn mond was kil en hard als die van zijn vader. Het was alsof hij keek naar een jonge Valentijn.

Geheel tegen zijn zin gingen Jace' handen omhoog. Zijn linkerhand legde de scherpe kant van de dolk tegen de binnenkant van zijn rechterhand, waar levens- en liefdeslijnen elkaar kruisten.

Woorden stroomden uit zijn mond. Het leek alsof iemand anders ze zei. Hij wist niet welke taal hij sprak, maar hij wist wel wat het was: een ritueel gebed. Zijn gedachten schreeuwden dat zijn lichaam moest stoppen, maar het maakte geen verschil. Zijn linkerhand kwam omlaag, met het mes stevig vastgeklemd. Hij maakte een kleine, ondiepe snee in zijn rechterhandpalm. Het begon vrijwel onmiddellijk te bloeden. Hij probeerde zijn arm terug te trekken, maar het was alsof hij vastzat in cement. Hij keek vol afschuw toe hoe de eerste bloeddruppels op Sebastians gezicht spatten.

Sebastians ogen vlogen open. Ze waren zwart. Zwarter dan die van Valentijn. Net zo zwart als de ogen van de demon die zich zijn moeder had genoemd. Ze waren als zwarte spiegels op Jace gericht. Hij zag zijn eigen gezicht erin weerspiegeld, verwrongen en onherkenbaar. Zijn mond vormde de woorden van het ritueel. Een betekenisloos gebrabbel als een rivier van zwart water.

Het bloed stroomde nu overal naartoe en maakte de wolkachtige vloeistof in de kist donkerrood. Sebastian bewoog. Het bloederige water stroomde over de rand toen hij ging zitten. Zijn zwarte ogen waren op Jace gericht.

Het tweede deel van het ritueel. Zijn stem sprak in Jace' hoofd. *Het is bijna voltooid.*

Water stroomde als tranen van hem af. Zijn bleke haar plakte aan zijn voorhoofd en leek helemaal geen kleur te hebben. Hij deed zijn hand omhoog en Jace stak hem het mes toe. Zijn gedachten schreeuwden dat hij het niet moest doen, maar hij kon het niet tegenhouden. Sebastian haalde zijn hand langs het koude, scherpe gedeelte van de dolk en er kwam bloed omhoog in zijn handpalm. Hij sloeg de dolk opzij, pakte Jace' hand en kneep hard.

Het was het laatste wat Jace had verwacht. Het lukte hem niet om te bewegen of zijn hand terug te trekken. Hij voelde Sebastians koude vingers. Hun bloedende wonden werden op elkaar gedrukt. Het was alsof hij werd gegrepen door koud metaal. IJs begon zich via de aderen in zijn hand door zijn hele lichaam te verspreiden. Hij kreeg een rilling, en toen nog een. Krachtige bevingen die zo pijnlijk waren dat het voelde alsof zijn lichaam binnenstebuiten werd gekeerd. Hij probeerde te schreeuwen...

De schreeuw droogde op in zijn keel. Hij keek naar zijn hand en naar die van Sebastian, op elkaar geklemd. Bloed stroomde door hun vingers en naar hun polsen, als sierlijk rood kantwerk. Het glinsterde in het koude, elektrische licht van de stad. Het bewoog niet als vloeistof, maar als bewegende rode kabels. Het was alsof een scharlakenrood lint hun handen samenbond.

Een merkwaardig maar vreedzaam gevoel bekroop hem. De wereld leek weg te vallen en hij stond boven op een berg. De wereld lag aan zijn voeten. Alles lag voor het grijpen. De lichten van de stad om hem heen waren niet langer elektrisch. Het was het licht van duizend diamanten sterren. Ze leken op hem te schijnen met een welwillende gloed, die zei: *Dit is goed. Dit is hoe het hoort. Dit is wat je vader had gewild.*

Hij zag Clary in zijn gedachten. Haar bleke gezicht, haar golvende rode haar, haar mond die bewoog en die de woorden 'Ik ben zo terug. Vijf minuten' vormde.

En toen verzwakte haar stem, alsof er een andere stem overheen sprak, die Clary overstemde. Haar beeld gleed langzaam uit zijn gedachten en verdween smekend in de duisternis, zoals Eurydice was verdwenen toen Orpheus zich had omgedraaid om een laatste keer naar haar te kijken. Hij zag haar, met haar witte armen naar hem uitgestrekt, en daarna sloten de schaduwen zich om haar heen en was ze weg.

Er sprak nu een nieuwe stem in Jace' hoofd. Een bekende stem, ooit gehaat, maar nu op een vreemde manier welkom.

Sebastians stem. Hij leek door zijn bloed te stromen, door het bloed dat als een vuurketting van Sebastians hand naar zijn hand liep.

Wij zijn één nu, kleine broer. Jij en ik, zei Sebastian.

Wij zijn één.